Harper
Collins

Emma Heatherington

# Ein Himmel für Dich

Roman

Aus dem Englischen von
Claudia Geng

HarperCollins®

1. Auflage: Januar 2019
Deutsche Erstausgabe
Copyright © 2019 für die deutsche Ausgabe by HarperCollins
in der HarperCollins Germany GmbH, Hamburg

Copyright © 2018 by Emma Heatherington
Originaltitel:
»A Part of Me and You«
Erschienen bei: HarperImpulse,
an imprint of HarperCollins *Publishers*, UK

Umschlaggestaltung: zero-media.net, München
Umschlagabbildung: FinePic / München
Lektorat: Carla Felgentreff
Satz: GGP Media GmbH, Pößneck
Printed in Germany
Dieses Buch wurde auf FSC®-zertifiziertem Papier gedruckt.
ISBN 978-3-95967-238-2

www.harpercollins.de

Werden Sie Fan von HarperCollins Germany auf Facebook!

# KAPITEL 1

**Freitag**

Queen Elizabeth Hospital, Birmingham, England

JULIETTE

Ich gewöhne mich gerade an die Vorstellung, dass ich jetzt vierzig bin, als ich erfahre, dass ich bald sterben werde. Seien wir ehrlich, viel absurder geht es nicht.

»So viel dazu, dass mit vierzig das Leben erst richtig anfängt«, sage ich zu meinem Arzt Michael, der mich zerknirscht ansieht. Ich schenke ihm ein nervöses Lächeln und ein Shit-happens-Achselzucken. Mein Gesicht erzählt eine Lüge. Meine Zunge erzählt eine Lüge. Ich versuche, so zu tun, als wäre ich okay, aber natürlich bin ich das nicht. Innerlich weine ich. Ich bin vierzig, und ich sterbe bald, und ich bin überhaupt nicht okay.

Ich starre auf den Boden, bis mir vom Teppichmuster schwindelig wird. Das Ticken der Uhr scheint immer lauter zu werden, während wir beide uns überlegen, was wir als Nächstes sagen sollen. Die lärmenden Uhrzeiger jagen sich im Kreis, verspotten mich, und mein Leben verrinnt wie die Stunden, Minuten, Sekunden ... bis zum Stillstand.

Michael sieht mich an, als würde er auch gleich losheulen, und ihm fehlen ausnahmsweise einmal die Worte.

Wir haben einen ziemlich weiten Weg zurückgelegt, seit wir vor drei Jahren diese Krebs-Odyssee zusammen antraten, und nun haben wir den Punkt erreicht, an den wir nie kommen wollten. Den Teil, wo Michael mir als mein Arzt sagt, dass wir nichts mehr tun können, dass die Reise für mich zu Ende geht. Den Teil, wo er mir als mein Freund sagt, dass

5

trotz unserer Tour de Force durch die Therapien, trotz allen Leidens, Betens und Hoffens alles nur noch eine Frage der Zeit ist. Dass wir nur noch auf das Unvermeidliche warten können.

Wenn das mit dem Warten doch nur so einfach wäre – ich kann nicht bloß herumsitzen und Däumchen drehen. Es gibt noch so viele Dinge, die ich in meinem Leben machen möchte, und nun läuft mir die Zeit davon.

Ich gehe zum Fenster und schaue hinaus auf die Dächer der Stadt. Aus Angst, ohnmächtig zu werden, wenn ich mich nicht auf so etwas Einfaches konzentriere wie das Atmen, öffne ich den Flügel und inhaliere die frische Luft. Wir brauchen hier schließlich nicht noch mehr Drama, richtig?

»Juliette, hast du schon mit deiner Familie darüber gesprochen?«, fragt Michael. Er spielt nervös mit seinem Kugelschreiber herum. »Ich meine, mir ist klar, dass du vor diesem Termin nicht sicher wissen konntest, wie das Ergebnis ausfallen würde, aber hast du deine Angehörigen trotzdem vorbereitet?«

Ohne ihn ansehen zu müssen, weiß ich, dass er zum dritten Mal, seit ich hier bin, seine Brille abgenommen hat, um sie zu putzen, nur damit seine Hände beschäftigt sind. Er ist immer furchtbar zappelig, wenn er schlechte Nachrichten übermitteln muss. Und das hier ist nicht nur eine schlechte Nachricht. Es ist die allerletzte Nachricht, die er mir jemals übermitteln wird. Dies ist der Anfang vom Ende.

»Meine Schwester weiß, dass ich heute hier bin, meine Mutter auch, aber sie erhalten die Hoffnung immer noch aufrecht. Für sie wird es ein Schock sein, auch wenn sie es insgeheim befürchten«, antworte ich.

»Und Rosie?«

O Gott.

»Rosie …« Meine Stimme versagt kurz, als ich den Namen meiner Tochter ausspreche. »Rosie glaubt, dass ich mir heute zum Geburtstag einen Wellnesstag mit meinen Freundinnen gönne. Sie hat keine Ahnung, was los ist … noch nicht.« Wie soll ich es ihr bloß beibringen? *Wie?* Sie hat sonst niemanden, an den sie sich halten kann. Sie hatte immer nur mich.

»Und Dan?«

Michael sorgt wirklich dafür, dass die Nachricht bei mir ankommt, indem er die wichtigsten Menschen in meinem Leben aufzählt. Mein Mund wird trocken, als Dans Name fällt. Ich versuche zu antworten, aber es geht nicht.

»Um Himmels willen, Juliette, du musst es ihm sagen«, fährt Michael fort. »Der arme Mann dreht bestimmt schon durch vor lauter Sorge. Er gehört immer noch zur Familie, egal, was ihr durchgemacht habt.«

Ich drehe mich um und lehne mich mit verschränkten Armen gegen die Fensterbank. »Michael, du weißt genau, dass die Sache ein bisschen komplizierter ist«, sage ich, und er macht sein »Da musst du wohl durch«-Gesicht. »Oh, sieh mich nicht so an!«

»Dan und ich haben beide eingesehen, dass er mit mir und meiner Krankheit nicht klarkommt«, erinnere ich Michael. »Er hat seine eigenen Probleme, mit denen er fertigwerden muss. Ich werde es ihm schon noch sagen – nur halt nicht sofort. Zu seinem eigenen Besten, nicht zu meinem.«

Michael legt den Kopf in seine Hände. Dieses Chaos nimmt ihn fast genauso sehr mit wie mich – und was für ein Chaos es ist, wenn einem bewusst wird, dass man alles zurücklassen muss, was man liebt. Es ist, als würde man für eine Reise packen, die aber nirgendwo hinführt. Wie zum Teufel soll man für so etwas planen?

»Du kannst Dan nicht einfach außen vor lassen, Juliette«, sagt Michael. »Er geht bestimmt schon die Wände hoch vor lauter Verzweiflung. Weißt du überhaupt, wo er im Moment ist?«

7

Ich zucke mit den Achseln. »Vielleicht bei seiner Mutter? Oder bei seiner Schwester?«

Die Wahrheit ist, ich habe nicht den blassesten Schimmer. Ich weiß nicht, wo mein Mann ist, und im Moment ist das auch besser so – für mich, für ihn und für Rosie.

»Und du hast kein Problem damit, dass du es nicht weißt?«

Ich nicke und zucke wieder mit den Achseln. Was soll ich dazu sagen?

»Kann natürlich sein, dass sich das nach heute ändert«, erwidere ich schließlich. »Oder auch nicht. Ich muss zuerst gründlich darüber nachdenken, wie du sicher verstehen wirst – ich meine, du kennst mich mittlerweile ja fast so gut wie mein eigener Mann.«

Michael und ich haben schon vor einer ganzen Weile die Förmlichkeiten zwischen Arzt und Patient abgelegt und uns eingestanden, dass wir richtig gute Freunde geworden sind. Wir reden über alles, angefangen von amerikanischer Rockmusik über One-Pot-Lieblingsrezepte (Michael ist frischgebackener Single) bis hin zu unseren gemeinsamen irischen Wurzeln, und ich habe ihm sogar einmal Beziehungstipps gegeben – obwohl ich die Letzte bin, die so etwas tun sollte. Die Allerletzte. Wir haben auch viel gestritten, wenn es hart auf hart kam.

»Du bist die anstrengendste und sturste Person, der ich jemals begegnet bin«, sagt er jetzt und bringt ein leichtes Lächeln zustande. »Und das meine ich auf die nettestmögliche Art.«

»Ja, ja, ich weiß«, erwidere ich augenrollend. »Hör zu, ich brauche Zeit, um das alles in meinem Kopf zu sortieren, und danach werde ich mit Dan reden. Ich weiß, Zeit ist ein Luxus, den ich mir nicht leisten kann, aber ich muss einfach ... ich muss einfach erst in Ruhe überlegen. Ich habe diesen Moment immer gefürchtet, und obwohl ich wusste, dass er irgendwann kommen könnte, ist es ein gewaltiger Schock. Das

Kranke daran ist, dass ich mich im Moment gar nicht krank fühle. Ich fühle mich gut! Wie grausam und paradox ist das denn?«

Es entsteht ein kurzes Schweigen.

»Die Symptome werden sich leider ziemlich bald bemerkbar machen«, sagt Michael. »Darum genieß die Zeit, solange du dich noch gut fühlst. Du hast natürlich Anspruch auf Palliativpflege, sobald es dir notwendig erscheint. Du musst dir dann überlegen, ob du zu Hause betreut werden möchtest oder im Hospiz, darüber haben wir ja schon gesprochen. Und wir müssen uns gemeinsam überlegen, wie deine Schmerzbehandlung aussehen soll und welche Art von Medikamenten du nehmen möchtest.«

Die Uhr tickt wieder, so laut.

Mir bleibt nicht mehr viel Zeit, und wir beide wissen das.

»Was mache ich jetzt, Michael? Ich meine, ganz konkret: Was ist der nächste Schritt?«, frage ich. »Ich bemühe mich, tapfer zu sein, aber ich habe eine Riesenangst. Bitte sag mir, was ich tun soll. Wie geht es jetzt weiter? Wie fange ich damit an, mich auf mein Ableben vorzubereiten?«

So viele Fragen hängen in der Luft, als würden sie in einer Sprechblase über meinem Kopf stecken. Eine ganze Serie von Fragen, auf die niemand eine Antwort hat.

Das dachte ich jedenfalls.

»Fragst du mich als deinen Freund oder als deinen Arzt?«, erwidert Michael, der Schmerz hat sich in seine Augen eingebrannt.

»Ich frage dich als … als meinen Freund, schätze ich.«

Er schluckt. Er zögert. »Als deinen Freund«, murmelt er. »Okay, als dein Freund würde ich dir empfehlen, dass du dir eine Auszeit nimmst. Dass du alles für ein paar Tage hinter dir lässt, bevor es dir schlechter geht.«

»Was?«

Das ist nicht das, was ich erwartet habe.

»Fahr irgendwohin, wo du schon immer mal hinwolltest. Ich meine sofort. Heute ist dein Geburtstag, Juliette. Du kannst auch morgen fahren, aber tu es einfach«, sagt er. »Pack deinen Koffer und verschwinde für ein paar Tage, vielleicht sogar für eine ganze Woche, wenn du es einrichten kannst. Ich denke, du solltest etwas nur für dich tun.«
Ich rolle wieder mit den Augen.
»O Michael, das ist wirklich ein netter Vorschlag, aber ich kann nicht«, erwidere ich. »Ich kann mir nicht vorstellen, dass ich die Energie aufbringe, um in das nächste Flugzeug zu steigen, das mich zu irgendeinem exotischen Ziel bringt, während diese Zeitbombe in meinem Kopf tickt. Die Idee klingt gut, danke dafür, aber ich habe eine minderjährige Tochter, an die ich denken muss. Ganz zu schweigen von meiner Arbeit. Ich habe ein paar Beiträge zu schreiben. Gott, das klingt so belanglos in Anbetracht der Situation, oder? Arbeit. Wen kümmert seine Arbeit, wenn er bald sterben muss?«

Michael nimmt seine Brille ab, was bedeutet, dass er nun wirklich entschlossen ist. Er steht auf.

»Ich meinte natürlich nicht, dass du dich in irgendein exotisches Abenteuer stürzen sollst«, erwidert er. »Ich spreche nicht von New York oder den Bahamas oder von einem Trip zu den Niagarafällen, Juliette. Ich schlage dir lediglich vor, an einem ruhigen Ort abzuschalten ... na ja, ruhiger als hier. Irgendwo, wo du in Ruhe in dich gehen und nachdenken kannst, wo du deine Zeit genießen und einen klaren Kopf bekommen kannst. Nicht zu weit weg, aber weit genug, um Abstand zu gewinnen. Das empfehle ich dir als dein Freund, nicht als dein Arzt. Du solltest dir diese paar Tage nehmen. Tu es einfach.«

»Tu es einfach ...«, wiederhole ich, und diese drei simplen Worte hallen in meinem Kopf wider.

Ich weiß, Michael meint es gut, aber ernsthaft, eine Reise ist das Letzte, wonach mir jetzt der Sinn steht. Ich muss diese ganze Katastrophe erst einmal meinem Kind erklären, muss seine Zukunft ohne mich planen; außerdem habe ich eine Schwester, die sich aus lauter Angst um mich die Haare ausrauft; ich habe verzweifelte Eltern, die vollkommen untröstlich sein werden; und ich habe Dan, meinen Mann, der ... nun, Dan ist derjenige, um den ich mir nach Rosie am meisten Sorgen mache. Dan, meine große Liebe, mein bester Freund und der Mensch, der mich auf der ganzen Welt am besten kennt. Ich weiß nicht, ob ich überhaupt fähig bin, ihn einzuweihen. Ich bringe es einfach nicht übers Herz, ihm so viel Kummer zu bereiten, denn ich weiß genau, wie er darauf reagieren wird.

»Wie wäre es mit Irland?«, fragt Michael und holt tief Luft.
»Du könntest die Fähre nehmen. Fahr zu diesem Ort, von dem du mir erzählt hast – wie hieß er noch gleich, Killarry? Du hast gesagt, es sei dort wunderschön. Das wäre doch toll, oder nicht? Vier, fünf Tage? Oder wenigstens ein langes Wochenende?«

Lieber Gott, hat er gerade Irland gesagt? Bei der bloßen Idee, dorthin zurückzukehren, habe ich Schmetterlinge im Bauch.

»Du meinst Killara«, korrigiere ich ihn, und ich schließe meine Augen. »Gott, Michael, sorry für das Wortspiel, aber das wäre, als würde ich in den Himmel fahren. Das Meer, die Ruhe, die friedliche Atmosphäre ... und all die Erinnerungen. Ah, warum musstest du diesen Ort erwähnen?«

»Du hast immer so davon geschwärmt«, sagt Michael. »Es ist relativ schnell zu erreichen, aber weit genug weg, um den Alltag hinter dir zu lassen, wenn du verstehst, was ich meine.«

Killara. Ich beiße mir auf die Unterlippe. Mein hübsches geliebtes Killara, mit dem ich einige meiner schönsten verrücktesten lebensverändernden Erinnerungen verbinde. Trotz meiner anfänglichen Ablehnung beginne ich nun, Michaels Vorschlag ernsthaft in Erwägung zu ziehen.

»Denkst du, ich bin fit genug für so eine Reise?«, frage ich.
»Einerseits wäre es wirklich seltsam, die ganzen Erinnerungen wieder aufleben zu lassen ... andererseits wäre es vielleicht genau das, was ich brauche. Denkst du, ich kann das packen?« Michaels Gesicht wirkt plötzlich nicht mehr begeistert.
»Ah, okay. Dann doch lieber nicht nach Killara«, sagt er, denn er weiß genau, welche Erinnerungen ich meine.
Ich ziehe eine Augenbraue hoch.
»Vielleicht ist Killara nicht der ideale Ort«, fügt er hinzu. »Vergiss meinen Vorschlag. Wie wäre es zum Beispiel mit Barry Island? Oder Weston-super-Mare? Caroline und ich haben dort einmal ein tolles Osterwochenende verbracht. Oder vielleicht sogar Blackpool?«

»Zu spät, du hast mir die Idee mit Killara bereits in den Kopf gepflanzt«, sage ich, und aus seinen Augen spricht Bedauern. »Ich wollte immer dorthin zurückkehren, das weißt du. Vielleicht ist genau jetzt der richtige Zeitpunkt dafür.«

»Hätte ich es bloß nicht erwähnt«, brummt er. »Was habe ich mir dabei gedacht? Egal, Tenby zum Beispiel hat einen wunderschönen Strand, und da wärst du auch an deinem geliebten Meer.«

»Hör zu, Michael, ich habe nicht vor, alten Erinnerungen hinterherzujagen, so dumm bin ich nicht«, sage ich. »Selbst wenn ich tatsächlich nach Killara fahren sollte, wäre das kein Thema, und seien wir ehrlich, dafür ist es nun auch ein bisschen spät. Ich will kein unnötiges Risiko eingehen.«

Michael massiert seine Schläfen. »Soso.«

»Du hast es doch selbst vorgeschlagen!«, sage ich. »Also gut, natürlich wäre es ein Thema. Wie könnte ich nach Killara zurückkehren, ohne mich zu fragen, wo er ist? Würdest du das nicht? Das mit ihm ist eine Sache, der ich mich nie gestellt habe, über die ich nie mit jemandem gesprochen habe – abgesehen von dir und meiner Schwester, und natürlich weiß auch

Dan grob Bescheid –, aber jetzt könnte genau der richtige Zeitpunkt dafür sein. Tatsächlich würde es sogar Sinn ergeben. Stell dir vor, ich könnte ...«
»Juliette, bitte nicht«, unterbricht er mich. »Dein Timing, um nach ihm zu suchen, ist ... Mir fällt das passende Wort nicht ein. Diese Art von Stress ist jedenfalls nicht gut für dich, das sage ich dir als dein Arzt.«
»Es wäre für mich ja nicht die oberste Priorität, ihn zu suchen«, sage ich. »Aber du stimmst mir doch sicher zu, dass es nicht schaden würde, die Geister der Vergangenheit ein für alle Mal zu begraben, ganz zu schweigen davon, Rosie ein paar Antworten zu liefern. Denkst du, ich kann diese Reise in meinem Zustand machen? Nach dem, was du mir vorhin eröffnet hast?«
Michael weiß, worauf meine Frage abzielt. »Nun, was ich dir gesagt habe, ist leider die unausweichliche Wahrheit«, antwortet er. »Dein Hirntumor ist eine tickende Zeitbombe, aber du wirst nicht über Nacht ins Gras beißen. Im Moment fühlst du dich gut, also wird eine Woche Urlaub keinen Unterschied machen.«
Wir können beide nicht anders, als über seine Wortwahl zu lachen. »Ins Gras beißen« klingt wie etwas, das alte Menschen tun, und nicht eine vierzigjährige Frau wie ich, der die ganze Welt offenstehen sollte.
»Da kommt mir eine tolle Idee!«, sage ich, als ein Geistesblitz mein nichtsnutziges, dahinsiechendes Gehirn trifft. »Ich könnte Rosie mitnehmen. Sie hat ab morgen Schulferien. Wir würden eine schöne Zeit miteinander verbringen, abseits von der Realität des Alltags. Vielleicht würde es ihr sogar helfen, weißt du, um irgendwie damit abschließen zu können, um zu verstehen, was auf uns zukommt.«
»Bist du sicher?«, erwidert er. »Auf die Idee, Rosie mitzunehmen, bin ich gar nicht gekommen. Das klingt gut, vorausgesetzt, du gräbst nicht nach alten Leichen im Keller. Das ist

nicht der richtige Zeitpunkt, um deinem Kind zu sagen, was damals ...«

»O Gott, Michael, wie soll ich ihr diesen ganzen Mist überhaupt beibringen?«, sage ich und lege nun selbst den Kopf in die Hände. »Sie ist erst fünfzehn, verdammt noch mal! Sie will sich mit Jungs beschäftigen und mit Schminktechniken und damit, wie sie am besten an Karten für Ed Sheeran kommt – und nicht mit ihrer sterbenden Mutter. Mein armes Baby. Was soll ich ihr bloß sagen?«

»Nimm sie mit auf deine Reise«, sagt Michael, um meine Konzentration wieder auf den Urlaub zu lenken. »Verbring eine schöne Zeit mit ihr, wie du gesagt hast, wo auch immer das letzten Endes sein wird, und schenk ihr ein paar zusätzliche kostbare Erinnerungen, an denen sie festhalten kann.«

»Aber wie sage ich ihr, dass ich bald *sterbe*?«

Michael zögert. Das Wort »sterbe« hängt in der Luft.

»Du wirst es wissen, wenn die Zeit dafür gekommen ist«, antwortet er leise.

»Meinst du?« Ich ziehe die Stirn in Falten und kneife meine Augen zusammen, um keine Tränen zu riskieren. Ich habe keine Zeit zum Weinen.

»Ich denke schon«, sagt er sanft. »Unternimm Dinge mit Rosie, die du hier nicht machen kannst, und nutze die Zeit mit ihr zum Abschalten und Entspannen.«

»O Michael.«

»Rede mit ihr, lies ihr etwas vor, geh mit ihr spazieren, schenk ihr ein paar letzte tolle Erinnerungen«, fährt er fort. »Mach Fotos und Videos oder greif zum Pinsel, verwöhn deinen Gaumen, lass einfach mal alle Fünfe gerade sein ... Fahr mit Rosie an einen hübschen Ort, Juliette. Das ist das Beste, was du für sie tun kannst – ihr deine Zeit zu schenken. Du weißt ja, wie Kinder Liebe buchstabieren?«

»Z-E-I-T«, antworte ich. »Den Spruch hast du von mir, du Dieb.«

Er zuckt mit den Achseln. Aber er hat ja recht. Sein Vorschlag, so unrealistisch ich ihn zuerst auch fand, ist in Wirklichkeit hilfreich. Ich werde dieses triste Krankenhaus mit einem Ziel verlassen, etwas, an das ich mich klammern kann und das ich so schnell wie möglich in die Tat umsetzen werde. Michaels Idee gefällt mir gut. Ich werde gleich anfangen, Pläne zu machen. Ich bin gut darin, Pläne zu machen.

»Wirst du mich vermissen, wenn ich weg bin?«, frage ich ihn, während ich meine Handtasche und meine Jacke von der Stuhllehne nehme.

Er sieht mich an und stößt einen tiefen Seufzer aus, dann schüttelt er den Kopf und lacht ungläubig, weil er weiß, dass meine Frage zwei sehr verschiedene Bedeutungen hat. Wird er mich vermissen, wenn ich im Urlaub bin, oder wird er mich vermissen, wenn ich für immer fort bin?

»Nur du kannst auf so eine Frage kommen, Juliette Fox, nur du«, antwortet er. »Die bloße Vorstellung ist für mich so unerträglich, dass ich versuche, erst gar nicht daran zu denken. Du und ich, wir sind inzwischen so eng befreundet, ich vermisse dich ja schon, wenn du nach deinen Terminen hier verschwindest, ganz zu schweigen von ...« Er lässt den Rest unausgesprochen.

Ich schließe meine Augen. »Nun, ich werde dich vermissen, so viel ist sicher«, sage ich, und in meinem Bauch macht sich ein riesiger Schwall Nervosität breit. Wir wissen nicht mehr, was wir sagen sollen, und wenden uns langsam zur Tür des sterilen Krankenhauszimmers, wo schlechte Nachrichten auf einer täglichen Basis überbracht werden.

»Diesen Raum und diesen Teppich werde ich nicht vermissen«, füge ich hinzu, im Bemühen, die Stimmung etwas aufzulockern. »Und tausch um Gottes willen dieses schreckliche Bild hinter deinem Schreibtisch aus. Du solltest dieses Zimmer wirklich freundlicher gestalten, und zwar pronto.«

Wir sehen beide zu dem Bild an der Wand. Es ist eigentlich gar nicht so schlimm, aber ich versuche, heute wenigstens in einer Sache die Oberhand zu gewinnen.

»Caroline hielt sich für eine echte Künstlerin, nicht wahr?«, sagt Michael, dann nimmt er das Bild herunter und lehnt es an die Wand, mit der Rückseite zu uns. »Bitte sehr. Erledigt.«

»Ich wette, du fühlst dich bereits besser«, sage ich und verschränke meine Arme.

Er lächelt mich an, und ich frage mich, warum in aller Welt seine Ex, die freigeistige Caroline, jemals glauben konnte, etwas Besseres zu finden als diesen umwerfenden, liebenswürdigen Mann vor mir.

»Du wirst mir fehlen. Ruf mich an, wenn du plaudern möchtest«, sagt er an der Tür. »Spätestens, wenn du aus Irland zurück bist, falls du dich doch dafür entscheidest.«

»Das werde ich, versprochen.«

Seine Augen füllen sich mit Tränen, und er beißt sich auf die Unterlippe. »Es tut mir so leid, Juliette. Ich wünschte, ich könnte mehr für dich tun.«

»Schsch, bring mich bloß nicht auf die Palme«, erwidere ich, fest entschlossen, die Dinge trotz widrigster Umstände leichtzunehmen. Ich will nicht, dass Michael weint, aber mir ist klar, dass er sich die Augen ausheulen wird, sobald ich diese Tür hinter mir schließe. Er hat mir erzählt, dass ihm das oft passiert, wenn er seinen Patienten trotz aller Anstrengungen nicht mehr helfen kann.

»Genieß deinen Urlaub«, sagt er, und ich höre, wie seine Stimme unter der Last des Kummers bricht. »Nimm dir von nun an nur noch das Beste vom Besten, denn genau das hast du verdient, und nicht weniger. Ach, und Juliette?«

»Ja?«

Ich weiß, was jetzt kommt. Ich weiß genau, was er als Nächstes sagen wird.

»Sprich um Himmels willen mit Dan«, betont er noch einmal. »Finde ihn und sag ihm, dass du ihn noch immer liebst, bevor es zu ... Du weißt schon, was ich meine.«

»Bevor es zu spät ist?«, vollende ich seinen Satz. Er verzieht das Gesicht und nickt stumm. Nun weint er tatsächlich. Mein Arzt, mein guter alter Kumpel Michael, zerfließt in Tränen.

»O mein Gott«, sage ich leise. Ich lege meine Hand vor den Mund und schließe die Augen, um den Schmerz zu verdrängen.

Die Realität dieser Situation ist wie ein Schlag in den Magen, das nervöse Flattern kehrt in meinen Bauch zurück. Ich nicke zum Abschied, und meine Unterlippe beginnt zu zittern. Meine Augen brennen höllisch.

Das war's dann also.

Ich werde tatsächlich bald tot sein.

# KAPITEL 2

## Killara, Grafschaft Galway, Irland

SHELLEY

Der Apfelbaum in unserem Garten schwankt leicht, und ich starre durch das Fenster darauf, bis er vor meinen Augen verschwimmt. Ich kann mich nicht entscheiden, ob sein dreijähriges Bestehen mir eher guttut oder schadet. Im Moment geht es mir richtig an die Nieren, wenn ich ihn nur dort stehen sehe, lebendig und stolz, ohne dass ihm bewusst ist, was er repräsentiert, völlig blind für die Qualen, die ich immer noch durchmache, seit ich ihn zu ihrem Andenken gepflanzt habe.

Matts Arme schlingen sich von hinten um meine Taille, ich spüre seine weichen Bartstoppeln an meinem Hals. Sein vertrauter Geruch lindert den Schmerz ein wenig, und ich schließe meine Augen ganz fest, während ich den Tränen-Tsunami zurückdränge, der sich in mir aufbaut.

»Atme«, flüstert er und holt selbst tief Luft. »Du atmest nicht richtig, Shelley. Lass es raus, wenn es rausmuss. Lass deinen Tränen freien Lauf, wenn sie rausmüssen. Ich bin da. Ich bin bei dir.«

Er schaukelt mich sanft, bevor ich ihn wegschiebe, und als ich es schließlich rauslasse, ist die Tränenflut überwältigend.

»Es ist einfach so unfair«, presse ich zwischen erstickten Schluchzern heraus, aber mein Mann gibt keine Antwort, weil auch er immer noch gebrochen ist. Ich höre an seinem schweren Atem, dass ihn das hier umbringt. Die Grausamkeit des Ganzen, der tief verwurzelte Schmerz, der niemals weggehen wird, obwohl wir kämpfen, um mit dem Verlust fertigzuwerden, der unser Leben ruiniert hat.

»*Wenigstens hattet ihr sie für drei kostbare Jahre*«, sagten sie.

»Wenigstens musste sie nicht lange leiden...«
»Wenigstens... wenigstens... wenigstens...«
Aber es gibt kein *Wenigstens*, wenn es um Verlust geht.

Morgen hätten wir ihren sechsten Geburtstag gefeiert, mit Luftballons und Hüpfburgen und Prinzessinnen, aber stattdessen habe ich nichts weiter als ein leeres Haus, Kartons mit weggeräumten Fotos, die ich nicht ansehen kann, und einen Baum im Garten, der mich an sie erinnern soll. Es gibt kein *Wenigstens*.

»Lust auf einen Spaziergang am Strand, bevor ich fahre?«, fragt Matt, dreht mich um und wischt mit seinen Daumen meine Tränen weg. Wir sehen uns für ein paar Sekunden in die Augen, dann beugt er sich vor und küsst mich ganz sanft auf die Stirn. An Matts Brust gelehnt, lasse ich mich noch einmal fest von seinen Armen umschließen. Seine Wärme und sein Herzschlag erinnern mich daran, dass wir beide am Leben sind. Und dann, wie immer, lasse ich ihn los, kurz bevor ich mich besser fühle – weil ich es nicht verdiene, etwas anderes zu fühlen als Schmerz.

»Ein Spaziergang wäre schön«, antworte ich.

Matt weiß immer, was am besten ist, wenn der Klammergriff der Trauer unerträglich wird. Wenn *ich* unerträglich werde, sollte ich sagen. Ich weiß, dass die Risse in unserer Ehe allmählich hervortreten, egal, wie sehr ich sie verleugne, und egal, wie viel Geduld Matt aufbringt. Ich habe Angst, dass mir die Zeit davonläuft und dass ich ihn einmal zu oft wegschiebe.

Kurz darauf gehen wir schweigend den sandigen Strand von Killara entlang, nur begleitet vom Plätschern der Wellen und von Merlin, unserem Golden Retriever, der durch das Wasser streift.

Dieser Ort hier ist der wahrhaftige Himmel auf Erden, ein paradiesischer Fleck mit dem Hafen im Hintergrund und den weißen Sanddünen davor, auf die wir von unserem Haus, Ard na Mara, direkt hinunterblicken. Wir haben Ard na Mara entworfen, wir haben es gebaut, und wir haben seinen Namen sorgfältig gewählt: »Ard« ist das gälische Wort für Höhe, und »Mara« bedeutet Meer. Das Grundstück liegt auf der Spitze eines Hügels und hat einen Panoramablick über die Galway-Bucht. Ein Juwel, das Matt nur dank seiner geschäftlichen Kontakte ergattern konnte.

Die bunten Häuserfassaden des Dorfes wirken aus der Ferne wie ein lächelnder Regenbogen, in der Luft gleiten Möwen über uns hinweg, während die Abendsonne im Meer versinkt. Es ist hier in der Tat paradiesisch, und es ist unsere Heimat, aber für mich ist es inzwischen eine Heimat ohne Herz und ohne Seele. Sie ist leer, genau wie ich.

Beim Gehen schließe ich die Augen und verlasse mich darauf, dass Matt mich führt. Am liebsten würde ich mich an ihm festklammern, nur für den Fall, dass ich wieder abstürze, oder, schlimmer noch, für den Fall, dass er mich doch loslässt.

»Ich liebe dich immer noch sehr, Shelley«, sagt er, und sein perfektes Timing lässt mein Herz beinahe stillstehen. »Ich weiß, das alles ist ein Albtraum, aber ich liebe dich unendlich, egal, was passiert.«

Ich zwinge mich zu einem Lächeln, aber innerlich fühle ich nichts. Ich wünschte, ich könnte ihm dasselbe sagen.

»Ich weiß manchmal nicht, wie du es mit mir aushältst«, ist alles, was ich hervorbringe. Das ist unser Standardspruch in schwierigen Situationen, den wir im Laufe unserer zwölfjährigen Ehe oft benutzt haben. Die Antwort darauf ist immer dieselbe.

»Du hältst es ja auch mit mir aus, also sind wir quitt«, erwidert er und küsst mich auf die Stirn. Auch wenn wir beide wissen, dass das weit von der Wahrheit entfernt ist, gibt es mir ein bisschen Auftrieb. Aber eigentlich ist mir durchaus bewusst, dass Matts Liebe in den letzten Jahren auf eine harte Probe gestellt wurde. Ich bin durch jedes erdenkliche Gefühl gegangen und habe alles an meinem Mann ausgelassen, ob-

wohl er es nicht verdient hat. Bisher hat unsere Ehe das überstanden, was mir manchmal unerklärlich ist.
»Denkst du, dass es jemals einfacher wird?«, frage ich leise, und er wiegt den Kopf.
»Wir müssen selbst dafür sorgen«, antwortet er. »Ja, sie war unser Ein und Alles, und sie wird uns immer fehlen, aber wir müssen lernen, wieder zu leben, Shelley. Wir haben immer noch so vieles, wofür es sich zu leben lohnt, und ich möchte meine Frau zurückhaben. Ich brauche sie.«
Er hat recht. Er braucht seine Frau, und ich wünsche mir sehnlichst, diese Rolle wieder einzunehmen. Ich möchte seine Geliebte sein, sein Mädchen. Diejenige, die mit ihm zusammen lacht, bis ihr der Bauch wehtut, diejenige, bei der er sich zu Hause fühlt, die lustig und interessant ist und Jazz liebt. Die einen Bücherklub leitet, die ein bisschen hippiemäßig drauf ist, die sich beim Kochen richtig ins Zeug legt und unter jedem Vorwand die besten Feiern veranstaltet. Diejenige, die mit ihm barfuß in unserer Küche tanzt, wenn wir beschwipst sind und in verliebter Stimmung, diejenige, die sich an ihn schmiegt, wenn wir uns zusammen einen gruseligen Film anschauen, diejenige, die vorschlägt, spontan in den Urlaub zu fahren oder mit unseren Freunden einen Segeltörn zu machen oder eine Party zu geben, einfach weil es Samstag ist und das Leben so schön. Ich möchte gerne wieder diese Frau sein, aber sie ist verschwunden, und ich kann sie nicht wiederfinden.

Ich muss an mein Geschäft denken, die Vintage-Boutique in der Nähe des Hafens, die das ganze Jahr über Einheimische und Touristen anlockt und das Einzige ist, das mich in letzter Zeit davor bewahrt hat, vollkommen den Verstand zu verlieren. Ich habe sie »Lily Loves« genannt, lange bevor unsere Tochter geboren wurde. Ich mochte den Namen Lily schon immer – meine Großmutter mütterlicherseits hieß so, und sie war die eleganteste Frau, der ich jemals begegnet bin. Deshalb hatte ich immer das Gefühl, unsere eigene Lily schon zu kennen, bevor sie überhaupt auf der Welt war. Harry ist der Junge, den ich niemals hatte. Harry oder Jack. Ich stelle mir oft vor, wie unser Leben mit den Kindern aussehen würde, die ich durch Fehlgeburten verloren habe, bevor wir mit Lily gesegnet wurden, und es tröstet mich, wenn ich mir einfach nur ihre kleinen Gesichter ausmale. Wie hätten sie wohl ausgesehen? Ich hoffte, sie würden nach Matt kommen. Er hoffte, sie würden nach mir kommen.

Ich denke an Matts Talent, das ihn zu einem der gefragtesten Architekten im Land gemacht hat. Wir haben es seinem Beruf zu verdanken, dass wir so viel von der Welt gesehen haben. Matt ist jahrelang durch die Welt gereist, bevor wir uns kennenlernten, um sein Metier zu studieren und zu erforschen. Und als er nur wenige Monate, nachdem wir uns gefunden hatten, um meine Hand anhielt, wussten wir, dass dies hier der Ort war, an dem wir leben und unsere Kinder großziehen wollten. Matt hat Wolkenkratzer in den Niederlanden entworfen, Hotels in London und Häuser an den schönsten Orten Irlands, und ich habe das Glück, dass ich ihn manchmal begleiten darf, um die Früchte seiner Arbeit zu bewundern. Ich kann mich in vielerlei Hinsicht glücklich schätzen, und manchmal muss ich mir das in Erinnerung rufen.

Wir haben ein schönes Leben hier, direkt am Meer, an Irlands berühmtem Wild Atlantic Way, aber trotzdem macht es mich innerlich fertig, dass ich meinem Mann nicht das Eine geben kann, was wir beide uns am meisten wünschen: eine Familie.

»Bist du sicher, dass du alleine klarkommst, solange ich weg bin?«, fragt Matt, während Merlin an mir hochspringt und nasse, sandige Pfotenabdrücke auf meiner Hose hinterlässt. »Ich könnte Mum bitten, bei dir vorbeizuschauen und ...«

»Nein, Matt, bitte, fang gar nicht erst damit an«, wehre ich ab. »Du weißt, ich bin lieber alleine.«

»Aber Shelley ...«
»Kein Aber, Matt. Ich will deine Mutter nicht hier haben«, sage ich in scharfem Ton. »Ich will nicht, dass Eliza oder Sarah oder Jack oder die verdammte Jill, oder wer auch immer dir als Nächstes einfällt, nach mir sieht oder mich zum Essen ausführt oder mit mir einkaufen geht. Ich brauche niemanden, okay? Also geh bitte nicht hin und arrangiere etwas hinter meinem Rücken. Ich komme wunderbar alleine zurecht, und es ist mir wesentlich lieber, wenn man mich in Ruhe lässt!«

Die Tränen kommen, ich kann sie spüren. Matt schnaubt und kickt den Sand hoch.

»Ich versuche ja nur, dafür zu sorgen, dass es dir gut geht«, fängt er wieder an, und seine Stimme klingt gekränkt.

Ich habe keine Argumente, um ihn zu besänftigen. »Es geht mir gut«, ist alles, was ich sagen kann.

»Dieses Mal werde ich eine ganze Woche weg sein, und was willst du sieben Tage lang machen, so mutterseelenallein? In dieser leeren Hülle von einem Haus Trübsal blasen und Tränen vergießen, bis du wieder krank wirst?«

Ich spüre, dass meine Unterlippe zittert, wenn ich nur daran denke, wie sehr ich mir selbst schaden kann, seit Lily gestorben ist.

»Bitte, Matt, hör auf. Ich möchte einfach alleine sein«, sage ich wieder. »Bitte, es ist besser so.«

Matts Gesicht verzieht sich sorgenvoll, aber er weiß, dass ich meine Meinung nicht ändern werde. Ich habe eine Routine entwickelt, um durch diesen Seelenschmerz zu kommen: Sie konzentriert sich darauf, dass ich tagsüber in meiner Boutique arbeite, wo ich mit den Kunden höchstens Small Talk über Mode oder das Wetter betreibe, und abends gehe ich nach Hause und mache mir etwas zu essen und trinke vielleicht ein Glas Wein dazu, um die Leere zu füllen, die ich permanent spüre. Danach lese ich ein bisschen oder drehe mit

Merlin eine Runde am Strand, bevor ich schließlich ins Bett gehe. Ich mische mich nicht unter die Leute, ich suche keine Gesellschaft, und ich will auch keine. Noch nicht.

Die Sonne sinkt langsam am Horizont, ihr rotgoldenes Licht scheint meinem Mann ins Gesicht, während er mich verzweifelt ansieht.

»Wir sollten besser umkehren, sonst verpasst du noch deinen Flug«, sage ich und zause Merlin durch das Fell, der unbekümmert um uns herumhüpft. »Ich weiß, Matt, du meinst es gut, aber ich möchte lieber alleine sein. Bitte, mach dir keine Sorgen. Außerdem habe ich diesen großen Burschen hier, der auf mich aufpasst, stimmt's, Merlin?«

Merlin bellt und springt beim Klang seines Namens noch höher. Matt zuckt nur mit den Achseln.

»Tut mir leid, dass ich eben so schroff zu dir war«, sage ich.

»Wieder«, sagt er. »Du meinst, es tut dir leid, dass du *wieder* so schroff zu mir warst.«

Und *wieder* weiß ich, dass ich es zu weit treibe. Ich kann von Matts Gesicht ablesen, dass er es leid ist, sich um mich zu bemühen, nur um ständig eine Abfuhr zu bekommen. Gott, ich fürchte mich vor dem Tag, an dem er endgültig genug davon hat, auf Zehenspitzen um mich herumzuschleichen.

»Ja, es tut mir *wieder* leid«, sage ich, und wir wissen beide, dass es nicht das letzte Mal gewesen sein wird, dass ich seine Hilfe ablehne, oder das letzte Mal, dass ich ihn zurückweise.

Ich habe vielleicht herausgefunden, wie ich ohne Lily existieren kann, aber es ist noch ein weiter, weiter Weg, bis ich gelernt habe, wie ich ohne sie normal leben kann. Meine Ehe zerbröckelt unter dem ganzen Druck und dem Schmerz, den ihr Verlust hinterlassen hat. Ich will so nicht mehr weitermachen.

Aber wenigstens haben wir noch nicht aufgegeben.

# KAPITEL 3

Cannon Hill Park, Birmingham, England

JULIETTE

Die Sonne sinkt bereits langsam, aber ich kann mich noch nicht überwinden, nach Hause zu gehen. Also mache ich nach dem Krankenhaus einen Abstecher in den Cannon Hill Park und versuche eine gute halbe Stunde lang, ein Schinken-Sandwich hinunterzubekommen, das wie Sand auf meiner Zunge klebt, bevor ich es schließlich an die Enten im Teich verfüttere. Dieser Ort hier, dieses kleine Stück vom Himmel, ist oft die einzige Oase der Ruhe, die ich in meinem hektischen Alltag finden kann. Ich frage mich nun mehr denn je, warum ich mich für ein Leben in der Stadt entschieden habe, wenn ich die Stille der Natur doch immer viel verlockender fand.

Aufgewachsen in einem Innenstadtviertel, habe ich mich immer danach gesehnt, an der Küste zu leben, wo ich am Meer spazieren gehen, mein eigenes Brot backen, mein eigenes Gemüse anbauen und vielleicht meine eigenen Enten in einem Teich im Garten haben könnte. Ich hatte gehofft, eines Tages ein Leben als Selbstversorgerin zu führen, viele Bücher zu lesen und laut Musik zu hören, ohne dass es mir jemand verbieten kann, weil niemand nah genug wohnt, um sich davon belästigt zu fühlen. Das war mein Plan für die Zukunft, aber meine Zukunft findet jetzt nicht mehr statt, richtig? Es ist zu spät. Ich habe mich zu lange auf dem Gedanken ausgeruht, dass ich alle Zeit der Welt habe.

Ich bekomme Kopfschmerzen vom vielen Grübeln, aber ich schätze, ich werde mich daran gewöhnen müssen, meine Vergangenheit zu reflektieren, während meine Tage hier sich dem Ende neigen. Ich erinnere mich, wie ich meiner dänischen

Reisegefährtin Birgit von meinem Zehnjahresplan erzählte und sie mich ermutigte, meinen Traum zu verfolgen und um die Welt zu reisen.

»Halte stets inne und genieße die einfachen Dinge«, lautete ihr Rat damals, und obwohl aus mir nie eine Weltenbummlerin wurde (die Pauschalreisen nach Spanien und das jährliche Camping-Wochenende in einem Holiday Park zählen nicht), habe ich ihre Worte nie vergessen und mir geschworen, dass ich eines Tages genau das tun würde. Ich würde mein Tempo verringern und im Jetzt sein, ich würde alles, was ich hatte, genau betrachten und würdigen, statt immer nur auf das Morgen zu schauen ... aber nun habe ich nicht mehr viele Morgen übrig, nicht wahr?

Es ist Juli, meine liebste Zeit im Jahr. Die Gänseblümchen neigen sich und schwanken in einem weiß-gelben Meer unter mir. Von hier aus kann ich den Baum sehen, in den ich als Teenager meinen Namen einritzte und der trotz seiner heiteren Sommerblüte irgendwie erhaben wirkt. Vielleicht weiß auch er, was heute passiert ist. Vielleicht wussten alle, dass es so kommen würde. Alle außer mir.

Ich zupfe an meinen Fingernägeln, an meinen weichen, brüchigen Nägeln, die seit Monaten keine gute Maniküre mehr gesehen haben, dann schließe ich meine Augen und atme. Manchmal ist es gut, einfach nur zu atmen.

Mein Verstand rast, und ich ringe mit meinen Gedanken und versuche verzweifelt, mir nicht zu überlegen, was ich alles vermissen werde, wenn ich von dieser Welt abtrete. Ich zähle die Monate in meinem Kopf. Michael konnte mir keine konkrete Zeitspanne nennen, aber in meinem Herzen weiß ich, dass ich von Glück sagen kann, wenn ich es bis Weihnachten schaffe. Ich würde alles dafür geben, um dieses Jahr weiße Weihnachten zu erleben und nur noch ein einziges Mal mit meiner Familie gemütlich um den Baum zu sitzen, während draußen der Schnee fällt und drinnen ein Feuer im Kamin knistert.

Ich stütze den Kopf in meine Hände und gebe alles, um den Anflug von Panik und Atemnot abzuwehren, der, wie ich weiß, gleich um die Ecke lauert. Rosie. Was zum Teufel wird aus meiner schönen, unschuldigen Rosie, die nicht ahnt, was Sache ist und was das Schicksal mit ihr vorhat? Und dann die Schuldgefühle … mein Gott, diese Schuldgefühle, weil ich sie in so eine Situation gebracht habe, in ein Leben ohne Vater, und nun lasse ich sie ganz allein zurück, ohne einen einzigen Menschen, den sie für sich beanspruchen kann. Ja, sie hat meine Schwester und ihre Großeltern und auch Dan, aber das ist nicht dasselbe.

Wer wird, so wie ich, mit ihr ins Kino gehen, wo wir uns immer den Bauch mit Nachos und Popcorn und Softdrinks vollschlagen und dann auf dem Nachhauseweg jammern, wie schlecht uns ist? Wer wird wissen, dass sich ihre Periode ankündigt, wenn sie Kopfschmerzen hat, und ihr eine heiße Wärmflasche gegen die Bauchkrämpfe geben? Wer wird wissen, dass man Gemüse für eine hausgemachte Suppe auskochen muss, damit sie es isst und sogar liebt, ohne auch nur zu ahnen, dass die Brühe mehr Grünzeug und Knoblauch enthält, als sie jemals die Nase rümpfen könnte? Wer wird sie zu den Konzerten ihrer neuesten Boygroup fahren und auf sie warten, wenn sie hinterher versucht, ein Selfie mit ihren Stars zu machen; und wer wird dann ihre Tränen trocknen, wenn sie untröstlich ist, weil keiner der Jungs Zeit hatte, um kurz stehen zu bleiben und Hallo zu sagen? Wer wird sie in den Arm nehmen und ihr ganz andere Tränen abwischen, wenn ihr im echten Leben zum ersten Mal das Herz gebrochen wird?

Mein Handy piept zum dritten Mal, seit ich hier bin, und reißt mich aus meinem Gedankengang. Dieses Mal gebe ich nach und lese meine neuen Nachrichten gegen mein Bedürfnis, alles auszublenden und erst einmal diesen Schock zu verarbeiten.

*Ich liebe dich noch immer, heute und jeden Tag*, lautet die erste SMS. Ich beiße mir auf die Unterlippe. Obwohl ich mit Dan keinen Kontakt vereinbart habe, bis ich wieder bereit bin, beziehungsweise bis er das tut, was er tun muss, konnte er nicht widerstehen, mir eine Nachricht zu schicken. Trotz all seiner Probleme denke ich manchmal, dass ich ihn nicht verdient habe. Dass ich ihn nie verdient hatte.
*Bist du okay? Bitte melde dich!*, lautet die nächste Nachricht, von meiner Schwester Helen, die zweifellos schon halb panisch vor Angst ist, während sie darauf wartet, dass ich ihr das Ergebnis mitteile. Sie wollte mich ins Krankenhaus begleiten, aber ich habe abgelehnt. Michael hat recht, wenn er sagt, ich sei stur. Aber ich bin noch nicht fähig, weitere Herzen zu brechen. Ich möchte meine Schwester so lange wie möglich im Ungewissen lassen, und wenn es nur für eine weitere Stunde ist.
*Hi, Mum, ich hoffe, du hast deinen Wellnesstag genossen!*, schreibt Rosie, und als ich das lese, breche ich in Tränen aus. Ich habe glatt vergessen, dass heute mein Geburtstag ist.
Rosie hat etwas zu meinem Vierzigsten geplant, da bin ich mir sicher. Ich habe es nicht übers Herz gebracht, ihr zu sagen, dass sie sich die Mühe sparen soll, dass mir dieser ganze Quatsch mit dem runden Jubiläum ziemlich egal ist. Letztes Jahr um diese Zeit hatte ich so viele Ideen, um diesen Meilenstein zu feiern, und eigentlich sollte ich das jetzt erst recht tun. Schließlich bin ich noch hier, richtig? Noch bin ich nicht tot.
Ich sollte besser nach Hause gehen.

Ich tue so, als wäre ich völlig ahnungslos, und lächele überrascht mit meinen nachgezogenen Lippen, als ich in meiner Küche von einer kleinen, aber perfekt zusammengesetzten Gästeschar empfangen werde.
Die zartblauen Einbauschränke und der Kühlschrank, der

mit Fotos und Zeichnungen von Rosie übersät ist, begrüßen mich wie eine herzliche Umarmung. Es ist so schön, wieder zu Hause zu sein.

Ich betrachte die Spruchbänder und die beeindruckende Torte und muss fairerweise zugeben, dass Rosie die Überraschung trotz meiner Ahnung gelungen ist. Wow. Sie hat ganze Arbeit geleistet.

»Du kleine Schlawinerin!«, sage ich zu ihr. »Wie zum Teufel hast du das alles organisiert, ohne dass ich etwas gemerkt habe?«

»Tante Helen hat mir geholfen«, sagt sie, und ich umarme sie ganz fest, schließe meine Augen und bete, dass die Tränen bleiben, wo sie sind. Als ich die Augen wieder öffne, sehe ich, dass meine Schwester mich anstarrt, mit diesem altvertrauten ängstlichen Ausdruck. Ich kann nicht darauf reagieren. Nicht jetzt.

Die Geburtstagsgesellschaft besteht aus meiner Schwester, ihren drei Jungs und meiner Tochter. Ich will gerade fragen, wo meine Mutter ist, als meine Schwester mir mit einer Erklärung zuvorkommt.

»Mum ist fertig mit den Nerven«, flüstert sie mir zu, als die Kinder mit ihren Handys und anderen Spielereien abgelenkt sind. »Sie hatte einen Migräneanfall und musste sich hinlegen. Sie macht sich schreckliche Sorgen, Jules.«

Ich schüttele den Kopf. »Ich werde sie später anrufen«, sage ich. »Wahrscheinlich ist es besser so. Weniger Drama.«

Meine Schwester schluckt ihre schlimmsten Befürchtungen hinunter, als ich das sage.

»Also, was steht auf dem Menü?«, frage ich laut und schnuppere in der Luft. »Sagt nichts, es ist Helens berühmter Fischauflauf, nicht wahr?«

»Richtig geraten!«, erwidert mein ältester Neffe George, und die Kinder rangeln nun um einen Platz an meinem Küchentisch und begutachten dann die Torte, die in der Mitte steht. Sie trägt meinen Namen und eine große Vierzig zum Anzünden. Shit, das ist zu viel.

»Ich hoffe, du hast Hunger mitgebracht, Mum!«, sagt Rosie mit leuchtenden Augen. »Das hier ist erst der Anfang! Wir haben auch noch dein Lieblingsnaschzeug für hinterher *und* Prosecco *und* Chili-Chips, und ich habe Tante Helen überredet, Eiscreme mitzubringen, obwohl wir schon den Kuchen haben – meine Lehrerin hat nämlich gesagt, dass mit vierzig das Leben erst richtig anfängt, also haben wir alle Register gezogen. Das hier soll dein bester Geburtstag aller Zeiten werden, und du hast ihn dir verdient nach allem, was du bei dieser schrecklichen Chemo durchgemacht hast.«

Autsch.

»Schließlich wird man nicht alle Tage vierzig«, sagt Helen, die immer noch versucht, meinen Blick festzuhalten, aber ich kann sie einfach nicht ansehen. Ich lächele weiter und mache Wow und Oh und Ah vor meiner Tochter und meinen drei Neffen, aber ich weiß, dass Helen mich durchschaut. Ich wage es nicht, ihr in die Augen zu sehen. Sie nickt nur und starrt mich an, während ich meine Kunsthaarperücke zurechtrücke.

Als die Kinder es sich später vor einem Film gemütlich gemacht haben und ich ihr die Neuigkeit beibringe, schüttelt sie langsam den Kopf, fassungslos und schockiert. »Es muss doch etwas geben, was man dagegen tun kann.«

Wenn uns in diesem Moment jemand mit unserem Prosecco und dem Kuchen am Tisch sitzen sähe, würde er sicher denken, dass wir gerade richtig schön feiern.

»Da gibt es nichts mehr, Helen«, sage ich zu meiner einzigen Schwester. »Ich könnte wieder dagegen ankämpfen und meine restlichen Tage mit Kotzen zubringen, vollgepumpt mit Chemo und Strahlen, aber ich ziehe es vor, meine Zeit mit dir und Rosie zu verbringen und für schöne Dinge zu nutzen. Ich möchte mit ein bisschen Anmut und Würde von dieser

Welt abtreten, wenn du das verstehen kannst. Am liebsten zu Hause.«
Helen will natürlich nichts davon hören. Aus ihren Augen spricht nackte Angst. Mein Gott, wie viel Leid ich ihr bereite ...
»Aber es muss doch etwas ...«
»Es gibt nichts«, wiederhole ich. »Wir haben alle Möglichkeiten ausgereizt. Ich weiß, das ist ätzend, und zwar so richtig, aber bitte weine nicht, Helen. Ich kann keine weiteren Tränen ertragen, und meine Wimperntusche verläuft bereits, wenn ich nur niesen muss, ganz zu schweigen von weinen.«
Aber es ist zu spät. Sie fängt an zu schluchzen, also stehe ich auf und tröste sie, so wie ich Michael vorhin getröstet habe.
»Du darfst nicht traurig sein, Hel«, sage ich in ihre Haare, die wie immer nach Apfelshampoo duften. Ich hebe meine Augen zur Decke und schlucke hart. »Ich wollte es zwar nicht wahrhaben, aber ich hatte die ganze Zeit eine leise Vorahnung, dass die Diagnose heute so ausfallen würde. Ja, es ist scheiße, und es ist unfair, und es ist nicht unser Wunschergebnis, aber wir müssen es akzeptieren, weil es absolut nichts gibt, was ich dagegen machen kann. Nichts. Es tut mir so leid, Helen. So schrecklich leid.«
Mehr kann ich nicht sagen, während sie versucht, diesen neuen Schlag zu verdauen, weil auch ich es noch nicht richtig verdaut habe. Helen steht auf, wischt sich mit dem Handrücken über die Nase und versucht dann, sich in der Küche zu beschäftigen.
»Aber du hattest den Tumor doch schon fast besiegt«, sagt sie schniefend. »Wie kann er plötzlich so weit fortgeschritten sein? Wie?«
»Man nennt es Krebs«, sage ich, und das bloße Wort macht mich unheimlich wütend, aber ich würde es mir nie anmerken lassen. »Ich versuche ja auch, daraus schlau zu werden, aber

ich habe nicht wirklich die Zeit, um mir Gedanken darüber zu machen oder herumzuanalysieren. Vielmehr ist es höchste Eisenbahn, dass ich aktiv werde und die Dinge angehe, die ich schon vor Jahren hätte machen sollen. Ich habe ein paar richtig hübsche Sachen geplant.«

Helen schüttelt den Kopf. »Juliette, du brauchst bestimmt nicht noch mehr Pläne«, sagt sie. »Dein Leben war ein einziger großer Plan, der nie vollendet wurde.«

»Wie bitte?«

»Die dreißig Dinge, die du vor deinem dreißigsten Geburtstag machen wolltest? Ich glaube, fünf davon hast du geschafft. Die Liste von Dingen, die du für Rosie geplant hast, als sie dreizehn wurde, und die du nie zu Ende gebracht hast? Das zauberhafte Buch mit Überraschungsvorschlägen, das du Dan zur Hochzeit geschenkt hast?«

Sie fängt an zu lachen, und ich kann nicht anders, als mitzulachen. Sie hat nicht unrecht.

»Michael hat mir einen Tapetenwechsel empfohlen, weißt du, um ein paar Tage abzuschalten«, sage ich. »Ich soll irgendwohin fahren, wo ich zur Ruhe komme, fern vom Alltagsstress, wenn du so willst, um das alles erst mal richtig zu verarbeiten.«

»Was? Und wohin?«, fragt sie. »Ist er ... ist er denn sicher, dass du nicht ...«

»Er ist sich ziemlich sicher, dass ich nicht schon nächste Woche das Zeitliche segnen werde«, sage ich mit einem nervösen Lachen. »Ich überlege, ob ich nach Irland fahren soll, zusammen mit Rosie. Was hältst du davon? Ich fände es sehr schön, ein paar Tage am Meer auszuspannen und in Ruhe über das Leben und ... na ja, den Tod nachzudenken.«

Aber meine Schwester lässt sich nicht so einfach hinters Licht führen. Sie weiß genau, was Irland mir bedeutet. »Nein, Juliette, schlag dir das aus dem Kopf«, widerspricht sie vehement, während sie meine Küchenschränke und Schubladen öffnet und schließt. Ich habe keine andere Reaktion von ihr erwartet.»Vergiss es. Du kannst im Moment nicht klar denken, du stehst noch unter Schock. Lass es sein.«

»Ich bin völlig klar«, wende ich ein. »Selbst Michael hat gesagt, dass mir das guttun würde.« »Michael weiß auch nicht, was du dort erlebt hast!« »Na ja, eigentlich schon. Tatsächlich weiß er mehr, als du denkst«, versuche ich zu erklären. »Aber meine Vergangenheit ist nicht der Grund, warum ich nach Irland zurückkehren möchte. Killara ist wirklich spektakulär, Helen. Ich kenne keinen schöneren Ort auf dieser Welt.«

»Cornwall ist auch spektakulär«, erwidert sie. »Schottland ist spektakulär. Es hat eine tolle Landschaft und das Meer und eine gute Küche, und es ist ...«

»Ja, genau wie Barry Island oder Weston-super-Mare oder das verdammte Blackpool, aber da will ich nicht hin, Helen«, unterbreche ich sie. »Ich möchte Rosie meinen Lieblingsort auf dieser Welt zeigen, und ich möchte ihr erzählen, was ihn damals so besonders machte und für uns beide immer noch besonders macht. Das soll in erster Linie ein Erholungsurlaub werden. Falls sich mehr ergibt, wäre das ein zusätzlicher Bonus, aber das ist nicht der einzige Grund, warum ich nach Killara will, glaub mir.«

Meine Schwester ist schwerer zu überzeugen als Michael, aber damit habe ich gerechnet. Mir war klar, dass sie mir nicht sofort beim Packen helfen und mich mitsamt Rosie im Schlepptau jubelnd nach Killara verabschieden würde, damit ich einen Mann suchen kann, der dort früher auf einem Boot arbeitete – wenn ich hier, in der realen Welt, kurz davor stehe, den Löffel abzugeben. Ausgeschlossen.

»Und was sind die anderen Gründe? Ich glaube dir nicht für eine Sekunde, und hast du eigentlich auch mal an Dan gedacht?« Helen kramt immer noch in den Küchenschubladen.

»Dan wird es verstehen«, sage ich. »Ich werde ihn anrufen und ihm alles erklären.«

»Juliette, du kannst in deinem Zustand keinen weiteren Stress gebrauchen, und irgendwelchen Luftschlössern und Hirngespinsten nachzujagen, ist definitiv Stress«, erwidert sie. »Meine Güte, es kann doch nicht so schwer sein, hier irgendein Stück Papier zu finden!«

Sie zieht ein altes Notizbuch heraus und befeuchtet ihren Zeigefinger, um die Seiten durchzublättern, bis sie ein leeres Blatt gefunden hat.

»Wofür brauchst du ein Stück Papier?«, frage ich. »Ich möchte in Killara ja nur Urlaub machen und eine schöne Zeit mit Rosie verbringen. Das würde uns beiden guttun, das weißt du.«

Sie fängt an, etwas zu notieren. »Du wirst ihn nie finden«, sagt sie, während sie weiterschreibt. »Schließlich weißt du kaum was über ihn. Du hast gesagt, du kannst dich nicht einmal an seinen richtigen Namen erinnern.«

Sie hat nicht unrecht. Nur ist es nicht so, dass ich seinen richtigen Namen vergessen habe, ich habe ihn nie gewusst.

»Dafür erinnere ich mich an alles andere«, entgegne ich, und das ist wahr. Ich erinnere mich an sein dunkles Haar und seinen muskulösen Rücken und an das Gefummel und Gekicher und die Dringlichkeit und den Geruch von Alkohol – und an meine Scham, als ich alleine wach wurde, an die Angst auf meiner Rückreise nach Birmingham, als ich langsam wieder nüchtern wurde und mir dämmerte, wie dumm es gewesen war, dass wir nicht verhütet hatten.

Ich erinnere mich, wie ich an dem Morgen vor meiner Abreise nach ihm suchte, nur um zu sehen, ob ihm etwas an mir lag und ob er mich wiedersehen wollte. Ob er überhaupt eingestehen würde, was zwischen uns passiert war. Aber er war wie vom Erdboden verschwunden. Ich erinnere mich an die Kränkung, die ich empfand, und daran, wie Birgit und ich uns hinterher darüber kaputtlachten, dass ausgerechnet ich, ein braves, katholisches Mädchen aus der Klosterschule, mit einem schönen Iren eine heiße Nacht verbracht hatte, ohne seinen richtigen Namen zu kennen, geschweige denn seine Telefonnummer.

Aber vor allem erinnere ich mich an die Leere, die ich spürte, als ich allein in den Flieger nach Birmingham stieg, ohne Birgit, um mit ihr weiter darüber zu lachen, und an das Gefühl, dass mein Leben sich für immer verändert hatte. Und wie es sich veränderte.

An das alles kann ich mich klar und deutlich erinnern.

»Was machst du da?«, frage ich meine Schwester, die immer noch schreibt, während ich mit offenen Augen von der Vergangenheit träume.

»Nichts«, sagt sie.

»Du schreibst nichts?«

»Okay, okay, ich entwerfe einen Plan«, sagt sie. »Jetzt bin ich nämlich an der Reihe. Du bist nicht die Einzige, die sich im Leben etwas vornimmt, weißt du.«

Ich werfe einen Blick auf ihre Notizen und lese den letzten Punkt ihres »Plans«, dann stöhne ich laut auf, und Helen zuckt zusammen.

»Was ist?«, fragt sie bestürzt und lässt vor Schreck ihren Stift fallen. »Hast du Schmerzen? Was ist los, Juliette?«

»Nein, ich habe keine Schmerzen«, sage ich. »Ich frage mich nur, warum in aller Welt du diesen Unsinn vor mir aufschreibst. *Platz schaffen für Rosie?* Du könntest wenigstens warten, bis ich tot bin, bevor du hingehst und dein Leben nach mir planst. Herrgott, Helen, manchmal hast du genauso wenig Taktgefühl wie unsere Mutter.«

»Übertreib nicht, so schlimm bin ich auch wieder nicht«, erwidert sie, dann reißt sie die Seite aus dem Notizbuch und zerknüllt sie, aber es ist zu spät, ich habe bereits genug gesehen. »Und versuch nicht, das Thema zu wechseln. Du wirst nicht nach Irland fahren, um nach all der Zeit diesen *Fremden* ausfindig zu machen. Du fährst nicht. Punkt.«

Ich ziehe eine komische Grimasse. Sie lacht nicht.

»Sein Spitzname war Skipper. Er war Kapitän auf einem Boot. Ein Seemann, und noch dazu ein verdammt schöner.« Ich grinse, aber meine Schwester reagiert angewidert. »Das war ein Witz!«, verteidige ich mich. »Na ja, eigentlich nicht. Hör zu, ich schwöre dir, ich weiß nicht einmal, ob er aus Killara war. Vielleicht war er nur auf der Durchreise, so wie ich. Er ist jedenfalls nicht der Grund, warum ich wieder dort hinmöchte, Ehrenwort.«

Aber Helen hat genug von meinen Scherzen. Sie schließt kurz ihre Augen, dann richtet sie sie wieder auf mich, ohne einen Funken von Belustigung.

»Bitte, Juliette«, sagt sie leise. »O Gott, bitte, denk doch auch mal an Rosie. Sie hat sich heute so gefreut, als wir die Party für dich organisiert haben. Ich konnte es fast nicht ertragen, ihr dabei zuzusehen, wie sie die Kerzen in den Kuchen steckte und die Geschenke für dich einpackte. Gefallen dir deine Geschenke? Sie war richtig stolz auf sich. Und Dan hat dir auch ein Geschenk zukommen lassen. Hast du es gesehen?«

Ich nicke. Auf der Anrichte liegt ein silbernes Medaillon, auf das ich schon seit Jahren ein Auge geworfen habe, wie Dan weiß. Das hier ist zu hart. Das alles ist zu hart für mich.

»Ich bin ganz begeistert von meinen Geschenken«, antworte ich. »Vielen Dank dafür. Du bist die beste Schwester der Welt, das weißt du.«

»Ich bin deine einzige Schwester«, erwidert sie. »Das solltest du auch erwähnen.«

»Trotzdem bist du die beste.«

»Die arme Rosie hat keine Ahnung«, murmelt sie. »Sie wird bestimmt ... Oh, wie willst du es ihr nur beibringen, Juliette? Du bist ihre ganze Welt!«

Helen steht nun kurz vor dem Zusammenbruch, als ihr die Dimension des Ganzen bewusst wird. Ich will es nicht sehen, also wende ich meine Augen ab.

»Nicht, Helen. Bitte sag nicht ›arme Rosie‹, und wehe, du fängst wieder an zu weinen. Ich will nicht, dass du traurig bist.«

Aber sie ist nicht zu halten. Meine Schwester hat erst jetzt richtig verinnerlicht, dass mein Leben bald zu Ende geht, während ihr Leben und Rosies und Dans sich dramatisch verändern werden.

»Du weißt, ich werde mich um sie kümmern, so gut ich kann«, bringt sie schniefend hervor. »Es wird nicht dasselbe sein wie mit dir, ich meine, ich kann dich nicht ersetzen, aber ich werde mein Bestes geben, und Brian natürlich auch. Ich verspreche dir, wir werden alles für sie tun. Sie kann ihr eigenes Zimmer haben. Die Jungs können ein bisschen zusammenrücken, das wird ihnen nicht schaden, und ...«

»Wir hatten dieses Gespräch bereits, Helen. Ich weiß, dass du dich gut um Rosie kümmern wirst«, unterbreche ich sie. »Das hast du mir alles schon gesagt.«

»Was ich dir eigentlich zu sagen versuche, ist, dass sie ihn nicht braucht«, erwidert sie. »Juliette, sie braucht keinen Fremden, der in ihr Leben platzt, bei all dem, was ihr bevorsteht. Sie hat mich und Dan und Brian und die Kids. Überleg dir das gut. Denk an Rosie. Bitte.«

»Aber was, wenn ich nicht ihre ganze Welt bin?«, sage ich.

»Was, wenn es in Irland noch eine andere Welt für sie gibt und sich dort vielleicht neue Möglichkeiten für sie auftun? Was, wenn ...«

Ich verstumme mit einem Achselzucken, und Helen drückt meine Hand, während sie sich mit ihrer anderen Hand die Augen abwischt und dann den Kopf schüttelt. Sie hat natürlich recht. Meine große Schwester Helen, dreifache Mutter, einfache Ehefrau und eine weise alte Eule, hat immer recht gehabt. Sie war nicht überrascht, als ich vor sechzehn Jahren von meiner Rucksacktour durch Irland mit mehr Gepäck zurückkehrte, als ich von zu Hause mitgenommen hatte. Nicht weil ich jemals wahllos mit Männern geschlafen hätte, sondern vielmehr, weil ich immer so sorglos war und dachte, mir könnte nichts passieren. In meiner naiven Unbekümmertheit erkannte ich ein Problem nicht einmal dann, wenn es mir direkt ins Gesicht starrte. Im Grunde ist das immer noch so.

»Leichtgläubig«, nannte meine Mutter mich immer. »*Unsere Juliette würde alles glauben, was man ihr erzählt, ohne jemals daraus zu lernen. Sie ist leichtgläubig wie ein Kind.*«

Ob leichtgläubig, sorglos, dumm oder wie auch immer man mich nennen mag, seit jenem Urlaub auf der Smaragdinsel vor all den Jahren bin ich sehr gut zurechtgekommen, herzlichen Dank auch. Rosie hat es an nichts gemangelt, selbst wenn sie keine Vaterfigur in ihrem Leben hatte ... nun, abgesehen von Dan natürlich, aber er ist eher wie ein Freund für sie. Warum fange ich also an, in alten Geschichten zu rühren, wo es nichts zu rühren gibt, und in meiner lückenhaften Vergangenheit zu bohren? Warum gehe ich das Risiko ein, Rosies gesamte Welt auf den Kopf zu stellen und ein furchtbares Chaos zu hinterlassen, wenn ich doch alles so lassen könnte, wie es ist, in der Gewissheit, dass meine Tochter gut aufgehoben sein wird?

Ich tue es, weil ich weiß, dass sie eines Tages erfahren möchte, wer ihr Vater ist, und ich die Einzige bin, die ihr das sagen kann.

Ich tue es, weil ich tatsächlich glaube, dass dort drüben eine andere Welt auf sie wartet.

»Ich verspreche dir, dass ich Rosie nichts sagen werde, bevor ich nicht mehr über ihn weiß«, erkläre ich meiner Schwester, und ich kann sehen, wie ihre Zunge sich zu Silben und Worten rollt, die sie nicht schnell genug herausbekommen kann, um mich aufzuhalten, denn ich rede bereits weiter.

»Weißt du, ich dachte immer, dass ich ihn suchen sollte, obwohl ich nie groß darüber gesprochen habe. Vielleicht ist er nicht mehr da. Vielleicht werde ich ihn gar nicht finden. Vielleicht wird man mir überall die Tür vor der Nase zuschlagen. Aber versetz dich trotzdem mal in seine Lage. Stell dir vor, du hättest ein Kind, von dem du nichts weißt. Ich glaube nicht, dass es so falsch ist, jemandem die Wahrheit zu sagen, du etwa?«

Aber Helen hört mir gar nicht richtig zu. Sie ist in Gedanken meilenweit weg. Sie macht den Eindruck, als wäre sie bereits an einem Ort, wo ich nicht mehr existiere, wo der Stuhl, auf dem ich gerade sitze, bereits leer ist – weil ich tot bin.

»Sie schreibt ihm, weißt du«, füge ich hinzu, und Helen reagiert genauso, wie ich erwartet habe.

»Nein!«, stößt sie hervor, und ihr trauriger Blick trübt sich noch stärker. »Ernsthaft?«

»Ja, schon seit einer Weile. Sie weiß nicht, dass ich es weiß, darum sag ihr bitte nichts davon. Ich habe nicht viel gelesen, nur ein paar Zeilen, aber sie sehnt sich nach einem Mann, über den sie nicht das Geringste weiß. Bitte, Helen, verweigere ihr nicht das Recht auf diese letzte Chance, um zu erfahren, wo ihre Wurzeln liegen.«

Helen verknotet ihre Hände ineinander und atmet tief durch, dann wendet sie ihren Blick ab, und die Tränen drohen wieder zu fließen.

»Es bricht mir das Herz«, sagt sie. »Du brichst mir das Herz. Du bist viel tapferer, als ich es jemals sein könnte, Juliette, das weißt du. Ich hoffe, dein Plan geht für euch beide auf, das hoffe ich wirklich, aber ich habe schreckliche Angst, dass alles furchtbar schiefgehen wird.«

»Ich möchte mit Rosie nach Irland fahren, um ein paar gemeinsame Erinnerungen zu schaffen«, versuche ich, sie zu beruhigen. »Ich möchte ihre Sinne wecken für all das, was diese schöne Welt uns zu bieten hat – damit sie sich nach meinem Tod an positive Dinge erinnert statt nur an Krankheit und Tod. Ganz einfache Dinge, sieben Tage lang, nur Rosie und ich, in einer anderen Umgebung, wo ich ihr zeigen kann, was ich über das Leben gelernt habe.«

Ich glaube, zum ersten Mal habe ich meine Schwester zum Schweigen gebracht.

»Das ist eine ziemlich erstaunliche Betrachtungsweise«, sagt sie schließlich.

»Wir werden eine Woche fort sein«, sage ich. »Wir setzen gleich morgen mit der Fähre über, ganz entspannt und ohne Stress, und machen Urlaub am Meer. Es wird unser letzter gemeinsamer Urlaub sein. Ich werde eine Liste mit Dingen machen, die wir unternehmen können, und dieses Mal werde ich sie auch einhalten. Diese Liste werden wir umsetzen. Wir werden unsere Mutter-Tochter-Beziehung vertiefen. Alles andere, was uns dort erwartet, ist zweitrangig. Versprochen.«

Helen atmet tief ein und wieder aus. Sie reibt über ihre Augenbrauen, während ihre Augen geschlossen sind. »Ich hoffe einfach nur, dass alles gut geht, weil es so schon schwer genug ist«, sagt sie. »Ich möchte nicht sehen, dass du es noch schlimmer machst. Bitte, versprich mir das.«

»Ich werde es nicht schlimmer machen, das schwöre ich dir«, erwidere ich. »Ich nehme morgen die Fähre und verbringe mit meiner Tochter sieben Tage an der irischen Westküste, in dem Ort, wo ihre Wurzeln liegen. Es gibt dafür keinen besseren Zeitpunkt als jetzt, und wie du schon gesagt hast, schließlich wird man nicht alle Tage vierzig, richtig?«

Helen wischt sich über die Augen und lächelt. »Du bist die hartnäckigste und sturste Person, die ich kenne«, sagt sie.

»Das ist heute schon das zweite Mal, dass ich das zu hören bekomme«, erwidere ich.

»Also gut, Schwesterherz, dann fahr zu deinem Lieblingsort und tu, was du unbedingt tun musst«, sagt sie. »Ich werde immer hinter dir stehen, und du kannst auch dann noch auf mich zählen, wenn alles schiefläuft. Na komm, lass uns raufgehen, ich helfe dir beim Packen für deine Reise in die Vergangenheit, du absolute …«

Ich warte nicht, bis sie ihren Satz vollendet hat. Ich stürme bereits die Treppe hoch.

Dan und ich sind in meinem Lieblingscafé verabredet, das gleich bei uns um die Ecke liegt, und als ich ihn draußen am Fenster vorbeigehen sehe, macht mein Herz einen Satz. Meine Hände zittern, als ich meine Tasse hochnehme, und ich trinke einen kleinen Schluck, nur um etwas zu tun zu haben. Ich habe gar keine Lust auf Kaffee, und ich habe definitiv keine Lust darauf, Dan zu sagen, was ich ihm sagen muss.

»Ich habe dir einen Americano bestellt«, sage ich zu ihm, als er mir gegenüber Platz nimmt. Er ist sehr blass, und seine blauen Augen wirken besorgt und müde. Das ist genau der Grund, warum ich ihm etwas Raum geben musste von meiner ganzen Krankheit und Trostlosigkeit. Er kommt nicht damit zurecht, und wenn er damit nicht zurechtkommt, vervielfacht das all meine Probleme.

»Du weißt immer, was für mich am besten ist«, erwidert er. Und das stimmt. Das ist genau der Grund, warum ich ihn bitten musste zu gehen.

»Du siehst erschöpft aus«, sage ich, und mein mütterlicher Instinkt und meine Besorgnis schalten sich wie immer ein. »Schläfst du genug und isst du auch vernünftig?«

Er rollt mit den Augen. »Es ging mir schon besser«, antwortet er. »Das Gästezimmer meiner Schwester ist zwar gemütlich, aber es ist nicht zu Hause. Bitte sag mir, dass du mich treffen wolltest, um mir mitzuteilen, dass du es dir anders überlegt hast.«

Ich kann es mir nicht anders überlegen. Ich muss stark bleiben und Dan vor weiterem Kummer schützen. Wenn ich jetzt Abstand herstelle, wird es ihm langfristig hoffentlich helfen, mit allem fertigzuwerden, nachdem ich endgültig von der Bildfläche verschwunden bin.

»Ich werde mit Rosie ein paar Tage wegfahren«, sage ich, und sein Gesicht wird lang.

»Ihr macht Urlaub?«, fragt er, und ich höre die Worte in seinem Kopf, die folgen – *ohne mich?*

»Nun, sozusagen«, antworte ich. Er greift über den Tisch und legt seine Hand auf meine. Er hat seinen Kaffee noch nicht angerührt. »Wir wollen gemeinsam etwas Zeit verbringen, nur sie und ich. Ich denke, es wird uns beiden guttun, mal für eine kleine Weile hier rauszukommen.«

Er schaut aus dem Fenster und reibt sich über das Gesicht, dann atmet er laut aus, lässt offensichtlich Schmerz und Kummer frei.

»Das wird euch beiden guttun, ja«, sagt er, seine Augen immer noch von mir abgewendet. »Immerhin hast du heute Geburtstag. Du hast es also verdient, dir etwas Gutes zu tun.«

Ich starre auf meine Kaffeetasse, unfähig, mitanzusehen, wie seine Welt zusammenstürzt. Wir wissen beide, warum es so sein muss. Es war in letzter Zeit einfach zu schwierig, mit seiner Trinkerei umzugehen. Es kam mir vor, als hätte ich ein zweites Kind, das an mir zieht und zerrt, das mich auseinanderreißt. Dabei müsste er stark sein und in der Lage, mit der Situation fertigzuwerden. Ich muss hart zu ihm sein, und das ist auch für mich hart, weil ich mir nichts mehr wünsche, als meine Arme um ihn zu schlingen und ihm zu sagen, dass er nach Hause kommen soll.

»Diese Auszeit wird auch dir guttun, Dan«, sage ich leise, und endlich treffen sich unsere Blicke. »Nutze sie für dich, nutze sie für uns.«

»Wie soll ich das anstellen? Ich mache alles, was nötig ist, Juliette, du brauchst es mir nur zu sagen.« Er wirkt so verzweifelt.

»Ich brauche dich, Dan, nur nicht in diesem Zustand, und

das weißt du«, sage ich bestimmt. »Ich brauche den Mann, den ich geheiratet habe, den Mann, den ich liebe, und ich möchte an deiner Seite sein, bis dass der Tod uns scheidet, so wie wir es uns bei unserer Hochzeit geschworen haben. Aber das geht nicht, solange du dein Verhalten nicht änderst. Ich wünsche mir, dass du wieder der Mann bist, der du sein kannst. Du musst die Finger von der Flasche lassen und für mich und Rosie da sein, Dan. Und du musst sofort damit anfangen, dringender denn je.«

Er atmet wieder laut aus, dann hellt sich sein Gesicht auf und mein Herz auch. »Ich tu es, Juliette. Ich werde der Mann sein, der ich für dich und Rosie sein möchte, das verspreche ich euch«, sagt er, und ich schließe meine Augen und inhaliere seine Worte. »Ich werde so sein, wie du mich brauchst.«

Am liebsten würde ich ihn eng an mich ziehen und ihn so fest umarmen, dass alles Leid von unserer Liebe zerquetscht wird – wenn es doch nur so einfach wäre. Aber es ist kompliziert. *Wir* sind kompliziert, und trotzdem glaube ich an sein Versprechen. Ich glaube daran, dass ich meinen Mann bald wiederhaben werde, und ich wünsche mir im Moment nichts sehnlicher.

# KAPITEL 4

**Samstag**

Killara, Grafschaft Galway, Irland

SHELLEY

Der Tag, an dem Lily sechs geworden wäre, beginnt genau so, wie ich es befürchtet habe: Ich werde wach und sehe mich aufs Neue damit konfrontiert, mit Ach und Krach durch den Tag zu kommen und den Leuten und ihrem mitleidigen Lächeln und ihrer wohlmeinenden Art auszuweichen. Ein weiterer Tag, an dem ich zur Arbeit fahre und mein Bestes gebe, um etwas Enthusiasmus für das Geschäft aufzubringen, das ich mir über viele Jahre hinweg mit so viel Energie und Leidenschaft aufgebaut habe. Hinzu kommt, dass Matt für eine Woche fort ist, aber vielleicht ist das ganz gut so.

Ich habe eine feste Trennlinie in meinem Leben gezogen, und es hilft mir, meinen Alltag zu bewältigen. Die Linie teilt die Zeit, in der ich Lily hatte, von der Zeit, in der ich sie nicht mehr hatte – das Leben zweier grundverschiedener Menschen. Trotz aller ärztlichen und therapeutischen Hilfe kann ich die Person, die ich früher einmal war, einfach nicht mehr finden.

Rein äußerlich sehe ich mehr oder weniger noch genauso aus wie die alte Shelley, ein bisschen schmaler, ein bisschen hager im Gesicht vielleicht – aber innerlich brülle ich. Innerlich bin ich so verändert, dass ich mich selbst nicht mehr erkenne. Mein Inneres ist erstarrt, und gäbe es Matt nicht, der versucht, mich bei Verstand zu halten, und dem es manchmal sogar gelingt, ein klitzekleines Stück meines schon so lange vereisten Herzens zum Schmelzen zu bringen, würde

ich nicht glauben, dass ich überhaupt noch ein Herz habe. Ich bin emotional verkümmert, nichts weiter als ein leeres Gefäß, das ziellos auf dem Meer treibt, einfach nur dahinschaukelt, ohne jemals eine klare Richtung zu finden. Ich schlage die Zeit tot. Manchmal frage ich mich, warum ich überhaupt noch am Leben bin.
»Sie sehen aus wie eine Boho-Prinzessin«, sagte mir gestern eine Kundin. Sie meinte es gut und bewunderte meine Kombination aus einem langen, fließenden Kleid, einem im Piratenstil geknoteten Kopftuch, unter dem mein locker geflochtener Zopf hervorschaute, und einer klobigen Halskette. »Sie sind die beste Werbung für diese Boutique. Ihr Laden ist eine wahre Fundgrube. Sie müssen sehr stolz darauf sein.«
Und ich war auch einmal stolz darauf. Könnte ich doch nur einen kleinen Funken von dieser Energie und Leidenschaft zurückgewinnen, die andere Menschen immer noch in mir sehen.

Manchmal spreche ich mit Lily, und es hilft, es bringt mich zum Lächeln. Dann schließe ich meine Augen, ich höre ihre helle Stimme und rieche ihre Haut und spüre ihre Haare in meinem Gesicht, und ich stelle mir vor, dass sie nun im Himmel ist. Ich hoffe und bete, dass sie dort oben meine Mutter gefunden hat, die sie behüten wird. Ich frage mich, wie sie jetzt aussehen würde, mit sechs, in einer blauen Schuluniform. Ich frage mich, ob sie noch mit der kleinen Teigan aus ihrer Spielgruppe befreundet wäre und ob sie so wie ich früher leidenschaftlich gerne lesen und tanzen würde und ob sie gerne Häuser und Wolkenkratzer zeichnen würde wie ihr Vater.

»Mum, pass bitte gut auf sie auf«, flüstere ich in die Leere meines Schlafzimmers, und als ich mir die beiden zusammen im Himmel vorstelle, glücklich und in Frieden, plumpst eine Träne auf mein Kissen. Ich wünsche mir so sehr, dass sie dort oben vereint sind.

Ich muss aufstehen und dem neuen Tag ins Auge sehen.

Also raffe ich mich auf. Ich weine, während ich mir die Zähne putze, ich weine, während ich mir die Haare bürste, und ich weine, während ich versuche, mein Make-up aufzulegen. Schließlich gebe ich es auf und lasse mich auf die Couch fallen, ergebe mich dem Krümmen und Zittern meines erschöpften Körpers und schreie meinen Schmerz hinaus in dieses riesige, stille, leere Haus. Ich habe so große Sehnsucht nach meiner Mutter.

»Warum musstest du so früh sterben?«, sage ich anklagend zu ihrem Porträt, das auf dem weißen Kaminsims aus Marmor steht. Es ist das einzige Bild, das seinen Platz behalten durfte. Sämtliche Fotos von mir, Matt und Lily habe ich weggepackt, nachdem ich beschlossen hatte, von hier wegzugehen und nie wieder zurückzukehren – eine Entscheidung, die ich niemals umgesetzt habe, weil Matt es geschafft hat, mich umzustimmen. »Warum ist dieses Haus so kalt und steril, und warum musste mein Kind sterben? Ich hasse dich, Gott! Warum hast du mir mein Kind und meine Mutter genommen? Ich hasse dich!«

Ich kauere mich zusammen, umschlinge meine Knie und sage mir, dass auch dieser Anfall vorübergehen wird. Das gehört alles zum Trauerprozess – die sieben Phasen der Trauer, über die ich so viel gelesen habe, mit denen ich vertraut bin, seit ich mit sechzehn meine Mutter verloren habe. Ich könnte ein ganzes Buch über Trauer und Verlust schreiben, darüber, was einen erwartet und wie man das alles übersteht, Tag für Tag, Schritt für Schritt, wie mein Vater mir immer sagte und noch heute sagt. Es ist mir gleichgültig, in welcher Phase ich gerade bin, aber ich wünschte, ich könnte sie alle im Schnelldurchlauf hinter mich bringen und dieses Gefühl der inneren Leere loswerden, das mir überallhin folgt.

»Das ist die Frau von Architekt Jackson«, höre ich die Leute tuscheln, wenn ich im Dorf an ihnen vorübergehe. »Du weißt schon, das Paar, das ...«

Sie flüstern und stupsen sich an und schauen mir mitleidig hinterher.

Es ist wie ein Stempel, den ich nun trage, ein Stempel, der »Das ist die Frau aus dem Norden, die bei uns eine neue Heimat gefunden hat« oder »Das ist die Frau, in die Matt Jackson sich damals im Beach House Café auf den ersten Blick verliebte« abgelöst hat.

Ich bin daran gewöhnt, dass im Dorf getuschelt wird, und es hat mich nie gestört, solange es um meine Beziehung mit Matt ging. Er ist das Beste, was mir jemals passiert ist.

Meine gequälten Schreie verwandeln sich in ein leiseres Schluchzen, und ich strecke meine Beine aus, wissend, dass mein Atem sich bald beruhigen wird und die Tränen versiegen. Schließlich stehe ich auf und mache mir einen Kaffee. Ich weiß, dass ich gleich wieder einigermaßen okay sein werde. Das muss ich auch. Ich kann so nicht weitermachen. Ich muss mein Leben zurückgewinnen, die Kraft finden, um weiterzugehen.

Draußen regnet es gerade, also öffne ich nur die Balkontür und lasse meine Seele von der Meeresluft trösten. Ich konzentriere mich auf den Leuchtturm in der Ferne und starre zu ihm hinaus. Manchmal tue ich so, als wäre Lily dort oben, auf dem Arm meiner Mutter, und beide würden auf mich warten. Als könnten sie mich sehen, wenn ich ihnen winke. Auch heute winke ich und schicke einen Kuss zu ihnen hinüber, bevor ich die Balkontür wieder schließe.

Ich versuche es erneut mit meinem Make-up und flechte zum Schluss meine langen Haare, wie ich es jeden Tag automatisch tue. Dann schnappe ich mir meine Jacke und die Schlüssel und verlasse das Haus. Ich halte mir vor Augen, dass jeder kleine Schritt, den ich mache, ein Erfolg ist und dass ich diesen Tag überstehen werde, egal, was er mir abverlangt.

Juliette

Wenn es in Westirland regnet, kriecht einem die Nässe förmlich unter die Haut – ein Umstand, auf den die anderen Touristen, die uns auf den bunten Straßen meines geliebten Killara begegnen, offenbar vorbereitet sind, denn sie tragen alle wasserdichte Kleidung und bedruckte Regenschirme, während ich in einer dünnen Bluse und einem leichten Rock daherkomme. Und in Sandalen. Meine Füße schwimmen in einer Flut aus Schlamm und Regenwasser und dem Geruch des Meeres ... Oh, dieser Geruch katapultiert mich direkt zurück zu den berauschenden Tagen in jenem unbeschwerten Sommer, als ich zuletzt durch die Straßen dieser malerischen Dorfidylle ging.

Wir sind heute Morgen sehr früh aufgebrochen, und knapp zehn Stunden später, nach der Autofahrt mit Helen zum Fährhafen, der Überfahrt von Holyhead nach Dublin und der Busfahrt quer durch Irland, sind wir endlich angekommen. Ich kann noch gar nicht glauben, dass wir wirklich in Killara sind. Vielleicht liegt es an Dan und an unserem Gespräch gestern Abend, das ich nicht abschütteln kann.

»Du bringst mich um«, sagte er, als ich ihm unser Reiseziel nannte. Ich konnte mich nicht überwinden, ihn auf die Ironie seiner Worte hinzuweisen. Nicht er wird bald sterben, sondern ich, und das ist genau der Grund, warum ich etwas Abstand zwischen uns schaffen muss. Dan kann mit meiner Krankheit nicht umgehen, konnte er noch nie, und je mehr er seinen Kummer in Alkohol und Selbstmitleid ertränkt, umso stärker ist mein Bedürfnis wegzulaufen. Ich liebe ihn, ich brauche ihn, aber im Moment habe ich nicht die Energie, ihn aufzubauen, wenn ich mich darauf konzentrieren muss, was aus Rosie wird.

»Und, was denkst du?«, frage ich sie, während wir durch die Pfützen auf dem Gehweg waten.

»Sieht voll öde aus«, antwortet sie. »Ich verstehe nicht, warum du ausgerechnet hierherkommen wolltest. Warum sind wir nicht nach Spanien oder nach Paris oder sogar nach London gefahren, wie du immer gesagt hast? Irgendwohin, wo es aufregend ist. Du bist so was von schräg.«
Mit schräg kann ich leben. Mit öde auch. Ich bin einfach nur froh, dass ich sie überhaupt überzeugen konnte mitzukommen, denn das war alles andere als leicht. Zu Hause gab es so viel wichtigere Dinge, zum Beispiel mit Josh und Sophie herumzuhängen und mit Brandon, dem neuen Jungen in unserem Viertel, dessen Vater als Security für irgendeine Disney-Pop-Prinzessin arbeitet, deren Namen ich vergessen habe. Aber ich weiß einfach, dass Rosie Killara genauso lieben wird wie ich, selbst wenn sie nie den sehr wichtigen, aber höchst nebensächlichen Grund erfährt, warum ich mich für die irische Provinz entschieden habe statt für ein aufregenderes Ziel.

Abgesehen vom Wetter hat sich Killara seit jenem Sommer vor all den Jahren nicht groß verändert. Natürlich erkenne ich die Pubs sofort wieder. Das O'Reilly's mit seiner pink gestrichenen Außenfassade, wo jeden Abend traditionelle irische Livemusik geboten wird; das Beach House Café auf dem Pier, das sich der besten Fischsuppe im ganzen Land rühmen kann, und das hellblaue Gebäude der Brannigan's Bar, die auch Gästezimmer vermietet – der Ort, an dem ich Skipper in jener verschwommenen, alkoholgetränkten Nacht, in der meine Tochter gezeugt wurde, kennenlernte.

Dieses Mal wohne ich nicht im Brannigan's, aber ich beschließe, um der alten Zeiten willen kurz reinzugehen, während wir darauf warten, dass wir in unser Cottage einchecken können, eine coole kleine Unterkunft direkt am Hafen und das Einzige, wofür Rosie sich begeistern kann.

»Tante Helen hat echt einen guten Geschmack«, sagte sie, als meine Schwester uns gestern Abend den Link für das Cottage schickte. Wir konnten gar nicht glauben, dass es dank einer Last-Minute-Stornierung verfügbar war – ein weiß getünchtes Häuschen mit einer knallgelben Eingangstür und zwei Schlafzimmern. Surfbretter und Neoprenanzüge sind inklusive, und der Eigentümer bietet Bootstouren zu den berühmten Cliffs of Moher an, was ich Rosie bereits schmackhaft gemacht habe. Die bloße Vorstellung, auch nur die Hälfte dessen, was ich für Killara geplant habe, umzusetzen, erschöpft mich, aber ich habe wie angekündigt eine Liste gemacht und kann es nicht erwarten, loszulegen und meinem Mädchen ein paar unvergessliche Erinnerungen zu verschaffen.

Vor dem Brannigan's atme ich tief durch und beiße mir auf die Unterlippe. »Bist du einverstanden, wenn wir uns kurz hier reinsetzen?«, frage ich Rosie. »Wir haben noch eine halbe Stunde, bevor wir unser Cottage beziehen können.«

Sie zuckt mit den Schultern und fröstelt leicht im Regen, dann folgt sie mir in die dunstige Hitze der Kneipe. Drinnen fühle ich mich sofort in alte Zeiten zurückversetzt. Es riecht nach Hausmannskost und Alkohol, der Boden ist mit einem dunkelblau-beige gemusterten Teppich ausgelegt, und obwohl der Abend noch nicht angebrochen ist, hat sich in der engen Bar bereits eine Gästeschar versammelt, die gebannt irgendeine Sportübertragung auf einem gigantischen Fernseher in der Ecke verfolgt.

In meinem Kopf ist wieder jener Sommer vor sechzehn Jahren, und trotz des Lärms in der Kneipe kann ich *seine* Stimme hören, ich sehe Birgit tanzen, rieche den Alkohol und den Schweiß und sein Aftershave auf meiner Haut und …

»Sorry, dass es hier so laut ist!«

»Was? Tut mir leid, ich war gerade ganz woanders«, antworte ich dem Barmann. »Ich musste gerade daran denken … ach, unwichtig. Was haben Sie gesagt?«

»Ich habe mich entschuldigt. Für den Krach. Im Moment läuft gerade ein wichtiges Meisterschaftsspiel«, erwidert er lächelnd. Er ist süß. Meine Schwester würde mich umbringen, wenn sie meine Gedanken lesen könnte. Der Kerl sieht aus, als wäre er höchstens fünfundzwanzig.

»Wer spielt?«, fragt Rosie, die urplötzlich Interesse an irischem Sport zeigt und anscheinend vergessen hat, wie öde sie diesen Ort gerade noch fand. »Tut mir leid, dass ich keinen Plan habe, aber ich bin aus England. Sozusagen eine Ausländerin.«

Der junge Mann zwinkert ihr zu, dann lächelt er wieder mich an. Oh, ich wünschte, ich wäre in der Lage zurückzuflirten – vorausgesetzt natürlich, meine Tochter wäre nicht hier, um mir Konkurrenz zu machen. Und vorausgesetzt, ich wäre fit genug, um überhaupt in Erwägung zu ziehen, ein bisschen Spaß zu haben. Ich trage auf dieser Reise meine neue Lieblingsperücke, einen blonden Bob, und sieht man von meinem aufgedunsenen Gesicht und meiner leicht schwammigen Figur ab, ist es für Außenstehende nicht offensichtlich, dass mit meinem medikamentenverseuchten Körper irgendetwas nicht stimmt. Ich empfinde beinahe Mitleid mit dem jungen Kerl, der definitiv ein Funkeln in den Augen hat und die erbärmliche Wahrheit vor ihm nicht erkennt.

»Galway gegen Mayo«, antwortet er auf Rosies Frage, aber unsere Gesichter verraten ihm, dass wir daraus nicht wirklich schlau werden. »Gaelic Football. Ein großes Lokalderby. So ähnlich, wie wenn Manchester United gegen Liverpool spielt, nur ein bisschen rauer und härter.«

»Ah, jetzt verstehe ich«, sagt Rosie. »Ich hoffe, euer Team gewinnt. Mein Urgroßvater war aus Waterford. Ist das hier in der Nähe?«

Er schüttelt lachend den Kopf, dann senkt er seine Stimme zu einem Murmeln. »Ich bin ja insgeheim für Mayo, aber das darfst du niemandem hier verraten.«

Sie sieht mich kurz an und erwidert dann sein Lächeln auf eine Art, die ich noch nie bei ihr beobachtet habe. Meine Tochter flirtet gerade mit diesem jungen Mann hier, und es kümmert sie nicht, dass ich danebenstehe. Sie wird langsam erwachsen. O Gott, ich werde das alles verpassen. Ich werde nicht da sein, um sie zu trösten, wenn sie später einmal Liebeskummer hat. Wer wird ihr erster richtiger Freund sein? Wer wird ihr das Herz brechen? Bei wem wird sie sich ausweinen, wenn sie nicht weiß, wie sie die ganzen Gefühle einordnen soll, die mit dem Verliebtsein einhergehen?

Aber dafür habe ich diesen Moment hier miterlebt. Wir sind gerade erst in Killara angekommen, und schon entdecke ich neue Dinge an ihr, und ich hoffe, dass auch sie in den nächsten Tagen neue Dinge an mir entdecken wird. Ich habe mit eigenen Augen gesehen, wie meine Tochter einen hübschen jungen Mann bezirzt, und selbst wenn ich das nie wieder sehen sollte, ist es zumindest etwas, das ich bis zu meinem Lebensende in meinem Herzen tragen kann. Wir schaffen jetzt schon denkwürdige Momente, aber jeder einzelne davon ist für mich eine Mahnung, dass ich nicht mehr viele übrig habe.

Diese verfluchte Krankheit. Sterben macht nicht den geringsten Spaß.

# KAPITEL 5

## Shelley

»Darling, ich habe den ganzen Morgen versucht, dich zu erreichen«, sagt Eliza, meine Schwiegermutter, als ich am frühen Nachmittag auf meinem Weg ins Dorf ihren Anruf entgegennehme. »Bist du gerade im Auto? Kannst du reden?«
»Ich bin im Auto, aber ich telefoniere über die Freisprechanlage«, sage ich. Ich habe mich den ganzen Vormittag vor ihren Anrufen gedrückt, aber nun, da ich ihre vertraute Stimme höre, wünschte ich, ich wäre früher drangegangen. Vielleicht wäre mir dann der Zusammenbruch erspart geblieben, wegen dem ich nun dreißig Minuten zu spät komme, um meine Assistentin Betty im Laden abzulösen.

»Es ist okay, heute zu weinen«, sagt Eliza, und ich nicke, während ich fahre, und spüre, dass in meinen Augen wieder Tränen brennen. »Weine jeden Tag, wenn dir danach ist, Schatz. Das gehört alles zu deinem Heilungsprozess. Die Farbe Blau ist heute gut für dich, das sagt mir mein Gefühl. Achte darauf. Sie wird dir Gutes bringen. Achte auf jemanden, der mit der Farbe Blau verbunden ist und deinen Weg kreuzt.«

»Ich bin auf dem Weg zur Arbeit«, erkläre ich ihr. »Hat Matt dir gesagt, dass du mich anrufen sollst? Bitte, Eliza, ich will heute keine Sonderbehandlung. Ich muss einfach versuchen, ganz normal weiterzumachen und mich beschäftigt zu halten. Das ist die einzige Möglichkeit, wie ich damit umgehen kann.«

Ich ignoriere ihre Empfehlung mit der Farbe Blau. Manche von Elizas mystischen Weisheiten sind ein großer Trost, andere prallen an meinem Zynismus ab, und ich verdränge sie in meinem Kopf ganz nach hinten.

»Tu, was immer du tun musst«, sagt Eliza und macht eine kurze Pause. »Du wirst wieder auf die Beine kommen, Shelley. Es wird alles wieder gut. Ich bete jeden Tag für dich, und ich sende dir Licht und Heilung. Positive Energie ist auf dem Weg zu dir, vergiss das nicht.«

Ich rolle mit den Augen und verkneife mir eine Antwort, aber ich habe nicht das Gefühl, dass alles wieder gut wird, egal, wie oft Eliza für mich betet. Egal, wie viele Chakren sie versucht zu öffnen oder zu reinigen, egal, wie viel Energie sie mir sendet, und egal, wie viele Kerzen sie für mich anzündet, ich glaube nicht, dass ich jemals wieder aus diesem tiefen Loch herauskommen werde. Abgesehen von Matt habe ich nichts und niemanden, für den es sich zu leben lohnt, und manchmal mache ich mir Sorgen, dass nicht einmal er genug ist.

»Danke für deinen Anruf«, sage ich zu Eliza, weil ich unser Gespräch beenden möchte, als ich im Dorf ankomme. »Ich weiß das wirklich zu schätzen.«

»Es werden schon bald gute Dinge auf dich zukommen«, sagt sie, und ich hole tief Luft.

»Glaubst du wirklich?«, sage ich, bevor sie auflegen kann. »Ich hoffe es, Eliza, denn ich bezweifle, dass ich noch länger so leben kann. Ich brauche etwas Hoffnung. Ich denke, ich bin bereit dafür, wenn ich nur ein Zeichen bekommen könnte.«

»Ich sage dir, achte auf die Farbe Blau«, betont sie noch einmal. »Du wirst die Zeichen erkennen, wenn du dafür bereit bist, Shelley. Hör zu, möchtest du, dass ich später bei dir vorbeischaue? Wir könnten ins Beach House gehen und dort zu Abend essen.«

Ich weiß, sie meint es gut, und ich weiß, Matt meint es gut, aber wie oft muss ich den beiden noch sagen, dass ich nicht fähig bin, unter Leute zu gehen? Ich würde gerne mal wieder auswärts essen, ich würde mich gerne mit erhobenem

Kopf zeigen, aber heute werde ich es gerade noch so schaffen, zur Arbeit zu gehen, vielleicht etwas einzukaufen und nach Hause zu fahren, in dieser Reihenfolge.

»Ich denke nicht, Eliza«, antworte ich. Das klingt undankbar, aber ich weiß, sie wird Verständnis haben. »Ich habe heute nicht wirklich Lust auf etwas, aber ich freue mich trotzdem über dein Angebot, das weißt du, und ich werde nach diesen Zeichen Ausschau halten. Ich bin bereit, nach jedem Hoffnungsschimmer zu greifen, der sich mir bietet.«

»Okay, nun, du weißt ja, wo du mich findest, wenn du so weit bist«, erwidert sie. »Also, Shell, halte an dieser positiven Einstellung fest. Du bist schon so weit gekommen, selbst wenn es sich für dich nicht immer so anfühlt. Dein Licht wird bald zurückkommen, das weiß ich einfach. Deine Mutter ist heute sehr nah. Sie sendet Engel in deine Richtung. Und Blau.«

»Ich werde versuchen, positiv zu bleiben«, sage ich. »Ich wünsche dir einen schönen Tag, Eliza. Bis bald.«

Ich lege auf und seufze, aber trotz meiner Nonchalance weiß ich ihren Anruf wirklich zu schätzen. Eliza erzählt mir wahrscheinlich nur das, was ich hören muss und wann ich es hören muss, aber es hilft mir, und in dieser Phase meiner Trauer würde ich alles ausprobieren. Das heißt, alles, das nicht voraussetzt, meinen Laden zu verlassen oder mein Haus – was mir nicht allzu viele Möglichkeiten gibt, richtig?

Ich parke meinen Wagen am Rand des Piers. Der Anblick der Fischerboote, die an ihrem üblichen Platz aufgereiht sind, bringt mich innerlich ein wenig zum Lächeln. Ich mag Vertrautheit, und nach dreizehn Jahren in Killara kann ich diesen kleinen Ort hier endlich mein Zuhause nennen – obwohl ein Teil von mir sich immer nach der Umarmung meiner Mutter oben im Norden sehnen wird, wo ich aufgewachsen bin. Ich hatte nie vor, hier sesshaft zu werden oder überhaupt nur länger zu bleiben als für einen Sommerurlaub, aber dann traf ich Matt, und der Rest ist Geschichte.

Ich steige aus und gehe hinüber zu meiner Boutique, meinem sicheren Zufluchtsort, wo ich mich ablenken kann, indem ich unverbindliche Gespräche mit Kunden führe, neue Ware sortiere oder Angebote von Flohmarkt- und Internet-Händlern durchstöbere, um die modischen Ansprüche meiner bunten Kundschaft zu erfüllen. Der Geruch im Laden – ein schwacher Duft nach Kaffee und Weihrauch (von Eliza wegen seiner Heilkräfte empfohlen) – umfängt mich und gibt mir die Kraft, Schritt für Schritt weiterzumachen.

Terence, mein Lieferant, ist heute offenbar spät dran, was sonst nie vorkommt, aber das bringt mich wenigstens auf andere Gedanken. Schon bald bin ich bei meiner dritten Tasse Kaffee angelangt. Ich versuche mit aller Macht, mich auf eine Klatschzeitschrift zu konzentrieren, um mich von diesem Tag abzulenken, der sich trotz meiner Bemühungen, mich beschäftigt zu halten, in die Länge zieht. Vielleicht hätte ich heute erst gar nicht hierherkommen sollen. Vielleicht hätte ich wegfahren sollen, irgendwohin für eine kleine Abwechslung, aber ich kann mich ehrlich gesagt nicht erinnern, wann ich mich das letzte Mal weiter fortgewagt habe als dorthin, wo ich im Moment stehe, in meine Boutique.

Die Ladenglocke bimmelt, als eine Frau hereinkommt, und ich strecke mich kerzengerade und versuche, sie mit einem Lächeln zu begrüßen. Sie wendet sich den Ständern im Eingangsbereich zu, so wie es die meisten Leute tun, wenn sie den Laden betreten. Lily Loves ist eine richtige Schatzkammer voller bunter Retro-Mode, und ich behandele jedes Kleidungsstück, als wäre es aus Gold. Meine Kunden sind der einzige Kontakt zur Außenwelt, den ich pflege, sieht man von meinem engsten Umfeld ab.

Diese Frau ist keine Einheimische, sondern sicher eine

Touristin, und ich muss dafür sorgen, dass sie sich hier willkommen fühlt.

»Auch hallo«, sagt sie mit britischem Akzent. »Was für ein Wetter!«

»Regnet es immer noch?«, frage ich. Sie ist bis jetzt meine einzige Kundin an diesem Nachmittag, und ich bin froh über ihr Erscheinen, aber ich werde wie üblich bei meinem Small Talk bleiben. Ich fühle mich sicher, solange ich über das Wetter, Mode und Schmuck reden kann, doch ich würde sterben, wenn diese Frau ein richtiges Gespräch jenseits dieser Themen beginnen würde.

Sie nickt und schaudert als Antwort, dann widmet sie sich zu meiner großen Erleichterung den Kleiderständern, während ich mich wieder auf meine Zeitschrift konzentriere, in der ich gerade von einer Frau lese, die mehr als fünfzig Kilo abgenommen hat, nur um anschließend von ihrem Mann verlassen zu werden. Nett.

»Haben Sie dieses Kleid auch noch in anderen Größen?«, fragt die Engländerin mich schließlich, und ich schalte wieder in den Geschäftsmodus, gerne bereit, über das zu sprechen, womit ich mich am besten auskenne. »Ich habe offensichtlich vergessen, wie unbeständig das Wetter hier in Irland ist, und die falschen Sachen eingepackt.«

Das sehe ich, würde ich am liebsten erwidern, aber natürlich steht es mir nicht zu, ihre Aufmachung zu kommentieren.

Sie ist ungefähr in meinem Alter, vielleicht ein bisschen älter, und sie hat ein sehr herzliches Lächeln. Leider muss ich ihr sagen, dass das pastellgrüne hochgeschlossene Kleid aus leichter Wolle mit den langen Ärmeln, das sie sich ausgesucht hat, das letzte von nur drei Exemplaren ist. Allerdings wirkt sie nicht so enttäuscht, wie ich es bin. Sie hängt das Kleid auf den Ständer zurück, um dann weiterzustöbern.

»Typisch, dabei hätte es mir so gut gefallen …«, murmelt sie, während sie die Kleider an den Stangen durchkämmt.

»Man hat mir gesagt, Rot sei meine Farbe, und trotzdem wähle ich immer Grün.«

»Ich habe ein ähnliches Modell in Gelb da, wenn Ihnen das weiterhilft«, sage ich, aber dann müssen wir beide schmunzeln, als sie auf ihre hellblonden Haare deutet.

Sie zuckt mit den Achseln. »In Gelb würde ich aussehen wie Bibo«, sagt sie. »Ich hätte für meinen Urlaub eine andere Perücke mitnehmen sollen als ausgerechnet die sexy Blondine. Ich war in meinem ganzen Leben noch nicht blond! Dafür habe ich mir schon so oft die Haare gefärbt, dass ich mich gar nicht mehr an meine Naturhaarfarbe erinnern kann.«

Ich nicke nervös, als ich erfahre, dass sie eine Perücke trägt, und schaue dann wieder auf meine Zeitschrift, vollkommen blockiert von der Vorstellung, mit dieser Fremden über etwas anderes zu reden als meine sicheren Themen.

Zum Glück scheint ihr meine Zugeknöpftheit nichts auszumachen, trotzdem stelle ich vorsichtshalber die Hintergrundmusik ein wenig lauter und versuche, mich auf die TV-Stars zu konzentrieren, die mir nun aus meiner Illustrierten entgegenschauen.

Hin und wieder werfe ich einen Blick zu der Frau, die sich weiter im Laden umsieht. Im Moment hält sie eines meiner Lieblingsstücke hoch, ein königsblaues knielanges Wickelkleid aus Jersey, und am liebsten würde ich ihr sagen, dass ihr die Farbe sehr gut stehen würde, aber ich habe Angst, dass sie sich dadurch ermuntert fühlen könnte, mir ihre eigene traurige Geschichte zu erzählen. Das würde meine Schleusen öffnen, und ich will auf keinen Fall über Lily sprechen. Heute brauche ich positive Gedanken.

»Kann ich das hier anprobieren?«, fragt die Kundin. »Ich brauche dringend etwas Wärmeres als T-Shirts und Shorts oder Röcke aus so dünnem Stoff, dass man durchspucken kann. Was um alles in der Welt habe ich mir bloß dabei gedacht? Das ist die Strafe dafür, dass ich so überstürzt hierhergekommen bin.«

Sie verschwindet kurz in der Umkleidekabine, und wie ich erwartet habe, sitzt das Kleid wie angegossen, und die Farbe kaschiert die Blässe in ihrem Gesicht.

»Es steht Ihnen wirklich gut.«

»Finde ich auch«, erwidert sie, während sie ihr Spiegelbild bewundert. »Wie viel kostet es?«

»Sechzig Euro«, sage ich. »Aber ich kann es Ihnen für fünfundfünfzig anbieten.«

Sie will gerade antworten, als Terence vor dem Eingang erscheint und die Tür wie immer mit der Schulter aufdrückt, die Hände beladen mit Kartons voller schöner neuer Sachen für den Laden.

»Sorry, Shelley! Aber besser spät als nie!«, ruft er zur Begrüßung. »Ich bin aufgehalten worden. Hast du meine SMS bekommen?«

Ich drehe den Kopf zu meiner Kundin, aber sie ist wieder in der Umkleidekabine verschwunden, also konzentriere ich mich auf Terence und die Lieferung.

»Habe ich nicht, aber ist schon gut«, sage ich zu ihm. »Ich dachte, du hättest mich wegen der Sportübertragung versetzt.«

Terence stellt die Pakete auf den Boden und wischt seine Hände an seiner alten schwarzen Jacke ab. »Ich hoffe, ich schaffe es vor dem Ende der zweiten Halbzeit nach Hause«, erwidert er und gibt mir den Lieferschein zum Unterschreiben. »Du bist heute meine letzte Kundin. Das Beste hebe ich mir immer bis zum Schluss auf.« Er zwinkert mir zu.

Ich zucke kurz zusammen, als ich das Datum auf den Beleg schreibe, und wende mich schnell wieder einem unverfänglichen Thema zu. »Der Regen hört nicht auf. Ein richtiges Schmuddelwetter für diese Jahreszeit, nicht wahr? Wo zum Teufel ist unser Sommer hin?«

Die Frau mit der blonden Perücke kommt aus der Umkleidekabine und hängt das blaue Kleid zurück an seinen Platz. Dann winkt sie flüchtig in meine Richtung und schlüpft wortlos zur Tür hinaus. Eigenartig. Ich war mir sicher, sie würde das Kleid nehmen.

»Ein absolutes Sauwetter«, bekräftigt Terence. »Ich habe auf einen Sieg von Galway gewettet, aber ich glaube, ich habe mich dabei mehr von meinem Herzen leiten lassen als von meinem Verstand. Wie ist dein Tipp?«

»Hm?«

Ich sehe an ihm vorbei auf die Straße, wo die Frau durch den Nieselregen davonhuscht, während sie ihre Handtasche über ihren Kopf hält.

»Dein Tipp für das Spiel?«, fragt Terence.

»Ach so, ja, das Spiel. Ich hoffe, wir gewinnen«, murmele ich.

»Pass gut auf dich auf, Engelchen«, sagt er, und da er mich ziemlich gut kennt, belässt er es dabei. Ich begleite ihn zur Tür und kann nicht widerstehen, einen kurzen Blick hinauszuwerfen. Ich beobachte, wie die blonde Engländerin an ein paar eingefleischten Footballfans in Galway-Trikots vorbeigeht, die draußen vor dem Brannigan's ihre Halbzeit-Zigaretten rauchen, bevor sie in Richtung Hafen verschwindet.

Ich sehe hier jeden Tag Touristen, das ganze Jahr über, aber etwas an dieser Frau hat meine Aufmerksamkeit geweckt, auf eine gute Art, und ich wünschte, ich hätte mich mehr um sie bemüht. Ich wünschte, ich hätte den Mut, mich richtig mit den Leuten zu unterhalten, vor allem mit anderen Frauen. Ich würde ja gerne neue Freundschaften schließen, neue Kontakte knüpfen. Aber ich stecke fest. Ich habe zu viel Angst davor, mich anderen Menschen zu öffnen und ihnen mein Herz auszuschütten. Ich nehme an, jeder hat seine eigenen Sorgen, und wer will schon ausgerechnet meine hören?

# KAPITEL 6

JULIETTE

»Ich habe mein Portemonnaie vergessen«, sage ich zu Rosie, die es sich im Cottage, das für die nächsten sieben Tage unser Zuhause sein wird, auf dem Sofa gemütlich gemacht hat. »Wie zum Henker konnte mir das passieren? Ich war in der Vintage-Boutique und habe ein wunderschönes Kleid anprobiert, aber dann musste ich feststellen, dass ich kein Geld dabeihatte. Hast du mein Portemonnaie irgendwo gesehen?«
»Das WLAN ist voll lahm«, sagt Rosie und ignoriert völlig, was ich gerade gesagt habe. »Ich werde hier vor Langeweile eingehen. Wo liegt dieser Ort überhaupt? Am Arsch der Welt, oder was? Ich kann ihn nicht einmal auf Google Maps finden!«
Sie ist gerade am Snapchatten oder was immer Teenager mit ihren Smartphones tun, wenn sie jede ihrer Bewegungen dokumentieren und mit der Welt teilen, und ihre Gleichgültigkeit gegenüber der Realität und dem Umstand, dass ich mein Portemonnaie nicht finden kann, ärgert mich.
»Rosie, hast du mein Portemonnaie gesehen?«, frage ich wieder. »Ich war gerade in dieser netten Boutique um die Ecke, um mir etwas Warmes zum Anziehen zu kaufen, und das Portemonnaie war nicht in meiner Handtasche. Rosie?«
Sie stöhnt und schwingt ihre langen Beine von der Couch, dann geht sie zu der Kommode an der Wand und holt mein Portemonnaie aus ihrer Handtasche.
»Leidest du an Gedächtnisverlust, oder was?«, motzt sie mich an. »O Mann. Du hast es mir vorhin im Pub gegeben, als du die Getränke bezahlt hast, und mich gebeten, es sicher zu verwahren, bis wir hier sind. Ständig vergisst du Sachen und tust dann so, als wäre es meine Schuld! Ich habe keinen

Bock auf dieses Kaff! Ich sterbe hier jetzt schon vor Langeweile!«

Ich nehme das Portemonnaie an mich und stecke es in meine Handtasche, verwirrt über das, was hier gerade geschieht. Ich weiß nicht, was mich mehr erschüttert – der Umstand, dass ich mich überhaupt nicht daran erinnern kann, Rosie mein Portemonnaie gegeben zu haben, oder die Art, wie sie mit mir spricht. Wir haben noch nie unsere Stimmen gegeneinander erhoben, und ich will ganz sicher nicht, dass wir jetzt damit anfangen.

»Rosie, dieser Ort ist wunderschön, und ich weiß, dass es gerade regnet und dass du ein schnelleres WLAN gewöhnt bist, aber ich möchte, dass dieser Urlaub ganz besonders für uns wird. Wir sind schon so lange nicht mehr zusammen verreist.«

»Wovon redest du? Wir waren letztes Jahr in Salou. Und warum müssen wir überhaupt in den Urlaub fahren? Was soll diese überstürzte Reise?«

»Ja, letztes Jahr waren wir mit Dan in Salou«, erwidere ich. »Aber ich meinte nur uns beide. Ich habe für die nächsten Tage viele schöne Dinge für uns geplant, und ich wünsche mir wirklich sehr, dass wir beide diesen Urlaub genießen. Bitte ruiniere ihn nicht, bevor er richtig begonnen hat.«

Sie lässt sich zurück auf die Couch plumpsen und vergräbt ihre Nase in ihrem Handy, dann kichert sie über irgendeine neue Nachricht, was mir einen Stich versetzt. Sie behandelt mich wie Luft, und das gefällt mir kein bisschen.

»Rosie?«, sage ich zu ihr. »Rosie, würdest du mir bitte zuhören? Ich habe mir viel Mühe gegeben, um uns diesen Urlaub zu ermöglichen. Ich habe eine Liste …«

»Sag nichts, Mum. Du hast wieder mal lauter Sachen geplant, die du sowieso nicht durchziehen wirst«, murmelt sie. Wenigstens hat sie mir halb zugehört, aber erneut tun ihre Worte weh. Das bin ich wirklich nicht gewohnt.

»Ich gehe noch mal in den Laden, um mir das Kleid zu kaufen. Ich hoffe, du arbeitest an deiner Einstellung, bis ich wieder zurück bin.«

Ich bin kurz davor, ihr zu sagen, dass ich versuche, unsere letzten gemeinsamen Tage perfekt zu machen. Dass ich nicht mehr lange auf dieser Welt sein werde. Dass ich bald sterbe. Dass es nicht bloß irgendein Urlaub ist, sondern unser allerletzter. Aber ich halte mich zurück und lasse sie weiter mit ihrem Smartphone spielen. Dies ist ganz bestimmt nicht der richtige Moment, aber ich bin sicher, dass er in den nächsten sieben Tagen kommen wird.

SHELLEY

Matt ruft zum zweiten Mal an diesem Nachmittag an, als ich gerade letzte Hand an die Schaufensterpuppe lege. Sie trägt ein wunderschönes, goldglitzerndes Fransenkleid, das heute mit der Lieferung gekommen ist. Ich halte den Hörer zwischen Ohr und Schulter geklemmt, um die Hände frei zu haben, während ich die Wespentaille meines angeblichen Größe-36-Modells abstecke.

»Im Dorf ist heute bestimmt jede Menge los«, sagt Matt. »Du weißt schon, wegen des Derbys. Hast du zufällig mitbekommen, wie es steht? Ich dachte, ich rufe zuerst dich an, bevor ich selber nachschaue.«

»Tut mir leid, ich habe keine Ahnung«, sage ich und höre nur halb zu, während ich meine Schaufensterdekoration bewundere. Diesen Teil meines Berufs mochte ich immer am liebsten, und mir wurde schon mehr als einmal gesagt, dass ich ein Talent dafür habe. »Hoffentlich gewinnen wir.«

»Du sagst das, als würde es dich wirklich kümmern«, erwidert Matt und lacht. »Shelley, der Footballfan. Hör zu, ich muss mich mal wieder um meinen Kunden kümmern. Dieser

Bert ist ein launischer alter Mistkerl. Aber ich habe mir überlegt, wenn wir das Spiel gewinnen, solltest du heute Abend vielleicht ausgehen, um dich abzulenken. Du könntest eins der Mädels anrufen, so wie früher. Obwohl ich vermute, dass im Dorf so oder so die Hölle los sein wird, egal, wie das Spiel ausgeht. Es passiert selten, dass wir in der Meisterschaft so weit kommen, also kann man das auch getrost feiern. Was hältst du davon?«
Ich muss bei dem bloßen Gedanken schlucken. »Wovon?«
»Mitzufeiern. Heute Abend.«
»Ich ... ich kann nicht, Matt«, stammele ich. »Du weißt, dass ich heute Abend nicht feiern kann, selbst wenn Galway die Weltmeisterschaft gewinnen würde. Ausgeschlossen. Nicht heute.«
Sein Schweigen irritiert mich.
»Bist du noch da?«, frage ich.
»Ja, natürlich bin ich noch da«, sagt er. »Vergiss einfach, dass ich es erwähnt habe. Ich denke nur, manchmal ist es gut, sich abzulenken. Ich weiß, dass es bei mir funktioniert, und im Geschäft kommst du doch auch gut klar, oder?«
»Gut klar?«
»Shelley, ich versuche hier gerade mein Bestes. Ich bin in Belgien und vermisse dich wie verrückt, und es frustriert mich, dass ich ausgerechnet heute nicht bei dir sein kann. Ich hasse die Vorstellung, dass du nachher alleine zu Hause hockst. Bitte unternimm etwas, statt dich zu vergraben. Ein kleiner Drink mit Freunden schadet doch nicht, und es bringt sie auch nicht zurück, wenn du dich zu Hause verkriechst und dir die Augen ausheulst!«
Das hat wehgetan. Er hat ja recht, ich sollte nicht die ganze Zeit alleine zu Hause sitzen, aber wie könnte ich heute ein blödes Footballspiel feiern?
»Ich muss aufhören. Sorry. Wir reden später weiter, Matt. Bis dann.«

»Shell?«
»Bis dann.«
Ich lege auf und zucke zusammen, als die Ladenglocke klingelt und jemand hereinkommt. Es ist wieder die Engländerin mit der blonden Perücke – nur dass sie dieses Mal ein bisschen zerrupft wirkt.
»Ist alles in Ordnung?«, frage ich sie und breche damit meine eigene Regel, keine Gespräche zu führen, die über Mode und das Wetter hinausgehen. »Sie sind vorhin ziemlich schnell verschwunden.«
»Ich würde bitte gerne das blaue Kleid kaufen«, erwidert sie angespannt. »Ich kann nicht glauben, dass ich nichts Warmes zum Anziehen eingepackt habe. Ich kann nicht glauben, dass ich hier bin ... und eigentlich kann ich es mir nicht wirklich leisten, so viel Geld auszugeben. Seien wir mal ehrlich, ich werde von dem Kleid ohnehin nicht lange etwas haben, aber ich ... ich nehme es einfach.«
Und damit bricht sie in Tränen aus.

JULIETTE

»Das alles tut mir so leid«, sage ich schniefend und hole meine Kreditkarte heraus, während die gleichmütige Verkäuferin mein neues Kleid in eine sehr elegante Papiertüte packt. »Es ist nicht so, als hätte es einen großen Streit gegeben oder so, aber es hat mich ins Grübeln gebracht, wissen Sie, es hat mir richtig zugesetzt, dabei habe ich mich bisher durch nichts aus der Ruhe bringen lassen. Dieses Mal schon. Aber ich muss stark sein. Aus diesem Grund bin ich hier. Um stark zu sein. Für sie. Um das Richtige zu tun. Für sie.«
Ich schwafele herum. Vor einer Fremden. Die arme Frau ist weiß wie ein Laken, als sie mir die schicke Tüte über die kleine Verkaufstheke reicht.

»Wissen Sie, ich habe tolle neue Sachen reinbekommen, gleich nachdem Sie weg waren«, sagt sie wie auf Autopilot. »Es sind ein paar wirklich schöne Stücke darunter, also falls Sie wiederkommen und mehr anprobieren möchten, sind Sie herzlich dazu eingeladen. Ich kann Ihnen auch gerne wieder einen Preisnachlass geben, am Geld soll es nicht scheitern. Sie sollen doch in Ihrem Urlaub nicht frieren.«

»Ich werde nicht wiederkommen. Es hat keinen Sinn, mir jetzt noch lauter hübsche Sachen zu kaufen«, erkläre ich ihr. »Ich habe nicht mehr die Zeit, um sie alle zu tragen.«

Hat sie mir überhaupt richtig zugehört? Vermutlich ist es besser, wenn nicht. Vielleicht wurde sie dazu ausgebildet, professionelle Distanz zu wahren und sich mit Fremden auf nicht mehr als einen Small Talk einzulassen, nach dem Motto: Hauptsache, der Umsatz stimmt. Und ich sollte nicht so herumlamentieren vor jemandem, der keine Ahnung hat, warum ich hier bin beziehungsweise wie wenig Zeit mir noch bleibt.

»Okay, nun, jedenfalls haben Sie mit dem Kleid eine gute Wahl getroffen«, sagt sie, während sie nervös an ihren langen, geflochtenen Haaren zupft. »Ich freue mich, dass Sie extra dafür zurückgekommen sind. Es entspricht ganz Ihrem Typ. Der Stil passt zu Ihnen, und die Farbe harmoniert gut mit Ihren Haaren, ich meine, mit Ihrer Perücke. Tut mir leid, ich bin gerade ein bisschen unkonzentriert. Vielen Dank für Ihren Einkauf. Beehren Sie uns bald wieder.«

Abgesehen von ihrem nervigen Haarezupfen verhält sie sich beinahe wie ein Roboter, und ich würde sie am liebsten an den Schultern packen und schütteln. Eine todkranke Frau hatte gerade vor ihren Augen einen Zusammenbruch, und sie ist zu sehr mit ihrer verdammten neuen Ware beschäftigt, um es richtig wahrzunehmen.

Ich öffne den Mund, um meinen Unmut herauszulassen, aber dann sehe ich, dass ihre Augen in Tränen schwimmen, und der gequälte Ausdruck darin geht mir durch Mark und Bein.

»Es geht Ihnen gerade selbst nicht gut, oder?«, sage ich, und sie gibt mir ein Papiertaschentuch, wieder ganz mechanisch, als würde sie versuchen, mich auszublenden. Ich wische mir die Nase ab und tupfe meine Augen trocken. Dieses Mal war ich nicht so dumm, Wimperntusche aufzutragen.

Sie schüttelt den Kopf und blickt nervös zum Schaufenster und zur Tür, als hätte sie Angst, dass jemand hereinkommen und sie so sehen könnte.

»Ich bin okay, aber danke«, antwortet sie. »Sie sagten vorhin, Rot sei Ihre Farbe. Ich habe in Ihrer Größe ein hübsches rotes ...«

Ein paar einzelne Tränen entkommen ihren Augen und veranlassen sie dazu, sich zu unterbrechen und Luft zu holen. Sie wischt sie nicht ab. Sie nimmt erneut Anlauf. »Ich habe für Sie ein sehr hübsches rotes ...«

»Oh, um Himmels willen«, falle ich ihr ins Wort. »Vergessen Sie bitte das hübsche rote Irgendwas in meiner Größe. Es geht Ihnen überhaupt nicht gut, stimmt's?«

Sie schüttelt wieder den Kopf, schürzt aber gleichzeitig trotzig ihre Lippen. Im Gegensatz zu mir ist sie offensichtlich nicht anfällig für öffentliche Zusammenbrüche vor Fremden. »Vielen Dank ... für Ihren Besuch.«

Sie nickt mir zu, und ich warte darauf, dass sie mir einen schönen Tag wünscht, so wie es bestimmt in ihrem Drehbuch steht, aber das tut sie nicht.

»Ich habe zu danken«, erwidere ich schließlich, und dann sage ich es für sie: »Ich wünsche Ihnen noch einen schönen Tag.«

Im Cottage hänge ich das blaue Kleid aus der Boutique an die Schranktür. Ich ziehe die Sandalen und meine feuchten Shorts aus und lasse mich aufs Bett fallen. Von hier aus kann ich den

Hafen von Killara sehen, und ich atme die Meeresluft ein, die durch das offene Fenster hereinkriecht.

Mit geschlossenen Augen lausche ich den Geräuschen des frühen Abends in diesem kleinen versteckten Juwel von einem Ort, der einst mein Leben veränderte. Ich frage mich, ob *er* irgendwo da draußen ist, auf der Straße oder auf einem Boot, vollkommen ahnungslos, dass seine Tochter, sein eigen Fleisch und Blut, so nah bei ihm ist, ebenfalls nichts von meiner Vorgeschichte in diesem Dorf und ihrer tiefen Verbindung damit ahnend.

»Du spielst in einer ganz anderen Liga«, sagte er mir an jenem Abend, als wir uns kennenlernten, und ich lachte als Antwort. Auf keinen Fall war ich zu gut für ihn. Ich sah doch, wie die Frauen ihn umschwärmten und bei jedem seiner Worte dahinschmolzen. Noch heute erinnere ich mich an seine gewellten schwarzen Haare und die dunkelbraunen Augen, die mir weiche Knie verursachten ... obwohl das vielleicht auch am Wodka und den Cocktails gelegen haben könnte, die Birgit und ich getrunken hatten. Wenn er nur wüsste, was er zurückgelassen hat, als er sich am nächsten Morgen aus dem Staub machte.

Und wo wir gerade vom Resultat unserer kurzen Begegnung sprechen: Mein Schwelgen in Erinnerungen dauert nicht lange, bevor es von einer rasenden Hormonbestie unterbrochen wird, die einmal laut an die Tür klopft und dann hereinstürmt.

»Ich dachte, du hast gesagt, wir gehen gleich essen!«, herrscht sie mich an, eine Hand in die Hüfte gestemmt, und ich weiß nicht, ob ich angesichts ihrer neu entdeckten pubertären Patzigkeit lachen oder schreien soll.

»Wir können gleich los, ich wollte mich gerade umziehen«, antworte ich. »Regnet es noch?«

Sie rollt mit den Augen, als hätte ich nach etwas so Naheliegendem gefragt wie nach meinem eigenen Namen.

»Natürlich regnet es noch. Es schifft ohne Ende. Ich weiß wirklich nicht, warum du mich hierhergeschleppt hast. Gibt es hier einen McDonald's? Ich bin am Verhungern!«

»Am Verhungern?«, sage ich. »Meinst du das im wörtlichen Sinn? Ich bezweifle nämlich stark, dass diese Gefahr besteht. Nicht nach dem Lunch, den wir vorhin hatten.«

»Also gut, mir ist einfach langweilig, und wenn mir langweilig ist, esse ich halt. Gibt es hier einen Mecces oder vielleicht sogar einen Subway oder KFC?«

»Nein, Rosie, hier gibt es keinen Mecces, meilenweit kein einziger Big Mac in Sicht. Ist das nicht wundervoll?«

Ihre Augen werden ganz schmal, und ihr Gesicht verzerrt sich, und ich schwöre, dass ich diese Person vor mir kaum wiedererkenne. Wer zum Henker hat meine geliebte Tochter gekidnappt und mich mit diesem Kind des Teufels zurückgelassen?

»Wie kann man hier nur leben? Das ist die totale Einöde!«, schnaubt sie wütend. »Es gibt hier nicht mal richtiges Internet, und hast du das Programm in der Glotze gesehen? Wie aus den Achtzigern!«

Also offensichtlich tiefstes Mittelalter.

»Du hast Killara noch gar nicht richtig gesehen«, wende ich ein. »Wir sind gerade erst angekommen. Gib diesem Ort eine Chance.«

Aber Rosie liegt bereits die nächste Beschwerde auf der Zunge. »Regnet es eigentlich *die ganze Zeit* in Irland? Seit wir hier sind, pisst es ununterbrochen. Ist das jeden Tag so?«

»Nein, nicht *jeden* Tag, Rosie.«

»Da habe ich aber was anderes gelesen!«, erwidert sie. »Ich habe das Wetter gegoogelt und musste erst einmal eine Ewigkeit warten, bis die Seite hochgeladen war, und da stand dann, dass man hier an einem Tag alle vier Jahreszeiten erleben kann. Heißt das also, dass es nachher noch schneien wird? Na großartig!«

»Nun, mittwochs regnet es nie«, versuche ich zu scherzen, aber wieder sieht sie mich an, als wäre *ich* diejenige von einem anderen Planeten. »Hör zu, Rosie, gib mir zwanzig Minuten, und wir ziehen los ins Dorf und schauen, ob wir was finden, wo es dir gefällt, egal, was das Wetter macht. Du fandest den jungen Barmann vorhin doch ganz nett, oder?«

»Mum, geht's noch? Ich fand nur seinen Akzent irgendwie nett. Also, mach bitte hin, ich komme um vor Hunger.«

»Okay, okay, ich bin in zwanzig Minuten fertig. Kannst du noch so lange warten, oder wirst du in der Zwischenzeit an Langeweile sterben?«

Sie stößt ein tiefes Seufzen aus. »Kann ich mir draußen die Beine vertreten, bis du so weit bist?«

»Im Regen?«

»Ich kann ja einen Schirm mitnehmen. Neben der Tür stehen zwei davon. Oder vielleicht sollte ich bei diesem Wetter gleich besser einen Neoprenanzug anziehen.«

Ich zögere, während ich überlege, ob ich sie auf eigene Faust herumwandern lassen soll. Aber wir sind hier tatsächlich mitten in der Pampa, und draußen ist es noch hell, und ich schätze, ich sollte jeden Funken von Enthusiasmus unterstützen, den mein Kind für unseren Urlaubsort zeigt.

»Sei in zwanzig Minuten wieder da, und nimm dein Handy mit, falls du dich verläufst«, sage ich, wohl wissend, dass diese Gefahr ziemlich gering sein dürfte. »Aber geh nicht zu weit weg. Bleib in der Nähe des Hafens.«

»In diesem Kuhkaff kann man sich wohl kaum verlaufen«, erwidert sie beleidigt. Und damit dreht sie sich um und knallt nicht nur meine Zimmertür zu, sondern auch die Haustür, als sie das Cottage verlässt.

Ich koste die Stille aus, die danach einkehrt. Rosie hat einfach nur Wut im Bauch, das weiß ich. Ich möchte sie so gerne beschützen, aber ich bin müde, zu müde, um nach so einem langen Tag noch groß zu diskutieren. Trotzdem, ich darf nicht schlappmachen, schließlich bin ich hergekommen, um Zeit mit meiner Tochter zu verbringen, also muss ich mich zusammenreißen, obwohl sie mir gerade echt auf die Nerven geht und ich mich viel lieber unter meiner Decke verkriechen würde, statt auszugehen.

Ich massiere meine pochenden Schläfen und bin ganz froh, dass ich einen Moment für mich habe. Zwanzig Minuten voneinander getrennt zu sein, wird uns nicht umbringen. Zumindest hoffe ich das.

# KAPITEL 7

SHELLEY

Ich komme gegen sechs Uhr nach Hause und lächele, als Merlin mich am Tor begrüßt. Er wedelt eifrig mit dem Schwanz und bellt vor Freude darüber, dass er endlich Gesellschaft hat, nachdem er den ganzen Nachmittag alleine war. Sein Fell ist nass vom Regen, und als ich aus dem Wagen steige, stellt er sicher, dass auch ich nass werde, indem er mit seinen schmutzigen Pfoten an mir hochspringt.

»Du bist ein Dummerchen, Merlin«, sage ich zu ihm. »Warum bist du bei dem Regen nicht reingegangen? Dafür haben wir die Hundeklappe doch eingebaut.«

Natürlich kümmert es ihn nicht, was ich sage. Er interessiert sich deutlich mehr für den Inhalt meiner Einkaufstasche, obwohl ich ihm versichere, dass er damit nicht viel anfangen kann. Ich koche ungern für mich alleine, aber für die nächsten paar Abende habe ich keine andere Wahl. Na ja, genau genommen habe ich eine Wahl. Ich könnte auf Elizas Angebot zurückkommen, oder ich könnte Matts Vorschlag annehmen und eine meiner unendlich geduldigen Freundinnen anrufen, obwohl sie es langsam satthaben dürften, sich darum zu bemühen, dass es mir besser geht. Man sagt, die Zeit heilt alle Wunden, aber dessen bin ich mir nicht mehr so sicher.

Merlin folgt mir zur Haustür, immer noch bellend und schwanzwedelnd, und als ich dort ankomme, sehe ich den Grund für seine Begeisterung. Ich glaube wirklich, dieser Hund könnte sprechen, wenn er es versuchen würde. Er sieht mich an, dann den Blumenstrauß, der auf der überdachten Veranda abgelegt wurde, und schließlich heftet er seinen Blick wieder auf mich, als wäre er gespannt, wie ich auf dieses unerwartete Geschenk reagiere.

»Wow, damit habe ich wirklich nicht gerechnet«, sage ich zu ihm. »Wer war hier, Merlin? Von wem kommt das?« Das kirschrote, weiße und saftgrüne Gebinde ist eine Augenweide. Merlin beobachtet mich, während ich die Blumen auf der Kommode in der Diele ablege, meine Einkaufstasche auf den Boden stelle und meine Jacke ausziehe, bevor ich neugierig das Kärtchen aufklappe, das am Strauß befestigt ist. Ich lese die Grußbotschaft, dann atme ich tief ein und lange und hart wieder aus, so wie ich es in der Therapie gelernt habe, um nervöse Energie oder Stress abzulassen. Ich nehme mein Handy aus der Handtasche und schreibe eine SMS an meine Freundin Sarah.

*Danke, dass du daran gedacht hast*, tippe ich und drücke auf *Senden*, dann mache ich mich auf den Weg in die Küche, um eine Vase zu holen und den Blumen die Aufmerksamkeit zu geben, die sie verdienen. Als ich zur Spüle gehe, kommt bereits Sarahs Antwort.

*Ich werde sie nie vergessen*, lese ich. *Ruf mich an, wenn du mich brauchst – wann immer du so weit bist. Kein Druck. LG*

Ich stelle die Vase mit den Blumen auf den Esszimmertisch, und zu meiner Überraschung spendet mir der bunte Anblick in dem weißen Raum ein wenig Trost. Es war meine Bedingung, dass alles ganz in Weiß sein sollte, als Matt mich schließlich überredete, nach Lilys Tod in diesem Haus zu bleiben. Ich ließ es von oben bis unten umgestalten, alles schlicht und neutral, ohne Schnickschnack, ohne Schwere und ohne bunte Farben – und vor allem ohne Herz. Gott sei Dank spielte Matt mit und ließ mich einfach machen. Ich musste unsere häusliche Umgebung, unser Familiennest, einem Kahlschlag unterziehen und alle Erinnerungen von den Wänden entfernen. Ihre gemalten Bilder, die den Kühlschrank zierten, packte ich in eine Schachtel, genau wie die gerahmten Fotos ihrer ersten Male – ihr erster Besuch beim Friseur, ihre erste Fahrt mit dem Dreirad, ihr erstes Weihnachten und ihre ersten drei Geburtstage –, und verstaute alles oben in ihrem Zimmer.

Es ist der einzige Raum, den ich nicht weiß streichen ließ. Das konnte ich nicht. Ich habe die Tür verschlossen und betrete das Zimmer nie. Es würde mich auf eine Art zerreißen, von der ich mich nie wieder erholen könnte. Für mich ist ein Teil von ihr immer noch in diesem Raum, in dem ich ihr Gutenachtgeschichten vorlas und sie hübsch anzog; in den ich nachts, wenn sie schlief, leise hineinschlüpfte und sie im gelben Schein ihres Nachtlichts beobachtete, das kleine Sterne an die Wände und die Decke warf. Dieses Zimmer war ein kostbarer Ort, ein Raum voller Gutenachtküsse, Schlaf- und Kinderlieder, und ich konnte darin einfach keine Änderungen vornehmen und werde es auch nie tun, sondern ihn so belassen, wie er an jenem Morgen war, als sie von uns ging. Er steckt voller Erinnerungen, und ich habe die Tür hinter ihnen geschlossen, damit sie nicht verloren gehen. Lilys Geruch, ihr Schmusetier, ihre Schuhe, alles ist in diesem Zimmer und wird dort so lange bleiben, wie ich lebe.

Vor allem der Gedanke an ihre Schuhe schnürt mir die Kehle zu. Ihre kleinen, glänzenden Schuhe, die sie am liebsten alleine an- und auszog und sich dabei fühlte wie ein großes Mädchen. Aber im Grunde war sie noch ein Baby – nur ein Baby, das man nicht alleine lassen durfte, nicht einmal für wenige Sekunden.

Unsere Hochzeitsbilder sind auch unten in ihrem Schrank verstaut, genau wie unsere Urlaubsschnappschüsse mit ihr, unsere Fotoalben und unsere Familienvideos – sie alle sind eingefroren in der Zeit, weil mein Leben aufgehört hat. Und ich habe keine Ahnung, wie ich es von einem Tag zum nächsten schaffen soll. Nicht die leiseste Ahnung.

»Lust auf einen Spaziergang?«, sage ich zu Merlin. Er ist das Einzige, was mich am Laufen hält und funktionieren lässt, wenn Matt nicht da ist. Merlin zwingt mich, einen Fuß vor den anderen zu setzen. Er zwingt mich auch zum Reden, da ich sein freundliches und liebes Gesicht nicht anschweigen kann, und ich schwöre, er weiß immer genau, wann ich ihn brauche. Wie oft saß ich auf der Couch und versuchte, mich zu erinnern, wie man atmet, und er kam und kuschelte sich an meine Füße oder legte mitfühlend seinen Kopf auf meine Knie, und ich streichelte ihn und spürte, wie meine Sinne wiedererwachten und ich ins Leben zurückkehrte.

Ich schnappe mir seine Leine und schlüpfe in meine Regenjacke, und nach wenigen Minuten sind wir unten am Strand. Ich gehe wie üblich weiter und weiter, ohne dass mir überhaupt bewusst ist, dass ich mich bewege.

## Juliette

Es gibt nichts, und ich meine wirklich nichts, was mich mehr nervt, als zu versuchen, eine feuchte Perücke zu kämmen, wenn ich es eilig habe.

Ich nenne sie meine Marilyn-Monroe-Perücke, aber im Moment erinnert sie mit ihren Knoten und filzigen Stellen eher an Marilyn Manson, und ich hätte gute Lust, sie vor lauter Frust auf den Boden zu schleudern.

Ich sitze vor der Frisierkommode in meinem kleinen Zimmer und balanciere die Perücke auf einer Hand, so wie Dorinda, die freundliche Assistentin in Lady Godivas Perückenmanufaktur, es mir gezeigt hat. Auch nachdem ich das Kunsthaar mit einem Handtuch trocken getupft und mit Conditioner besprüht habe, ist es immer noch ein Kampf, eine normal aussehende Frisur hinzubekommen, bevor ich mit Rosie essen gehe.

Abgesehen von meinem Perücken-Desaster fühle ich mich sehr wohl und attraktiv in meinem neuen blauen Wickelkleid und ganz und gar nicht wie eine todkranke Frau. Das Kleid ist wirklich schön, man kann es für einen eleganten Look mit hohen Absätzen und Schmuck kombinieren oder leger mit flachen Schuhen tragen, wofür ich mich heute entschieden habe. Ich muss sagen, ich bin begeistert von meiner neuen Errungenschaft.

Ich muss an die Frau in der Boutique denken und daran, wie sie vergeblich versucht hat, ein Gespräch mit mir aufrechtzuerhalten, wie sie stattdessen stammelte und stotterte und jeglichen Blickkontakt mied, als ich bezahlte. Sie war ziemlich seltsam, andererseits weiß ich nicht, was sie gerade durchmacht, also kann ich mir auch kein Urteil über sie erlauben. Sie wirkte wie eine gequälte Seele, und es würde mich schon interessieren, warum in aller Welt sie bei ihrer Arbeit so unkonzentriert war. Vielleicht hat sie einen kranken Familienangehörigen oder Streit mit ihrem Mann. Oder vielleicht hat sie eine schlimme Nachricht erhalten, und als sie sah, wie ich mit meiner Perücke umherstolzierte und wegen eines pubertären Ausbruchs meiner Tochter, die übrigens noch nicht zurückgekehrt ist, die Nerven verlor, war das alles zu viel für die arme Frau, die mir einfach nur das verdammte Kleid verkaufen wollte, ohne sich meine Lebensgeschichte anhören zu müssen.

Ich klingele Rosie auf ihrem Handy an, als mir bewusst wird, dass sie die zwanzig Minuten überzogen hat, auf die wir uns geeinigt hatten. Vorsorglich halte ich den Hörer ein Stück von meinem Ohr weg in Erwartung einer Schimpftirade, weil ich wegen zehn Minuten Verspätung gleich anrufe, aber sie antwortet nicht. Typisch. Ich versuche es ein zweites Mal, aber wieder umsonst, also hinterlasse ich auf ihrer Mailbox eine Nachricht, über die sie sich wahrscheinlich ärgern wird. Heute scheine ich sie mit allem, was ich mache, auf die Palme zu bringen. Ich frage mich, ob es wirklich möglich ist, dass ein Teenager sich in so kurzer Zeit in eine fremdartige Version von sich selbst verwandelt. Offenbar ja. Meine Tochter ist der lebende Beweis dafür.

»Rosie, hier ist deine Mutter«, sage ich in den Hörer. »Du weißt, diejenige, die darauf wartet, mit dir essen zu gehen, weil du angeblich am Verhungern bist. Nun, ich bin jetzt so weit. Fast. Bis auf diese blöde Perücke, die einfach nicht richtig sitzen will. Könntest du also bitte zurückkommen? Oder wir treffen uns direkt am Beach House Café. Das ist das kleine Lokal auf dem Pier, du kannst es nicht verpassen. Ach, und für den Fall, dass du dich zu weit fortgewagt hast trotz deiner Beteuerung, dass man sich hier nicht verlaufen kann: Unsere Adresse lautet Pier Head 25. Frag einfach nach dem Weg, man wird dir sicher helfen. Und bitte beeil dich, ich bin inzwischen selbst am Verhungern. Bis gleich.«

Dann widme ich mich wieder meiner Perückenpflege und warte darauf, dass die Tür aufgeht oder mein Handy klingelt oder wenigstens eine SMS kommt, in der steht, dass sie auf dem Weg ist. Aber es vergehen weitere fünf Minuten ohne ein Zeichen von ihr.

Ich setze die Perücke auf und rücke sie zurecht, und für einen kurzen Moment bewundere ich mein Spiegelbild. Ich sehe gar nicht so schlecht aus. Können ein bisschen Lippenstift und ein neues Kleid nicht Wunder für die Seele bewirken? Vielleicht ist Michael bei seiner Diagnose ein Fehler unterlaufen, denn körperlich fühle ich mich blendend, vor allem in meiner neuen Aufmachung, ganz zu schweigen von meiner neuen Umgebung mit dem Meer direkt vor der Tür und der Aussicht auf ein leckeres Fischgericht mit meinem Kind.

Ich sprühe ein bisschen Parfüm auf und spüre ein Grummeln im Bauch, während ich meine Handgelenke aneinanderreibe. Rosie ist nun fünfundvierzig Minuten unterwegs, und ich habe immer noch keine Antwort von ihr. Okay, sie ist nicht sie selbst, seit wir hier sind, aber dieses Verhalten sieht ihr nun wirklich nicht ähnlich. Obwohl sie vorhin so frech zu mir war, glaube ich nicht, dass sie mich absichtlich in Angst versetzen würde. Wir sind ein Team, ich und meine Rosie, ein eingeschworenes Duo, nach so vielen Jahren zu zweit ist unsere Bindung unzertrennlich.

Mein Hunger verwandelt sich nun in ein nervöses Magenflattern, und ich gehe aus meinem Zimmer und durch den schmalen Gang in Richtung Wohnbereich, aus dem Fernsehgeräusche dringen. Vielleicht ist sie schon längst wieder da? Der Fernseher ... ich glaube nicht, dass sie ihn angelassen hätte.

»Rosie!«, rufe ich. »Um Himmels willen, stell den Ton leiser! Ich habe mich schon gewundert, wo du bleibst. Ich dachte, du wärst ...«

Ich erreiche das Wohnzimmer, aber es ist leer. Als ich den Fernseher ausschalte, bemerke ich, dass meine Hände zittern. Draußen schüttet es wie aus Eimern, und ich weiß nicht, ob ich losgehen soll, um sie zu suchen, oder hierbleiben für den Fall, dass sie zurückkommt. Ich versuche es wieder auf ihrem Handy. Fehlanzeige. O Gott, was um alles in der Welt soll ich tun? Ich habe keine Regenjacke, geschweige denn vernünftiges Schuhwerk. Sie ist jetzt seit fast einer Stunde weg. Ich hätte sie niemals alleine aus dem Haus gehen lassen sollen. Das ist alles meine Schuld. Kinder soll man nicht alleine lassen, schon gar nicht in einer fremden Umgebung. Rosie mag vielleicht schon fünfzehn sein, aber sie ist nicht lebenserprobt, was ebenfalls meine Schuld ist, weil ich so verdammt überfürsorglich bin. Was soll ich bloß tun?

Ich muss losgehen und sie suchen.

Der zweite Schirm, den sie erwähnt hat, lehnt neben der Haustür, aber er verklemmt sich beim Aufspannen, also ziehe ich den Kopf ein und gehe hinaus in den strömenden Regen, ohne zu wissen, wo um alles in der Welt ich zuerst nach ihr suchen soll. Langsam mache ich mir wirklich Sorgen.

Es ist gerade Hochsaison, und hier wimmelt es von Durchreisenden und Touristen. Was zum Teufel habe ich mir bloß dabei gedacht, sie alleine losziehen zu lassen? Wenn sie so hungrig war, wie sie behauptet hat, vielleicht ist sie dann zum Laden an der Ecke, um sich ein paar Snacks zu holen? Ich bin wirklich ratlos, und ich kann nicht klar denken. Die Straßen wirken trotz des prasselnden Regens plötzlich still und unheimlich.

Vielleicht das Brannigan's? Es wäre doch möglich, dass sie dort hingegangen ist, um den Barmann wiederzusehen.

Die Angst, die ich im Moment spüre, katapultiert mich direkt zurück in die Vergangenheit, als Rosie zwei Jahre alt war und ich sie für gefühlte Stunden in einem Kaufhaus verloren hatte, obwohl es in Wirklichkeit weniger als eine Minute war. Die Hitzewelle in meinem Körper, der Schweißausbruch, die nackte Panik, dass ihr jemand etwas angetan oder sie mir genommen haben könnte. Ich darf sie nicht verlieren, noch haben wir Zeit, um so viel zusammen zu unternehmen. Wo ist sie?

»Rosie?«, rufe ich in die leere Abendluft und auf den Pier hinaus. »Rosie, wo bist du?«

Ein kalter Schauer durchrieselt mich, und mir wird schlecht. Es war nicht vorgesehen, dass wir uns in diesem Urlaub trennen. Warum habe ich sie alleine gehen lassen? Das ist alles meine Schuld. Ich bin tatsächlich dumm und vergesslich, genau wie sie gesagt hat. Sie hasst mich. Sie hat noch nie so mit mir gesprochen wie vorhin.

»Rosie!«

Ich fühle mich benommen, und mir ist speiübel, als ich durch den Regen haste und der gewundenen Straße folge. Ich habe keine Ahnung, wo ich anfangen oder wen ich fragen soll, aber ich muss meine Tochter finden und ihr den Kummer nehmen. Und das werde ich auch.

# KAPITEL 8

SHELLEY

Merlin und ich nähern uns dem Ende der Sanddünen auf halber Höhe des Strands, wo wir normalerweise umkehren, aber zu meiner Überraschung jagt er plötzlich eine Düne hoch, in eine Richtung, in die er sich sonst nie traut. Zum ersten Mal in den vielen Jahren, die ich an diesem Strand spazieren gehe, spüre ich mein Herz vor Angst flattern, weil ich nicht weiß, was seine Aufmerksamkeit geweckt hat.
Gleich darauf vernehme ich einen Laut, ein leises Wimmern, das durch den Regen dringt.
Was um alles in der Welt kann das sein? Es klingt wie ein Kind. O Gott. Bilde ich mir das in diesem scheußlichen Regen nur ein?
»Lily?«, rufe ich laut, dann wird mir bewusst, was ich gerade getan habe, und ich schlage erschrocken die Hand vor den Mund. Ich bilde mir Dinge ein. Schon wieder. Aber das Wimmern ... es ist real, und es kommt aus der Richtung, in die Merlin davongestürmt ist.
Trotzdem höre ich nur Lily. Ich höre ihre kläglichen Laute, wie damals an jenem Tag – nah genug, um sie zu hören, aber zu weit entfernt, um ihr zu helfen. Das ist nicht Lily, ich weiß, dass sie es nicht ist, aber ich kann sie hören, und ich bringe es nicht über mich, das Wimmern zu ignorieren. Ich schaue zurück zu unserem Haus, zu dem gelben Licht, das aus dem Küchenfenster scheint, und zu dem Leuchtturm auf der anderen Seite der Bucht. Hier ist jemand in Schwierigkeiten, und ich kann nicht einfach davonlaufen und mich verstecken. Ich muss versuchen zu helfen.
Ich ziehe die Schnüre meiner Kapuze enger und folge Merlin vorsichtig auf die Düne und rufe nach ihm.

Er rennt unbeirrt weiter, mit lautem Gebell, und ich rutsche immer wieder auf dem matschigen Untergrund aus. Das Wimmern wird lauter, und schließlich sehe ich einen großen grünen Golfschirm, vor dem Merlin stehen geblieben ist. Ich erstarre. Ich weiß nicht, wer das ist oder was ich tun soll. Plötzlich kommt eine Hand unter dem Schirm hervor und streichelt meinen Hund, und ich höre eine helle Stimme, die ihn schluchzend begrüßt.

»Hallo, du!« Es scheint sich um ein junges Mädchen zu handeln, also setze ich mich wieder in Bewegung und rufe über den Lärm des Regens hinweg nach meinem Hund, um mich bemerkbar zu machen und das Kind nicht zu erschrecken.

»Entschuldigung? Ist alles okay?« Ich gehe um den Schirm herum und entdecke das Mädchen zusammengekauert darunter, neben sich eine durchweichte Chipstüte aus Papier, aus der Merlin sich bedient, aber das Mädchen scheint es nicht zu stören.

Ich sehe sie an. Mir bleibt das Herz stehen.

»Lily?«, sage ich.

»Was?«

O Gott, was rede ich da? Bitte nicht. Ich kann nicht in jedem Kind, das mir begegnet, Lily sehen.

»Ich ... tut mir leid, falls ich dich erschreckt habe«, sage ich. »Ich dachte, du wärst jemand anderes.«

Mein Herz beginnt, schneller zu schlagen. Das Mädchen starrt zu mir hoch mit vertrauten Augen, und ich taumele einen Schritt zurück und blinzele angestrengt durch den Regen, um sicherzugehen, dass das, was ich gerade sehe, real ist.

Ich kann so nicht weitermachen. Eliza hat versucht, mich auf solche Situationen vorzubereiten, und Matt hat mich immer beruhigt, wenn ich glaubte, Lily irgendwo gesehen zu haben. Oder wenn ich nachts schweißgebadet aufwachte und dachte, das alles wäre nur ein schrecklicher Albtraum gewesen und sie wäre zu Hause, gesund und munter, und ich dann in ihr Zimmer ging, um ein leeres Bett vorzufinden. Und schon geht meine Fantasie wieder mit mir durch. Aber das hier ist nicht Lily, sondern ein fremdes Mädchen. Das hier ist nicht meine tote Tochter. Meine Tochter war erst drei Jahre alt, um Himmels willen.

»Ich habe eher den Eindruck, Sie sind diejenige, die sich erschrocken hat«, sagt das Mädchen mit erstickter Stimme, die nicht so tough klingt, wie sie es wohl gerne hätte. »Wie haben Sie mich genannt?«

»Ich?«, murmele ich.

»Ja, Sie«, erwidert sie. »Sie sehen aus, als hätten Sie einen Geist gesehen. Oh, lassen Sie mich einfach in Ruhe!«

Sie muss fünfzehn oder sechzehn sein, ihre dunklen Haare sind hinter ihre Ohren gestreift. Die vertraute Traurigkeit in ihren von Wimperntusche schwarz verschmierten Augen lässt mir den Atem stocken. Die Angst, die Sorge, die Wut, der Schmerz ... Sie wendet ihren Blick von mir ab, was mir Gelegenheit gibt, mich zu sammeln.

»Tut mir leid, normalerweise schleiche ich mich nicht so an andere Leute heran«, sage ich. Ich sollte wirklich einfach das tun, was sie gesagt hat, und sie in Ruhe lassen. Aber was, wenn ich hinterher erfahre, dass ihr hier draußen etwas Furchtbares zugestoßen ist?

»Das ist beruhigend«, sagt sie mit einem spöttischen Schnauben. »Sie sollten sich um Ihre eigenen Angelegenheiten kümmern. Wie jeder andere auch.«

»Es ist nur so«, versuche ich ihr zu erklären, »Merlin, mein Hund, na ja, er läuft sonst nie davon, also bin ich ihm gefolgt, und dann habe ich dich gehört, und ... Bitte sag mir einfach, dass du okay bist, ja? Kann ich irgendwas für dich tun?«

Sie sieht mich an, als hätte ich den Verstand verloren. Vielleicht habe ich das auch.

»Brauchst du irgendwie Hilfe?«, versuche ich es wieder.

»Du wirst dir hier draußen noch den Tod holen. Es gießt wie aus Eimern.«

»Wer sind Sie, meine Mutter?«, erwidert sie patzig, und ihre Worte und ihr Ton führen mich wieder zurück in die Vergangenheit. »Von der Sorte habe ich schon eine, herzlichen Dank auch, und die reicht mir eigentlich.«

»Natürlich nicht, aber ich bin mir sicher, dass die sich Sorgen um dich macht.« Mir wird bewusst, dass ich wirklich wie eine Mutter klinge, wahrscheinlich sogar genau wie ihre Mutter.

»Hören Sie«, sagt sie, »nehmen Sie einfach Ihren süßen Hund und lassen Sie mich in Frieden, bevor Sie sich selbst noch den Tod holen. Warum verfolgt mich dieses Thema eigentlich ständig? Sie wissen nicht das Geringste über meine Mutter, also halten Sie sich einfach raus, okay?«

»Nun, nein, ich kenne deine Mutter nicht, aber ...«

»Sie denkt, dass niemand über sie Bescheid weiß«, fährt sie fort. »Aber ich weiß mehr, als sie ahnt. Ich bin ja nicht blöd. Ich weiß bloß nicht, was zur Hölle wir hier sollen. Ich will zurück nach Hause, damit sie dort sterben kann! Es macht keinen Sinn, hier zu sterben, wo sie keiner kennt, oder?«

Ihre Mutter wird also sterben. O nein! Das arme kleine Ding.

Sie weint nun unverhohlen und wischt sich mit dem Ärmel ihrer nassen Jacke über das Gesicht. Ich setze mich neben sie in den Sand. Ich brauche nicht erst zu überlegen, und ich nehme den Regen gar nicht mehr wahr. Ich hocke mich einfach hin.

»Hauen Sie ab und kümmern Sie sich um Ihren eigenen Kram«, sagt sie wieder. »Sie brauchen kein Mitleid mit mir zu haben. Das kriege ich ganz gut selber hin.«

»Ich würde lieber bleiben, falls du nichts dagegen hast«, sage ich, ohne zu wissen, woher dieses Bedürfnis, an ihrer Seite zu bleiben, kommt.

Normalerweise mache ich um Fremde einen großen Bogen. Mein altes Ich wäre stehen geblieben, um einem Menschen in Not zu helfen, aber nicht mein Ich nach Lilys Tod. Seitdem achte ich nicht mehr auf andere, weil mir einfach alles egal ist – aber dieses Mal mache ich eine Ausnahme.

»Und du hast mich nicht erschreckt«, fahre ich fort. »Du hast einfach nur große Ähnlichkeit mit jemandem, den ich sehr gut kenne, und das hat mich kurz irritiert.«

Sie sieht mich an, als wären mir gerade zwei Hörner gewachsen. Anscheinend ist es unvorstellbar, dass sie mich an jemanden erinnert.

»Ich bin nicht von hier«, erwidert sie und umklammert wieder ihre Knie. »Ich kann mir nicht vorstellen, dass ich jemandem ähnlich sehe, den Sie kennen.«

Plötzlich läuft es mir eiskalt den Rücken hinunter, als mir bewusst wird, an wen sie mich erinnert. Es ist nicht meine Lily.

»Die Person, die ich meine, stammt ursprünglich auch nicht von hier«, erkläre ich. »Sie kam vor vielen Jahren nach Killara, und später zog sie dann ganz hierher. Ein junges Mädchen, genau wie du.«

»Warum?«, fragt sie. »Weil sie auch aus England war? Schon gut, ich weiß, mein Akzent verrät mich sofort.«

Ihre Stimme tropft vor Sarkasmus, und ich kann nicht anders, als ein wenig zu schmunzeln.

»Ich bin gerade ein bisschen durcheinander, darum habe ich dich zuerst tatsächlich mit jemandem verwechselt, aber nun wird mir klar ... Mir wird klar, dass du mich eigentlich an mich selbst erinnerst«, sage ich.

»Ja, sicher«, erwidert sie spöttisch. »Sie haben keine Ahnung, wer ich bin oder wie ich bin, also wie kann ich Sie dann an Sie selbst erinnern? Das ist doch dumm.«

»Glaub mir«, beteuere ich. »Als ich in deinem Alter war, war ich ganz ähnlich drauf wie du. Genauso.«

Und es ist wahr. Sie erinnert mich wirklich so stark an mich selbst vor zwanzig Jahren, dass es mir vorkommt, als würde ich mein eigenes Spiegelbild betrachten. Sie ähnelt mir zwar nicht äußerlich, aber ich sehe in ihr dieselbe tiefe Verzweiflung und Wut, die ich damals spürte. Die Hoffnungslosigkeit. Die Angst, dass man von dem Menschen, den man am meisten braucht, bald verlassen wird und dass niemand auf der Welt richtig verstehen kann, was man gerade durchmacht.

»Ich heiße Shelley«, sage ich, und ihre tränennassen Augen treffen wieder meine. »Ich wohne dort drüben, in dem Haus auf dem Hügel, gegenüber vom Leuchtturm. Ich überlege gerade ... Möchtest du vielleicht mit zu mir kommen, dann kannst du dich trocknen und aufwärmen und deine Mutter anrufen. Sie macht sich bestimmt furchtbare Sorgen.«

Ihr Gesicht wirkt nun nicht mehr ganz so hart. Ihre Unterlippe zittert. Im Grunde ist sie noch ein Kind. Im Herzen ist sie viel jünger, als sie aussieht, unter dem ganzen Make-up und ihrer Coolness und den Tränen.

»Du hast Angst, stimmt's?«, sage ich, und sie nickt und beißt sich auf die Unterlippe. »Ist deine Mum krank?«

Ihre Lippe zittert stärker, und ihr Atem klingt abgehackt, während sie sich so sehr anstrengt, sich nicht gehen zu lassen.

»Sie ist ... sie ist sehr krank«, stammelt sie. »Sie wird bald sterben.«

»Das tut mir unheimlich leid«, sage ich leise.

»Sie stirbt, und ich habe schreckliche Angst, dass es schon bald passiert. Ich weiß nicht, was ich ohne sie machen soll. Es ist so unfair!«

Ich keuche innerlich auf. Es ist, als würde ich direkt in die Vergangenheit blicken.

»Natürlich hast du Angst«, sage ich. »Ist das der Grund, warum du weggelaufen bist? Um alles rauszulassen, hier, wo dich keiner sehen kann?«

Sie nickt wieder, antwortet aber nicht, sondern beugt sich

vor und tätschelt Merlin, der vor ihren Füßen liegt und sich immer noch an der Chipstüte ergötzt.

»Du hast Angst, weil du nichts dagegen machen kannst, und du bist wütend und verunsichert«, fahre ich fort. »Du fürchtest dich davor, auf dich allein gestellt zu sein, und es kommt dir vor, als würde niemand verstehen, was du gerade durchmachst.«

Sie sieht mich an, als hätte ich ihre Gedanken gelesen, dann versucht sie zu sprechen, aber ihre Stimme bricht.

»Mum denkt, ich würde die Wahrheit nicht kennen, aber sie irrt sich«, bringt sie schließlich heraus. »Ich habe gehört, wie sie am Abend vor unserer Abreise mit Tante Helen gesprochen hat. Sie hat gesagt, das hier wäre unser allerletzter Urlaub. Wie soll ich mich denn hier amüsieren, wenn ich weiß, dass es unser letztes Mal sein wird? Ich bin so wütend auf sie! Sie hält mich offenbar für doof, aber ich weiß einfach nicht, was ich machen soll. Sie könnte es mir wenigstens sagen, statt so zu tun, als wäre alles in bester Ordnung, wenn doch alles nur beschissen ist! Ich bin kein Baby mehr, ich sollte die Wahrheit wissen!«

Ich lege den Arm um sie und halte sie fest, während ihre Schultern zucken.

»Weine ruhig«, sage ich. »Lass alles raus, es wird dir guttun.«

Der Regen mischt sich mit meinen eigenen Tränen, während das Mädchen Rotz und Wasser heult und ihrer ganzen Verzweiflung freien Lauf lässt. Sie klammert sich an meiner Jacke fest, und ich drücke sie an mich. Wie um alles in der Welt habe ich den Mut aufgebracht, mich neben ein wildfremdes Mädchen zu setzen und ihr seelischen Beistand zu leisten, wenn ich nicht einmal mit meinem eigenen Mann richtig reden kann? Selbst mit meinen engsten Freunden habe ich eine Ewigkeit nicht mehr so gesprochen, aber diesem Mädchen möchte ich helfen. Ich muss ihr helfen.

»Möchtest du mit mir und Merlin nach Hause kommen, bevor du hier draußen noch krank wirst?«, frage ich, als sie sich allmählich wieder beruhigt. »Ich habe mein Handy nicht dabei, aber wir können deine Mum von dort aus anrufen, oder ich kann dich auch zu ihr bringen.«

Sie schüttelt den Kopf. »Ich habe mein Handy dabei«, erwidert sie. »Aber trotzdem danke. Ich kann meine Mum selber anrufen und zu Fuß zurückgehen. Sie macht sich bestimmt schon große Sorgen. Ich sollte dringend zu ihr zurück.«

»Ja, das ist eine gute Idee«, sage ich.

»Was kümmert es Sie überhaupt?«, entgegnet sie. »Woher wollen Sie wissen, was ich durchmache?«

»Leider weiß ich es nur allzu gut«, sage ich. »Ich weiß, dass deine Gefühle im Moment Achterbahn fahren, aber deine Mum tut nur ihr Bestes für dich.«

»Ich wollte nicht hierherkommen.«

»Ich bin mir sicher, sie weiß, warum sie dich hierhergebracht hat«, sage ich. »Stell dir vor, wie schwer es erst für sie sein muss. Du musst diese Zeit mit ihr besonders nutzen, selbst wenn du gerade durcheinander und wütend bist. Deine Mum ist noch da, und ihr braucht euch.«

Nun wirkt sie nachdenklich. »Ich sollte jetzt wirklich gehen«, sagt sie schließlich und steht auf, während ihr wieder die Tränen kommen. »Ich hätte nicht so lange wegbleiben dürfen. Wir wollten eigentlich essen gehen, und Mum hat extra ihr neues Kleid angezogen, das sie sich heute gekauft hat, und nun habe ich den ganzen Abend ruiniert.«

Sie verzieht das Gesicht, und ich würde ihr am liebsten den ganzen Kummer nehmen und alles für sie in Ordnung bringen, aber ich weiß, dass ich das nicht kann. Leider ist es nicht so einfach.

»Deine Mum wird es verstehen«, sage ich. »Mütter verstehen so was, glaub mir. Und jetzt geh schnell zu ihr, nimm sie ganz fest in den Arm und sag ihr, dass es dir leidtut, dass du ihr Sorgen bereitet hast. Es kommt dir vielleicht abwegig vor, aber ich weiß genau, wie es gerade in dir aussieht.«

»Das können Sie gar nicht wissen«, widerspricht sie. »Das weiß niemand.«

»Ich schon«, sage ich und stehe ebenfalls auf. »Ich weiß es, weil ich auch mal ein junges Mädchen war wie du und weil mir dasselbe passiert ist. Ich bin damals auch vor allem weggelaufen. Aber Weglaufen hilft nicht. Ich musste mich den Tatsachen stellen, egal, wie schrecklich es war. Meine Mum war auch sehr krank, so wie deine es jetzt ist.«

»Echt?« Sie hebt den Schirm vom Boden auf, und wir stellen uns beide darunter. »Und ist sie wieder gesund geworden, oder ist sie gestorben?«

Ich wünschte, ich könnte ihr etwas anderes sagen. Ich schaue auf das Meer hinaus, dann sehe ich wieder zu ihr und hole tief Luft.

»Ich war sechzehn, als sie starb«, erkläre ich. »Ihr Name war Rosie. Es ging alles so schnell. Ich wünschte, ich hätte ein letztes Mal mit ihr in den Urlaub fahren können, so wie du mit deiner Mum.«

Das Mädchen sieht mich mit großen Augen an. »Rosie? So heiße ich auch!«, sagt sie, und zum ersten Mal zeigt sie den Anflug eines Lächelns. »Ihre Mutter und ich haben denselben Namen! Wie abgefahren ist das denn?«

Aus irgendeinem Grund überrascht es mich nicht, dass sie denselben Vornamen trägt wie meine geliebte Mutter. Ich habe das Gefühl, es war Bestimmung, dass wir uns heute Abend begegnet sind, die junge Rosie, ich und Merlin.

»Wie sind Sie ... wie sind Sie ohne sie klargekommen?«, fragt sie mich, und ich atme tief durch, weil ich es ehrlich gesagt nicht weiß.

»Es war hart«, antworte ich. Ich möchte sie nicht noch mehr ängstigen, aber ich möchte sie auch nicht anlügen.

»Falls ihr noch länger hier seid, können wir gerne darüber reden, wenn du das möchtest und deine Mutter einverstanden ist.«

»Wirklich?« Sie starrt mich hoffnungsvoll an. Ich spüre, wie sie sich ein bisschen entspannt.

»Wirklich«, sage ich. »Ich weiß genau, wie es ist, diese ganze Wut im Bauch zu haben und diese lähmende Angst, weil man nicht weiß, an wen man sich wenden soll. Du kannst jederzeit zu mir kommen.«

»Ich will gar keine Wut auf Mum haben«, erwidert sie. »Aber sie behandelt mich wie ein Baby und sagt mir nichts, während alle anderen Bescheid wissen.«

»In Wirklichkeit bist du auf die Situation wütend, nicht auf deine Mum«, versuche ich ihr zu erklären. »Es ist furchtbar, und es tut weh, und es ist nicht fair. Du hast jedes Recht, wütend zu sein, aber richte deine Wut gegen ihre Krankheit, nicht gegen sie.«

Sie schnieft und nickt zaghaft.

»Geh jetzt zu deiner Mum zurück, Rosie«, sage ich. »Versuche, tapfer zu sein, obwohl ich weiß, dass das gerade sehr schwer für dich ist. Sei tapfer, und du wirst einen schönen Urlaub mit deiner Mum haben, da bin ich sicher.«

Sie lächelt nun richtig und zieht ihre feuchten Jackenärmel über ihre Hände. »Danke«, sagt sie leise. »Danke, Shelley. Und danke, Merlin. Du bist ein ganz Feiner, nicht wahr?«

»Du weißt, wo du mich findest, wenn du mich brauchst«, sage ich.

Sie tätschelt zum Abschied Merlins Kopf und entfernt sich dann von uns, den Schirm leicht gesenkt gegen den Regen. Ich nehme Merlin an die Leine und wende mich in die entgegengesetzte Richtung, zurück nach Hause in meine leere Existenz, aber mit einem Gefühl, das ich schon sehr, sehr lange nicht mehr gespürt habe. Tief in mir, in meinem gebrochenen

Herzen, ist eine neue Wärme. Ich glaube, dass ich diesem Mädchen irgendwie helfen konnte.
Zumindest hoffe ich das.

JULIETTE

»Rosie! Rosie, um Gottes willen, wo warst du? Und wie siehst du überhaupt aus? Du bist ja vollkommen durchnässt!«
Ich bin kurz davor durchzudrehen, als ich endlich meine Tochter entdecke, die im peitschenden Regen die Straße entlangwandert. Sie ist so blass und kalt, dass ich am liebsten auf der Stelle in ein Flugzeug nach Birmingham steigen und so tun würde, als wäre diese ganze blöde Reise nie passiert.
»Es tut mir so leid, Mum«, sagt sie, während sie in meine Arme fällt, und ich küsse vor Erleichterung gefühlte tausend Mal ihre Stirn.
»Ich habe dich überall gesucht, in jedem Geschäft und in jedem Lokal. Ich hatte in meinem ganzen Leben noch nie so eine Angst, hörst du mich?«
»Es tut mir leid, es tut mir leid«, murmelt sie immer wieder. Sie ist nass bis auf die Haut.
»Bist du okay? Sag mir einfach, dass du okay bist.«
»Ich bin okay«, antwortet sie. »Mir ist nur kalt in meinen nassen Klamotten, aber es geht mir gut, und es tut mir wirklich leid. Ich wollte dir keine Angst machen.«
Wir gehen Arm in Arm durch all die Pfützen auf den Straßen zu unserem Cottage zurück. Schon von Weitem sehe ich, dass ich die Tür sperrangelweit offen gelassen habe. Aber wenn ich ehrlich bin, ist mir das gerade völlig egal.
»Ich bin so froh, dass dir nichts Schlimmes zugestoßen ist, mein Schatz«, sage ich. »Du wirst jetzt gleich als Erstes deine nassen Sachen ausziehen und dich aufwärmen, und dann erzählst du mir in Ruhe, wo du gewesen bist. Ich kann nicht

glauben, dass ich so dumm war, dich allein in einem fremden Ort losziehen zu lassen, wo sich weiß Gott wer alles herumtreibt. Weißt du, wie kostbar du für mich bist? Was zum Teufel habe ich mir bloß dabei gedacht?«
»Mum, es ist nicht deine Schuld«, sagt sie. »Du kannst nichts dafür. Absolut nichts.«
»Doch, es ist meine Schuld! Ich war schließlich nur ein Mal hier«, sage ich. »Ein einziges Mal, und das ist eine Ewigkeit her, und trotzdem habe ich mir eingebildet, dass wir hier auf einer Insel der Glückseligkeit sind, wo nicht das Geringste passieren kann. Woher will ich wissen, dass hier nicht hinter jeder Ecke ein potenzieller Mörder oder Vergewaltiger lauert?«
»Mum, bitte, hör auf, es ist ja nichts passiert«, sagt Rosie, um mich zu beschwichtigen, und ich bin still und atme tief durch.

Ich scheuche sie ins Haus, wo ich meine dumme Marilyn-Monroe-Perücke, die vor Nässe trieft, auf die Couch schleudere, meine durchweichten Schuhe abstreife und anfange, mich aus meinem blauen Kleid zu schälen, in dem ich mir nun albern vorkomme, weil es wie ein nasser Lappen an meiner Haut klebt. Ich bin so eine schlechte Mutter. Ich hätte mein Kind niemals alleine durch eine fremde Gegend spazieren lassen dürfen. Es sieht ganz so aus, als hätte Michael sich mit seiner Diagnose doch nicht geirrt, denn im Moment fühle ich mich so elend, wie ich es niemals für möglich gehalten hätte. Ich hasse mich selbst und meine dämliche Naivität, die mir in meinem Leben schon so oft zum Verhängnis geworden ist.

»Na los, geh und zieh deine nassen Sachen aus«, sage ich zu meiner Tochter, die schweigend dasteht und mich anstarrt, ihre Mutter mit dem erbärmlichen mausgrauen Flaum auf dem Kopf und dem aufgeschwemmten Körper, der innen wie außen von Narben verunstaltet ist.

»Können wir trotzdem noch essen gehen?«, fragt sie. »Es tut mir so leid, dass dein neues Kleid ruiniert ist. Ich habe mir vorhin eine Tüte Chips gekauft, aber ein Hund hat mir alles weggefressen. Hast du Hunger, Mum?«

Die bloße Vorstellung, etwas zu mir zu nehmen, verursacht mir Übelkeit, aber ich sehe, dass meine Tochter zittert und friert, und ich möchte sie nicht bestrafen. Ich habe keine Zeit, um mich mit ihr zu streiten.

»Du gehst jetzt sofort unter die Dusche und wärmst dich auf, und danach können wir uns was zu essen bestellen, okay, mein Schatz?«, sage ich mit einem gezwungenen Lächeln. Meine Erleichterung darüber, dass ich mein Kind unversehrt wiederhabe, ist grenzenlos. »Es gibt nicht weit von hier einen guten Chinesen. Ich werde mich schlaumachen, ob die auch liefern.«

Wir schauen beide auf mein nasses blaues Kleid, das auf dem Boden liegt, und fangen an zu lachen.

»Tja, du hast jetzt ohnehin nichts mehr zum Anziehen, um mit mir auszugehen, stimmt's?«, sagt Rosie, und ich hebe den nassen Fummel auf und schwinge ihn in der Luft, sodass ihr Tropfen ins Gesicht spritzen.

»Los jetzt, ab unter die Dusche! Wir machen heute eine Pyjamaparty!«, befehle ich ihr, und dann jage ich sie in meiner Unterwäsche durch den Flur und spritze sie weiter mit dem Kleid nass. Sie flieht kreischend ins Bad und schließt sich ein. Ich kann sie immer noch lachen hören … und dann lasse ich mich auf der anderen Seite an der Badtür hinuntergleiten und lache und weine gleichzeitig vor Erleichterung darüber, dass mein Mädchen gesund und munter ist. Es ist so ein Segen, dass ich diese Zeit mit ihr habe. Ich möchte keine Sekunde davon verpassen. Ich werde sie nie wieder aus den Augen lassen.

# KAPITEL 9

## Shelley

Ich schabe die Reste meiner faden Fertiglasagne in Merlins Futternapf, wohl wissend, dass ich dafür Ärger von Matt bekommen würde, wenn er hier wäre. Ich zwinkere Merlin verschwörerisch zu, damit er weiß, dass es unser Geheimnis bleibt, und er stürzt sich mit großer Begeisterung auf seinen Napf. Das Licht in der Küche ist gedimmt, und die Arbeitsflächen schimmern sauber, wie es die Regel ist, seit sie nicht mehr von kleinen Fingern verschmiert werden. Meine Wäsche ist auf Vordermann, seit ich keine kleinen Schlafanzüge mit Milchflecken mehr zu waschen habe, und da in der Glotze nichts Interessantes läuft, stelle ich mich ans Fenster und starre hinaus auf das Meer, das sich still und schwarz bis zum Horizont erstreckt, nur mit dem Leuchtturm als Gesellschaft.

Ich könnte ein Bad nehmen. Oder duschen. Wow, was für eine schwierige Entscheidung ... Danach könnte ich eine Gesichtsmaske auftragen, in meinen Bademantel und meine flauschigen Pantoffeln schlüpfen und mir einen schnulzigen Film anschauen, was ich nicht machen kann, wenn Matt zu Hause ist, aber irgendwie sind mir die schnulzigen Filme ausgegangen. Früher habe ich es genossen, wenn ich abends alleine war, während Matt beruflich durch die Weltgeschichte gondelte. Ich verwöhnte mich selbst, kostete die Zeit und den Freiraum aus und ließ Lily in unserem Ehebett schlafen. Manchmal hüpfte auch Merlin noch mit ins Bett und legte sich ans Fußende.

Dieses Haus war mein sicherer Hafen. Ich habe es dazu gemacht, indem ich es genau nach meinen Vorstellungen einrichtete und mit Souvenirs von unseren Reisen dekorierte. In der Diele stand früher ein großer Holzelefant aus Afrika, an dem Lily viel Freude hatte. Sie hinterließ klebrige Fingerabdrücke auf ihm und zog an seinen Ohren und versuchte, auf ihn zu klettern, sobald sie alleine stehen konnte. Im Esszimmer hing ein großer handgeknüpfter Flickenteppich an der Wand, den ich aus Neu-Delhi mitgebracht hatte, lange bevor Lily auf der Welt war, und der mich immer an jene frühen romantischen Tage erinnerte, als alles, was Matt und ich zusammen unternahmen, neu und aufregend war. Dann waren da die beiden Weingläser, die wir in unserem Handgepäck aus einem Londoner Fünfsternehotel geschmuggelt hatten. Als wir in Dublin landeten, konnten wir nicht glauben, dass sie noch heil waren. Mit diesen Gläsern haben wir auf Lilys ersten Geburtstag angestoßen. Gott. Das war vor genau fünf Jahren in genau dieser Küche. Was für ein völlig anderer Ort dieses Haus damals war. Es war ein Zuhause, ein richtiges Zuhause, das vor Leben und Liebe und Lärm und Leuten strotzte und von Plastikspielzeug und Plüschtieren überfloss. Als Lily ihre künstlerische Ader entdeckte, waren wir permanent damit beschäftigt, Wände und Türrahmen abzuwischen, die sie bei jeder Gelegenheit mit ihren Buntstiften verschönerte. Die Geräuschkulisse der Kindersendungen lief manchmal weiter, obwohl unser Kind schon längst im Bett lag – bis wir es irgendwann merkten und den Fernseher ausschalteten und darüber lachten, wie immun wir dagegen geworden waren. In den Küchenschränken türmte sich ihr buntes Kindergeschirr, und ich stieß an den unerwartetsten Orten auf ihr Werk. Wie das eine Mal, als ich auf der Waschpulverbox im Wirtschaftsraum die Zuckerdose entdeckte. Lily fand, dass beides zusammengehörte, und ich schätze, aus ihrer kindlichen Sicht hatte sie recht. Beides war weiß und von ähnlicher Beschaffenheit. Sie war so ein schlaues Mädchen.

Und nun ist das alles verschwunden. Ich lebe hier in einer Welt des Wesentlichen. Keine persönlichen Dinge. Kein Herz, keine Seele, nichts, woran man sich binden kann. Dies ist kein

Zuhause mehr, es ist eine Hülle. Es ist ein Ort, um sich vor der Realität zu verstecken, wo ich die Türen verschließe und die Außenwelt nicht hereinlasse.

Das Telefon klingelt, was eine willkommene Abwechslung zu meiner ausschweifenden Fantasie ist, und ich gehe mit einem Lächeln dran. Es ist nämlich mein Vater, und sein nordirischer Akzent verursacht mir sofort feuchte Augen und wirkt gleichzeitig beruhigend auf mich. Sein Timing ist wie immer perfekt.

»Harter Tag, mein Engel?«, fragt er, und als ich zur Antwort einfach nicke, weiß ich, dass er mich trotzdem hören kann. »Du machst das richtig gut. Ich bin stolz auf dich, mein Mädchen. Wir sind alle stolz auf dich, und du bist immer in meinen Gedanken, jeden Tag.«

Ich nicke wieder und atme aus, bis ich die Worte finde, nach denen ich suche. Als sie herauskommen, sind sie nicht das, womit ich ihn eigentlich begrüßen wollte.

»Ich habe heute ein Mädchen kennengelernt, Dad«, sage ich. »Na ja, eigentlich ist sie schon halb erwachsen. Ich habe sie am Strand entdeckt, völlig aufgelöst, weil ihre Mutter bald sterben wird, wovor sie eine schreckliche Angst hat. Wie um alles in der Welt haben wir das bloß überstanden, Dad? Wie haben wir gelernt, ohne Mum weiterzuleben?«

Nun ist er derjenige, dem es die Stimme verschlägt, mehr als dreihundert Kilometer entfernt in seinem kleinen Haus, in derselben Küche, in der meine Mutter früher kochte und in der meine Eltern nach der Sonntagsmesse Arm in Arm zu Countrymusik tanzten, während der Rinderbraten im Ofen schmorte und meine Lieblingslieder und -gerüche die Luft erfüllten.

»Ich habe dir gesagt, Shell, Schritt für Schritt«, erinnert er mich. »Alles, was du tun kannst, ist, jeden Tag so zu nehmen, wie er kommt. Dieses Mädchen, das du getroffen hast, wird zu einer Frau heranwachsen, so wie du, und sie wird in ihrem

Leben noch viele Höhen und Tiefen erleben, so wie du. Das Leben kann manchmal ziemlich hart sein, aber wir müssen alle lernen durchzukommen, wenn du verstehst, was ich meine.«

»Ich weiß genau, was du meinst«, sage ich. »Ich weiß nur nicht, wie ich es besser machen kann.«

»Das kommt schon noch«, versichert er mir. »Schau dir an, wie ich heute dastehe, verglichen mit dem Wrack, das ich damals war. Nach dem Tod deiner Mutter fand ich volle zwei Jahre nicht die Kraft, um aus dem Bett zu kommen und meiner Arbeit nachzugehen. Ich hätte am liebsten mit allem Schluss gemacht, aber ich habe weitergekämpft. Ich habe Schritt für Schritt gelernt, wieder zu leben. Und nun genieße ich zweimal im Jahr einen Urlaub, ich habe eine hübsche kleine Altersvorsorge von all den Jahren harter Arbeit, und mein Haus ist abbezahlt. Ich habe ein gutes Leben. Du gehst im Moment noch durch die Hölle, mein Engel, aber du wirst es eines Tages überwinden, wenn die Zeit reif ist, das verspreche ich dir.«

»Und du hast Anne, Dad«, erinnere ich ihn mit einem Kichern. Wie um alles in der Welt konnte er Anne in seiner Aufzählung vergessen?

»Mein Herzblatt steht natürlich ganz oben auf der Liste«, erwidert er, und ich höre im Hintergrund meine Stiefmutter lachen, weil er sie in seiner »Ich habe ein gutes Leben«-Rede ausgelassen hat.

Gott sei Dank ist mein Vater glücklich, denke ich im Stillen. Wir wohnen zwar viele Kilometer auseinander, aber ein Anruf von ihm genügt, um mich zumindest hoffen zu lassen, dass ich eines Tages Frieden finden werde, so wie er.

»Und wie geht es der reizenden Eliza?«, fragt er, wohl wissend, dass er mir ein Lächeln ins Gesicht zaubert, wenn er sich nach meiner Schwiegermutter erkundigt. »Spricht sie immer noch mit den Feen?«

Ich schüttele schmunzelnd den Kopf. »Mit den Engeln, Dad«, korrigiere ich ihn. »Sie spricht mit den Engeln. Das ist ein großer Unterschied. Sie würde dich umbringen, wenn sie wüsste, dass du dich über sie lustig machst.«
Sie würde darüber lachen, um ehrlich zu sein. Eliza kennt meinen Vater inzwischen ganz gut, und bei den seltenen Gelegenheiten, bei denen wir alle zusammenkommen, scherzen die beiden immer ausgiebig miteinander.

»Na los, bring uns zum Lachen, wie lautet ihre neueste Prophezeiung?«, fragt er, und ich kann mir bildlich vorstellen, wie er an der Küchenanrichte lehnt, mit seinem wettergegerbten Gesicht und seinem breiten, herzlichen Lächeln, und darauf wartet, unterhalten zu werden.

Er kann sich für Elizas Stimmungssteine, Chakren und Kristalle einfach nicht erwärmen. Dabei mag er meine Schwiegermutter wirklich und genießt ihre Gesellschaft, aber der Zyniker in ihm kann nicht anders, als sich über manche Dinge, an die sie glaubt, zu mokieren.

»Fällt mir gerade nicht ein«, sage ich, während ich versuche, mir mein Gespräch mit Eliza heute Nachmittag in Erinnerung zu rufen. »Oh, warte, doch. Wir haben vorhin miteinander telefoniert, und sie hat mir empfohlen, auf die Farbe Blau zu achten. Sie hat gesagt, Blau wäre heute gut für mich.«

Mein Vater bricht in schallendes Gelächter aus. »Ich hoffe, du hast ihr gesagt, dass du von Blau umgeben bist«, sagt er prustend. »Der Himmel ist blau, das Meer ist blau, und beides siehst du tagtäglich. Heilige Mutter Gottes, ich habe in meinem ganzen Leben noch nie einen solchen Humbug gehört! Auf die Farbe Blau achten! Blau! Was für Blau, hättest du sie fragen sollen. Etwa ein Blaulicht? Ha!«

Ich rolle mit den Augen, während mein Vater sich vor Lachen ausschüttet. Er ist noch von der alten Schule und kennt nur Schwarz oder Weiß. Für ihn ist etwas entweder gut oder schlecht, richtig oder falsch, oben oder unten, lang oder kurz.

Er duldet keinen Schmu und nichts dazwischen, und er findet Menschen, die das anders sehen, ziemlich faszinierend. Offenbar auch zum Brüllen komisch, aber nichtsdestotrotz faszinierend.

»Jetzt, wo du es sagst, ich habe heute tatsächlich nichts Blaues gesehen, was ich nicht jeden Tag sehe«, sage ich, während ich gedanklich meinen Nachmittag im Laden zurückverfolge, meinen Abstecher in den Lebensmittelmarkt und meinen kurzen Aufenthalt im Haus, bevor ich mit Merlin rausging, dann meine Begegnung mit dem englischen Mädchen am Strand, das mir von seiner kranken Mutter erzählte – und plötzlich macht es Klick. Da war doch was!

»Na bitte«, sagt mein Vater, immer noch prustend, und bevor ich ihn aufklären kann, beschließt er, dass es Zeit ist, unser Gespräch zu beenden. »Ich lasse dich jetzt deinen Abend genießen, Engelchen, aber vergiss nicht, was ich dir gesagt habe: Schritt für Schritt. Du machst das ganz hervorragend, und die kleine Lily und deine Mutter beschützen dich auf deinem Weg, hörst du mich?«

»Ich höre dich, Dad«, sage ich. So zynisch mein Vater auch sein kann, wenn es nötig ist, glaubt er sehr wohl an den Himmel und die Engel. »Richte Anne liebe Grüße von mir aus. Wir sprechen uns bald wieder. Danke für deinen Anruf, das hat mich wirklich aufgemuntert. Gute Nacht, Dad.«

»Gott beschütze dich, Shell. Gute Nacht, mein Schatz«, erwidert er, so wie immer. Ich lege auf, dann setze ich mich auf die Küchenbank und starre zum Leuchtturm hinaus, während mir bewusst wird, dass Eliza vielleicht ausnahmsweise einmal mit ihrer Prophezeiung recht hatte.

Die Engländerin mit der Perücke hat heute ein blaues Kleid bei mir gekauft. Rosie, das englische Mädchen mit der todkranken Mutter, hat erwähnt, dass ihre Mum sich heute ein neues Kleid gekauft hat. Diese Wärme, die ich spürte, als ich mich von Rosie entfernte, war ein Gefühl, das ich nicht mehr kannte seit ... nun, seit Lilys Tod, schätze ich. Ich bin davon überzeugt, dass das alles miteinander zusammenhängt. Andererseits klammert man sich wohl an jedes noch so kleine Zeichen, wenn man in Trauer gefangen ist, nicht wahr?

Juliette

»Und wer war diese Frau? Hat sie dir ihren Namen genannt?«

Rosie und ich sitzen gemütlich auf der Couch, in unseren Pyjamas, endlich trocken und aufgewärmt, jede eine dampfende Schüssel mit Asia-Nudeln und Krabbenchips auf dem Schoß, und ich frage sie über ihren Ausflug vorhin aus. Sie wirkt jetzt viel ruhiger und ähnelt wieder mehr der Tochter, die ich kenne und über alles liebe.

»Ihr Name ist Shelley, und sie wohnt in dem großen Haus über der Bucht, gegenüber vom Leuchtturm«, erklärt sie mir. »Ich war voll mies drauf, aber sie hat mich aufgebaut und mir gesagt, dass ich dich fest umarmen soll. Shelleys Mutter ... na ja, ihre Mutter war auch krank, so wie du, als Shelley ungefähr in meinem Alter war, darum konnte sie irgendwie nachvollziehen, warum ich so durch den Wind war.«

»Oh, mein armes Baby«, sage ich zu Rosie, und am liebsten würde ich sofort zu dieser freundlichen Frau gehen und sie umarmen und ihr dafür danken, dass sie sich um meine Tochter gekümmert hat.

»Mum, Shelley hat einen total süßen Hund«, sagt Rosie und reißt vor Begeisterung ihre Augen auf. »Er heißt Merlin, und er hat meine ganzen Chips aufgefressen. Er war patschnass vom Regen, aber sein Fell war trotzdem ganz weich. Ich durfte ihn sogar am Kopf streicheln, und er ist voll cool geblieben. So einen Hund wie Merlin hätte ich auch gerne.«

»Ja? Was für eine Rasse ist Merlin?«, frage ich, obwohl ich weiß, dass die Rasse keine Rolle spielt, weil wir ohnehin keinen Hund halten können. Wir wohnen viel zu nah an der Innenstadt, und im Haus ist für uns beide beziehungsweise für uns drei schon kaum genügend Platz, geschweige denn für einen Hund. Außerdem kann ich in meiner momentanen Situation wohl schlecht langfristig planen.

»Ein Golden Retriever«, antwortet Rosie. »Oder so was in der Art. Ziemlich groß, sandfarbenes Fell. In trockenem Zustand ist er bestimmt voll kuschelig und flauschig. Ich glaube, er mag mich.«

»Ganz bestimmt«, sage ich. Rosie hatte schon immer einen Draht zu Tieren. Was mich wieder auf meinen Traum von einem Leben auf dem Land, oder besser noch, an der Küste, bringt, wo meine Tochter Hunde, Katzen, Hühner und einen ganzen Zoo haben könnte. Selbst ein Pony, wenn sie sich das wünschen würde. Ich hätte ihr so gerne ein Pony geschenkt, aber stattdessen konnte ich mir nur dieses winzige Reihenhaus leisten, das so eng ist, dass man sich darin kaum drehen kann.

»Vielleicht ist es in Killara ja doch ganz nett«, verkündet Rosie mit dem Bild von Hunden und freundlichen Frauen am Strand in ihrem jungen, unschuldigen Kopf. Was beziehungsweise wer auch immer ihren Meinungsumschwung ausgelöst hat, ich werde ewig dankbar dafür sein.

»Ich hoffe wirklich sehr, dass wir hier eine schöne Zeit haben werden«, sage ich, und es brennt mir wieder auf der Zunge, ihr die volle Wahrheit über meine unheilbare Krankheit zu offenbaren, damit sie versteht, wie kostbar dieser Urlaub tatsächlich ist. Aber sie kaut versonnen lächelnd vor sich hin und macht einen so zufriedenen Eindruck, dass ich mich nicht traue, ihre Welt aus dem Gleichgewicht zu bringen. Noch nicht. »Vielleicht sollten wir Shelley morgen einen kurzen Besuch abstatten, um uns bei ihr zu bedanken«, sage ich stattdessen.

Rosie nickt begeistert. »Das wäre super«, erwidert sie. »Dann könnte ich Merlin wiedersehen. Ich würde ihn so gerne mal streicheln, wenn sein Fell trocken ist. Mum, denkst du, ich kann später mal einen eigenen Hund haben? Hast du nicht gesagt, dass wir irgendwann in ein größeres Haus umziehen werden?«

Ich zögere, als sie von der Zukunft spricht, und weiß ehrlich nicht, was ich sagen soll.

»Schon gut«, winkt sie ab. »Im Moment gibt es Wichtigeres auf der Welt. Ich gehe kurz in die Küche, Schokolade holen. Möchtest du vielleicht ein Glas Wein?«

Manchmal glaube ich, ich habe eine Gedankenleserin geboren. Ich hätte jetzt verdammt gerne ein Glas Wein.

»Das wäre einfach perfekt«, erwidere ich, und mein Herz glüht, während ich beobachte, wie sie in ihrem flauschigen rosa Bademantel aus dem Raum geht, viel zufriedener und glücklicher, als ich sie den ganzen Tag erlebt habe.

Wie zum Teufel soll ich sie nur allein in dieser Welt zurücklassen?

# KAPITEL 10

**Sonntag**

SHELLEY

Der Sonntag ist der längste Tag in der Woche, wenn Matt nicht da ist. Normalerweise beginnen wir ihn mit einem Frühstück, dann kommt Eliza vorbei und isst mit uns zu Mittag, wofür Matt sich extra in die Küche stellt, und anschließend relaxen wir auf der Couch und sehen uns alte Filme an oder lesen die Sonntagszeitungen. Früher gingen wir nachmittags regelmäßig schwimmen, aber das ist seit drei Jahren nicht mehr passiert, jedenfalls was mich betrifft, und abends verschwindet Matt in seine Stammkneipe auf ein paar Pints mit seinen Kumpels, während ich im Internet nach Sachen für meine Boutique stöbere oder lese oder früh ins Bett gehe.

Früher hatte ich so viel zu tun, dass es mir vorkam, als hätte der Tag nicht genügend Stunden. Ich war ständig am Kommen und Gehen, faltete Wäsche, spülte Geschirr ab, fror Spaghettiportionen ein, hob Spielsachen auf, wusch Lily das Gesicht und die Hände, sorgte dafür, dass sie rechtzeitig aufs Töpfchen kam, holte ihr etwas zu trinken, fand eine verschollene Socke, diskutierte über Peppa Wutz und Paw Patrol oder welche Sendung sie auch immer gerade sehen wollte. Bei der Erinnerung stockt mir der Atem. Wir aßen immer gemeinsam und plauderten über die Kita und Lilys Freunde. Sie schloss so gerne neue Freundschaften.

Heute mache ich mir verlorene Eier zum Frühstück und verzehre sie eilig im Stehen. Ich nehme den Geschmack kaum wahr und esse nur, weil ich essen muss.

Früher deckte ich sonntags mit Stolz und Präzision den Frühstückstisch, selbst wenn ich mit Lily alleine war – frisch gepresster Orangensaft, Salz und Pfeffer, eine Tasse für meinen Kaffee, Milch, Toast – und im Hintergrund lief leise Countrymusik, die mich beseelte und direkt in meine Kindheit zurückversetzte, als meine Eltern in der Küche tanzten und ihren Spaß hatten, während es köstlich nach Essen duftete. Früher blätterte ich gemächlich in Zeitschriften, während Lily neben mir frühstückte oder mit Merlin auf dem Boden spielte, und ich liebte es geradezu, dass die Sonntage sich so herrlich in die Länge zogen und dass wir nichts Wichtiges zu erledigen hatten – außer zu essen und zu schlafen und die Zeit zusammen zu genießen.

Aber das hat sich alles geändert.

Heute koche ich fast nie. Dabei waren Dinnerpartys einmal meine Spezialität. Ich nutzte jeden Vorwand, um die Mütter aus Lilys Spielgruppe einzuladen und mit ihnen zu schlemmen und Wein zu trinken und über Männer und Kinder und Politik und Promis zu plaudern. Im Sommer gaben wir Pizzapartys und luden die Nachbarn ein. Matt holte manchmal seine Gitarre hervor und unterhielt unsere Gäste mit ein paar Songs von James Taylor, und wenn er schon ein paar Gläser getrunken hatte, spielte er AC/DC, zusammen mit seinem größten Fan am »Luftschlagzeug«, dem alten Harry, der oben an der Straße wohnt. Harrys Frau flehte die beiden dann immer an, »mit dem furchtbaren Krach« aufzuhören, während sie sich die Finger in die Ohren steckte.

Ich habe so viele schöne Erinnerungen an unser früheres Leben, aber nun löst die bloße Vorstellung, Leute in unser Haus einzuladen, Panik und Schuldgefühle in mir aus. Wie könnte ich jemals wieder heiter sein und Gäste unterhalten, wenn Lily nicht mehr da ist?

Oh, wie sehr ich mir wünsche, ich würde mich gut fühlen, innerlich und äußerlich, und dass ich mich wieder für etwas begeistern könnte und mit Freunden lachen, bis mir der Bauch wehtut.

Plötzlich klingelt es an der Tür. Ich schaue erschrocken auf die Uhr und frage mich, wer das sein kann. Mein Herz beginnt zu rasen, und Angst strömt durch meine Adern. Eliza ist es bestimmt nicht. Sie weiß, dass sie mich an meinem freien Tag nicht vor Mittag stören darf, und der Postbote kann es am Sonntag auch nicht sein. Ich zögere. Wie immer, wenn das passiert, ist mein erster Instinkt, mich nicht vom Fleck zu rühren, das Klingeln zu ignorieren und den Besucher fortzuwünschen, aber Merlin stürmt bellend zur Haustür und lässt meine Deckung auffliegen. Die Angst nimmt meinen Magen in den Klammergriff und nagt an meinen Eingeweiden, und mein Blick schweift durch die Küche, während ich überlege, was ich tun soll. Es klingelt erneut. Mist. Ich will mit niemandem reden.

Nein. Ich muss das abstellen. Ich schließe meine Augen und atme tief durch, dann gehe ich hinaus in die Diele, um dem Besucher zu öffnen. Ich gebe mir wirklich alle Mühe.

## JULIETTE

»Es ist niemand zu Hause, Schatz. Na komm, wir versuchen es ein anderes Mal.«

Ich will gerade aufgeben, als ich durch die Glasscheibe in der Haustür sehe, dass der Hund, von dem Rosie mir erzählt hat, bellend angestürmt kommt. Rosie beugt sich zu ihm hinunter und ruft seinen Namen, während er auf der anderen Seite eifrig mit dem Schwanz wedelt und aufgeregt herumspringt.

Das hier ist wirklich ein prächtiges Haus, sehr modern und trotzdem geschmackvoll, mit seiner glänzend weißen Fassade, der gepflegten grünen Einfahrt und der schwarzen Eingangstür mit Glaselementen, flankiert von Bogenhanf in stilvollen Tontöpfen. Aber der wahre Zauber liegt auf der

Rückseite, weil man von dort aus direkt auf das herrliche Panorama der Galway-Bucht blickt.

»Ich denke, wir sollten einfach ...«

In diesem Moment öffnet die Dame des Hauses die Tür, und ich erkenne sie sofort wieder. Es ist die Frau, bei der ich das blaue Kleid gekauft habe. Jetzt, wo sie nicht hinter einer Theke steht, sehe ich sie zum ersten Mal in voller Größe. Sie erinnert mich an eine zierliche Puppe – klein und zart und hübsch, aber immer noch mit diesem ängstlich-besorgten Ausdruck im Gesicht. Zuerst wirkt sie wenig erfreut über die Störung, aber dann hellt sich ihre Miene auf.

»Rosie!«, ruft sie. »Das ist ja eine Überraschung! Und Sie sind bestimmt ihre Mutter. Nun, ich glaube, wir sind uns schon begegnet.«

Sie hält mit einer Hand die Tür fest und mit der anderen den Hund an seinem Halsband, und Rosie lehnt sich vor, um seinen Kopf zu streicheln. Ich habe sehr stark den Eindruck, dass wir ungelegen kommen, und es ist mir furchtbar peinlich. Ich bin nur hier, um mich bei ihr zu bedanken, aber heute ist Sonntag, und vielleicht hätten wir nicht unangemeldet hier auftauchen sollen. Ich spüre, wie mein Gesicht anfängt zu glühen.

»Es tut mir furchtbar leid, dass wir Sie am Sonntagmorgen überfallen«, sage ich. »Wir, na ja, eigentlich ich ... na ja, ich wollte mich einfach dafür bedanken, dass Sie sich gestern am Strand um Rosie gekümmert haben. Ich bin vor lauter Angst um sie fast wahnsinnig geworden, wie Sie sich vorstellen können.«

Die Frau nickt und lächelt mich flüchtig an, aber es ist Rosie, der ihre eigentliche Aufmerksamkeit gilt, während sie sie besorgt mustert.

»Das ist sehr nett von Ihnen«, sagt sie, ohne ihren Blick von Rosie abzuwenden. Noch immer hält sie Tür und Hund fest. »Ich hoffe, Rosie, es geht dir heute ein bisschen besser.«

Ich strecke ihr das Geschenk entgegen, das ich ihr mitgebracht habe, und frage mich, was sie wohl zuerst loslassen wird, um die Tüte zu nehmen, die Tür oder den Hund. Es ist die Tür, und die Frau sieht mich verwundert an, als hätte ich etwas falsch gemacht.

»Das wäre aber wirklich nicht nötig gewesen«, sagt sie.
»Sorry, wie war Ihr Name? Ich bin Shelley.«
»Ja, Shelley, ich weiß, Rosie hat es mir gesagt. Ich bin Juliette, Juliette Fox. Ich habe gestern das blaue Kleid bei Ihnen gekauft. In der Tüte sind nur ein Buch und eine Flasche Wein und eine Kleinigkeit zum Naschen. Ich hoffe, Sie mögen Pralinen. Und Romane.«

Sie nickt und lächelt ein wenig. »Ich liebe beides. Es ist sehr nett von Ihnen, dass Sie vorbeigekommen sind«, sagt sie, bewegt sich jedoch keinen Zentimeter von der Stelle und bittet uns auch nicht herein. Ich will schleunigst hier weg. Wir hätten erst gar nicht herkommen sollen, aber wenigstens habe ich nun meine Pflicht getan und mich bei ihr bedankt.

»Gut, wir möchten Sie nicht länger aufhalten, Sie sind sicher beschäftigt«, sage ich und greife nach Rosies Arm, um ihr zu signalisieren, dass wir gehen, aber sie hat nur Augen für den Hund.

»Hab ich dir nicht gesagt, dass Merlin voll süß ist, Mum?«, sagt sie. »Oh, ich hätte so gern einen Hund wie dich, Merlin. Wäre das nicht toll?«

Ich sehe die Frau an, und für den Bruchteil einer Sekunde treffen sich unsere Blicke.

»Ähm ... möchten Sie vielleicht auf einen Kaffee hereinkommen?«, fragt sie. »Ich kann Ihnen leider nicht viel anbieten, aber Kaffee habe ich definitiv.«

Mein erster Impuls ist, ihre Einladung abzulehnen und wie geplant mit unserem Tag fortzufahren, angefangen mit einem gemütlichen Bummel über den Strand zurück ins Dorf und einem Sonntagslunch auf dem Pier, aber irgendetwas sagt mir, dass diese Frau hier schon sehr, sehr lange niemanden mehr hereingebeten hat und dass sie sich, obwohl es ihr schwerfällt, freuen würde, wenn wir blieben.

»Sind Sie sicher, dass wir Sie nicht stören?«, sage ich. »Wir wollten eigentlich nur kurz Danke sagen. Sie müssen uns nicht ...«

»Nein, nein, ich bestehe darauf. Bitte, kommen Sie herein. Ich hoffe, Merlin benimmt sich. Er ist immer ganz aus dem Häuschen, wenn wir Besuch haben.«

Sie lässt den Hund los und öffnet nun weit die Tür, dann stellt sie die Geschenktüte auf ein Sideboard in der Diele und bittet uns in ihr herrliches Haus. Die gesamte Einrichtung ist in Weiß gehalten, genau wie die Wände, ohne jegliches Beiwerk – keine Bilder, keine Spiegel, keine Dekorationsgegenstände, keine Lampen. Ich habe den Eindruck, dass Shelley gerade erst eingezogen ist beziehungsweise im Begriff ist auszuziehen. Vielleicht eine turbulente Scheidung? Das Haus wirkt richtig unbewohnt.

»Wow, ich komme mir vor wie in einem Palast!«, sagt Rosie, während wir Shelley durch die Diele folgen und unsere Stimmen von dem cremefarbenen Marmorboden und den leeren weißen Wänden widerhallen. »Haben Sie auch einen Fitnessraum? Ich wette, Sie haben einen, und bestimmt auch einen Pool und alles! Das ist hier wie in einem Luxushotel, nicht wahr, Mum?«

»Es ist wunderschön«, sage ich zu meiner Tochter, die wahrscheinlich noch nie so eine Villa von innen gesehen hat. Ich staune selbst, während ich mich ehrfürchtig umblicke und versuche, mir ein Bild von den Bewohnern zu machen.

»Bitte nehmen Sie Platz«, sagt Shelley, als sie uns in die weiträumige Küche führt, und deutet auf die Insel mit der glänzenden schwarzen Marmoroberfläche, die von hohen, eleganten Barhockern umringt ist. Während Shelley Wasser aufsetzt, schaue ich hinaus auf die Bucht, und der Anblick lässt mich beinahe lossabbern. Der Leuchtturm, hoch und weiß, mit schwarzen und roten Ringen, scheint fast in Reichweite zu sein, und das Meer, eine blaue Decke der beschaulichen Ruhe, ist so nah, dass es wirkt, als würde es direkt an den Garten grenzen, an dessen Ende ein einsamer Apfelbaum steht. Ein Esstisch nimmt fast die gesamte andere Seite der Küche ein, und eine große Verandatür führt hinaus auf einen Balkon mit einem kleinen Tisch und zwei Stühlen. Wer auch immer dieses Haus an diesem Ort entworfen hat ... nun, er hatte etwas im Sinn.

»Sie machen also Urlaub in Killara?«

Shelleys Frage reißt mich aus meinem traumähnlichen Zustand, in dem ich mir ausmalte, wie es wäre, selbst nur für einen Tag hier zu wohnen.

»Ja. Ja, das ist richtig«, sage ich, und mir wird bewusst, dass wir noch nicht wirklich viel miteinander gesprochen haben. »Sorry, ich war zu beschäftigt damit, Ihre spektakuläre Aussicht zu bewundern. Ich glaube nicht, dass ich jemals zuvor in einem Haus mit einem derart grandiosen Panorama war.«

»Ja«, sagt Shelley, »wir können uns in der Tat glücklich schätzen. Man neigt dazu, solche Dinge als selbstverständlich zu betrachten, wenn man sie jeden Tag sieht, aber ich stimme Ihnen zu, das Haus hat eine Spitzenlage. Mein Mann hat wie ein Wahnsinniger geschuftet, damit wir uns diesen Traum erfüllen konnten.«

Der Wasserkocher schaltet sich aus, und sie fragt uns, ob wir Kaffee oder Tee möchten.

»Für mich bitte Tee«, sage ich und sehe Rosie an, die wie ich so fasziniert von ihrer Umgebung ist, dass es ihr offenbar die Sprache verschlagen hat. »Rosie?«

»Oh, sorry, was?« Sie sieht mich entrückt an, und ich schüttele lachend den Kopf.

»Shelley hat gefragt, ob du Tee oder Kaffee haben möchtest.«

»Danke, aber ich möchte gar nichts«, antwortet sie. »Ist der Balkon da draußen echt?«

Nicht nur ich, auch Shelley muss über die Frage schmunzeln.

»Ich glaube nicht, dass es sich um eine optische Täuschung handelt«, sage ich. »Es wäre wirklich unfair, uns so reinzulegen.«

»Der Balkon ist echt«, sagt Shelley. »Wenn du Lust hast, kannst du gerne rausgehen und dich dort umschauen. Zum Glück hat es aufgehört zu regnen. Gestern kam es mir vor, als würde die Welt untergehen.«

Sie taut langsam auf. Ganz langsam. Für jemanden, der so einen originellen und stylishen Laden besitzt, ganz zu schweigen von den ausgefallenen Sachen, die Shelley selbst trägt, ist ihre Kommunikation ungewöhnlich steif und ihr Haus ungewöhnlich leer. Das passt irgendwie nicht zusammen.

»Ja, Sie sind gestern bestimmt auch richtig nass geworden«, sage ich. »Das Wetter hat uns nicht gerade einen freundlichen Empfang in Killara bereitet. Als ich das letzte Mal hier war, spalteten sich die Bäume von der Sonne.«

»Gibt es hier WLAN?«, fragt Rosie, und ich kann nicht glauben, dass sie das gerade gesagt hat.

»Rosie! Bitte, Shelley, ignorieren Sie die Frage. Rosie, du musst nicht ständig und überall online sein!«

Rosie wirkt nicht im Geringsten verlegen, und Shelley lacht nur gnädig.

»Klar gibt es hier WLAN«, sagt sie, und sie nennt Rosie das Passwort, die es in ihr Smartphone eintippt und dann auf den Balkon hinausgeht, begleitet von Merlin, während Shelley den Tee eingießt.

»Ich muss mich für mein Kind entschuldigen. Teenager und ihre Handysucht!«, sage ich zu Shelley. »Ich komme mir immer so alt vor, wenn ich das sage, aber was ist aus der guten alten Konversationskunst geworden? Meine Tochter hängt ständig über irgendeinem Gerät, und manchmal macht mich das wahnsinnig.«

»Sie haben großes Glück, dass Sie Rosie haben«, erwidert Shelley, ohne mich anzusehen, dann serviert sie den Tee, und wir nehmen beide auf den Barhockern Platz.

»Oh, das weiß ich«, sage ich, und ich spüre, dass es einen Grund gibt, warum sie mich daran erinnert. Ich würde sie gerne fragen, ob sie selbst Kinder hat, aber im Haus deutet nichts darauf hin. Es wirkt klinisch, sie selbst wirkt klinisch, doch der Umstand, dass sie sich gestern so fürsorglich um Rosie gekümmert hat, sagt mir, dass man nur leicht an ihrer Oberfläche zu kratzen braucht, und schon kommt eine völlig andere Person hinter ihrer kühlen Fassade zum Vorschein.

»Rosie hat ziemlich von Ihnen geschwärmt«, sage ich. »Ich weiß ja nicht, was für eine Art von Magie Sie auf sie ausgeübt haben, aber sie ist heute deutlich gelöster und fröhlicher als gestern.«

»Oh, ich würde es nicht als Magie bezeichnen, ich kann mich einfach nur gut in sie hineinversetzen«, erwidert Shelley. »Ich habe ihr angeboten, dass sie jederzeit mit mir reden kann, wenn sie das Bedürfnis hat. Das macht Ihnen hoffentlich nichts aus? Gott, ich klinge wie eine Psychologin, dabei bin gerade ich die ungeeignetste Person, um anderen Ratschläge zu erteilen.«

Sie schluckt, als hätte sich etwas in ihrer Kehle verfangen. Ich möchte nicht tiefer bohren, da ich sehen kann, dass diese Frau emotional wie auf Eiern geht. Ich würde sie zwar gerne fragen, was sie gestern alles zu Rosie gesagt hat, aber ich fürchte, sie könnte daran zerbrechen, und ich bin froh, als sie das Thema wechselt.

»Sie waren also schon einmal in Killara?«, fragt sie. »Ist das lange her?«

Ich muss kurz lachen, bevor ich antworte. »Sechzehn Jahre, um genau zu sein, vom 21. bis 23. August«, sage ich.

Nun, es ist nicht so, als könnte ich dieses Datum jemals vergessen, oder?

»Wir wollten eigentlich nur eine Nacht bleiben, aber dann gefiel es uns hier so gut, dass wir um einen Tag verlängerten«, erkläre ich. »Killara war der letzte Stopp auf einer sechswöchigen Rucksacktour, die ich alleine antrat und mit Birgit, einer Skandinavierin, die ich unterwegs kennengelernt hatte, beendete. Wir hatten hier wirklich eine tolle Zeit. Wir waren jung und sorglos und ungebunden. Es war großartig.«

Ich schaue hinaus auf den Balkon, wo Rosie und ihr neuer Freund Merlin sich miteinander vertraut machen. Natürlich dürfen die obligatorischen Selfies nicht fehlen, die bestimmt schon bei Rosies Freunden zu Hause angekommen sind und eifrig gelikt werden.

»Ich kam vor neunzehn Jahren zum ersten Mal nach Killara«, sagt Shelley. »Ich war sechzehn und wohnte bei meiner Tante. Nachdem meine Mutter kurz zuvor gestorben war, brauchte ich dringend eine Luftveränderung und verbrachte den ganzen Sommer hier. Bei meinem nächsten Besuch, sechs Jahre später, lernte ich meinen Mann kennen, und wie das so ist, verliebte ich mich bis über beide Ohren in ihn und blieb hier hängen. Oh, könnte ich doch nur wieder so jung und so verliebt sein wie damals ... und hätte ich doch nur geahnt, was mir bevorstand.« Sie spielt an ihrem langen Haarzopf, während sie über ihre Vergangenheit spricht.

Eine Scheidung. Ich wusste es.

Für mich ist das die perfekte Eröffnung, um ihr zu erklären, warum ihr Gespräch mit Rosie gestern so wichtig war.

»Rosie ist im Mai fünfzehn geworden«, sage ich, und mein Blick huscht kurz zu meiner Tochter, bevor ich fortfahre. »Ich bin unheilbar krank, Shelley, und ich habe nicht mehr lange zu leben, aber ich will unbedingt, dass Rosie hier einen perfekten und unbeschwerten Urlaub genießen kann. Darum habe ich sie noch nicht mit meinem bevorstehenden Tod konfrontiert.«

»Das tut mir unheimlich leid für Sie«, sagt Shelley und beißt sich auf die Unterlippe, während sie immer noch an ihren Haaren spielt. »Ich kann mir vorstellen, wie groß Ihre Angst sein muss, Ihre wunderbare Tochter alleine zurückzulassen. Es tut mir unendlich leid. Wie fühlen Sie sich?«

»Na ja, ich könnte jetzt nicht gerade Bäume ausreißen«, antworte ich mit einem matten Lächeln. »Aber das Ganze hat etwas seltsam Friedvolles. Ich habe es akzeptiert, und ich bin entschlossen, das Beste aus der kurzen Zeit zu machen, die mir noch bleibt.«

Sie sieht mich an, als würde sie mir nicht glauben. Ich kann es ihr nicht verübeln.

»Sind Sie nicht wütend?«

»Das habe ich alles schon hinter mir«, sage ich. »Seit meiner ersten Diagnose bin ich durch jedes Gefühl gegangen, das die Menschheit je gekannt hat. Die Behandlungen, die Nebenwirkungen, die Abhängigkeit von anderen bei Dingen, die mir früher leichtfielen, dann die Hoffnung und der Lichtblick, als es schien, dass die Therapie erfolgreich wäre. Der verdammte Rückfall, noch mehr Chemo, die ganze Prozedur wieder von vorn, und nun sind wir hier.«

»Das klingt wie ein einziger Albtraum.«

»O ja, es war kein Zuckerschlecken, aber selbst ein altes Schlachtross wie ich weiß, wann es sich geschlagen geben muss. Ich habe die feste Absicht, jede einzelne Sekunde voll auszukosten, die ich noch habe«, sage ich. »Die Krankheit ist wieder da, und ich kann sie nicht besiegen. Meine einzige Sorge gilt nun Rosie, und ich möchte mit ihr das Beste aus unserer Zeit herausholen, bevor es mit mir zu Ende geht. Dies ist meine letzte Chance, um ihr ein paar wunderbare Erinnerungen zu schenken, und jeder Tag soll für sie besonders sein.«

Shelley schüttelt bekümmert den Kopf. »Auf das arme Ding kommt viel zu«, sagt sie. »Noch mehr, als sie jetzt schon verarbeiten muss. Ich würde Ihnen so gerne sagen, dass Rosie zurechtkommen wird, aber es ist für niemanden leicht, wenn die eigene Mutter so früh gehen muss. Unsere Mütter werden uns immer fehlen, egal, wie alt wir sind. Es ist ein trauriger Klub, dem niemand angehören möchte, und leider gehöre ich auch dazu.«

Wir schauen beide hinaus zu Rosie, die mit ihrem Handy und ihrem neuen vierbeinigen Gefährten in ihrer eigenen Welt ist. Shelleys Worte sind schwer für mich, aber sie spricht aus eigener Erfahrung. Sie hat das alles selbst durchgemacht, und wenn es Rosie Trost spendet, zu erfahren, dass sie nicht die Einzige ist und andere ihr Schicksal teilen, dann sollte mir das doch auch Trost spenden, oder?

»Wissen Sie, manchmal frage ich mich, ob es für Rosie einfacher wäre, wenn sie einen Bruder oder eine Schwester hätte«, sage ich. »Hatten Sie jemanden, auf den Sie sich stützen konnten, als Sie Ihre Mutter verloren haben?«

Shelley schüttelt den Kopf. »Ich hätte meinen rechten Arm dafür gegeben, Geschwister zu haben, aber nein, ich bin wie Rosie ein Einzelkind. Der Tod meiner Mutter war für mich ein Albtraum. Ich denke, Juliette, mit diesem Urlaub tun Sie genau das Richtige«, sagt sie. »Sie haben sich bewusst dafür entschieden, Ihrer Tochter das Allerbeste mitzugeben, bis Ihre Zeit gekommen ist, und ich glaube nicht, dass Sie mehr für sie tun können. Ich wünschte, ich hätte diese Zeit mit meiner Mutter gehabt.«

Ich spüre einen Kloß im Hals, als Shelley mir bewusst macht, dass das alles hier gerade tatsächlich passiert. Ich bin hier, in einem fremden Haus in Irland, und bitte eine fremde Frau um Rat, wie ich meine Tochter auf meinen Tod vorbereiten soll.

»Und wenn ich tot bin?«, bringe ich flüsternd heraus.

Shelley bekommt nun feuchte Augen, und ich fürchte, ich bin vielleicht ein bisschen zu weit gegangen.

»Sorgen Sie dafür, dass sie bei den Menschen ist, die ihr am nächsten stehen«, sagt sie. »Stellen Sie sicher, dass sie Menschen hat, die sie auf ihrem Weg begleiten und beschützen – eine Tante, eine Freundin in ihrem Alter, eine Vaterfigur. Personen, denen Sie vertrauen können, damit sie immer jemanden hat, an den sie sich wenden kann.«

Ich sehe wieder zu Rosie hinaus, und mein Herz zerbricht in eine Million Teile.

»Und ich denke«, fährt Shelley fort, »wenn Sie ihr sagen – vorausgesetzt, Sie glauben überhaupt daran –, dass Sie nach Ihrem Tod immer bei ihr sein werden, so klischeehaft das auch klingen mag, könnte ihr das mehr helfen, als Sie vielleicht ahnen.«

O Gott.

»Ich glaube schon daran«, sage ich. »Ich habe mit Rosie noch so viel vor und möchte ihr so vieles sagen. Ich hoffe nur, ich habe genügend Zeit, um das alles zu schaffen.«

»Wissen Sie, wie lange noch?«, fragt sie.

Ich schüttele den Kopf. »Ich habe keinen konkreten Zeitraum, aber ich weiß, es ist nicht lange«, sage ich. »Einige Wochen vielleicht. Wer weiß? Ein paar Monate, wenn ich Glück habe.«

Shelley sieht mir in die Augen und wendet ihren Blick dann wieder ab. »O Gott, ich weiß nicht, was ich Ihnen sagen soll«, flüstert sie. »Das ist einfach furchtbar, für Sie beide.«

»Tut mir leid, ich wollte Sie nicht mit meinen Problemen belasten«, sage ich, als mir bewusst wird, dass ich ihr mit meiner schlimmen Geschichte den Sonntagmorgen verdorben habe. »Sie sind sicher fröhlichere Besucher als uns gewohnt! Wir sollten nun wirklich gehen, wir haben Sie schon lange genug gestört.«

Ich stehe auf.

»Nein, das ist schon okay, ehrlich«, sagt sie. Wieder dieser Schmerz in ihrem Gesicht. Dieser tiefe, tiefe Schmerz. Fast Verzweiflung.

»Wir sollten gehen. Tut mir leid.«

»Nein, Juliette, hören Sie«, sagt sie. »Gestern war ein schwerer Tag für mich, und ich hätte nicht gedacht, dass ich mich mit jemandem auf ein Gespräch einlassen würde. Trotzdem habe ich gehofft, dass ich Rosie wenigstens ein bisschen helfen konnte, und dass diese Hoffnung sich erfüllt hat, bedeutet mir sehr viel. Sie haben keine Ahnung, wie viel. Es ist wirklich sehr nett von Ihnen, dass Sie vorbeigekommen sind. Ich bin froh darüber, und Sie brauchen wirklich noch nicht zu gehen, jedenfalls nicht meinetwegen.«

Sie deutet auf meinen Barhocker, und ich setze mich wieder hin.

»Ich bin auch froh, dass wir vorbeigekommen sind«, sage ich. »Sie können unsere Situation wahrscheinlich wirklich verstehen, weil Sie damals Ähnliches durchgemacht haben.«

Trotzdem würde ich sie gerne fragen, was sie jetzt durchmacht. Nicht aus Neugier, sondern aus Sorge. Diese Frau ist verstört und verzweifelt, und ich bin mir sicher, dass sie schon eine sehr lange Zeit keine Besucher mehr in dieser schönen kühlen Villa empfangen hat.

»Die gute Nachricht ist«, sage ich in dem Versuch, die Stimmung etwas aufzulockern, »dass uns nun eine tolle Woche in Killara bevorsteht. Die beste Zeit überhaupt. Ich wollte immer hierher zurückkommen, aber habe es nie getan, und als mein Arzt mir dringend eine Luftveränderung empfohlen hat, wusste ich, dass es meine letzte Gelegenheit ist, um zu sehen, was ich hier alles verpasst habe.«

Shelley nippt an ihrem Tee, beide Hände um ihre Tasse gelegt. »Dieser Ort hat etwas Besonderes an sich, nicht wahr?«, sagt sie, und ihre Augen nehmen einen verträumten Ausdruck an. »Viele von denen, die hier stranden, bleiben für immer. Killara geht einem unter die Haut – die Küche, das Meer, die Kunst, die Musik, die freundlichen Einheimischen, ganz zu schweigen von den Pubs. Hier ist immer etwas geboten, für jeden Geschmack. Ich liebe diesen Ort, wirklich. Ich kann mir nicht vorstellen, mit Matt jemals woanders zu leben als hier. Ich wollte sogar einmal aus diesem Haus ausziehen, aber wie könnte ich das tun? Wie könnte ich etwas hinter mir lassen, in dem so viel von uns selbst steckt?«

Ich verstehe genau, was sie meint. Shelley ist eine Frau, die scheinbar alles hat, und doch sind ihre Augen leer, und ich habe den Eindruck, dass sie im Moment nur im ersten Gang lebt. Meine Vermutung mit der Scheidung war offenbar falsch. Ach, was würde ich dafür geben, wenn ich mit Shelley tauschen könnte und mein ganzes Leben noch vor mir hätte! Sie spricht positiv von ihrem Mann, sie hat ein fantastisches Haus, und sie führt diese wundervolle, skurrile Boutique, was will sie also mehr vom Leben? Was vermisst sie in ihrem jungen Alter?

»Hören Sie, ich weiß, Sie haben nicht immer hier gelebt«, sage ich, ohne zu wissen, woher ich den Mut nehme, das Thema tatsächlich anzusprechen, beziehungsweise wie ich plötzlich darauf komme. »Aber kann ich Sie was fragen?«

»Natürlich«, sagt Shelley. »Fragen Sie.«

Ich will mich selbst davon abhalten, aber ich kann nicht. Meine Beherztheit, die durch meine Adern strömt, seit ich ein junges Mädchen war, bricht nun hervor, und ich kann nicht anders, als meine brennende Frage loszuwerden.

»Ich wollte Sie fragen …«, beginne ich und zögere dann kurz. »Hören Sie, ich werde direkt zum Punkt kommen. Kennen Sie zufällig einen Mann, der hier in der Gegend lebt, na ja, vielleicht auch nicht, aber … Ach, wissen Sie was, vergessen Sie es einfach. Manchmal denke ich, es ist Wahnsinn, diese Spur zu verfolgen, und …«

»Erzählen Sie«, sagt Shelley und verlagert ihr Gewicht auf dem Hocker. »Sie suchen jemanden?«

Ich zögere wieder. »Nicht aktiv, nein«, sage ich dann ausweichend. »Ich bin nur neugierig und dachte, Sie als Einheimische könnten mir vielleicht weiterhelfen, schließlich leben Sie hier schon seit vielen Jahren. Vergessen Sie es einfach. Ich könnte mir damit Ärger einhandeln.«

Aber Shelley lässt mich so nicht davonkommen. »Falls ich diese Person, die Sie suchen, nicht kenne, mein Mann kennt sie garantiert. Matt hat fast sein gesamtes Leben in Killara verbracht«, sagt sie. »Geht es um jemanden aus Ihrer Vergangenheit? Ein alter Schwarm? Oh, ist es ein ehemaliger Liebhaber?«

Sie sieht mich gespannt an, und ich werde rot und versuche, das Ganze mit einem Achselzucken herunterzuspielen, obwohl ich bei der Erinnerung an jene verschwommenen, feuchtfröhlichen zwei Tage in Killara vor sechzehn Jahren automatisch lächeln muss.

»O bitte, erzählen Sie!«, sagt Shelley, und ihr Gesicht wirkt plötzlich richtig lebendig, als hätte sie für einen Augenblick vergessen, was sie permanent beschäftigt und daran hindert, zu lächeln.

»Ich kann nicht glauben, dass ich davon angefangen habe«, sage ich und lege die Hände an meine Wangen wie ein verlegener Teenager, dann senke ich meine Stimme zu einem Flüstern. »Sehen Sie ... ich suche einen Mann, zu dem ich keinen Kontakt mehr hatte, seit wir uns in jenem Sommer vor sechzehn Jahren hier kennenlernten. Ich weiß nicht, ob er in Killara lebte oder wie ich nur zu Gast war, und ich kenne auch seinen richtigen Namen nicht, aber ich würde sehr gerne irgendwie mit dieser Sache abschließen. Ich möchte einfach herausfinden, wo er jetzt ist, oder besser noch, ich würde ihm gerne von Rosie erzählen, falls ich ein gutes Gefühl bei ihm habe. Sehen Sie ... Rosie ist sein Kind. Ich bin offenbar nicht mehr ganz bei Trost, weil ich Ihnen gerade mein Geheimnis verraten habe. Dabei habe ich es streng gehütet, seit ich merkte, dass ich mit Rosie schwanger war.«

Nun ist Shelleys Interesse erst recht geweckt. »Es geht also um Rosie?«, flüstert sie zurück. »O Gott, Juliette, die Sache ist viel ernster, als ich dachte. Erzählen Sie mir, was Sie über diesen Mann wissen, und wenn ich Ihnen nicht helfen kann, werde ich Matt oder seine Mutter fragen. Das heißt, vorausgesetzt, Sie wollen diesen Mann wirklich finden. Unter solchen Umständen ist das eine schwerwiegende Entscheidung, nicht wahr?«

Sie wartet gespannt auf einen Namen, und mein Bedürfnis, ihn auszusprechen, hängt in der Luft. Jetzt, wo sie in mein Geheimnis eingeweiht ist, hat sie aufgehört, an ihren Haaren zu spielen, und wirkt auch nicht mehr so roboterhaft. Die Sache ist tatsächlich ziemlich ernst, wenn man genauer darüber nachdenkt. Es ist gut möglich, dass hier in der Gegend ein Mann lebt, der dieselben Gene wie meine Tochter hat und dem ich nie etwas von ihrer Existenz erzählt habe – aber hier bin ich nun, sechzehn Jahre nach ihrer Zeugung, und siehe da, ich muss bald sterben. Die Sache ist todernst. Wahrscheinlich ist es verrückt, was ich hier mache. Ich und meine große Klappe.

»Wissen Sie was, vergessen Sie es einfach«, sage ich wieder und gleite von meinem Hocker, während ich nach meiner Handtasche greife. »Ich hätte es nicht erzählen sollen. Ich bereue das jetzt. Rosie und ich sollten schon längst weg sein – Himmel, ist es wirklich schon so spät? Wir wollten gemütlich über den Strand bummeln und anschließend lecker essen gehen. Wenigstens scheint heute die Sonne, und ich muss mir keine Gedanken wegen meiner Kleidung machen. Gestern war wirklich ein seltsamer Tag. Danke für ...«

»Bitte, Juliette, gehen Sie nicht.« Shelley steht auf und sieht mir direkt in die Augen. »Bitte, gehen Sie nicht«, wiederholt sie. »Ich fände es wirklich schön, wenn Sie noch etwas bleiben würden und wir weiterreden könnten. Erzählen Sie mir mehr von diesem geheimnisvollen Mann. Vielleicht kann ich ihn nicht identifizieren, aber ich genieße unser Gespräch, und Sie haben keine Ahnung, wie lange ich dafür gebraucht habe.«

Ich habe keinen blassen Schimmer, wovon sie redet. »Wie lange Sie wofür gebraucht haben?«

»Für das hier. Reden. Plaudern. Etwas spannend finden. Sich mit jemandem über das Leben unterhalten und über die Höhen und Tiefen, die wir alle zu bewältigen haben. Zu merken, dass die Welt sich nicht nur um mich und dieses leere Haus und mein Elend und meine Trauer dreht. Ich mache das sonst nie. Ich lasse nie jemanden herein. Bitte, erzählen Sie mir einfach von diesem Mann. Bitte. Das ist spannend und neu für mich, und seit drei Jahren hat mich nichts mehr so bewegt. Ich will wirklich nicht, dass Sie gehen. Und falls es Ihnen wichtig ist, dass unser Gespräch streng geheim bleibt, ich versichere Ihnen, ich werde schweigen wie ein Grab. Das schwöre ich Ihnen hoch und heilig. Möchten Sie vielleicht noch einen Tee?«

Ich bin völlig erstaunt über ihren Ausbruch, und ihr flehentlicher Blick bringt mein Herz zum Schmelzen. Shelley, eine Frau, die in einem großen leeren Palast lebt, zermürbt von weltlichen Sorgen, obwohl noch das ganze Leben vor ihr liegt, bittet *mich*, eine kranke Frau an der Schwelle des Todes, zu bleiben und ihr mehr von meinem nebulösen Traummann zu erzählen, über den ich so gut wie nichts weiß. Ich fühle mich auf eine seltsame Art geehrt, und seien wir ehrlich, ich habe nicht viel zu verlieren, also setze ich mich wieder hin, und sie tut es mir gleich.

»Sein Spitzname war Skipper«, sage ich flüsternd, mit einem Achselzucken und einem Lächeln. »Da, jetzt habe ich es gesagt. Skipper. Er war ein Seemann, und was für ein schöner und prächtiger. Skipper. Und das ist auch schon ungefähr alles, was ich weiß.«

Ich warte.

»Kennen Sie ihn?«, füge ich hinzu, während ich mich frage, was gerade in Shelleys Kopf vorgeht. Ich beobachte sie, während sie den Namen verarbeitet, und warte auf eine

Reaktion. Und die bleibt nicht aus. Shelley klappt die Kinnlade herunter.

»O mein Gott«, sagt sie, und ihre Hand wandert langsam zu ihrem Mund hoch.

Ist das ein gutes O-mein-Gott oder ein schlechtes? Ich kann es nicht sagen.

»Ich weiß, wer Skipper ist«, sagt sie, und sie muss mehrmals schlucken, als hätte ich ihr gerade die schlimmste Nachricht aller Zeiten überbracht. »Skipper, der Seemann ... natürlich. Und Sie sind wirklich sicher, dass er Rosies Vater ist?«

Ich nicke und schaue hinaus zu meiner Tochter.

»Absolut sicher«, sage ich. »Ein anderer kommt nicht infrage.«

## KAPITEL 11

SHELLEY

Ich kann nicht glauben, was diese Fremde in meiner Küche mir gerade erzählt hat. Gott, ich weiß nicht, was ich sagen soll.

*Skipper?*

Ich stehe auf, um wie versprochen noch einen Tee zu machen, und spüre, dass meine Hände zittern.

»Ich wusste, ich hätte den Mund halten sollen«, sagt Juliette, und ich habe prompt ein schlechtes Gewissen, weil ich nicht fähig bin, meine Gedanken zu verbergen. »Vielleicht sollten wir jetzt doch besser gehen.«

»Nein«, sage ich. »Das müssen Sie nicht.«

»Ist es schlimm, dass es Skipper ist?«, fragt sie mich. »Ist er ein schlechter Mensch? Jemand, dem man besser aus dem Weg geht?«

»Nein, Skipper ist kein schlechter Mensch.«

»Himmel, ist Skipper Ihr Mann?«

»Nein!«, sage ich rasch. »Gott, nein. Er ist nicht mein Mann.«

Ihr blasses Gesicht entspannt sich nur minimal.

»Matt hat nicht die geringste Ahnung von Booten«, erkläre ich ihr. »Aber er hat mir öfter von Skipper erzählt. O Juliette, es tut mir leid, dass ich diejenige bin, die es Ihnen sagen muss, aber ...«

»Was denn?«

»Es tut mir wirklich leid«, sage ich mitfühlend und schaue hinaus zu Rosie, dann richte ich meinen Blick wieder auf Juliette. »Skipper ist ... er ist nicht mehr da.«

Ich kann es nicht sagen. Ich kann es wirklich nicht sagen, aber dann spricht Juliette es für mich aus.

»Er ist tot, nicht wahr?«

Ich nicke. Sie hat recht. Skipper lebt nicht mehr. O Gott, das hier ist furchtbar. Juliette legt den Kopf in die Hände und fängt an zu weinen.

»O Juliette, es tut mir so wahnsinnig leid«, sage ich. Ich gehe zu ihr hinüber und würde ihr gern zum Trost meine Hand auf die Schulter legen, aber ich tue es nicht. »Ich wünschte, ich hätte bessere Neuigkeiten für Sie. Es war unheimlich mutig von Ihnen, dass Sie sich mir anvertraut haben, aber ...«

»Warum zum Teufel heule ich eigentlich?«, murmelt sie und schnieft leise, dann blickt sie nervös zum Balkon für den Fall, dass Rosie hereinkommen könnte. »Ich kannte ihn ja kaum. Ich weiß nicht, warum mich diese Nachricht so erschüttert. Ich weiß nichts von diesem Mann, nur das, was ich jeden Tag an meiner Tochter sehen kann. Warum nimmt mich sein Tod also so mit?«

»Das ist völlig normal«, sage ich, und dann tue ich etwas, was ich bis gestern mit niemandem außerhalb des engsten Familienkreises getan habe. Nicht mehr, seit Lily tot ist. Ich beuge mich zu Juliette und lege meinen Arm um sie, so wie ich es gestern Abend am Strand bei Rosie getan habe. Juliette erwidert meine Umarmung, und ich versuche, etwas von ihrem Kummer wegzudrücken, und auch von meinem.

»Ich schwöre bei Gott, ich habe wirklich nicht damit gerechnet, dass er tot ist«, sagt sie, als wir uns voneinander lösen. »Ich habe erwartet, dass er verheiratet ist und von mir und Rosie nichts wissen will, oder dass er sich gar nicht an mich erinnern kann und alles bestreitet und zum Beweis einen Vaterschaftstest verlangt. Ich habe so viele Szenarien in meinem Kopf durchgespielt, aber auf die Idee, dass er nicht mehr leben könnte, bin ich nie gekommen. Er war ungefähr in meinem Alter, vielleicht sogar ein bisschen jünger. Wie kann es sein, dass er schon tot ist? Wann ist er gestorben?«

»Skipper, oder Pete, wie er richtig hieß, war gerade mal fünfundzwanzig, als er starb«, versuche ich ihr so behutsam wie möglich zu erklären. »Ich hatte nie die Gelegenheit, ihn persönlich kennenzulernen, aber Matt spricht immer mit großer Zuneigung von ihm. Skippers Tod war ein Riesenschock für alle, die ihn kannten.«

Juliette schaut wieder hinaus auf den Balkon, ihr Gesicht vor Schmerz zerfurcht.

»Wie ist er …«

Ich schlucke. Ich kenne diese Geschichte nur von Matt, aber es ist eine dieser Geschichten, die sich hier überall herumgesprochen haben.

»Er kam bei einem Unfall ums Leben«, sage ich. »Ein Bootsunfall, was seinen Tod umso tragischer macht, schließlich war er einer der besten Kapitäne hier in der Gegend, oder so sagt man zumindest. Es tut mir unendlich leid.«

Ich mag mir nicht vorstellen, was in Juliettes Kopf gerade los ist, jetzt, wo sie weiß, dass der leibliche Vater ihres Kindes schon lange tot ist. Der Gedanke, Rosie ohne den Trost, dass sie endlich ihren Vater kennenlernen konnte, zurückzulassen, muss für Juliette niederschmetternd sein.

»Ich hatte so viele alberne Hoffnungen und Träume an diese Reise geknüpft, obwohl ich es niemandem eingestehen wollte, auch mir selbst nicht«, sagt sie. »Ich habe mir von ganzem Herzen gewünscht, dass Skipper sich sofort an mich erinnern und Rosie bedingungslos als seine Tochter anerkennen würde. Dass er sie in seinem Leben willkommen heißen würde, selbst wenn er eine Frau und eine eigene Familie gehabt hätte … Dann hätte ich in der Gewissheit gehen können, dass sie wenigstens ihren Vater kennengelernt hat und ich meine Pflicht erfüllt habe, statt ihr weiter vorzumachen, dass ihr Vater verschollen ist und ich keine Möglichkeit hatte, ihn über meine Schwangerschaft zu benachrichtigen.«

»Oh, das arme Ding. Das haben Sie ihr erzählt?«

Juliette zuckt mit den Achseln und nickt. »Ich bin nicht stolz darauf, aber ich musste mir etwas einfallen lassen, um ihre Fragen zu beantworten«, erwidert sie. »Es hat funktioniert, bis sie sechs war. Dann traf ich Dan, meinen Mann, und sie vergaß für eine Weile, was sie nicht hatte. Aber in letzter Zeit hat sie wieder angefangen, nach ihrem Vater zu fragen, und ich habe Briefe gefunden, die sie ihm geschrieben hat. Es hat mich innerlich zerrissen, als ich schwarz auf weiß gelesen habe, wie groß ihre Sehnsucht nach ihm ist. Ich habe wirklich auf einen anderen Ausgang gehofft, nur um ihretwillen, aber meine Schwester hatte recht. Ich hätte erst gar nicht hierherkommen sollen. Man soll schlafende Hunde nicht wecken. Ich hätte einfach nach Schottland oder Cornwall oder sonst wohin fahren sollen, nur nicht nach Killara, das mit so vielen Erinnerungen verbunden ist.«

Ich würde jetzt am liebsten Matt anrufen und ihn fragen, was ich machen oder sagen soll. Matt wüsste genau, was zu tun ist. Er ist in solchen Dingen viel besser als ich. Außerdem kann er viele Geschichten über Skipper erzählen und über die lustigen Zeiten, die sie zusammen erlebt haben, was Juliettes Trauer vielleicht ein wenig lindern würde. Matt war gut mit Skipper befreundet, und ich weiß, wenn er erfährt, dass dieser ein lebendiges Andenken hinterlassen hat, wird er eine bittersüße Freude empfinden, genau wie alle anderen, die den legendären Skipper kannten.

»Hören Sie, Juliette, ich weiß, im Moment hadern Sie mit Ihrer Entscheidung«, sage ich, »aber ich finde, es war richtig von Ihnen, nach Killara zu kommen. Ich denke sogar, dass es vorbestimmt war.«

»Denken Sie wirklich?«, sagt sie und tupft dann ihre Augen mit einem Papiertaschentuch ab. »Oh, ich hoffe so sehr, dass Sie recht haben, denn im Moment komme ich mir vor wie eine törichte Romantikerin. Wie eine Versagerin.«

»Ja, das denke ich wirklich«, sage ich, ohne zu wissen, woher ich die Worte nehme. »Sie haben nun Antworten. Es sind vielleicht nicht die, die Sie sich erhofft haben, aber wenigstens können Sie jetzt mit dem Thema abschließen und Rosie die Wahrheit sagen. Erzählen Sie ihr, dass es hier in Killara war, wo Sie vor sechzehn Jahren ihren leiblichen Vater kennenlernten, erzählen Sie ihr, was für eine tolle Zeit Sie hier hatten und dass dies der Ort ist, den sie aufsuchen kann, wenn sie sich ihrem Vater nahe fühlen möchte. Und vielleicht auch Ihnen, nach Ihrem gemeinsamen Urlaub hier. Killara hatte immer eine besondere Bedeutung für Sie, Juliette, und nun ist es für Ihre Tochter sogar noch bedeutender. Konzentrieren Sie sich auf die gemeinsamen Tage, die vor Ihnen liegen. Rosie wird vielleicht irgendwann das Bedürfnis haben, nach Skippers Familie zu forschen, und wer weiß, was sie alles finden wird, aber Sie haben den Schritt getan, den Sie immer tun wollten. Sie sind hierhergekommen, und ich glaube nicht, dass Sie das umsonst getan haben, ganz im Gegenteil.«

In diesem Moment kehren Rosie und Merlin in die Küche zurück, was ein perfektes Timing ist. Noch vor wenigen Minuten wäre es schwierig gewesen, die Situation zu erklären, aber Juliette hat sich inzwischen wieder beruhigt und strahlt nun ihre Tochter an.

»Haben Sie zufällig ein iPhone-Ladekabel?«, fragt Rosie mich und hält ihr Handy hoch, als müsste sie mir zeigen, wie ein iPhone aussieht. »Mum, ich schwöre, ich würde hier sofort einziehen. Draußen auf dem Balkon gibt es sogar Steckdosen! Das hier ist mein absolutes Traumhaus! Ich komme mir vor wie Kendall Jenner. Meine Freunde sind total neidisch!«

Juliette wirft mir einen kurzen Blick zu und verdreht die Augen, und wir lachen alle über Rosies Ansage.

»Ich müsste irgendwo noch eins haben«, sage ich, und Juliette rügt ihre Tochter erneut für ihr unangemessenes Verhalten, das mich jedoch ehrlich gesagt nicht stört. Was würde ich dafür geben, wenn Lily jetzt hier wäre, egal, ob sie frech wäre oder bockig oder einen Tobsuchtsanfall bekäme.

Ich finde in einer Küchenschublade das Ladekabel für Rosie, und sie bedankt sich und geht dann wieder hinaus auf den Balkon.

»Ich glaube, mein Merlin hat eine neue beste Freundin«, sage ich zu Juliette, die ihrer Tochter mit einem Ausdruck purer Liebe hinterherschaut.

»Manchmal verhält sie sich völlig sorglos, als müsste sie nicht die Last einer kranken Mutter und eines abwesenden Vaters schultern«, sagt Juliette. »Ich wünschte nur, sie könnte noch ganz lange so sein – so jung und unschuldig und unbekümmert –, aber bald wird ihr alles um die Ohren fliegen, nicht wahr? Ihre Jugend wird auf einen Schlag vorbei sein, und sie muss über Nacht erwachsen werden. Meine arme kleine Rosie.«

Ich kann eine derart traurige Vorstellung im Moment nicht an mich heranlassen.

»Hören Sie, wenn Sie mehr über Skipper erfahren wollen oder wenn Rosie dafür bereit ist, stehe ich Ihnen gerne zur Verfügung«, sage ich im Bemühen, ihr in der Sache weiterzuhelfen.

»Das würden Sie tun? O Shelley, das würde mir so viel bedeuten!«

»Natürlich würde ich das tun«, sage ich. Es ist das Mindeste, was ich ihr anbieten kann. »Und Rosie kann sich auch an Matt wenden, wir werden ihr beide helfen, so gut wir können. Ich weiß nicht viel über Rosies Vater, nur das, was mein Mann mir erzählt hat, aber Matt würde sich bestimmt sehr freuen, Sie beide kennenzulernen, und Ihnen bereitwillig Auskunft über Skipper geben. Schade, dass er gerade nicht da ist. Er hätte all die Antworten, die Sie suchen.«

Dessen bin ich mir sicher. Matt wäre begeistert, Skippers

Tochter kennenzulernen, und ich kann es kaum erwarten, ihm von ihr zu erzählen. Und Eliza erst! Sie wird sich für eine wahre Prophetin halten, weil ihre Vorhersage mit der Farbe Blau sich erfüllt hat. Ich fühle mich in der Tat eigenartig positiv, seit ich Rosie kennengelernt habe, und nun auch Juliette. Vielleicht sind manche Begegnungen im Leben ja doch schicksalhaft, auch wenn mein Vater einen hysterischen Lachanfall bekäme, wenn er das hören würde.

»Lebt Skippers Familie hier im Dorf?«, fragt Juliette. »Gibt es ein Grab, das ich vor meiner Abreise besuchen kann?«

O nein. Ich hatte gehofft, sie würde mich das nicht fragen.

»Ich fürchte, nein«, antworte ich. »Sehen Sie, Skipper war nicht von hier, sondern aus Waterford, das ist über zweihundert Kilometer von hier entfernt. Er hielt sich regelmäßig in Killara auf, aber es gibt hier keine Verwandten von ihm und auch kein Grab. Tut mir leid.«

Zu meiner großen Überraschung scheint dieser letzte große Dämpfer nicht so verheerend auf Juliette zu wirken, wie ich dachte. Stattdessen sieht sie aus, als würde sie sich sogar darüber freuen.

»Meine Großeltern stammen auch aus Waterford«, sagt sie lächelnd, und nun verstehe ich ihren Stimmungswechsel. »Genauer gesagt, aus Dungarvan. Ist Ihnen die Stadt ein Begriff?«

»Ja, vom Hörensagen, aber ich war nie selbst dort«, sage ich.

»Ich schon«, erwidert sie vergnügt. »Und zwar in jenem Sommer, auf meiner Rucksacktour. Ich kann nicht glauben, dass Skipper und ich nicht darauf gekommen sind, als wir uns an jenem Abend im Brannigan's unterhielten. Na ja, wenn ich ganz ehrlich bin, ich kann mich nicht mehr an richtig viel erinnern, worüber wir gesprochen haben. Aber ich würde es sicher noch wissen, wenn er erwähnt hätte, dass er aus Waterford war. Der liebe Alkohol, nicht wahr? Oh, was war ich jung und naiv! Ich sollte mich schämen. Kein Wunder, dass ich es die ganzen Jahre mehr oder weniger für mich behalten habe.«

Ich zucke mit den Schultern. »Wir haben alle Erfahrungen im Alkoholrausch gemacht, die wir heute am liebsten verdrängen«, versichere ich ihr. »Aber ganz gleich, worüber Sie und Skipper damals gesprochen haben, fühlen Sie sich denn nun besser, nachdem Sie wissen, woher er kam und was für ein unterhaltsamer und talentierter Mann er war?«

Juliette nickt. »Definitiv. Ich bin Ihnen sehr dankbar, Shelley«, erwidert sie. »Und ich kann nicht glauben, dass ich Ihnen schon seit einer Stunde mit meiner Lebensgeschichte die Ohren vollquatsche, während Sie mir noch so gut wie gar nichts von sich erzählt haben.«

Ich erstarre bei der Vorstellung. Nein, das kann ich nicht. Nicht, wenn mir diese Ablenkung gerade so guttut. Ich will nicht über mich sprechen, ich bin meine Lebensgeschichte und mein ganzes Elend leid. Ich muss mich voll und ganz auf Juliette und Rosie und Skipper und ihre geheimnisvolle Geschichte konzentrieren, und vor allem darauf, was für ein großartiges Gefühl es mir verschafft, dass ich den beiden vielleicht helfen kann.

»Ich habe diese Stunde sehr genossen, wirklich«, sage ich. Wenn Juliette wüsste, wie ungewohnt es für mich ist, mit einer praktisch wildfremden Person zu plaudern, noch dazu in meiner eigenen Küche. »Ich bin sehr froh, dass Sie vorbeigekommen sind, und Rosie scheint ebenfalls ihren Spaß gehabt zu haben. Merlin hat sich jedenfalls gefreut, das weiß ich.«

»Rosie sicherlich auch«, sagt Juliette. »Sie ist wie ausgewechselt, seit sie Ihnen begegnet ist, Shelley. Vielleicht können wir uns alle noch einmal sehen, bevor Rosie und ich wieder abreisen, was halten Sie davon? Aber beim nächsten Mal lade ich *Sie* ein, und *Sie* müssen mir Ihre größten und dunkelsten Geheimnisse verraten, nachdem Sie nun meine kennen!«

Sie lacht, als wäre es das Natürlichste der Welt, dass wir die Rollen tauschen, aber die bloße Vorstellung, etwas so … nun, etwas so Normales und Geselliges und Öffentliches zu tun, stürzt mich zu meiner eigenen Frustration in helle Panik. Einerseits habe ich richtig Angst davor, Juliette irgendwo anders zu treffen als hier, andererseits möchte ich sie und ihre Tochter wirklich gerne wiedersehen. Ich hasse es, dass ich so bin. Ich hasse es, dass mir schwindelig wird und ich Schweißausbrüche bekomme und es mich überall juckt, sobald mir jemand so einen Vorschlag macht. Ich muss das in den Griff bekommen. Ich wünschte, ich könnte es.

»Oder noch besser«, fährt Juliette fort, »warum leisten Sie uns nicht Gesellschaft bei unserem Sonntagslunch? Wir wollten ins Beach House Café auf dem Pier. Rosie ist bestimmt schon hungrig, und dann müssen Sie nicht für sich alleine kochen. Ich lade Sie ein, einverstanden? Ich würde nämlich liebend gerne mit Ihnen weiterplaudern. Wir könnten Ihren Hund mitnehmen und uns draußen auf die Terrasse setzen, wo die Sonne beschlossen hat, heute ihr Gesicht zu zeigen.«

Ich erstarre wieder, und mein Mund wird trocken. Ich weiß nicht, wie ich es ihr erklären soll. Ich würde ja gerne mit ihr essen gehen und weiterplaudern und draußen in der Sonne sitzen und die Welt beobachten, aber ich weiß nicht, ob ich dazu in der Lage bin. Die Schuldgefühle kommen hoch. Die Angstgefühle kommen hoch. Also tue ich, was mein Therapeut mir empfohlen hat, wenn ich spüre, dass sich eine Panikattacke anbahnt: Ich halte nach einem Gegenstand Ausschau, nach einem vertrauten Objekt. Mein Ehering … ja, der wird genügen. Ich berühre ihn. Er ist echt. Ich atme ganz tief ein. Ich drehe den Ring an meinem Finger. Ich atme langsam wieder aus.

»Shelley, ist alles okay?«, fragt Juliette, und ich bringe gerade noch so ein Nicken zustande. Ich schaue von oben auf dieses Gefühl in meinem Kopf. Es wird mich nicht überwältigen. Ich habe die Kontrolle. Ich habe das Sagen. Ich möchte gehen, also werde ich gehen.

»Es tut mir wirklich leid, aber ich kann nicht, nicht heute, trotzdem danke«, sage ich. Shit!

»Oh«, lautet ihre Antwort. »Na gut, meine Einladung kommt auch ein bisschen kurzfristig. Dann ein anderes Mal, ja?«

Ich nicke wieder und bringe stammelnd heraus: »Ja ... ja, sicher. Ein anderes Mal.«

Ein anderes Mal? Nicht gerade feinfühlig von mir, ihr zuzustimmen. Schließlich ist es nicht so, als hätte sie alle Zeit der Welt, oder? Aber die Angst ... Warum in aller Welt muss ich so sein?

Rosie kommt nun wieder mit Merlin herein, was eine willkommene Ablenkung ist.

»Merlin ist wirklich der klügste Hund, dem ich jemals begegnet bin. Sieh dir das an, Mum.«

Sie kniet sich vor ihn auf den Boden, und Merlin hebt seine Vorderpfoten und legt sie auf ihre Schultern. Ich spüre, wie mein Puls durch die Ablenkung wieder langsamer wird. Nicht einmal ich wusste, dass mein Hund so etwas kann.

»Braver Junge!«, lobe ich ihn, und seine Zutraulichkeit beruhigt mich zusätzlich. »Du musst etwas Besonderes sein, Rosie. Ich habe noch nie erlebt, dass Merlin sich von jemandem Kunststücke beibringen lässt.«

Rosie strahlt, genau wie ihre Mutter. »Er kann auch Pfötchen geben, und er legt sich hin, wenn ich ›Platz‹ sage«, erklärt sie uns. »Ach, Merlin, du bist einfach der Beste, nicht wahr? Der beste Hund der Welt!«

Meine Atmung ist jetzt fast wieder normal, und mein Herz schlägt ruhig und gleichmäßig, während ich beobachte, wie dieses junge Mädchen meinen Hund verzaubert, der nicht mehr an fremde Menschen gewöhnt ist. Warum hat sie so eine beruhigende Wirkung auf mich? Ist sie eine Erinnerung daran, wie meine Zukunft mit Lily hätte aussehen können? Warum spüre ich diese Leichtigkeit und Zufriedenheit, wenn ich sie sehe? Sie ist das Kind einer Fremden, ein Mädchen, das ich nicht kenne, und doch habe ich das Bedürfnis, sie fest in den Arm zu nehmen, auf sie achtzugeben in dieser großen bösen Welt, in der sie bald alleine, ohne ihre Mutter, zurechtkommen muss. Sie ist wie ich, das ist der Grund. Sie steht kurz davor, dasselbe durchzumachen, was ich durchgemacht habe, und ich möchte das alles von ihr fernhalten und ihr die Sicherheit geben, die sie verdient ... aber natürlich werde ich dazu nie in der Lage sein.

»Wir sollten jetzt gehen, wenn wir noch was Vernünftiges zu essen bekommen wollen«, sagt Juliette zu ihrer Tochter.

»Und Sie möchten ganz sicher nicht mitkommen, Shelley?«

Ich will ja, ich will unbedingt, aber ich kann nicht.

»Ich kann nicht«, sage ich und knete meine Finger. Juliette schaut auf meine Hände, dann wieder in mein Gesicht, und plötzlich scheint ihr ein Licht aufzugehen.

»Wovor haben Sie Angst?«, fragt sie mich unverblümt. Rosie beschäftigt sich weiter mit Merlin, froh darüber, ein paar Minuten mehr mit ihm verbringen zu können.

»Es ist nur ... Ich habe eben Angst.«

»Vor mir? Vor Rosie? Oder davor, sich mit einem Prachtweib wie mir in der Öffentlichkeit zu zeigen?«

Ich bringe ein winziges Lächeln zustande. »Nein, nun, ich ...« Mein Herz fängt wieder an zu rasen.

»Würde es Ihnen nicht besser gehen, wenn Sie mitkämen?«, fragt Juliette. »Hätten Sie nicht das Gefühl, Sie würden sich damit etwas Gutes tun?«

Ich nicke. Ich kann nicht sprechen. Die Vorstellung, mir tatsächlich etwas Nettes zu gönnen, erfüllt mich mit so viel ...

»Schuld«, bricht es aus mir heraus. »Ich würde mich schuldig fühlen, wenn ich mitkäme und Spaß hätte.«

Juliette verschränkt ihre Arme. »O nein«, sagt sie und

schüttelt den Kopf. »Sie fühlen sich schuldig, wenn Sie Spaß haben? Wenn Sie in Ihrem Dorf essen gehen? So können Sie nicht weitermachen, Shelley. Ausgeschlossen. Sie können sich nicht ständig selbst bestrafen, was auch immer Sie meinen, falsch gemacht zu haben.«

Juliette hat natürlich recht. Ich muss ein für alle Mal über diese Trauer und Angst hinwegkommen. Diese wunderbaren Menschen sind gerade erst in mein Leben getreten, und ich werde es nicht länger zulassen, dass die Angst mein Herz beherrscht. Ich werde mitgehen. Ich werde mich zwingen, ich werde wenigstens ein Mal stark sein, und ich werde gehen.

»Geben Sie mir fünf Minuten, damit ich mich kurz frisch machen kann?«, sage ich zu Juliette, deren Gesicht sich sofort aufhellt. Ich werde es tun. Ich werde an mich glauben und das alles hier als ein Zeichen nehmen, um mir selbst zu helfen, so wie ich den beiden offenbar geholfen habe.

»Ich will Sie zu nichts drängen, womit Sie sich nicht wohlfühlen, Shelley, aber ich bitte Sie, hören Sie auf, sich aus Schuldgefühlen jeden Spaß zu verkneifen«, sagt Juliette. »Das Leben ist zu kurz für so einen Scheiß. Oder haben Sie für den Nachmittag schon andere Pläne?«

»Abgesehen davon, ein bisschen zu lesen oder mich wieder einmal in die Wanne zu legen oder mit Merlin an den Strand zu gehen, so wie ich es jeden Tag mache, habe ich nichts vor.«

»Nun, dann legen Sie jetzt schnell ein bisschen Lippenstift auf und lassen Sie uns aufbrechen. Ich finde, ich schulde Ihnen zumindest ein Essen, und glauben Sie mir, Juliette Fox macht keine halben Sachen. Wir werden es uns richtig gut gehen lassen, Sie werden schon sehen.«

Ich bezweifle, dass ich aus der Nummer noch herauskomme, und tatsächlich gefällt es mir, dass Juliette mich antreibt. Normalerweise geben die Leute irgendwann auf, wenn ich mich so hartnäckig sträube, aber Juliette lässt nicht locker. Sie motiviert mich. Und auch wenn es schwer für mich sein wird, das Haus zu verlassen und der Welt gegenüberzutreten, weiß ich auch, dass ich es mir insgeheim wünsche.

»Fünf Minuten?«, sage ich. »Ich kann auch nachkommen.«

»Wir warten natürlich auf Sie«, erwidert sie. »Und nun machen Sie schon, beeilen Sie sich, und wehe, Sie überlegen es sich anders!«

»Das werde ich nicht«, sage ich entschlossen. »Rosie, kannst du schon mal Merlins Leine holen? Sie hängt in der Diele.«

Rosie setzt sich bereits in Bewegung, und Juliette lässt ein Lächeln aufblitzen. »Sie ahnen ja nicht, wie viel es mir bedeutet, mein Kind so voller Leben und Energie zu sehen«, sagt sie.

»Doch, ich habe eine Ahnung«, erwidere ich. »Aus irgendeinem Grund kann ich es auch spüren. Sie ist ein ganz besonderes Mädchen, Ihre Rosie.«

»Na ja, Sie müssen mir meine Voreingenommenheit verzeihen, aber ich bin fest davon überzeugt, dass sie tatsächlich etwas ganz Besonderes ist«, sagt Juliette. »Ich schätze, ich fange gerade erst an, zu sehen, wie außergewöhnlich sie ist, weil ich nun alles viel deutlicher wahrnehme, seit ich weiß, dass es bald zu Ende gehen wird.«

»Ich kann mir das nicht vorstellen.«

»Alle meine Sinne sind geschärft bis zum Anschlag«, erklärt sie mir. »Schmerz, Angst, Liebe, alles, was auf mich zukommt, spüre ich besonders intensiv, was sehr beängstigend sein kann, aber auch sehr bereichernd.«

»Fertig!«, ruft Rosie. Inzwischen hat sie Merlin angeleint, der jetzt schon versucht, mit ihr eine Runde durch die Küche zu drehen.

»Ich beeile mich«, sage ich und gehe rasch ins Bad, wo ich die Druckpunkte an meinem Hals, meinen Handgelenken und meinen Schläfen mit kaltem Wasser betupfe, zehn Sekunden in den Spiegel starre und ein kurzes Gebet an Lily spreche, damit sie mir hilft, diesen Schritt heute zu bewältigen. Ich weiß, sie würde sich wünschen, dass ich mein Leben weiterlebe. Ich weiß, meine Mutter würde sich wünschen, dass ich mir selbst verzeihen kann und mein Lachen wiederfinde, dass ich das Leben von der positiven Seite betrachte und wieder an die Liebe glaube, nicht nur bezogen auf Matt, sondern auch auf Freunde und sogar Fremde. Es kommt mir tatsächlich so vor, als würde ich gerade vor einer großen Veränderung stehen. Ich spüre, dass meine Mutter nah ist, so wie Eliza es mir gestern an Lilys Geburtstag prophezeit hat.

Ich kann das. Ich weiß, dass ich es kann.

## KAPITEL 12

Juliette

»Das war einfach göttlich!«, sage ich und kratze den letzten Rest von dem Seebarsch in Buttermarinade mit Pestopüree von meinem Teller. Wir sitzen wie geplant auf der Außenterrasse des Beach House Café und genießen die Sonne, die erfreulicherweise draußen geblieben ist und die Bucht zum Glitzern bringt.

»Das war das erste Mal, dass ich Krebszangen gegessen habe«, sagt Rosie. »Ich kann es nicht erwarten, den anderen zu Hause davon zu erzählen. Krebszangen! Voll lecker, das Zeug. Ich glaube, ich bin auf den Geschmack gekommen.«

Ich lächele meine Tochter an. Wir schaffen bereits Erinnerungen, und es ist ihr nicht einmal bewusst.

»Und das von demselben Mädchen, das schon im zarten Alter von drei Jahren alles verweigerte, was mit Fisch zu tun hatte«, bemerke ich, und meine Tochter rollt mit den Augen. »Aber in der Zwischenzeit hat sie einen Gaumen für Krebsfleisch entwickelt. Wer hätte das geahnt!«

»Mum, ich glaube nicht, dass Shelley meine Lebensgeschichte hören möchte«, sagt Rosie genervt. »Das ist doch langweilig. Ernsthaft, wen interessiert schon, was jemand als Kind gerne mochte oder nicht?«

Oh, gerade als ich dachte, ich würde mit meinem Kommentar davonkommen, ist der trotzige Teenager zurück.

Shelley sieht aus, als wäre sie gerade in ihrer ganz eigenen Welt.

»Alles in Ordnung, Shelley?«, frage ich sie. »Hat Ihnen das Essen geschmeckt? Sie kommen bestimmt öfter hierher, nicht wahr? Herrlich, einfach hier zu sitzen und die Sonne im Gesicht zu genießen, den kühlen, spritzigen Wein auf der Zunge zu spüren und aufs Meer hinauszuschauen, während die Welt sich um uns herum weiterdreht.«

Aber ich hätte genauso gut Japanisch reden können. Shelley ist völlig abwesend. Ganz woanders.

»Meine Lily ...«, sagt sie plötzlich.

Sie verstummt und atmet tief durch.

»Ja? Sprechen Sie weiter.«

»Meine Lily ... meine Lily hat Fisch geliebt«, sagt sie, und ich schaue sie überrascht an. »Sie hätte am liebsten morgens, mittags und abends Fisch gegessen, wenn ich es ihr erlaubt hätte. Natürlich immer mit Ketchup, jede Menge Ket...«

Ihre Stimme bricht mitten im Wort, als würde es sie ihre ganze Kraft kosten, diese eine simple Anekdote zu erzählen.

»Lily?«, frage ich behutsam. »Ist Lily ... ist Lily Ihre Tochter, Shelley?«

Ich fürchte mich vor ihrer Antwort, aber plötzlich ergibt die nervöse Energie dieser armen Frau einen Sinn.

»So haben Sie mich gestern am Strand genannt, nicht wahr, Shelley?«, sagt Rosie leise. »Sie dachten, ich wäre Lily.«

Shelley nickt. Sie sieht verzweifelt aus. »Ja, Rosie, und es tut mir wirklich leid. Leider bist du nicht die Erste, die ich mit Lily verwechselt habe«, sagt sie. »Ich sehe sie einfach überall, und es macht mich total fertig.«

Ihre Augen werden feucht, und ihr Blick flackert nervös umher, überallhin, außer auf ihre eigene Tischgesellschaft. O Gott.

Niemand spricht. Ich weiß ehrlich nicht, was ich sagen soll. Ich greife vorsichtig nach Shelleys Hand, aber sie zuckt zurück und legt ihre Hand vor den Mund.

»Ich hatte ganz vergessen, was ihre Lieblingsspeisen waren, bevor Sie mich auf das Thema gebracht haben«, flüstert sie, und Tränen kullern über ihr Gesicht. »Schon seltsam, dass man solche Kleinigkeiten vergisst, bis irgendetwas unvermittelt eine Erinnerung auslöst. Und dann wird mir jedes Mal aufs Neue bewusst, dass Lily nicht mehr da ist.«

»Shelley, es tut mir so wahnsinnig leid!«, sage ich. »Und ich jammere Ihnen die ganze Zeit die Ohren voll, während Sie durch Ihre eigene Hölle gehen. Bitte entschuldigen Sie vielmals.«

»Ich wusste, ich hätte nicht mitkommen sollen«, sagt sie und springt plötzlich auf, um eilig ihre Sachen einzusammeln. »Ich gehe jetzt besser nach Hause und bleibe für mich, wo ich kein Aufsehen errege. Ich danke Ihnen beiden, danke für den Lunch. Ich wusste, dass es keine gute Idee war. Ich bin noch nicht so weit. Ich wusste es.«

»Shelley, Sie müssen nicht gehen«, sagt Rosie. »Wir sind doch noch gar nicht fertig. Wenn ich tapfer bin, können Sie es vielleicht auch sein?«

Shelleys Blick irrt wieder umher. Auch ich schaue mich um und stelle fest, dass die anderen Gäste auf der Außenterrasse alle zu uns herüberstarren. Zu meinem Entsetzen fangen sie an zu tuscheln.

»Das ist die Frau, die ihre Tochter auf so tragische Weise verloren hat, als ...«, höre ich jemanden murmeln.

»Was zum Teufel gibt es da zu glotzen?«, schreit Shelley plötzlich die Leute um uns herum an. Dieser Gefühlsausbruch passt so gar nicht zu der Shelley, die ich bisher kennengelernt habe. »Ist euch bewusst, wie lange ihr mich schon anstarrt? Seit drei Jahren! Drei lange, einsame Jahre, in denen ich eure Blicke ertragen musste! Ja, ich bin es, die Frau, die ihre Tochter für eine Sekunde aus den Augen ließ und dafür teuer bezahlen musste! Ja, ich! Und ihr habt nichts Besseres zu tun, als immer nur zu starren und zu starren und hinter meinem Rücken zu tuscheln und eure eigenen Schlüsse zu ziehen! Von mir aus könnt ihr starren, soviel ihr wollt, aber davon wird der Schmerz nicht weggehen! Nichts kann meinen Schmerz lindern, und ihr könnt euch alle verpissen, weil ihr es mir nur noch schwerer macht! Ihr alle!«

Sie wendet sich abrupt zum Ausgang und stolziert davon. Merlin eilt ihr hinterher und schleift seine lose Leine über den Boden.

»Komm, Merlin«, höre ich sie murmeln. »Lass uns nach Hause gehen.«

»Mum, bitte, geh ihr nach«, sagt Rosie. »Du findest immer die richtigen Worte. Bitte, hilf ihr.«

Ich straffe meine Schultern. Meine Tochter findet, dass ich immer das Richtige sage. Wenn Rosie mir das zutraut, dann traue ich mir das auch zu. Ich werde Shelley nicht so gehen lassen.

»Shelley, bitte warten Sie!«, rufe ich, als ich sie fast eingeholt habe. »Sie haben nichts falsch gemacht! Bitte, bleiben Sie stehen und hören Sie mich an!«

Zu meiner Überraschung bleibt sie tatsächlich stehen, aber ich sehe, dass sie das nicht macht, weil ich sie darum gebeten habe. Vielmehr ist sie einfach körperlich nicht mehr in der Lage weiterzugehen, und als ich bei ihr ankomme, bricht sie in meinen Armen zusammen und schluchzt unkontrolliert.

»Ich bin nur kurz ans Telefon«, bricht es mit erstickter Stimme aus ihr hervor. »Ich habe ihr noch gesagt, sie soll vorsichtig sein! Ich habe ihr verboten, in die Nähe des Teichs zu gehen, obwohl das Wasser nicht sehr tief war, aber sie stürzte und schlug mit dem Kopf auf einen Stein und ertrank innerhalb kürzester Zeit! Sie ist gestorben, Juliette! Sie ist in ihrem eigenen Zuhause in einem Teich ertrunken, und alle geben mir die Schuld dafür! Sie sagen, ich hätte sie nicht unbeaufsichtigt lassen dürfen, und ich weiß, sie haben recht. Es war meine Schuld. Meine ganz allein!«

Ich schlucke, und in meiner Kehle bildet sich ein Kloß, so dick, dass ich mir nicht sicher bin, ob ich noch sprechen kann. Ich will mir nicht vorstellen, was diese Frau durchgemacht hat. Sie hat ihr Kind verloren, und sie gibt sich selbst die Schuld dafür … während ich kurz davor bin, meins zu verlieren. Obwohl wir den Verlust von zwei entgegengesetzten Seiten erleben, blutet mein Herz angesichts der Katastrophe, die Shelley passiert ist. Wie grausam! So verdammt grausam! »Shelley, Shelley«, sage ich in ihre Haare, als ich endlich die Kraft finde, um zu sprechen. »Bitte, sehen Sie mich an.« Sie sieht mir in die Augen, und ich schüttele den Kopf. »Sie haben nur einen Fehler gemacht«, sage ich zu ihr. »Das hat man Ihnen sicher schon erklärt. Nur einen Fehler! Wir machen alle mal Fehler. Keiner von uns ist perfekt. Sie können so nicht weitermachen. Sie müssen lernen, wieder am Leben teilzunehmen, hören Sie?«

»Matt werde ich nun auch verlieren«, murmelt sie, mit heiserer und verzweifelter Stimme. »Er hat sich heute den ganzen Tag nicht gemeldet. Normalerweise ruft er mich immer gleich morgens nach dem Aufstehen an. Er hat genug von mir. Alle haben genug von mir. Ich bin am Ende, Juliette. Ich habe es nicht verdient, hier zu sein. Das ist alles meine Schuld.«

Ich schaue an ihr vorbei die Straße hoch, zu Lily Loves, dessen Außenfassade stolz funkelt, und schüttele noch einmal vehement den Kopf.

»Sie sind nicht am Ende! Hören Sie, Shelley«, sage ich. »Ich möchte nicht hier draußen auf offener Straße mit Ihnen reden, wo uns die ganzen Schaulustigen beobachten können. Denen fällt jetzt schon vor lauter Gaffen fast das Gebiss in die Fischsuppe, weil ihnen ihr eigenes Leben zu langweilig ist. Ich schwöre Ihnen, manchen von denen steht der Mund so weit offen, dass man einen Bus darin parken könnte, und es ist wirklich kein schöner Anblick.«

Sie lächelt, aber nur schwach.

»Schon besser, und nun kommen Sie. Kinn hoch«, sage ich. Sie hebt ihr Kinn nicht, also tue ich es für sie. »Hoch!«, sage ich.

»Ich kann da nicht wieder reingehen«, sagt sie leise und wischt sich über die Augen. »Die halten mich alle für verrückt. Matt hält mich auch für verrückt. Ich bin sogar noch verrückter als meine Schwiegermutter, und das will was heißen.«

Ich lege meinen Arm um sie und drehe sie in Richtung Restaurant. »Und ob Sie da wieder reingehen können!«, sage ich energisch. »Wir hatten noch kein Dessert, und wie ich Ihnen schon gesagt habe, mache ich keine halben Sachen. Schließlich habe ich nicht mehr so viele Gelegenheiten, um ins Restaurant zu gehen, richtig? Also, kommen Sie, setzen Sie sich wieder zu uns, und ignorieren Sie die anderen Gäste einfach. Sie haben nichts falsch gemacht. Es steht jedem von uns zu, einen Zusammenbruch in der Öffentlichkeit zu haben, vor allem, wenn man so etwas durchmacht wie wir beide gerade. Lassen Sie die Leute gaffen. Das Leben ist zu kurz für so einen Scheiß. Kinn hoch, Shelley. Hoch damit!«

Wir gehen zurück auf die Außenterrasse. Rosie lächelt mich stolz an, und Merlin eilt voraus, zurück in ihre tröstende Umarmung. Ihre Arme sind beschützend um den Hund geschlungen, sie streichelt ihn und murmelt ihm beruhigend zu wie einem Baby, und ich staune, wie wir Menschen zusammenstehen können, wenn es erforderlich ist. Ich könnte mich jetzt auch in Selbstmitleid wälzen, schließlich hätte ich jedes gottgegebene Recht dazu, aber ich weigere mich, das zu tun, wenn ich sehe, dass ein anderer Mensch so viel unnötigen Schmerz erleidet.

Meine Tage hier mögen gezählt sein, aber die von Shelley sind es nicht. Bevor ich Killara verlasse, möchte ich sicherstellen, dass sie erkennt, wie lebenswert ihr Leben immer noch ist. Wir sollten jeden einzelnen Tag, den wir haben, als ein Geschenk betrachten – und immer versuchen, etwas zu bewirken, selbst wenn es noch so unbedeutend ist. Ich bin vielleicht diejenige, die bald stirbt, aber Shelley braucht eine

Erinnerung, wie man lebt, und ich werde dafür sorgen, dass sie genau das tut.

»Verzeihung«, sage ich zum Kellner, als er an unserem Tisch vorbeikommt, gerade laut genug, dass es die neugierigen Ohren an den Nachbartischen hören können. »Wir hätten gern eine gut gekühlte Flasche von Ihrem besten Champagner und drei Gläser. Und Ihre Dessertkarte, bitte, falls Sie eine Sekunde Zeit haben.«

»Natürlich, Madam«, antwortet er. »Die drei hübschen Damen haben etwas zu feiern?«

Er hat Charme, und er sieht dazu noch gut aus, also schenke ich ihm mein verführerischstes Lächeln, zu Shelleys Belustigung und Rosies Verlegenheit.

»Ja, allerdings«, erwidere ich mit einem koketten Augenaufschlag. »Wir feiern etwas ganz Besonderes.«

Er wartet auf mehr, genau wie meine Begleiterinnen – ganz zu schweigen von den Voyeuren an den Nebentischen.

»Wir feiern heute diesen schönen sonnigen Tag an diesem wunderbaren Ort hier. Wir stoßen darauf an, dass wir am Leben sind, und auf alles, was uns das Leben zu bieten hat«, verkünde ich. »Nicht mehr und nicht weniger, aber ich finde, das ist ein guter Grund zum Feiern, finden Sie nicht auch?«

Er nickt und senkt dann seinen Kopf. Tatsächlich, er verneigt sich vor mir. Ha!

»Ich mag Ihre Einstellung«, sagt er, und als er uns wenige Minuten später den Champagner serviert, erheben wir unsere Gläser.

»Auf diesen Tag und auf die Freude, am Leben zu sein und ihn genießen zu können!«, sage ich zu meiner Tochter und zu meiner neuen Freundin Shelley. »Jeder Tag ist eine Party. Jeder Tag ist ein Abenteuer, und wehe, meine Lieben, ihr vergesst das jemals!«

Wir stoßen klirrend mit unseren Gläsern an und wischen uns die Tränen ab, während wir uns zuprosten.

»Du bist meine Heldin, Mum«, sagt Rosie, die zum ersten Mal in meiner Gegenwart Alkohol trinkt. »Wenn ich groß bin, möchte ich genauso sein wie du.«

Ich schließe meine Augen und versuche, mir mein Mädchen erwachsen vorzustellen, etwas, das ich nicht mehr erleben werde, und mein Hals schnürt sich zu. Als ich die Augen wieder öffne, schenkt Shelley mir das aufmunterndste Lächeln, das sie unter diesen Umständen zustande bringt, und drückt mein Bein unter dem Tisch, als wüsste sie genau, was ich gerade denke.

»Darauf stoße ich an«, sagt sie, und mein Herz füllt sich mit einem Schwall von Liebe. Ich genieße diesen kostbaren Moment in vollen Zügen. Rosie macht ein Foto von mir, während ich ihr zuproste.

Für meine Tochter bin ich eine Heldin. Nun, das ist eine Erinnerung, die ich mit ins Grab nehmen möchte.

SHELLEY

»Es tut mir so leid. Du hast sicher nicht damit gerechnet, dass euch im Urlaub eine solche Dramaqueen dazwischenfunkt, stimmt's?«, sage ich später im Cottage zu Rosie. Wir haben im Restaurant noch ein Dessert bestellt, wie Juliette versprochen hatte, und es war einfach fantastisch. Ich hatte einen absolut köstlichen Erdbeer-Cheesecake zu meinem Champagner. Obwohl die anderen Gäste nach und nach aufhörten, mich anzustarren (es wurde ihnen irgendwann langweilig, als ich nicht mehr darauf reagierte, so wie Juliette es prophezeit hatte), dauerte es noch eine Weile, bis ich wieder lockerer wurde. Aber schließlich gelang es mir, und am Ende wurde es ein wundervoller Nachmittag.

Mir wird bewusst, dass ich heute zum ersten Mal seit einer langen Zeit mein Essen wieder richtig geschmeckt habe. Ich verzehrte nicht nur genussvoll meine Linguine mit Meeresfrüchten, sondern staunte auch über die verschiedenen Empfindungen, die ein gutes Mahl in guter Gesellschaft mit sich bringen kann. Vielleicht liegt es am Schampus oder daran, dass ich diesen Wutausbruch aus meinem System herausbekommen musste, aber ich fühle mich, als hätte ich eine Art Hürde überwunden. Eine kleine Hürde, aber es war definitiv ein Schritt in die richtige Richtung. Matt wird begeistert sein, dass ich durch eine freundliche Tat meinerseits nette Gesellschaft gefunden habe und dass ich mutig genug war, mich darauf einzulassen. Trotz dieses einen kleinen Ausrutschers hat der Tag wahre Wunder bei mir bewirkt.

Nach dem Restaurant bestand Juliette darauf, dass ich noch auf einen Kaffee mit ins Cottage komme, statt alleine nach Hause zu gehen, und ich wagte nicht, ihr zu widersprechen. Die Leichtigkeit, die ich im Moment spüre, ist in der Tat ein höchst willkommenes Gefühl. Juliette ist eine echte Naturgewalt, aber auf die bestmögliche Art – endlich tritt mir jemand in den Hintern, damit ich in die richtige Richtung stolpere. Eine Fremde, die mich mit liebevoller Strenge führt. Wer hätte das gedacht?

»Ich finde es gut, dass du bei uns bist«, sagt Rosie. »Und das nicht nur wegen Merlin, falls du das denkst. Du bist nämlich richtig cool.«

Ich ziehe eine Augenbraue hoch. »Das glaube ich dir nie und nimmer. Es ist *nur* wegen des Hundes«, sage ich in ihr protestierendes Gesicht. »Ich und cool? Ha! Sehe ich eigentlich schlimm aus? Ich sollte mich wohl mal ein bisschen herrichten, wenn das Bad wieder frei ist.«

Als wir das Cottage betraten, ist Juliette sofort ins Bad gestürmt, mit der Begründung, dass es »um Leben und Tod« ginge – gefolgt von einer Entschuldigung für ihre Wortwahl –, also kann ich mir nur denken, wie mein Gesicht nach meinem wilden Ausraster jetzt aussieht. Ich trage in letzter

Zeit kaum Make-up, aus keinem anderen Grund als dem, dass ich das Interesse daran verloren habe. Aber das wenige, was ich im Gesicht hatte, muss inzwischen vollständig zerlaufen sein.

»Darf ich dich schminken?«, fragt Rosie und sieht mich mit riesengroßen Augen an. Bevor ich ihr antworten kann, hat sie auch schon ihr Beauty Case auf den Tisch gestellt, und ich staune ehrfürchtig über den Inhalt, der sich vor meinen Augen auftut.

»Manchmal darf ich Mum schminken, und obwohl sie sich hinterher immer beschwert, dass ich zu viel Farbe verwenden würde, glaube ich, dass sie es insgeheim liebt, mich üben zu lassen.«

»Wie viele Pinsel sind das genau?«, frage ich. »Ich glaube, ich besitze höchstens drei, aber deine Sammlung ist der Wahnsinn!«

»Siebenundzwanzig«, antwortet sie stolz. »Ich schaue mir auf YouTube viele Schmink-Tutorials und Produkttests an, und zum Geburtstag oder so wünsche ich mir immer Schminkzeug. Oder Musik von Shawn Mendes, aber ich glaube, von dem habe ich im Moment schon alles.«

Sie neigt meinen Kopf leicht nach hinten und reinigt zunächst mein Gesicht mit einem Abschminktuch, dann fährt sie mit einem kühlen Wattebausch über meine Haut. Wow, das fühlt sich so gut an – auf meiner Stirn, auf meinen Schläfen, auf meinen Wangen, auf meiner Nase und dem Kinn. Entspannt schließe ich die Augen. Ich bin erschöpft, wird mir bewusst. Seelisch erschöpft von dieser alles verzehrenden Besessenheit rund um Lily und das, was hätte sein können. Auch körperlich bin ich erschöpft, in einem elenden Zustand mit der Vergangenheit verwurzelt, was mir sämtliche Lebensgeister raubt.

Aber wie immer, sosehr ich auch dagegen ankämpfe, wandern meine Gedanken automatisch zu Lily.

Es hätte eines Tages meine eigene Tochter sein können, die mein Gesicht verschönert. Die mir von all ihren Kosmetikprodukten und den Dingen erzählt, die sie aus dem Internet gelernt hat. Eine Träne kullert aus meinem rechten Auge, aber Rosie sagt nichts dazu, falls sie es bemerkt. Sie macht einfach weiter mit ihrem Moisturizer und etwas, das sie Primer nennt, und ich stelle fest, dass ich unter ihren Berührungen mehr und mehr zur Ruhe komme.

»Du könntest damit Geld verdienen«, sage ich in meinem traumähnlichen Zustand. »Du hast definitiv einen magischen Touch.«

»Ach nö«, sagt sie. »Für meinen Geschmack gibt es schon zu viele Möchtegern-Visagistinnen in meinem Alter. Man braucht nur auf Instagram reinzuschauen. Ich warte lieber, bis ich richtig dafür ausgebildet bin. Im Moment macht es mir einfach nur Spaß. Ich weiß nicht einmal, ob ich das später beruflich machen möchte. Ich glaube, ich werde lieber Tierärztin oder Tierpflegerin oder vielleicht Hebamme. Babys auf die Welt zu holen, würde mir sicher gefallen. Ich weiß nur nicht, ob zweibeinige oder vierbeinige. Das muss ich mir erst noch gründlich überlegen.«

Ich bewundere ihre Ambitionen, selbst wenn sie noch keine klare Richtung hat. Mit fünfzehn wusste ich nicht einmal, was ich zum Abendessen wollte, von Zukunftsplänen ganz zu schweigen. Rosie dagegen hat bereits mehrere Optionen angedacht.

»Ein harter Job, aber sehr erfüllend«, sage ich.

»Welcher? Tierpflegerin oder Hebamme?«, erwidert sie, dann bricht sie in Lachen aus. »Tut mir leid, aber aus irgendeinem Grund muss ich mir gerade vorstellen, wie ich Geburtshilfe bei einem Babyhippo leiste. Sorry, ich bin manchmal ein bisschen schräg. Einfach ignorieren.«

Ich öffne meine Augen, und die Belustigung in ihrem Gesicht über ihren eigenen Scherz wärmt mein müdes Herz: Es fängt an zu glühen, als ich an Lily denke und an alles, was wir hätten haben können.

»Nun, ganz genau. Ich kann mir vorstellen, dass beide Berufe hart und erfüllend zugleich sind«, sage ich und schließe meine Augen wieder, damit Rosie weitermachen kann. »Jedenfalls ist es gut, dass du eine Vorstellung davon hast, wo du hinmöchtest, und selbst wenn das Leben dich in die entgegengesetzte Richtung führt, bin ich überzeugt, dass das alles so vorgesehen ist. Denkst du denn, du könntest Geburtshilfe bei einem Babyhippo leisten?«

»OMG! Ich hätte voll die Panik und würde wahrscheinlich nach meiner Mum rufen!«, antwortet sie, dann verharrt sie plötzlich abrupt.

Ich öffne meine Augen. »Mach weiter«, sage ich leise.

»Tja, nur leider werde ich nicht nach meiner Mum rufen können, richtig?«

»Na komm, Rosie, konzentrier dich. Bleib bei der Sache. Ich kann es kaum erwarten, zu sehen, was du aus einer alten Schachtel wie mir herausholst.«

Ich höre, wie sie tief durchatmet. Sie ist so ein tapferes Mädchen.

»Ich wette, Mum hat sich kurz hingelegt, um sich auszuruhen«, sagt sie. »Ich gehe besser mal nach ihr schauen, nicht dass sie entführt wurde oder so.«

Sie verschwindet in den Flur und kehrt innerhalb von Sekunden mit einem zufriedenen »Ja, sie macht ein Nickerchen« zurück.

»Sie wird immer so schnell müde«, erklärt sie mir. »Ich denke, das liegt sowohl an ihrer Krankheit als auch an ihrem Alter. Sie ist vorgestern vierzig geworden, weißt du.«

Ich muss lachen. Rosie veräppelt mich, das ist mir klar.

»Wie ist es eigentlich, alt zu sein?«, fragt sie grinsend, während sie mit der Grundierung fortfährt.

»Wie bitte?«

Sie kichert, und ich kichere auch.

»Nicht dass du schon alt wärst oder so, aber meine Mum ist vierzig, und das ist ziemlich alt«, sagt sie. »Du siehst aber nicht aus wie vierzig. Ich meine, Mum auch nicht, aber ohne ihre echten Haare lässt sich das schwer beurteilen. Früher sah sie ganz anders aus, vor du weißt schon. Aber du musst definitiv jünger sein.«

»Ich bin fünfunddreißig«, sage ich. Es bringt mich zum Schmunzeln, wie sie sich mit diesem Gespräch über das Alter immer tiefer reinreitet. »Stell dir vor, volle zwanzig Jahre älter als du. Ich kann mich noch sehr gut daran erinnern, als ich fünfzehn war. Ich hatte ganz bestimmt nicht so ein Kosmetikarsenal wie du. Wir wussten damals gar nicht, was falsche Wimpern waren, und Selbstbräuner war ein Luxus, mit dem wir nicht umgehen konnten. Verglichen damit bist du ein absoluter Schminkprofi, glaub mir!«

Sie atmet wieder tief durch. »Glaubst du, sie wird bald sterben?«, fragt sie mich im Flüsterton, und ich kneife meine Augen fester zusammen, ein bisschen zu fest fürs Schminken, obwohl Rosie es ohnehin unterbrochen hat, entweder weil sie in Gedanken versunken ist oder weil der nächste Verschönerungsschritt ansteht.

»Ich denke, es ist gut, dass keiner von uns weiß, wann genau wir sterben«, ist alles, was mir als Antwort einfällt, während meine Augen geschlossen bleiben. »Aber manchmal, wenn man zum Beispiel durch eine Krankheit vorgewarnt ist, sollte man, bevor die Zeit abläuft, vielleicht möglichst viele schöne Dinge machen, solange man noch fit genug ist. Du weißt schon, Dinge, die bleibende Erinnerungen schaffen, beziehungsweise Dinge, die man schon immer machen wollte.«

Ich hoffe, ich sage das Richtige.

»Du bist mit Lily nicht vorgewarnt gewesen, oder?«, fragt sie, und dieses Mal öffne ich meine Augen. Sie kramt gerade in ihrem Beauty Case, wonach auch immer. Obwohl mein inneres Tauziehen zwischen Kämpfen und Fliehen mich bis zum Maximum herausfordert, werde ich nicht vor dieser Frage davonlaufen. Ich werde nicht erneut zusammenbrechen. Ich werde Rosie antworten. Ich werde mich meinen Dämonen stellen.

»Ich war nicht vorgewarnt, nein«, sage ich in einem sachlichen Ton. »Ich hätte sie nicht alleine lassen dürfen, aber ich habe es getan. Ich hätte in einer Million Jahre nicht gedacht, dass sie jemals an den Teich gehen würde, aber sie hat es getan. Es passierte in Sekundenschnelle. Die Zeit wartet auf niemanden. Als ich zu ihr kam, war es bereits zu spät. Wir wissen nicht, wann unsere Zeit zu Ende ist. Das ist der Lauf des Lebens.«

Ich spreche wie aus einem Drehbuch, als hätte ich den Text einstudiert, damals in meiner Trauertherapie, aber ich sage diese Worte heute zum ersten Mal. Rosie erwidert meinen Blick, und ich lese tausend Fragen in ihrem Gesicht. Ein Teil von mir wünscht sich, dass sie nachhakt, dass sie weitere Fragen stellt und mehr über Lily wissen will. Aber sie fragt nicht, also übernehme ich das Reden, während sie mit einem anderen Spezialpinsel meinen Lidstrich zieht.

»Lily war erst drei Jahre alt, als sie starb«, sage ich. »Gestern hätte sie ihren sechsten Geburtstag gefeiert. Ich hätte alles dafür gegeben, um diesen Tag mit ihr zu verbringen. Ich vermisse sie jede Sekunde meines Lebens. Kannst du dich noch an deinen sechsten Geburtstag erinnern, Rosie? Ich versuche mir vorzustellen, wie es mit Lily gewesen wäre.«

»Nicht wirklich, sorry«, sagt Rosie. »Oh, warte, doch, natürlich!« Sie lacht bei der Erinnerung. »Wir waren in der Eishalle, aber ich konnte nicht richtig Schlittschuh laufen, also zog ich mich irgendwann schmollend auf die Bank zurück, während meine Freundinnen über das Eis glitten, als wären sie bei Holiday on Ice oder so, und ich war voll neidisch«, erzählt sie in Lichtgeschwindigkeit. »Außerdem war David

Clarke da, der beliebteste Junge in unserer Klasse, und als er mich auf dem Eis überholte, Händchen haltend mit Patti Smart, fiel ich voll auf meinen Arsch, was mir total peinlich war. Ich kann David keinen Vorwurf machen. Wer will schon eine Freundin, die nicht Schlittschuh laufen kann?«

Ich kann nicht anders, als zu kichern. »Eine Freundin? Mit sechs? Ist das dein Ernst?«

»Na klar ist das mein Ernst«, erwidert sie. »Glaubst du, ich würde mir so was ausdenken? An meinen siebten und achten Geburtstag kann ich mich nur verschwommen erinnern, aber meinen sechsten mit David Clarke und meiner Arschbombe auf dem Eis ... der hat sich für immer bei mir eingebrannt. Ich war fürs Leben geschädigt. Allerdings macht David heute nicht mehr viel her, darum war es letzten Endes ein Segen.«

Rosie bewegt fachmännisch ihre Pinsel über meine Lider und bittet mich in regelmäßigen Abständen, die Augen zu öffnen oder zu schließen. Ich kann nicht glauben, dass ich hier bin, in diesem Cottage, an einem Sonntagnachmittag, und mit einem Teenager über das Leben plaudere, wenn ich mich normalerweise in meinem Haus verschanzen würde, wo ich nur Merlin zum Streicheln habe, Matt zum Streiten oder Eliza zum Aus-dem-Weg-Gehen. Durch Rosie fühle ich mich, auch wenn ich mich kaum traue, das zu sagen, ein winziges bisschen lebendiger.

»Meine Mutter hat immer die tollsten Geburtstagspartys für mich organisiert«, sage ich, und Rosie lächelt, während sie mir zuhört. »Am besten fand ich den Tag auf dem Reiterhof. Wir wollten alle auf einer herrlichen silbergrauen Stute namens Sixpence reiten, aber nur ich durfte aufsitzen, weil ich das Geburtstagskind war. Ich glaube, das war mein schönster Geburtstag. Ich hatte einen Riesenspaß.«

»Klingt gut«, sagt Rosie. »Reitest du noch?«

»Früher schon«, sage ich. »Aber nicht mehr seit ...«

»Seit Lily tot ist?«, vollendet sie, als wäre es das Natürlichste der Welt, das auszusprechen.

»Ja«, sage ich, aber ich kann ihre Worte nicht wiederholen. *Seit Lily tot ist.* »Ja, das ist richtig, Rosie. Seitdem nicht mehr.«

»Hättest du Lust, morgen mit mir auszureiten?«, fragt sie. »Schau bitte nach oben.«

Sie tuscht meine Wimpern, während ich an die Decke starre.

»Wer, ich? Ausreiten? Morgen?«, sage ich. Ich spüre wieder dieses nervöse Flattern in meinem Bauch, wie vorhin, als Juliette mich zum Essen einlud.

»Ja, du«, sagt Rosie. »Morgen. Ich habe nicht mehr auf einem Pferd gesessen, seit ich sechs oder sieben war, und ich würde liebend gern einen Ausritt am Strand machen, falls das hier geht.«

»Na ja, den Strand haben wir«, sage ich. Es fällt mir schwer, an morgen zu denken. Ich kann nicht so weit im Voraus planen. »Und natürlich kann man sich hier Ponys leihen, aber ...«

Sie wartet auf meine Antwort, doch ich kann ihr einfach keine geben. Ich unternehme keine Dinge mit anderen, und nachmittags muss ich schließlich arbeiten. Ja, genau, ich muss arbeiten. Es ist ausgeschlossen, dass ich mit ihr reiten gehe. Der Besuch im Restaurant hätte mir beinahe den Rest gegeben, hätte Juliette mir nicht die Kraft verliehen, ihn zu überstehen. Und obwohl mich diese Erfahrung stärker gemacht hat, bezweifle ich, dass ich in der Lage bin, Rosies Wunsch zu erfüllen. Oder doch?

»Also, kommst du mit?«, fragt sie wieder, und bei der Vorstellung, mich auf etwas festzulegen, etwas zu planen, das außerhalb meiner Arbeit und meiner großen weißen Festung von einem Haus liegt, spüre ich mein Herz ein wenig schneller schlagen.

»Mach so.« Sie demonstriert mir, wie ich meine Lippen formen soll, damit sie sie ausmalen kann, und ich sitze da wie ein Mannequin und tue genau das, was mir gesagt wird.

Zum Schluss hält sie mir einen Spiegel vors Gesicht. Mein Gott, ich schwöre, ich bin nicht wiederzuerkennen, aber das meine ich ausschließlich im positiven Sinne. Rosie hat mich sehr dezent geschminkt, als wüsste sie genau, was ich brauche. Ein natürlicher Look mit einem zarten Goldschimmer um meine braunen Augen und einer leichten Röte auf meinen Wangen, die es dort seit – ja, man ahnt es – drei Jahren nicht mehr gegeben hat.

Zu meiner großen Überraschung und Freude überkommt mich kein schlechtes Gewissen wie sonst bei jedem kleinen Minischritt, den ich in meinem Leben nach Lily zu gehen versuche. Dafür spüre ich etwas anderes, etwas, das ich im Moment nicht genauer bestimmen kann.

»Und, gefällt es dir oder nicht?«, fragt Rosie. »Mir schläft langsam die Hand ein vom Spiegelhalten. Du brauchst nicht zu lügen, wenn es dir nicht gefällt. Meine Freundin Melissa ist wahrscheinlich besser. Sie hat ...«

»Ich bin begeistert, Rosie«, sage ich leise, und dann hebe ich meinen Blick zu ihr und schenke ihr ein Lächeln – nicht bloß ein gezwungenes Lächeln, das ich für meine Kundinnen benutze, wenn ich ihnen sage, dass ihnen dieses oder jenes Kleid fantastisch steht; oder für Matt, wenn er mich fragt, ob mir das Essen geschmeckt hat; oder für Eliza, wenn sie mich fragt, ob ich okay bin; oder sogar für meinen Vater, wenn er versucht, am Telefon zu scherzen.

Nein, dieses Lächeln ist echt. Das weiß ich, weil es diese Empfindung verstärkt, die ich eben noch nicht greifen konnte. Zum ersten Mal seit einer langen Zeit habe ich nicht das Gefühl, festzustecken oder zu stagnieren oder wie betäubt zu sein. Ich spüre etwas, das realer ist. Ich fühle mich *anwesend*. Ich bin im Hier und Jetzt, und es fühlt sich ziemlich überwältigend an, aber auf die bestmögliche Art.

»Danke, Rosie«, sage ich zu meiner jungen Schminkkünstlerin. »Ich danke dir vielmals. Du hast mir ein bisschen Leben ins Gesicht gezaubert, und das bedeutet mir wirklich viel.«

Rosie zuckt mit den Achseln und packt ihre Schminkutensilien wieder ein, als wäre es nicht der Rede wert, aber ich sehe das anders.

»Ich glaube, ich schau noch mal nach Mum«, sagt sie, und ich erschrecke kurz, als mir bewusst wird, wie lange wir hier schon plaudern. Ich habe Juliette ganz vergessen. »Ich wette, sie ist tief und fest eingeschlafen, wie immer, wenn sie mittags zum Lunch ein Glas Wein trinkt. Ich bin gleich wieder da. Geh nicht, ohne dich zu verabschieden, oder Mum wird superenttäuscht sein.«

Dieses Mädchen … dieses großartige Mädchen, das dafür gesorgt hat, dass ich mich von außen hübsch finde, ahnt nicht, was sie und ihre wunderbare Mutter in meinem Innern bewirkt haben. Ich hätte aus dem Restaurant fliehen und in Tränen untergehen können. Ich hätte mich in Selbstmitleid wälzen können, während ich nach Hause zurückgekehrt wäre, ganz allein, und auf Matts Anruf gewartet hätte, um ihm zu erzählen, wie schrecklich es war, von allen angestarrt zu werden. Wie alle mich für schuldig am Unglück unserer Tochter hielten, obwohl sie keine Ahnung hatten, wie schnell alles gegangen war. Matt hätte mich dann gebeten, nein, angefleht, damit aufzuhören, und mir empfohlen, es einfach weiter zu versuchen, was mich noch wütender gemacht hätte. Schließlich hätte ich aufgelegt und wäre auf dem Bett eingeschlafen, so wie Juliette, nur mit meinen offenen Narben und einer ausgeblendeten Welt.

Stattdessen bin ich hier und fühle mich sogar gestärkt, weil ich heute eine Heldin an meiner Seite habe. Juliette hat mich, eine Fremde, mit überwältigender Barmherzigkeit unter ihre Fittiche genommen, zusammen mit ihrer starken und schönen Tochter. Juliette hat dafür gesorgt, dass ich an meinen Platz zurückkehrte, statt davonzulaufen, sie hat dafür gesorgt, dass ich mich meinen Ängsten stellte und etwas so Simples tat, wie ein Dessert zu bestellen und mir tatsächlich Zeit zu lassen, um es zu genießen.

Vielleicht hat Eliza recht mit ihren Prophezeiungen.

Vielleicht sind wir ja doch von Engeln umgeben.

# KAPITEL 13

Juliette

Ich werde von Rosies Gemurmel über Make-up und Reiten und Shelley dies und Shelley jenes wach, und mir wird zu meiner großen Verlegenheit bewusst, dass ich eingenickt bin, während wir einen Gast im Wohnzimmer haben. Lieber Gott im Himmel, ich bin nur kurz in mein Zimmer gegangen, um andere Schuhe anzuziehen, und dachte, ich ruhe mich für ein paar Minuten auf meinem Bett aus, aber seitdem ist fast eine Stunde vergangen. So war das nicht geplant.

»Bitte, Rosie, wegen mir brauchst du sie nicht zu wecken«, ruft Shelley gedämpft aus dem Wohnzimmer. »Ich wollte jetzt ohnehin gehen. Ich kann euch gar nicht genug für diesen wundervollen Tag danken. Sag deiner Mum, wir sehen uns, wenn sie wieder fit ist.«

Rosie, die in meiner Tür steht, wirft die Arme hoch und kehrt in den Flur zurück, um Shelley aufzuhalten.

»Du brauchst nicht zu gehen«, höre ich meine Tochter sagen, während ich versuche, meine Gedanken zu sammeln und richtig wach zu werden. »Wir können uns zusammen einen Film anschauen und später Pizza bestellen. Komm schon, bitte, bleib noch ein bisschen bei uns!«

Sieh an, meine Tochter spielt die Supergastgeberin. Shelley kann sich in der Tat privilegiert fühlen, so ist Rosie nicht zu jedem. Schon gar nicht in unserer Mutter-Tochter-Zeit.

»Ich bin wach!«, rufe ich, womit ich Shelley wahrscheinlich vollends aus dem Konzept bringe. »Gebt mir nur ein paar Sekunden! Vielleicht kann jemand Wasser aufsetzen? Ich verdurste, wenn ich nicht ganz schnell einen Tee bekomme!«

Und das ist nicht bloß eine Übertreibung. Der Schampus vorhin ist mir direkt in den Kopf gestiegen, und ich habe

furchtbaren Durst. Außerdem bin ich immer noch müde. Im Moment könnte ich eine Million Jahre lang schlafen, aber das kann ich tun, wenn ich tot bin, richtig?
»Ich kümmere mich um den Tee!«, ruft Rosie zurück.
»Shelley, bleibst du noch? Bitte.«
Ich gehe hinaus in den schmalen Flur und sehe Shelley an der Eingangstür stehen, die Handtasche über ihrer Schulter, den Hund neben ihren Füßen. Sie sieht aus, als würde sie mich brauchen, um sie von Rosies beharrlichem Drängen zu erlösen. Sie sieht außerdem verändert aus, deutlich strahlender als zuvor.
»Rosie hat mich geschminkt«, sagt sie, was ihre optische Veränderung erklärt. Aber gleichzeitig sehe ich zum ersten Mal, seit ich Shelley begegnet bin, eine Unschuld durchschimmern, als sie diese simple Feststellung macht. Ich sehe vor mir ein junges Mädchen, das sehr früh seine Mutter verloren hat, ich sehe jemanden, der sich nach Liebe sehnt von jemandem, der sie nicht verurteilt, sondern ihr einen sanften Schubs in die richtige Richtung gibt, damit sie den Weg durch ihren Ozean der Trauer findet.
»Na, wenn du mal nicht aussiehst wie ein richtiger Filmstar«, sage ich lächelnd zu ihr, im Bemühen, ihr auf die oberflächliche Art ein gutes Gefühl zu verschaffen. Am liebsten würde ich sie in den Arm nehmen und ihr sagen, dass sie stärker ist, als sie denkt, aber sie steht wie ein zerbrechlicher kleiner Vogel vor mir, und ich weiß, sie macht das richtig gut mit diesen winzigen Minischritten. Sie wirkt schon jetzt so viel stärker als das schwache bemitleidenswerte Wesen, das mich gestern noch in der Boutique bedient hat.
»Ich denke, ich werde jetzt nach Hause gehen«, sagt sie flüsternd zu mir und sieht auf ihre Armbanduhr. »Es ist schon fast sechs, und ich muss noch was für die Boutique erledigen. Außerdem wird Matt sich sicher bald melden, und ich kann es gar nicht erwarten, ihm von euch beiden zu erzählen. Ihr

habt mich heute wirklich zum Lächeln gebracht. Danke, Juliette. Es ist schon eine Weile her, dass ich gelächelt habe, glaub mir.«

»Ich muss mich auch bei dir bedanken, Shelley, weil du mein Mädchen wieder aufgerichtet hast«, erwidere ich. »Ich glaube, du hast einen Fan gewonnen. Eine kleine Freundin, wenn du eine haben möchtest.«

Sie wirkt aufrichtig gerührt, während sie bescheiden mit den Achseln zuckt. »Nun, wenn es so ist, fühle ich mich sehr geehrt«, sagt sie, und ein Lächeln erscheint in ihrem hübschen Gesicht.

»Du hast es verdient, viel öfter zu lächeln«, sage ich. »Du hast es verdient, zu lieben und geliebt zu werden und alle guten Dinge in dieser Welt zu erfahren. Das Leben ist schön, das weißt du, Shelley. Ich selbst habe erst erkannt, wie viel ich in diesem Leben noch vorhabe, als mir gesagt wurde, dass ich es nicht mehr machen kann. Darum werde ich jetzt so viel wie möglich nachholen, bis ich wortwörtlich tot umfalle. Man darf nicht aufhören zu leben, bevor das Leben zu Ende ist.«

Shelley sieht auf den Boden, dann wieder zu mir. »Du bist eine bemerkenswerte Frau, Juliette«, sagt sie. »Ich glaube nicht, dass ich jemals so jemanden wie dich getroffen habe. Du bist etwas ganz Besonderes, aber das hat man dir bestimmt schon öfter gesagt. Wenn ich doch nur halb so viel Kraft und Zuversicht hätte wie du.«

»Ach, hör auf«, sage ich und spüre, wie ich rot werde. »Ich habe auch meine Tiefpunkte, das kannst du mir glauben. Außerdem musste ich in letzter Zeit ein paar harte Lektionen einstecken. Ich schätze, es kommt in erster Linie darauf an, wie wir auf den ganzen Mist reagieren, der uns widerfährt. Niemand von uns hat es leicht. Niemand von uns kommt hier lebend raus, darum können wir den Stier auch genauso gut bei den Hörnern packen, solange wir dazu noch in der Lage sind.«

Ich gehe ein paar Schritte auf sie zu, beschließe dann aber, doch lieber etwas Abstand zu halten. Anscheinend ist Shelley nicht so erpicht auf körperliche Nähe, und ich will sie nicht verschrecken, obwohl ich denke, dass eine gute, kräftige Umarmung ihr richtig guttun würde.

»Ich gehe jetzt mit Merlin nach Hause und werde weiter daran arbeiten, mein Leben wieder auf die Reihe zu kriegen«, sagt sie, gerade als Rosie aus der Küche ruft, dass der Tee fertig sei. »Tausend Dank, Juliette. Du hast heute Berge für mich versetzt.«

»Kannst du nicht wenigstens noch zum Tee bleiben, Shelley?«, fragt Rosie.

»Vielleicht sehen wir uns morgen?«, schlägt Shelley vor. »Ich muss nachmittags im Laden arbeiten, aber danach habe ich frei. Ihr wisst ja, wo ihr mich finden könnt. Ach was, ich gebe euch einfach meine Nummer.«

Sie nimmt eine Visitenkarte von Lily Loves aus ihrer Handtasche und gibt sie mir mit zitternder Hand. Ich sehe ihr an, dass dies ein großer Schritt für sie ist. Sieht so das Leben aus, das die Hinterbliebenen erwartet? Ist das die leere Hülle, in der ich meine Tochter zurücklassen werde? Ich hoffe es nicht.

»Wir melden uns, und natürlich bist du uns jederzeit herzlich willkommen, ob zum Frühstück, zum Lunch, zum Abendessen oder wozu auch immer«, sage ich im Bemühen, sie aufzumuntern, indem ich ihr etwas anbiete, auf das sie leicht zurückkommen kann. Sie sieht aus, als würde sie gleich in Tränen ausbrechen, während sie ihre Lippen schürzt und als Antwort stumm nickt.

»Und Merlin natürlich auch«, fügt Rosie hinzu. »Und wie gesagt, ich würde wirklich total gerne mal wieder reiten gehen, falls du Lust hast. Mum hasst Pferde, und es wäre schön, jemanden dabeizuhaben, der richtig Ahnung davon hat.«

»Das stimmt nicht!«, widerspreche ich meiner Tochter laut. »Mein Gott, aus deinem Mund klinge ich wie Cruella de vil! Ich habe ein bisschen Angst vor Pferden, das ist alles, aber ich hasse sie ganz sicher nicht!«

Rosie rollt mit den Augen und raunt dann Shelley zu: »Sie hasst sie. Ich schwöre es. Sie behauptet immer, sie wäre allergisch.«

»Ich schicke dir meine Nummer, dann kannst du dich melden, wenn du Lust hast, die große Pferdehasserin mal live zu erleben«, sage ich zu Shelley. »Soll ich dir ein Taxi rufen, oder willst du lieber zu Fuß gehen? Draußen ist es ja noch ganz angenehm.«

»Ein Taxi, hier in der Gegend?« Sie lacht. »Ich wäre schon zweimal zu Hause, bis endlich eins kommen würde. Es war wirklich ein schöner Nachmittag mit euch. Ihr ahnt nicht, wie sehr ihr mir geholfen habt.«

»Und du mir«, sagt Rosie, und ich frage mich unwillkürlich, ob meine Tochter tatsächlich keine Ahnung hat, was mich dazu bewogen hat, nach Killara zu fahren. Vielleicht werde ich es ihr morgen erzählen, die ganze Wahrheit und nichts als die Wahrheit. Aber heute Abend stehen Filme und Chillen mit meinem Mädchen auf dem Programm. Und für mich gibt es nichts Besseres.

## Shelley

Ich gehe mit Merlin an meiner Seite durch Killara, und das erste Mal seit einer langen, langen Zeit halte ich meinen Kopf dabei ein kleines Stückchen höher. Es ist ein schöner Abend. Vor dem Schaufenster von Lily Loves bleibe ich stehen und lasse seine ganze Herrlichkeit auf mich wirken. Ich erlaube mir sogar für einen kurzen Moment, Stolz darüber zu empfinden, wie weit ich gekommen bin.

Jeder dachte, dass ich nach Lilys Tod meinen Laden schließen würde, und ich hätte wohl auch gute Gründe dafür gehabt, aber Eliza schritt ein und organisierte eine Assistentin für mich – Betty, eine exzentrische ältere Dame aus Limerick, die eine Beschäftigung suchte, um ihren Geist fit und ihr Gespür für Mode lebendig zu halten. Am Anfang erledigte ich sämtliche Bestellungen und geschäftliche Dinge von zu Hause aus, während Betty die Stellung im Laden hielt, damit ich in Ruhe wieder auf die Beine kommen konnte. Es war wirklich lebensrettend, dass ich mich ganz darauf konzentrieren konnte, für meine stetig wachsende Stammkundschaft die besten Vintage-Schnäppchen zu beschaffen.

Auch jetzt lasse ich es mit der Arbeit noch ruhig angehen. Im Laden selbst arbeite ich maximal drei Stunden am Tag, hauptsächlich nachmittags. Ich kann mir nicht im Traum vorstellen, dass ich es schaffen würde, früher aus dem Bett zu kommen und mich zu organisieren, nun, da ich nicht mehr von der süßen Stimme meiner Kleinen geweckt werde, die nach ihrem Frühstück verlangt und darauf beharrt, dass La, ihr Lieblingsteddy, auch Hunger hat. Ich weiß nicht, woher La überhaupt kam. Er war ein einfaches kleines Plüschtier, nicht mehr als ein flauschiger rosa Ball mit zwei Ohren und einer süßen Nase, den meine Tochter an jedem Tag ihrer kurzen drei Lebensjahre überallhin mitschleifte. La ist natürlich längst weggepackt, in der Unterbettkommode in Lilys Zimmer, und ich glaube nicht, dass ich jemals wieder in der Lage sein werde, ihn anzusehen oder anzufassen oder an ihm zu schnuppern.

»Shelley! O mein Gott, habe ich doch richtig gesehen! Wie schön, dich hier zu treffen!«

O nein. Ich schließe meine Augen. Oh, bitte nicht. Merlin zieht an der Leine, und ich lasse ihn Sitz machen.

Meine Sicht verschwimmt, als ich mich zu der Stimme umdrehe, die Sarah gehört – eine meiner besten Freundinnen und diejenige, von der der Blumenstrauß gestern kam. Die Freundin, der ich Tag für Tag aus dem Weg gehe, um keinen

Rückfall zu erleiden, wenn ich sie mit ihren Kindern sehe. Nun steht sie vor mir mit ihrem Buggy, in dem Toby, ihr Kleiner, sitzt, und mit Teigan an ihrer Seite, ihrer sechsjährigen Tochter. Ich glaube, mir wird schlecht.

»D-danke für die Blumen gestern«, sage ich, aber es klingt nicht wie meine eigene Stimme, als es schließlich herauskommt. »Wie ... was macht ... Tut mir leid, ich war gerade am Träumen. Wie geht es dir?«

Sarah neigt ihren Kopf leicht zur Seite und nickt, dann legt sie eine Hand auf meine Schulter.

»Ich habe gehört, dass Matt für eine Woche weg ist«, sagt sie, und aus ihrem Blick spricht aufrichtige Besorgnis. »Hör zu, ich weiß, du gehst die Dinge in deinem eigenen Tempo an, und das ist auch richtig so, aber gibt es trotzdem etwas, das ich für dich tun kann? Irgendwas?«

Ich schaue Teigan an, die seit ihrer Geburt Lilys beste Freundin war. Teigan erinnert sich natürlich nicht mehr richtig an mich, schließlich habe ich jahrelang einen großen Bogen um sie gemacht. Sie schleckt gerade ein Eis, hinter dem ihr Gesicht fast verschwindet, und auch ihr kleiner Bruder ist weiß gesprenkelt. Beide sind sie so weit entfernt von den Grausamkeiten des Lebens, und genau so sollte es natürlich sein.

»Nicht wirklich«, sage ich zu Sarah, aber ich kann ihr nicht in die Augen sehen. »Ich bin auf dem Weg nach Hause, um Merlin zu füttern, und danach werde ich früh ins Bett gehen. Ich bin okay, ehrlich.«

»O Shelley, bist du sicher?«

Ich nicke wenig überzeugend und streife eine Haarsträhne hinter mein Ohr, während ich nach wie vor Sarahs Blick meide. »Tatsächlich geht es mir heute schon ein bisschen besser als gestern«, sage ich zum Asphalt. »Und besser als vorgestern und vorvorgestern. Schritt für Schritt, sagt mein Vater immer. Ich komme schon klar, Sarah, aber trotzdem danke.«

Ich schaue ihr kurz ins Gesicht, und sie sieht mich an, als würde es ihr das Herz brechen. Ich würde ihr am liebsten von Juliette und Rosie und ihrer Verbindung mit Skipper erzählen, aber ich glaube, es steht mir nicht zu, das zu sagen. Ich bin mir fast sicher, dass Sarah, die in Killara geboren und seit ihrer Kindheit mit Matt befreundet ist, früher einmal mit dem Rätsel namens Skipper zusammen war. Ich sage Rätsel, weil sein Name so oft zu fallen scheint und weil jeder eine Geschichte über ihn erzählen kann, obwohl er so jung gestorben ist. Aber keine davon reicht an die Geschichte meiner neuen Freundin Juliette heran, die ein lebendiges Stück von ihm ganz für sich alleine hat.

»Ruf mich an, wenn du bereit bist«, sagt Sarah, als ihre Kinder zu quengeln beginnen und die Unterhaltung mit mir wie üblich nirgendwohin führt. »Ich will dich nicht unter Druck setzen, aber das weißt du ja. Wir könnten vielleicht mal wieder mit dem Boot rausfahren, so wie früher, nur du, Matt, Tom und ich, was meinst du?«

Wir hatten früher immer so viel Spaß auf unseren Touren entlang der Atlantikküste, als die Welt noch völlig in Ordnung war. Tom, Sarahs Mann, ist passionierter Segler wie die meisten von Matts Freunden, die ihn immer damit aufziehen, dass er der einzige Mensch in Killara sei, der nicht seefest ist. Matt selbst macht keinen Hehl daraus, dass er lieber festen Boden unter den Füßen hat als die raue See, im Gegensatz zu den meisten anderen Einheimischen hier.

»Danke, Sarah, ja, vielleicht machen wir das eines Tages«, sage ich und hole mein Portemonnaie heraus. »Hier, Teigan, das ist für dich und deinen Bruder, aber erst für später, im Moment seid ihr ja noch mit eurem Eis beschäftigt. Kauf dir was Schönes zu deinem …«

Als ich einen Zehneuroschein aus meinem Portemonnaie nehme, habe ich dieses erstickende Gefühl im Hals, das mir sagt, dass ich sehr bald vergessen werde, wie man atmet.

»Kauf dir was zu ...«

Zu deinem Geburtstag, will ich sagen. Teigan ist nur wenige Tage nach Lily auf die Welt gekommen, darum weiß ich, dass sie bald Geburtstag haben muss, aber ich kann das Wort nicht aussprechen. Ich kann einfach nicht.

»Ist alles okay, Shelley? Du siehst gar nicht gut aus. Shelley?«

Ich kann Sarah sehen, gerade noch so, aber meine Sicht wird immer schlechter, als die Panikattacke einsetzt. Der Geldschein fällt auf den Boden, und ich spüre Sarahs Hände um meine Schultern.

»Shelley«, sagt eine andere vertraute Stimme. »Ist alles in Ordnung?«

Ich gleite zurück ins Bewusstsein und wieder hinaus, während ich die unverwechselbare Stimme von Juliette höre. Oder bilde ich mir das nur ein? Ist das Wunschdenken?

»Juliette?«

»Ja, ich bin hier, Shelley. Du hast dein Handy vergessen. Was ist los?«

Ich konzentriere mich auf Juliettes freundliches, liebes Gesicht und bringe ein Lächeln zustande, aber ich sehe, dass die beiden Frauen vor mir besorgte Blicke wechseln.

»Was ist passiert? Geht es ihr nicht gut?«, fragt Juliette.

Die arme Sarah wirkt völlig durcheinander. »Ich bin Sarah, Shelleys Freundin. Ich weiß nicht genau, was passiert ist. Ich wollte ihr nur kurz Hallo sagen. In der einen Sekunde haben wir noch miteinander geplaudert, und in der nächsten ...«

Juliette wartet, so wie ich. Dann senkt Sarah ihre Stimme zu einem Flüstern und hält ihrer Tochter die Ohren zu.

»Du hast sie Lily genannt«, sagt sie zu mir und verzieht sorgenvoll das Gesicht. »Du hast irgendwie ... Ist schon gut, Shelley, du hast ihr keinen Schaden zugefügt.« Sie drückt ihre Tochter eng an sich. Die arme Teigan. Merlin winselt neben meinen Füßen.

»Keine Sorge, ich bin mir sicher, das war nur ein kleines Missverständnis«, sagt Juliette. »Ich kümmere mich um Ihre Freundin, Sarah, und wie Sie gerade gesagt haben, Shelley wollte bestimmt niemandem Schaden zufügen.«

Ich habe Sarahs Tochter Lily genannt, und ich habe ihren Arm festgehalten, aber ich wollte ihr nur das Geld geben, damit sie für sich und ihren Bruder etwas Schönes kaufen kann, so wie ich es aus meiner eigenen Kindheit kenne, wenn ich mit meiner Mutter unterwegs war und die Leute mir Geld in die Hand drückten. Ich hatte nichts Böses im Sinn!

Sarah schüttelt den Kopf, tief bekümmert und voller Mitleid, und nickt dann Juliette zu, die sich bei mir einhakt und mich in Richtung meines Hauses führt. Ich fühle mich wie betrunken. Der Vorfall mit Teigan hat mich stark verunsichert.

»Ich bringe dich jetzt nach Hause«, sagt Juliette. »Dein Handy hat vorhin geklingelt. Es lag unter Rosies Schminkkoffer.«

Ich beobachte, wie Sarah mit ihren Kindern in die entgegengesetzte Richtung davoneilt, einen Arm beschützend um Teigan gelegt, zu der sie sich gerade hinunterbeugt, um ihr etwas ins Ohr zu flüstern.

»Sobald wir dich ins Bett verfrachtet haben, solltest du deinem Mann vielleicht kurz schreiben, dass alles in Ordnung ist«, sagt Juliette. »Und du wirst wieder in Ordnung kommen, Shelley, weil ich verdammt noch mal dafür sorgen werde.«

Juliette

Wir gehen Arm in Arm den Hügel hinauf zu Shelleys Luxusvilla hoch über dem Dorf, das stille Meer zu unserer Linken und grüne Felder zu unserer Rechten. Der Leuchtturm blinkt in der Abenddämmerung, und wir folgen der schmalen, kurvenreichen Straße mit den Steinmauern, die jenseits des Hügels auf den grandiosen Wild Atlantic Way führt.

Ich inhaliere die Seeluft, und es fühlt sich an, als würde ich pure, unverdünnte Magie einatmen. Wie sehr ich mir wünsche, ich hätte mehr Zeit und könnte an einem Ort wie diesem hier leben. Wenn mich meine Krankheit eins gelehrt hat, dann, dass ich absolut alles, was ich sehe, höre, rieche, schmecke und fühle, wertschätzen sollte – so wie im Moment den Geruch von Fish and Chips, den Schrei der Möwen über unseren Köpfen und das Gefühl von Weite und Freiheit und Urlaub.

Für mich ist es der pure Himmel, aber für Shelley ist es immer noch ein Gang durch die Hölle.

»Was ist passiert?«, fragt sie mich, und ich kann ihr nur das sagen, was ich gesehen habe.

»Du hast kurz das Gleichgewicht verloren, mehr nicht«, antworte ich. »Du wolltest der Kleinen etwas geben und bist ins Taumeln geraten, und du hast – na ja, du hast sie wohl mit Lily verwechselt.«

»Geld«, sagt sie. »Ich wollte ihr nur einen Geldschein geben, aber alles, woran ich denken konnte, war Lily, alles, was ich sehen konnte, war Lily. Teigan war Lilys beste Freundin, sie feiert in ein paar Tagen ihren sechsten Geburtstag. Ich habe ihr bestimmt einen fürchterlichen Schreck eingejagt. Das arme Kind.«

»Genug«, sage ich. »Diese Frau, Sarah, ist mit dir befreundet, richtig?«

Sie nickt. »Ja. Sarah ist meine beste Freundin hier im Dorf. Wir haben früher viel zusammen unternommen.«

»Nun, dann wird sie wissen, wie dir im Moment zumute ist«, sage ich. »Du darfst dir wegen solcher Belanglosigkeiten keine Gedanken machen. Schick deiner Freundin eine kurze Entschuldigung, und die Sache ist erledigt. Deine Zeit ist zu kostbar, um dir wegen nichts Selbstvorwürfe zu machen. Du kennst ja mein Motto: Das Leben ist zu kurz für so einen Scheiß. Wehe, du vergisst das jemals. Von nun an ist Schluss damit!«

Shelley fängt an zu kichern, dann bleibt sie abrupt stehen. Ich lasse sie los.

»Warum gibst du dir eigentlich so viel Mühe mit mir, Juliette?«, fragt sie. »Und, noch wichtiger, warum lasse ich es zu? Was hast du bloß an dir, dass ich dich so einfach an mich heranlasse?«

Ich weiß nicht, was ich darauf erwidern soll. Ich verstehe es ja selbst nicht.

»Na ja, keine Ahnung … Du hast ja auch mir geholfen, indem du meiner Tochter geholfen hast«, versuche ich es zu erklären. »Oder vielleicht tue ich das auch nur, weil es in der menschlichen Natur liegt, anderen zu helfen, die in Not sind. Vielleicht verhalte ich mich einfach nur menschlich.«

Shelley ist nicht wirklich überzeugt. »Aber ich lasse es zu«, sagt sie, und ihr Blick drückt wilde Verwunderung aus. »Seit drei Jahren lasse ich niemanden mehr in mein Leben, schon gar nicht eine fremde Person, und dann kommst du daher mit deiner Tochter, und ruck, zuck sind wir die besten Freundinnen, und ich fühle mich so gut wie schon lange nicht mehr. Ich will mich nicht darüber beschweren oder dich zurückweisen, ich finde das alles nur ein bisschen …«

»Fantastisch?«, schlage ich vor. »Glaub mir, wenn man keine Zeit hat, um sich wegen Kleinigkeiten zu sorgen, konzentriert man sich eher auf positive Taten, statt die Augen zu verschließen oder jemandem die kalte Schulter zu zeigen, nur weil man es kann.«

Sie wendet ihren Blick von mir ab, und einzelne Strähnen ihrer langen gewellten Haare wehen im Wind. »Ich habe so viele Menschen abblitzen lassen, die versucht haben, mir zu helfen«, gesteht sie, und Reue legt sich über ihr Gesicht. »Ich habe absichtlich jeden zurückgewiesen, selbst meinen Mann.«

»Das habe ich auch getan, also haben wir wieder etwas gemeinsam.«

»Du hast deinen Mann zurückgewiesen?«

»Ja«, sage ich. »Dan, mein Mann, hat sich in den Alkohol geflüchtet, als vor drei Jahren mein Tumor zum ersten Mal diagnostiziert wurde. Ich konnte es nicht mehr ertragen mit anzusehen, wie er leidet und den guten alten Zeiten hinterhertrauert, also habe ich ihn vor zwei Wochen gebeten, auszuziehen, kurz bevor mein gefürchteter nächster Termin im Krankenhaus anstand und ich bereits ahnte, dass nichts Gutes auf mich zukommen würde.«

Shelley keucht entsetzt auf. »Nein, Juliette, das hast du nicht getan!«

»Doch.« Ich nicke zur Bekräftigung. »Ich habe Dan weggeschickt, weil ich nicht mit ansehen kann, wie er sich quält, und er nicht mit ansehen kann, wie ich mich quäle. Aber ich vermisse ihn jeden Tag, Shelley. Es zerreißt mir das Herz. Macht mich das zu einer Heuchlerin? Ich schätze schon, auf eine gewisse Art.«

»Wie meinst du das?«, fragt sie.

»Na ja, ich erzähle dir hier die ganze Zeit, dass man das Leben voll auskosten soll, solange man noch kann, und gleichzeitig schicke ich den Mann, den ich über alles liebe, in die Wüste, nur um es für uns beide einfacher zu machen, obwohl das in Wirklichkeit überhaupt nichts einfacher macht. Damit mache ich es sogar nur noch schlimmer, aber ich bin ganz gut darin, mich auf beiden Augen blind zu stellen.«

»Vielleicht sind wir uns einfach zum richtigen Zeitpunkt über den Weg gelaufen, um uns gegenseitig ein paar wichtige Lektionen fürs Leben beizubringen«, sagt Shelley. »Vielleicht müssen wir beide erkennen, was wirklich zählt, bevor es zu spät ist.«

»Ich denke, das haben wir bereits erkannt«, sage ich zu dieser wunderbaren Frau, die Tag für Tag von ihrer Trauer und

Verzweiflung verschluckt wird, obwohl sie sich danach sehnt, wieder zu leben und zu lieben. Aber es gibt Hoffnung für sie. Ich kann es sehen, und ich bin entschlossen, es ihr zu zeigen, bevor ich diesen Ort hier verlasse.

Shelley lehnt sich an die Steinmauer, um sich kurz zu sammeln, und ich will sie ja nicht drängen, aber ich muss an Rosie denken, die im Cottage auf mich wartet.

»Bist du sicher, dass du den Abend nicht doch lieber mit uns verbringen willst als alleine zu Hause?«, frage ich Shelley. »Du weißt, du bist uns jederzeit willkommen. Aber ich denke, ich habe dich heute schon genug aufgescheucht, darum fühl dich bitte nicht unter Druck gesetzt.«

»Nein, nein«, erwidert sie und schüttelt den Kopf, dann richtet sie ihre Jacke. »Ich kann den restlichen Weg alleine gehen. Wenn ich zu Hause bin, werde ich Matt anrufen, und ich hab ja auch noch den guten alten Merlin, der auf mich aufpasst. Geh zurück zu deiner Tochter, Juliette, und genieße jeden Moment mit ihr, solange du noch kannst. Und vielleicht würde es nicht schaden, wenn du auch deinen Mann anrufst?«

Und in diesem Moment, während wir in der sanften Abendbrise stehen und das Meer unter uns glitzert, wird mir die vollkommene Absurdität unserer Situation bewusst. Shelley würde alles dafür geben, um das zu haben, was ich habe – kostbare Zeit, wenn auch nur begrenzt, mit meinem einzigen Kind –, während ich alles dafür geben würde, um das zu haben, was sie hat, nämlich ein ganzes Leben, das vor ihr liegt, und alle Zeit der Welt, um es zu leben.

»Wir sehen uns«, sage ich und berühre zum Abschied ihren Arm. Sie lächelt, nur ein bisschen, aber es ist immer gut, sie lächeln zu sehen.

»Das hoffe ich«, erwidert sie, und dann entfernt sie sich von mir. Ich schaue ihr hinterher, dieser traurigen und einsamen Gestalt, die noch so viel vom Leben zu erwarten hat, auch wenn sie das nicht erwartet. Über dem Leuchtturm nehme ich ein kurzes Flackern wahr, und ein plötzlicher Windstoß zaust mir durch die Haare. Shelley bleibt stehen und schaut ebenfalls zum Leuchtturm hinaus, dann geht sie weiter, mit gesenktem Kopf und schwerem Herzen. Ich hoffe wirklich, ich kann ihr begreiflich machen, dass ihre Tochter oben im Himmel sich wünscht, dass sie wieder lächelt.

## KAPITEL 14

**Montag**

JULIETTE

»Bitte, Mum, lass mich anrufen und fragen, ob sie uns noch dazwischenschieben können. Nur für eine Stunde, höchstens, ich schwöre. Du kannst uns zusehen, zusammen mit Merlin. Er wird dir Gesellschaft leisten. Für heute ist gutes Wetter vorhergesagt. Komm schon. *Bitte*.«

Rosie sitzt auf meiner Bettkante, und zum ersten Mal in meinem ganzen Leben verspüre ich den Wunsch, meine geliebte Tochter zu würgen.

»Fünf Minuten«, sage ich. »Fünf Minuten absolute Ruhe, mehr verlange ich nicht, und ich werde darüber nachdenken. Bitte.«

Sie seufzt aus tiefster Seele und zieht ein Gesicht, das Milch sauer machen könnte, aber ich reagiere nicht darauf. Es ist sieben Uhr morgens. An Schultagen ist sie zu dieser Zeit noch gar nicht auf, geschweige denn in ihrer schulfreien Zeit, darum werde ich den Teufel tun und ihrer Laune in aller Herrgottsfrühe nachgeben, schließlich sind wir zur Erholung hier. Sie möchte unbedingt reiten gehen, aber eigentlich ist für heute eine Bootstour zu den Cliffs of Moher geplant. Die beste Möglichkeit, um dieses Naturwunder zu besichtigen, ist vom Meer aus. Vielleicht ist es egoistisch von mir, aber ich möchte spüren, wie es ist, draußen auf dem Atlantik zu sein, so wie Skipper es früher jeden Tag war.

Mein Handy klingelt und reißt mich endgültig aus meinem Halbschlaf. O nein, es ist Dan. Ich habe gestern Abend versucht, ihn zu erreichen, aber ohne Erfolg, und nun, da er mich zurückruft, habe ich Angst davor, mit ihm zu sprechen. Aber ich kann seinen Anruf nicht ignorieren. Shit.

»Hallo?«

»Juliette! Wie schön, endlich deine Stimme zu hören! Ich Idiot habe gestern Abend mein Handy im Wagen vergessen. Geht es dir gut?«

»Hallo, Dan, ja, es geht mir gut. Wie geht es dir?«

Die Frage ist eigentlich überflüssig. Es ist sieben Uhr an einem Montagmorgen, darum kann ich mir denken, wie es ihm geht. Entweder ist er verkatert oder immer noch betrunken.

»Ist es wahr?«

Ist was wahr?, liegt mir auf der Zunge. Mit welcher Wahrheit soll ich anfangen? Mit meiner letzten Diagnose? Damit, dass ich vor ihm davonlaufe? Womit?

»Was hast du denn gehört?«, erwidere ich in der Hoffnung, dass es nicht um meine Krankheit geht. Er soll nicht am Telefon erfahren, dass meine Tage gezählt sind.

Ich kann seinen Schmerz von hier aus spüren, sehe förmlich vor mir, wie er mit dem Oberkörper schaukelt und seine Augen zusammenkneift.

»Ich weiß Bescheid, Helen hat es mir gesagt«, antwortet er. »Ich habe gestern mit ihr gesprochen, und sie ist schließlich mit der Wahrheit herausgerückt. Was ist mit Rosie? Wie geht es ihr? Hast du es ihr schon gesagt? Ich sollte an deiner Seite sein, wenn du mit ihr sprichst. Grundgütiger, Juliette!«

Ich schüttele den Kopf. Was mache ich hier eigentlich? Barry Island hätte niemals solche Fragen aufgeworfen beziehungsweise uns solche Qualen bereitet. Ich fühle mich Dan so fern, und ich weiß, er hat recht. Ich hätte nicht davonlaufen sollen, ohne ihm die ganze Wahrheit zu erzählen.

»Dan, ich wünschte, ich könnte dir sagen, dass es nicht wahr ist«, sage ich. »Aber leider ist es wahr. Ich verspreche dir, sobald wir wieder da sind, werde ich mir Zeit für dich nehmen. Ich möchte unsere letzten Tage zu den besten machen, Liebling. Wir werden es zusammen durchstehen, du und ich. Ich weiß, wir können das.«

»Hast du vor, Rosie von ihrem Vater zu erzählen und von seiner Verbindung mit Killara?«, fragt er mit erstickter Stimme. »Warum, Juliette? Warum glaubst du, es ist gut, sie mit einem Mann zu belasten, der vielleicht gar nichts von ihr wissen will? Hat sie nicht so schon genug, mit dem sie fertigwerden muss?«

Wie um alles in der Welt erkläre ich meinem beunruhigten Mann, dass ich – unabhängig davon, was ich mit Rosies leiblichem Vater vorhatte – an meine Grenzen gestoßen bin, dass jeglicher Hoffnungsschimmer, den ich insgeheim hatte, so töricht er auch scheinen mochte, sich nun zerschlagen hat?

»Er ist nicht mehr hier, Dan, du brauchst dir wegen ihm also keine Gedanken zu machen«, sage ich leise. »Im Grunde war er nie richtig hier, darum hat sich die Sache erledigt. Wir kommen am Samstag wieder nach Hause, dann können wir in Ruhe über alles reden, über Rosies Zukunft und auch über deine.«

Am liebsten würde ich hinzufügen: »Und dann leben wir glücklich bis in alle Ewigkeit«, aber das wird natürlich nie passieren.

»Bitte, Juliette, erzähl ihr nichts von ihm, du würdest ihr das Herz brechen.« Er schluchzt nun in den Hörer, und meine Unterlippe zittert, weil ich weiß, wie sehr ich ihn gekränkt habe. Ich habe mit diesem schönen, starken, großartigen Mann viele Jahre zusammengelebt, und er hat mir und Rosie jeden Zentimeter seines Herzens gewidmet. Für ihn muss es der ultimative Schlag sein, dass ich hier in Irland bin, während ich meinen letzten Tagen auf dieser Welt entgegensehe, statt die Zeit mit ihm zu verbringen.

»Kann ich mit Rosie sprechen?«, fragt er, und mein Magen zieht sich zusammen. Ich will nicht, dass sie ihn weinen hört. Nicht jetzt, wenn sie gerade so gut drauf ist.

»Sie schläft«, sage ich. »Später vielleicht.«

»Von wegen, sie schläft«, sagt er und lacht über meinen Versuch, ihn abblitzen zu lassen. »Sie hat mir vor einer halben Stunde eine SMS geschickt. Gott, Jules, was um alles in der Welt ist in dich gefahren, dass du sie in deinem Zustand mit nach Irland schleifst? Du solltest hier sein, bei mir, damit wir über alles reden können. Wir könnten Pläne machen und einfach ... einfach reden und ... Oh, warum kann nicht alles wieder so sein wie früher? Warum?«

Ah, Scheiße, Scheiße, Scheiße. Nun kommen mir auch die Tränen.

»Warum machst du dich nicht auf den Weg zu uns, Dan?«, sage ich. »Werd nüchtern und komm zu uns, und wir versuchen, es so zu machen wie früher, wir drei gegen den Rest der Welt.«

»Zu euch kommen? Nach Irland?«

»Ja.«

»Nein, nein, nein, nein, nein«, beginnt er zu lamentieren. »Nein, ich will euch in eurem Urlaub nicht stören, und außerdem glaube ich nicht, dass ich es dort ertragen kann, wenn ich weiß, dass ...«

Er verstummt mit einem tiefen Stoßseufzer. Ich sehe sein schönes Lächeln vor mir, wenn ich meine Augen schließe. Ob er nun betrunken ist oder nicht, ich liebe diesen Mann, verdammt, und an meinen letzten Tagen auf dieser Welt möchte ich jede Sekunde bei ihm und meiner Tochter sein. Aber ich brauche ihn nüchtern und klar. Vielleicht ist es egoistisch von mir, dass ich darauf bestehe, aber es ist das Einzige, worauf ich noch bestehen kann.

»Das macht mich zusätzlich fertig, Juliette«, sagt er. »Aber das brauchst du nicht zu hören, tut mir leid. Ich möchte dich einfach sehen. Ich möchte dich berühren. Ich will nicht, dass du stirbst.«

Er schluchzt immer heftiger, und ich weiß, dass ich dieses Gespräch in eine andere Richtung lenken muss.

»Wo bist du?«, frage ich. »Immer noch bei Emily? Du solltest nach Hause gehen und dort auf uns warten. Schlaf wieder in unserem Bett. Ich werde bald bei dir sein.«

»Du brauchst dir um mich keine Gedanken zu machen«, sagt er. »Du hast genug andere Sorgen. Ich weiß, das ist der Grund, warum du mich überhaupt erst weggeschickt hast. Ich bin dir keine Hilfe. Ich bin eine Last und mache dir zusätzlichen Stress, den du und Rosie im Moment nicht gebrauchen könnt.«

»Das habe ich nie gesagt«, erwidere ich, und meine Hand wandert automatisch zu meinem Mund, während Tränen über mein Gesicht kullern. »Ich wollte dich nur schützen. Du musst damit klarkommen, dass ich bald nicht mehr da bin. Wir haben es nicht mehr selbst in der Hand, Dan. Mir bleibt nicht mehr allzu viel Zeit.«

Ich stelle mir den starken, entschlossenen Mann vor, der er früher einmal war und den ich mir so sehnlich zurückwünsche. Wie konnte es nur so weit kommen? Wie konnten wir so weit auseinanderdriften, dass wir unseren Glanz und Zauber, all die Dinge, die unsere Liebe ausmachten, aus den Augen verloren haben?

»Du musst versuchen, für uns alle stark zu sein«, fahre ich fort. »Ich brauche dich. Ich brauche einen starken Dan.«

»Ich werde mich voll ins Zeug legen, mit dir zusammen«, erwidert er. »Versprochen. Wir werden das wieder in Ordnung bringen. *Ich* werde das alles in Ordnung bringen, und wir werden unser altes Leben zurückbekommen. Gib mir einfach nur Zeit, Juliette. Kannst du mir Zeit geben? Wir werden unser Traumhaus am Meer bauen und alle unsere Traumreisen nachholen, und Rosie kann einen Hund haben und ein Pony und alles, was sie will, und …«

Ich höre Rosie in der Küche trällern, und ich bin froh, dass sie nicht hören kann, was ich gleich sage.

»Ich habe keine Zeit mehr, Dan«, erkläre ich ihm in gedämpftem Ton. »Begreif das doch. Für das alles ist jetzt keine Zeit mehr. Ich wünschte, es wäre anders, aber mein Leben ist fast zu Ende.«

»Sag das nicht, Juliette«, erwidert er. »Es muss etwas geben ...«

»Es gibt nichts«, falle ich ihm ins Wort. »Wir werden kein Happy End bis in alle Ewigkeit erleben, Dan, aber dafür haben wir die Chance, unsere letzten gemeinsamen Tage bewusst zu genießen und so viel wie möglich aus ihnen herauszuholen. Also, du wirst dich jetzt wieder berappeln, und wir sehen uns dann am Samstag. Versuch bitte, etwas zu schlafen. Bitte, Liebling. Du klingst nämlich, als hättest du Schlaf bitter nötig.«

Ich lege auf und lehne mich in mein Kissen zurück, atme langsam ein und aus, während ich diese überwältigende Traurigkeit annehme. Dan ist offenbar nicht in der Lage, die harte Realität zu erkennen. Wir haben keine Zukunft mehr. Meine Zukunft ist genau hier, genau jetzt, und ich kann es mir nicht erlauben, herumzutrödeln und den Kopf hängen zu lassen. Ich bin fest entschlossen, mein Leben bis zum allerletzten Moment auszukosten.


SHELLEY

Wenn eine Fünfzehnjährige in den Laden gestürmt kommt und einen anfleht, mit ihr reiten zu gehen, weil ihre sterbende Mutter zu müde ist oder zu allergisch oder zu irgendwas, um sie zu begleiten, wie in aller Welt soll man dann reagieren? Ich kann nicht wirklich Nein sagen, oder? Obwohl mir schon die bloße Vorstellung Angst macht.

»Wolltet ihr nicht heute eine Bootstour machen?«, frage ich Rosie, die perfekt geschminkt ist, so wie ich es gestern war. Mit dieser Kriegsbemalung sieht sie nicht gerade aus wie jemand, der sich gleich auf ein Pferd schwingt.

»Wollten wir, aber die können uns heute nicht mitnehmen, und alles, was wir bisher getan haben, war, am Strand spazieren zu gehen. Ich bin in meinem ganzen Leben noch nie so viel gelatscht wie hier!«

»Weiß deine Mum, dass du hier bist?«, frage ich weiter. Ich schaue auf die Uhr. Es ist kurz nach vier, und ich hatte bisher nur zwei Kunden, darum könnte ich den Laden heute wohl früher zumachen. Draußen strahlt die Sonne am Himmel, und bei schönem Wetter gehen die meisten Touristen und Einheimischen lieber an den Strand als in die Geschäfte.

»Sie hat mir verboten, dich zu belästigen«, antwortet Rosie. »Aber ganz ehrlich, ich kann nicht länger in diesem Cottage herumsitzen und den Handyempfang checken, was einfach aussichtslos ist. Also, was sagst du? Gehen wir reiten? Wir beide? Ja?«

Sie fingert an den Kleidern auf den Ständern herum, während sie mit mir spricht, den Kopf zur Seite geneigt, Kaugummi kauend, und wieder überkommt mich diese schreckliche Erinnerung an damals, als ich in ihrem Alter war und nicht ahnte, dass meine Welt kurz davorstand, einzustürzen und nie wieder dieselbe zu sein.

»Na ja, du wirst wohl kaum in diesen Klamotten reiten wollen, oder?«, sage ich und mustere ihr langes, weites Sweatshirt, ihre Shorts und ihre Flipflops. »Du gehst besser nach Hause und ziehst dich um.«

Sie springt beinahe an die Decke vor Begeisterung. »Das heißt, du bist dabei? OMG, das ist so was von megacool! Du bist die Beste, Shelley! Danke!«

»Sei um fünf wieder hier«, sage ich. »Ich muss erst telefonieren, um alles zu organisieren, aber es sollte kein Problem geben. Abgemacht?«

»Abgemacht!«, erwidert sie und hüpft glücklich hinaus in den Sonnenschein, während ich darüber lächeln muss, dass ihr eine simple Geste so viel Freude bereitet. Das arme Mädchen. Je fröhlicher sie in den nächsten paar Wochen sein kann, desto besser.

Aber bevor ich sie glücklich machen kann, muss ich eine weitere Hürde überwinden. Ich muss meine Komfortzone verlassen und mich an die Menschen in Killara wenden, vor denen ich mich so lange versteckt habe. Aber egal, wie sehr ich mich davor fürchte, ich glaube nicht für eine Sekunde, dass sie mich im Stich lassen werden.

Matt ruft an, als ich zu Hause gerade aus der Dusche steige. Ich gehe hinüber ins Schlafzimmer, wo meine Reithose und ein T-Shirt auf dem Bett bereitliegen.

»*Was* machst du?«, fragt er, und wie bei Rosie ist die Freude in seiner Stimme greifbar.

»Einen Ausritt am Strand«, sage ich, und ich kann nicht anders, als ebenfalls zu lächeln. »Ich weiß, ich weiß, das muss für dich ein Schock sein. Ich mache tatsächlich etwas, das weder etwas mit meiner Arbeit noch mit dir oder dem Haus oder dem Hund zu tun hat.«

»Wow!«, sagt er. »Ich freue mich total darüber. Das ist großartig! Fantastisch, Shell!«

Er stößt einen Jauchzer aus, der ein bisschen wie ein »Woohoo« klingt, und ich sage ihm, dass er sich wieder einkriegen soll. So eine große Sache ist es nun auch wieder nicht. Na gut, ist es doch, aber trotzdem.

»Was sind das für Leute?«, fragt er. »An wen muss ich den Champagner und die Blumen schicken, um mich dafür zu bedanken, dass meine Frau wieder etwas Spaß hat? Endlich! Gestern der Lunch, heute der Ausritt.«

Ich schaue auf den Radiowecker auf meinem Nachttisch und stelle fest, dass ich nur noch zehn Minuten habe.

»Das erkläre ich dir alles später«, sage ich. »Es ist eine längere Geschichte, und ich muss mich jetzt wirklich beeilen, aber das Warten lohnt sich.«

»Shell, du hast mich gestern Abend schon vertröstet«, sagt er, und ich bekomme prompt ein schlechtes Gewissen, weil ich ihn zappeln lasse. »Sind das Leute, die du von früher kennst? Lange verschollene Verwandte? Wer?«

»Es ist alles gut«, sage ich und versuche, meine Socken anzuziehen, während ich den Telefonhörer zwischen Ohr und Schulter geklemmt habe. »Ich meine das ernst, es lohnt sich wirklich, darauf zu warten, die ganze Geschichte zu hören, sie ist nämlich unglaublich. Ich melde mich, sobald ich wieder zu Hause bin. Du wirst begeistert sein.«

»Also gut, dann geh und amüsier dich«, sagt er. »Und schick mir ein paar Bilder. Ich möchte unbedingt ein Beweisfoto sehen, okay?«

Ich schalte den Lautsprecher ein und lege den Hörer auf das Bett, um in meine Reithose zu schlüpfen. Es ist schon lange her, aber zum Glück habe ich kein Gewicht zugelegt. Wenn überhaupt, sitzt die Hose ein wenig locker.

»Hattest du einen guten Tag?«, frage ich. »Wie ist Belgien?«

»Das werde ich dir auch später erzählen«, antwortet er. »Nun beeil dich, bevor du noch zu spät kommst. Ich bin im Moment wahnsinnig glücklich. Ich liebe dich, Shell.«

Ich schlucke bei diesen Worten, mit denen er so viel Geduld bewiesen hat, obwohl er schon so lange Zeit darauf wartet, dass ich sie erwidere. Doch wie soll ich wissen oder fühlen, ob ich jemanden liebe, wenn ich nicht einmal mehr mich selbst liebe? Mag sein, dass ich im Moment winzige Fortschritte mache, aber ich habe noch einen weiten Weg vor mir, und ich möchte Matt nicht anlügen, indem ich es nur ihm zuliebe sage. Ich möchte lernen, Matt wieder zu lieben, so wie er es verdient, geliebt zu werden. Und ich werde es nicht aussprechen, solange ich nicht weiß, dass es hundertprozentig wahr ist. Ich möchte es spüren.

»Das weiß ich«, sage ich. »Ich melde mich heute Abend,

und ich schicke dir ein Beweisfoto. Viel Spaß bei deinem Dinner mit Bert. Bestell ihm Grüße von mir.«

Die kleine Pause macht seine Enttäuschung deutlich, und ich würde mich am liebsten selbst dafür treten, dass ich so kalt und so ehrlich bin.

»Ich richte es ihm aus«, sagt Matt. »Ich wünsche dir viel Spaß, Baby. Du verdienst es mehr als jeder andere.«

Und damit legt er auf. Ich habe ihn wieder einmal ausgeschlossen.

Jetzt muss ich aber wirklich Gas geben, um pünktlich zu meinem Treffen mit Rosie zu kommen.

## KAPITEL 15

Juliette

»Tut mir leid, dass es mit der Bootstour nicht geklappt hat, aber die holen wir morgen nach. Vielleicht können wir einen Bummel durchs Dorf machen und ...«

»Mum, ich will keinen Bummel durchs Dorf machen. Ich hab keinen Bock mehr auf das ständige Herumlatschen, tut mir leid.«

O nein, es ist einer dieser Tage, an denen ich nichts, und ich meine wirklich nichts, Richtiges sagen kann.

»Okay, wie wäre es mit Schwimmen?«

Sie hantiert geschäftig im Cottage herum und hört mir gar nicht richtig zu. »Schon gut, Mum. Ich muss gleich los«, sagt sie und steigt in ein Paar Stiefel, das ihr nicht gehört. »Kommst du jetzt mit oder nicht?«

»Wo willst du hin? Und mit wem? Wem gehören diese Stiefel?«

Sie zuckt mit den Achseln. »Keine Ahnung, wem sie gehören, aber sie passen mir perfekt. Ich habe sie bei der Wassersportausrüstung hinten an der Tür gefunden. Und ich habe dir schon gesagt, dass ich reiten gehe. Mit Shelley. Bist du dabei? Bitte, komm doch mit. Es wird dir bestimmt gefallen.«

Moment, Moment. Ich kann mich nicht daran erinnern, dass sie mir etwas von diesem Ausritt gesagt hat. Ich weiß, dass sie unbedingt reiten gehen wollte, aber mir war nicht klar, dass die Sache schon beschlossen ist.

»Wie in aller Welt ist das zustande gekommen?«, frage ich sie.

»Mum! Das habe ich dir doch gesagt!«

»Rosie, bist du sicher, dass Shelley das überhaupt will?«,

sage ich. »Ich weiß, es würde ihr guttun, aber ist sie dafür schon bereit?«

Rosie hält nun inne und stößt einen tiefen Seufzer aus, der klingt, als wäre sie mit ihrer Geduld am Ende. »Warum musst du immer so negativ sein?«, fährt sie mich an. »Es geht nur um einen Ausritt am Strand, Herrgott noch mal! Es ist nicht so, als hätte ich Shelley gefragt, ob sie mit mir zum Mond fliegen würde oder so. Außerdem habe ich es dir vorhin gesagt! Du hast nicht richtig zugehört, oder du hast es wieder einmal vergessen. Das passiert dir in letzter Zeit ja ständig.«

Nun, darauf habe ich nicht wirklich eine Antwort. Vielleicht hat sie es mir tatsächlich gesagt. Vielleicht habe ich es tatsächlich vergessen. Michael hat mir erklärt, dass mein Gedächtnis immer mehr nachlassen wird, während der Tumor in meinem Kopf wächst.

Ich versuche, mich nicht aus der Ruhe bringen zu lassen, was mit einer fünfzehnjährigen Klugscheißerin nicht einfach ist – und mit einer tödlichen Krankheit, die einen vergesslich macht, erst recht nicht.

»Solange Shelley wirklich Lust hat, dich zu begleiten«, sage ich. »Ich meine, wem gehören die Pferde? Shelley?«

Es würde mich kein bisschen überraschen, wenn Shelley eigene Pferde halten würde, obwohl ich keine Ställe gesehen habe, als wir dort waren. Nicht dass das was zu bedeuten hätte, die Tiere können ja auch woanders untergebracht sein.

»Ich habe keine Ahnung, woher die Pferde kommen, aber wir sind um fünf vor der Boutique verabredet, darum sollte ich mich jetzt besser beeilen. Mum, komm doch mit! Das wird bestimmt lustig!«

»Hmm, schon, aber ...«

»Hör zu«, unterbricht sie mich. »Es ist so: Du hast ungefähr zwei Minuten Zeit, um deinen Hintern hochzukriegen und mitzukommen, oder du bleibst hier und starrst diese vier Wände an. Ich weiß ja nicht, wie das bei dir ist, aber ich habe einen Hüttenkoller, nachdem ich den ganzen Nachmittag hier rumgesessen habe. Also los, Bewegung!«

Ich werde von einem Teenager herumkommandiert, und so verrückt es auch scheinen mag, ich finde es tatsächlich gut. Dabei ist das hier etwas, auf das die meisten Eltern getrost verzichten können: die von Hormonen befeuerten, launenhaften Jahre, in denen ihre Sprösslinge mit Türen knallen, sich schmollend in ihrem Zimmer verschanzen und regelmäßig ausrasten. Aber ich möchte von nun an all diese magischen, unvorhersehbaren Momente miterleben. Ich möchte es jedes Mal genießen, wenn meine Tochter mir sagt, dass sie mich hasst oder dass ich schräg bin. Ich möchte sie auf einem Pferd reiten sehen, mit entschlossener und tapferer Miene, furchtlos in ihrer Unschuld. Vor allem möchte ich sie lachen hören, und selbst wenn ich an dem Ausritt nicht direkt teilnehmen kann, setze ich mich gerne an die Außenlinie und feuere mein Mädchen bei jedem Schritt an.

Ich nehme mir eine gefaltete Picknickdecke aus einem Korb, der im Wohnzimmer steht, und schnappe mir meine Jacke. Draußen scheint noch die Sonne, aber ich weiß, dass die Temperaturen in diesem Teil der Welt rasch sinken können, wenn der Abend anbricht.

Rosie marschiert bereits stramm voraus, darauf erpicht, rechtzeitig am Treffpunkt zu erscheinen, um diese goldene Gelegenheit, auf die sie seit ihrer Ankunft hier gehofft hat, bloß nicht zu verpassen.

Shelley

Sarah kommt pünktlich mit ihrem Pferdeanhänger an, und als wir uns gegenüberstehen, brauche ich kein Wort über den Vorfall gestern mit Teigan zu sagen. Sie legt einfach einen Arm um mich, drückt mich an sich und gibt mir einen Kuss auf die

Stirn. Und ich schließe die Augen und sauge ihre Vertrautheit in mich auf, die Solidarität dieser Frau, an die ich mich immer mit jeder noch so kleinen Frage wenden konnte, sei es zur Mutterschaft oder zur Ehe oder zum Leben in einem Dorf, das ich noch lernte, mein Zuhause zu nennen.

»Du machst das toll«, sagt sie in mein Ohr. »So, würdest du mir nun bitte deine Freundinnen vorstellen?«

Ich spüre, wie meine Schultern sich vor Stolz straffen, während ich Sarah offiziell mit Juliette bekannt mache und natürlich auch mit Rosie, die nur Augen für die Pferdebox hat. Selbst der arme Merlin, den ich an der Leine halte, muss vor dieser Begeisterung in den Hintergrund treten. Es weht ein kühler, leichter Wind, das perfekte Reitwetter, und bei der Vorstellung, am Wasser entlangzugaloppieren und meine Sorgen von der Meeresluft wegblasen zu lassen, spüre ich das Adrenalin durch meine Adern pumpen.

Ich hatte recht damit, dass auf meine alten Freunde immer Verlass ist. Es war lediglich ein kurzer Anruf bei Sarah nötig, die sich sofort bereit erklärte, alles stehen und liegen zu lassen, um diesen Ausritt für Rosie möglich zu machen. Das Leben in einer kleinen Gemeinde kann einem Schutz und Beistand leisten, wenn alle Stricke reißen. Bis jetzt habe ich mich viel zu sehr auf die negativen Seiten konzentriert, auf den Klatsch, die Blicke, auf das gedämpfte Flüstern hinter meinem Rücken. Aber von nun an werde ich auf das Gute in den Menschen achten, und das verschafft mir jetzt schon ein viel besseres Gefühl. Ich möchte diesen Urlaub für Juliette und Rosie so schön wie möglich gestalten, und es ist wunderbar, dass ich mich auf meine Nachbarn verlassen kann, um dieses Ziel zu verwirklichen.

»Wie lange werden Sie hierbleiben?«, fragt Sarah Juliette. Die weltweite Standardfloskel von Einheimischen, um das Eis mit Besuchern zu brechen.

»Noch fünf Tage von insgesamt sieben«, antwortet Juliette.

Sie sieht heute müde aus, mit noch tieferen Augenringen als bei unserer ersten Begegnung am Samstag in der Boutique. »Ich kann nicht glauben, dass die ersten zwei Tage schon um sind, dabei wollen wir noch so viel unternehmen!«

»Nun, falls Sie Rat benötigen oder Tipps, was man hier machen kann, wenn es regnet – und es regnet hier ziemlich viel –, scheuen Sie sich nicht, mich anzusprechen. Ich bin in Killara geboren und groß geworden, ein Eigengewächs durch und durch.«

Das stimmt. Sarah ist herzlich und freundlich, und sie verbringt ihre Zeit am liebsten draußen in der freien Natur, reitet mit ihren Ponys durch die Gegend, zeltet mit ihren Kindern unter dem Sternenhimmel oder fährt mit ihrem Ehemann Tom aufs Meer hinaus. Ich keuche innerlich auf, als mir ihre Verbindung zu Skipper wieder bewusst wird. Sie könnte bestimmt viele von Juliettes Fragen beantworten, aber für den Augenblick halte ich mich zurück. Es steht mir nicht zu, dieses Thema zur Sprache zu bringen, und außerdem geht es bei diesem Ausflug hier allein um Rosie.

»Bist du bereit?«, frage ich sie, und ihre glühenden Wangen und ihr strahlendes Lächeln machen eine Antwort überflüssig.

»Es ist wirklich toll von dir, dass du das alles hier arrangiert hast«, sagt Juliette zu mir und nimmt mir fachmännisch Merlins Leine ab, damit ich mich um die Pferde kümmern kann. »Damit hast du bei meiner Tochter schon jetzt mehr Pluspunkte gesammelt, als ich jemals kriegen könnte.«

Das hier ist kein Wettkampf, würde ich am liebsten erwidern, aber ich sehe ihr an, dass sie ein bisschen geknickt ist, weil sie nicht mithalten kann. Wieder einmal fühle ich mit Juliette. Ich stelle mir vor, wie leicht ich mit Lily dieses Leben hätte führen können. Wir hätten unsere meiste Zeit an diesem Strand hier verbracht und es wahrscheinlich für selbstverständlich gehalten. Aber nachdem ich gesehen habe, wie

Juliette sich sehnlichst mehr Zeit mit ihrer Tochter wünscht, werde ich in diesem Leben nie wieder etwas für selbstverständlich nehmen.

»Ich bin schon ein paar Jahre nicht mehr geritten«, sage ich zu Juliette, um sie etwas aufzumuntern, »darum werde ich Rosies Erwartungen wahrscheinlich nicht erfüllen. Aber es geht ja nur darum, ein bisschen Spaß zu haben. Okay, Rosie, welchen von diesen beiden Prachtburschen möchtest du reiten?«

Wir nehmen uns alle einen Moment Zeit, um Sarahs Pferde zu bewundern, die nach ihren Kindern ihr ganzer Stolz sind.

»Das hier ist Neptun«, sagt Sarah und streichelt die Nase ihres glänzenden braunen Ponys, das sie schon so lange hat, wie ich sie kenne. »Und dieser Schlingel hier ist Dizzy. Ich denke, Dizzy würde dir gefallen, Rosie. Er ist ziemlich lustig, und außerdem hat er junge Leute viel lieber als uns Oldies.«

»Was heißt hier uns«, bemerke ich scherzhaft, und Sarah wirft mir einen erfreuten Blick zu. Es ist so erfrischend, einfach hier am Strand zu sein, mit Sarah und meinen neuen Freundinnen, und miteinander zu scherzen, und doch habe ich es all die Jahre vermieden. Wieder spüre ich die Sicherheit von Freundschaft, als würde mir jemand außerhalb meiner kleinen Blase den Rücken stärken – durch die Kraft eines Lächelns, die Wärme einer Umarmung, den Trost einer vertrauten Stimme. Ich habe mich selbst betäubt, um weiteren Schmerz von mir fernzuhalten, aber nun kann ich durch meine bloße Anwesenheit hier einen winzigen Keim der Hoffnung spüren, einen Lebensfunken, der sich tief in mir entzündet hat. Warum nur habe ich mich so lange bestraft, wenn ich doch nur die Hand der Freundschaft hätte nehmen müssen? Stattdessen habe ich mich versteckt, zusammengerollt in einer Welt der Dunkelheit, obwohl ich es nicht verdiente. Aber nun sehe ich Licht und Hoffnung. Ich musste nur aus meinem Schneckenhaus hervorkriechen und das Gute im Menschen sehen. Gnade und Güte existieren durchaus, wenn man an den richtigen Orten sucht und die richtigen Leute findet.

»Ich nehme Dizzy«, sagt Rosie. »Du bist ein feiner Bursche, nicht wahr, Dizzy? Und du, Neptun, bist auch ein Prachtkerl, aber ich stimme Sarah zu, dass Shelley wohl eher dein Typ ist.«

»Gut, dass ich nicht wählen muss«, sagt Juliette. »Da ich sogar noch älter bin als Shelley, würde Dizzy mich vermutlich nicht einmal ansehen.«

»Mum ist vor drei Tagen vierzig geworden«, sagt Rosie zu Sarah, als wäre es die komischste Sache aller Zeiten. »Sie ist schon uralt.«

Sarah und ich lachen über den Scherz, während Juliette die Augen zum Himmel verdreht.

»Gott sei Dank habe ich mit dem Alter auch ein dickes Fell entwickelt«, sagt sie.

»Vierzig ist doch noch kein Alter«, sagt Sarah. »Heißt es nicht immer, Vierzig sei das neue Dreißig? Sie haben noch Ihr ganzes Leben vor sich.«

Rosie sieht mich an und dann ihre Mutter, und für eine Sekunde weiß niemand so recht, was er sagen soll. Sarah trifft keine Schuld. Sie weiß nicht, was mit Juliette los ist.

Ich versuche, rasch das Thema zu wechseln. »Bist du sicher, dass du es nicht doch mal probieren willst?«, frage ich Juliette. »Neptun hat ein sehr sanftes Gemüt, und Sarah könnte neben euch hergehen. Ich kann später immer noch reiten. Was meinst du?«

Juliette umklammert Merlins Leine ein wenig fester und schüttelt bei der bloßen Vorstellung den Kopf.

»Komm schon, Mum. Du wirst bestimmt begeistert sein. Probier es aus, und wenn es dir nicht gefällt, ist das auch okay. Trau dich einfach!«

»Ich trage Shorts und Sandalen«, erwidert Juliette achselzuckend, aber darauf hat Sarah eine Antwort.

»In meinem Kofferraum liegt noch eine Reithose, und Stiefel müssten sich dort auch finden«, sagt sie. »Welche Schuhgröße haben Sie? 38?«

Juliette nickt und sieht ängstlich zu Neptun, der wartend dasteht.

»Bei Hosen brauche ich allerdings Größe 40. Oh, ich weiß wirklich nicht. Eigentlich bin ich nur mitgekommen, um euch Profis bei der Arbeit zuzusehen. Ich habe noch nie in meinem ganzen Leben auf einem Pferd gesessen!«

»Nun, heute ist ein guter Tag, um damit anzufangen«, sage ich. »Meinst du nicht auch? Na, komm schon! Du kannst das! Wenn ich es kann, kannst du es auch.«

Juliettes Gesicht verzieht sich zu einem Lächeln. »Ach, scheiß drauf«, sagt sie. »Warum eigentlich nicht? Ich werde es versuchen, nur so zum Spaß. Was du heute kannst besorgen und so weiter.«

»Super, Mum!«, sagt Rosie, die bereits im Sattel sitzt und startklar ist. »Ich sage dir, du wirst es lieben! Ich kann nicht glauben, dass du es tatsächlich machst. Das ist so was von cool!«

Sie wirft ihrer Mutter einen Kuss zu, und Juliette fängt ihn auf, so wie ich es früher mit Lilys Luftküssen tat. Als ich sehe, wie Juliette ihre Faust schließt und dann auf ihr Herz legt, würde ich am liebsten auf Pause drücken und diesen Moment für immer auskosten.

Ich warte bei Rosie und den Pferden, während Sarah Juliette mit Reitsachen ausstaffiert. Rosies Gesicht hat einen Ausdruck angenommen, den ich noch nie zuvor bei ihr gesehen habe. Ihre Augen leuchten und glänzen, als sie ihre Umgebung mustert, und ihre Lippen sind zu einem breiten Lächeln verzogen. Mir wird bewusst, dass dies hier eine Erinnerung sein wird, an der sie für eine lange, lange Zeit festhalten kann.

Ich bekomme wieder dieses Gefühl, dieses innere Glühen, und ich erlaube mir, völlig in der Freude von anderen aufzugehen und in dem kleinen Part, den ich dazu beigetragen habe.

## Juliette

Sarah hilft mir, meinen Fuß in den Steigbügel zu stecken, und auf drei ziehe ich mich hoch in den Sattel. Das Pferd kommt mir riesig vor. Ich wackele ein bisschen hin und her, dann lege ich meine Hand an Neptuns Hals, der sich weich und seidig anfühlt, und taste nach den Zügeln.

»Alles klar?«, fragt Sarah, und ich nicke. Die Wellen schwappen nur wenige Meter vor mir an den Strand, und das Gefühl der frischen Luft auf meiner Haut ist von hier oben beglückend und atemberaubend zugleich. Ich hatte nie den Wunsch, selbst in den Sattel zu steigen, obwohl ich Rosie früher, als sie noch klein war, regelmäßig zum Reitunterricht gebracht habe. Normalerweise macht mich schon der bloße Anblick von Pferden nervös und benommen. Aber nun sitze ich hier hoch zu Ross, an einem Strand in Westirland, mit meiner Tochter an meiner Seite und diesen wunderbar großzügigen Menschen, die uns dieses denkwürdige Erlebnis ermöglicht haben.

»Ich werde Neptun am Halfter führen und die ganze Zeit neben Ihnen gehen«, erklärt Sarah mir. »Shell, kannst du Dizzy führen, bis Rosie sicher genug ist, um alleine zu reiten?«

»Schon gut, das ist nicht nötig«, sagt Rosie vollkommen selbstsicher, aber ich bin froh über Sarahs Hilfe. Besser, ich gehe das hier Schritt für Schritt an. Während ich vor lauter Nervosität zittere, scheint Rosie ganz in ihrem Element zu sein. Shelley geht trotzdem zur Sicherheit an ihrer Seite, was mich etwas beruhigt. Ich habe mit meinem eigenen Gaul schon genug zu tun, ohne auch noch Angst haben zu müssen, dass Rosies gleich davongaloppiert.

Neptun setzt sich in Bewegung, und schon nach kurzer Zeit lege ich meinen Kopf in den Nacken und jauchze laut auf, während mir der Wind um die Nase weht und die Sonne ins Gesicht scheint. Das hier ist so untypisch für mich. Ich bin sonst eher jemand, der festen Boden unter den Füßen vorzieht. Und sosehr ich es auch immer bestritten habe, ich teile die Begeisterung meiner Tochter für Tiere tatsächlich nicht. Natürlich habe ich nichts gegen Tiere, sie waren nur einfach nie wirklich mein Ding. Und nun sitze ich auf einem Pferd und reite gemächlich am Meer entlang, und ich finde es absolut großartig. Genau dafür bin ich hergekommen, wie Michael gesagt hat, um Dinge zu tun, die ich zu Hause nie machen würde, um Dinge zu tun, die meine Seele nähren und meine Sinne bereichern, um Grenzen zu überschreiten, um Erinnerungen zu schaffen. Ich hatte keine Ahnung, was dieser Tag bringen würde, aber das macht ihn umso wundervoller.

Und als zusätzlichen Bonus kann ich Shelley zeigen, dass es gar nicht so schwer ist, über seinen Schatten zu springen und seine Komfortzone zu verlassen.

Ich beobachte Rosie vor mir und Shelley, die neben ihr hergeht und mit so viel Schutz und Fürsorge auf sie achtgibt, dass ich nur über unser Glück staunen kann. Wie konnte das passieren? Wie konnten wir hier an diesem wunderbaren Ort mit diesen wunderbaren Menschen landen, die sich so viel Mühe geben, um uns eine gute Zeit zu bescheren?

»Gefällt es dir?«, ruft Shelley mir zu, und ich lächele und hebe beide Daumen, ohne die Zügel loszulassen.

»Ich fühle mich wie im Himmel!«, antworte ich, und Sarah schenkt mir einen vielsagenden Blick. Sie tätschelt Neptuns Flanke und flüstert ihm etwas ins Ohr, dann zwinkert sie mir zu. Was in aller Welt hat sie vor?

»Auf geht's«, sagt sie zu Neptun und joggt los, woraufhin das Pferd in einen leichten Trab fällt. Wir werden immer schneller und überholen Rosie, Shelley und Merlin. Ich halte die Zügel gut fest und hüpfe im Sattel auf und ab, während das Pferd sich unter mir bewegt.

»Yee-haa!«, rufe ich Rosie zu, und sie tut so, als würde sie ein Lasso nach mir werfen.

»Na warte, dich hol ich wieder ein!«, ruft sie mir nach, und gleich darauf traben wir nebeneinander her, lachend und jauchzend und Grimassen ziehend. Pure Freude durchströmt mich. Ich sauge die Gegenwart in mich auf, ich lebe für jede einzelne Sekunde. Im Moment ist mir morgen egal. Im Moment möchte ich nur, dass alles so bleibt, dass ich an diesem Glücksgefühl und der Euphorie festhalten kann.

Shelley winkt mir zu, während sie neben Rosie und Dizzy herläuft, und ich sehe ihr an, dass auch sie gerade einen Emotionsrausch erlebt. Ich spüre so viel Dankbarkeit, so viel Freude und Glück und eine absolute Zufriedenheit, die mich so sehr ausfüllt, dass ich das Gefühl habe, gleich zu platzen.

»Danke«, sage ich in Lippensprache zu Shelley, die keine Mühe hat, das Tempo zu halten. »Vielen, vielen Dank!«

Als Antwort schüttelt sie den Kopf. »Nein, ich danke *dir*«, sagt sie, und ich weiß, was sie meint.

## KAPITEL 16

SHELLEY

Ich liege im Bademantel auf unserer Wohnzimmercouch und lasse den wunderbaren Spätnachmittag am Strand mit Juliette, Rosie, Sarah und Merlin Revue passieren.

Mir wird klar, wie viel ich in den letzten drei Jahren verpasst habe, während die Welt sich um mich herum weiterdrehte.

Trauer lässt einen erstarren, schätze ich. Sie versetzt einen in eine andere Zone, wo schöne Dinge wie ins Kino zu gehen oder ein nettes Restaurant zu besuchen oder auch alltägliche wie den Wagen in die Werkstatt zu bringen oder einen Termin beim Zahnarzt zu machen oder die Post zu öffnen keinen Platz haben. All das kommt einem trauernden Hinterbliebenen fremd vor, als gehörte es in ein Paralleluniversum, weil man in seinem Schmerz nur daran denken kann, wie grausam das Leben ist. Der Versuch, wieder zu funktionieren, ist fast so, als müsste man neu laufen lernen. Trauer ist lähmend.

Ja, ich habe funktioniert: Ich habe die Boutique weitergeführt, ich bin zum Friseur gegangen, wenn der Ansatz herausgewachsen war und unschön aussah (was mir selbst jedoch wahrscheinlich nie aufgefallen wäre, hätte Eliza mich nicht immer dezent darauf hingewiesen). Aber ich habe mir tatsächlich nie erlaubt, innezuhalten und zu *fühlen* – bis jetzt. Na ja, genau genommen bis vorgestern, als ich Rosie am Strand entdeckt habe, denn ab da begann sich ganz zaghaft etwas in meinem Herz und in meinem Kopf zu rühren. Es war, als würde ich langsam aus einem entsetzlichen Albtraum erwachen. Der Albtraum ist real, aber das Erwachen ist nicht mehr so beängstigend.

Heute war der vorläufige Höhepunkt. Ich spürte den

Rausch der Freude, die mit Dankbarkeit einhergeht, den Rausch der Befriedigung, die mit Hilfsbereitschaft einhergeht, und den Rausch von Adrenalin, als ich diese kostbare neue Erfahrung von Rosie und ihrer Mutter, die heute zum ersten Mal gemeinsam ausritten, live miterlebte.

Ich muss an die letzten Wochen mit meiner Mutter denken. Wie sehr ich wünschte, ich hätte viele Dinge anders gemacht, aber ich war noch ein Kind, und ich ahnte nichts von den Jahren der Reue und der Sehnsucht, die vor mir lagen, ahnte nichts davon, was wir beide alles verpassen würden. Könnte ich die Zeit zurückdrehen, würde ich viel öfter mit meiner Mutter lachen, ich würde mit ihr zusammen Lieder singen, ich würde mit ihr scherzen, Filme anschauen, einkaufen gehen, für sie kochen, mehr im Haushalt helfen, ihr von den Jungs erzählen, für die ich schwärmte, von meinen Ängsten, meinen Hoffnungen und Träumen. Und ich würde ihr mein Ohr leihen, denn ich wünschte, mir wäre schon damals klar gewesen, dass auch sie eine Persönlichkeit war und nicht nur meine Mutter, dass sie eine Frau mit einer Vergangenheit war, mit Erinnerungen und Zielen, die sie eines Tages zu ihrer eigenen Zufriedenheit zu erreichen hoffte, aber natürlich nicht mehr schaffte.

Und vor allem würde ich öfter mit meiner Mutter tanzen. Ich würde die Musik bei jeder Gelegenheit aufdrehen und meine Mutter an die Hand nehmen, und wir würden uns lachend im Kreis drehen, wieder und wieder und wieder …

Ich hoffe, dass Juliette und Rosie nicht vergessen zu tanzen.

Den Klang ihres Lachens heute und das Leuchten und Funkeln in Juliettes Augen, wenn sie ihre Tochter ansah, hätte ich am liebsten mit der Kamera eingefangen. Doch auch ohne Fotos wird es für immer in Rosies Gedächtnis verankert sein. Juliette mag mit einer tödlichen Krankheit gestraft sein, die sich nicht aufhalten lässt, aber heute war sie quicklebendig und genoss es in vollen Zügen.

Mein Wohnzimmer ist erfüllt vom Vanilleduft einer brennenden Kerze, die Juliette mir geschenkt hat. Nach den zwei Stunden am Strand waren wir nass geschwitzt, erschöpft und hungrig, aber wir strahlten vor guter Laune und Glückseligkeit, euphorisiert von all der Bewegung an der frischen Luft.

»Ich hatte den Eindruck, du bist mit den Pferden richtig aufgeblüht«, sagte Juliette auf dem Weg durchs Dorf zu mir. »Du hast mit Sarah dafür gesorgt, dass ich mich gut und sicher fühlte. Du solltest öfter so was machen, damit du lockerer wirst und die Freude spürst, die das Leben nach wie vor für dich bereithält, Shelley. Lily würde sich das wünschen, und deine Mutter sicher auch.«

Dann war sie in den kleinen Geschenkeladen verschwunden, der nur zwei Türen von Lily Loves entfernt ist. Rosie und ich warteten draußen und nahmen an, dass sie bestimmt irgendein kitschiges Souvenir entdeckt hatte, einen Rückenkratzer mit Kleeblattmuster oder Geschirrtücher mit einem irischen Segensspruch – die Art von Dingen, die die Schaufenster der Souvenirshops entlang der Küste füllen.

»Ich wette, sie kauft ein Guinness-T-Shirt für Dan«, sagte Rosie. »Oder Rugby-Trikots für meine Cousins. Sie hat gesagt, dass sie jedem etwas typisch Irisches mitbringen wird. Es würde mich nicht überraschen, wenn sie gleich mit einem echten Leprechaun herauskommt.«

Aber wir lagen mit unseren Vermutungen völlig daneben, denn als Juliette kurz darauf aus dem Laden trat, gab sie mir eine kleine Papiertüte mit der Kerze und ihre ausführliche Erklärung dazu. »Vanille, so nichtssagend und langweilig ihr Ruf auch sein mag, hat ein tolles Aroma, das wohltuend und entspannend wirkt.«

»Das ist sehr lieb von dir«, sagte ich. »Aber du brauchst mir nichts zu schenken, wirklich nicht. Es ist so eine Freude, euch beide um mich zu haben. Unser kleines Abenteuer am Strand hat auch mir gutgetan. Absolut.«

»Es war bestimmt schön für dich, mal wieder etwas mit Sarah zu unternehmen, nicht wahr?«, fragte Juliette, und ich musste lächeln.

»Es war wie in den guten alten Zeiten«, erwiderte ich. »Na ja, du weißt, was ich meine. Fast genauso wie früher, wenn wir zusammen rumhingen und die dollsten Sachen unternahmen und hinterher noch tagelang darüber lachten. Ich habe das sehr vermisst. Mir wird erst jetzt bewusst, wie sehr ich meine Freunde vermisst habe.«

Nun, während ich hier liege, frisch geduscht, in meinem flauschigen Bademantel, und einen ruhigen Abend genieße, schwöre ich mir, dafür zu sorgen, dass Sarah und ich uns bald wiedersehen. Ich glaube, ich habe heute einen großen Schritt getan. Als das Telefon klingelt und ich Matts Stimme höre, hebt sich meine Laune sogar noch mehr. Im Unterschied zu meinen üblichen deprimierenden Erzählungen von Abenden, die ich alleine zu Hause verbrachte, mit nichts und niemandem als Gesellschaft außer unserem Hund und der düsteren Tristesse von weißen leeren Wänden, habe ich ihm heute so viel zu berichten.

»Du hättest Rosies Gesicht sehen sollen, Matt. Ehrlich, ihr Anblick hätte selbst einen Stein zu Tränen gerührt«, sage ich. »Und wie stolz sie war, als ihre Mutter sich ein Herz fasste und auf das Pferd stieg, obwohl sie eine Heidenangst hatte, nur damit sie mit ihrer Tochter reiten konnte. Ich bekomme bei der bloßen Vorstellung feuchte Augen.«

Wie ich erwartet habe, hat Matt jede Menge Fragen zu meinen neuen Freundinnen. »Diese Leute sind aus England, sagst du?«

Ich habe ihm noch nichts von Juliettes Verbindung zu Skipper gesagt. Das hebe ich mir bis zum Schluss auf, wenn ich ihm alles von unseren Abenteuern gestern und heute erzählt habe.

»Ja, sie machen gerade eine Woche Last-Minute-Urlaub in

Killara. Sie wohnen in dem Cottage unten am Pier. Du weißt schon, das mit der knallgelben Tür. Das Häuschen ist wirklich süß, und ...«

»Ja, das kenne ich«, sagt er. »Aber für gewöhnlich ist es doch immer Monate im Voraus ausgebucht, oder? Das nenne ich Glück, so kurzfristig eine so hübsche Unterkunft zu bekommen.«

»Ich weiß, es ist perfekt.«

»Und wie zum Teufel hast du dich so schnell mit dieser Engländerin angefreundet?«, fragt er weiter. »Sonst bringst du mit Fremden doch höchstens ein bisschen Small Talk zustande. Ich habe es selbst erlebt, Shell. Du erstarrst dann förmlich.«

Mein Mann sollte für das FBI arbeiten. So viele Fragen ...

»Ich weiß, ich weiß, aber dieses Mal war es anders«, erkläre ich ihm. »Na ja, es klingt vielleicht seltsam, aber ich hatte schon so eine Art Vorahnung, dass etwas Besonderes passieren würde, weil Juliette ein blaues Kleid bei mir gekauft hat. Deine Mutter hat mir nämlich geraten, dass ich auf jemanden achten soll, der mit der Farbe Blau in Verbindung steht.«

»O nein, jetzt geht das wieder los«, stöhnt Matt. Er steht voll und ganz auf der Seite meines Vaters, was die Prophezeiungen und Deutungen seiner Mutter betrifft.

»Egal, es tut ohnehin nichts zur Sache, Mr. Zyniker«, sage ich. »Denn eigentlich haben sich unsere Wege erst richtig gekreuzt, als ich am selben Abend auf Rosie stieß, die weinend am Strand saß. Ich bin zu ihr hin, weil ich ihr helfen wollte, und sie hat mir erzählt, dass ihre Mutter sehr krank sei und dass sie große Angst um sie habe, was ich sehr gut nachvollziehen konnte. Ich habe ihren Schmerz richtig gespürt, Matt. Das ist gerade einmal zwei Tage her, aber es kommt mir vor, als wäre in der Zwischenzeit wahnsinnig viel passiert. Es hat sich schon so viel geändert, auf die bestmögliche Art.«

»Das ist toll, Liebling, ich freue mich sehr für dich«, sagt er. »Und du warst ja auch noch mit ihnen essen, nicht wahr? Du hast dich in ein Restaurant getraut? Ernsthaft?«

»Ja, ernsthaft«, sage ich und bin richtig stolz auf mich. »Wir waren nur im Beach House Café, das ist wohl kaum das Ritz, aber trotzdem.«

»Und wie war es für dich? War es einfacher, als du dachtest? Ich kann es gar nicht glauben, Shelley. Ich würde am liebsten hingehen und dieser Frau – was hast du gesagt, wie sie heißt? – eine Medaille verleihen.«

»*Juliette*«, sage ich nun schon zum dritten Mal. Matt konnte sich noch nie gut Namen merken. »Wie Juliette Gréco.«

»Oh.«

»Tatsächlich hatte ich zuerst Panik, als Juliette mich zum Essen eingeladen hat«, fahre ich fort. »Und ich habe mehrmals versucht, einen Rückzieher zu machen. Besonders schlimm war es im Beach House, wo ich das Gefühl hatte, dass alle mich anstarrten, aber Juliette hat mich an den Tisch zurückgeholt und eine Flasche Champagner für uns bestellt, und anschließend bin ich mit den beiden ins Cottage gegangen und habe mich von Rosie, die sich übrigens Hals über Kopf in Merlin verliebt hat, schminken lassen, und ganz ehrlich, Matt, es ist einfach unheimlich traurig, wenn ich mir vorstelle, was den beiden bevorsteht. Ich wünschte, ich könnte ihnen mehr helfen.«

Matt braucht einen Moment, um das alles sacken zu lassen. »Und heute warst du also reiten?«, sagt er dann. »Und Sarah war auch dabei? Respekt, es war eine ziemlich große Leistung von dir, diesen Ausritt zu arrangieren. Ich kann es nicht glauben. Schließlich versuche ich schon seit Monaten, dich mit Sarah zusammenzubringen. Wie hat sie reagiert?«

»Wie meine beste Freundin, Matt, so hat sie reagiert«, antworte ich, und meine Stimme wird weicher. Ich schlucke. »Sie bringt frischen Wind in mein Leben, und genau das brauche ich gerade. Ich habe sie mehr vermisst, als mir bewusst war. Sie hat sich heute großartig verhalten.«

»Ja, du hast dich immer auf sie verlassen können«, erinnert er mich. »Sie ist deine Freundin, Liebling. Du solltest von nun an ihre Freundschaft wieder zulassen.«

Bei dem Gespräch über Sarah muss ich an Skipper denken. Ich atme tief durch. Diese Neuigkeit wird bei Matt wie eine Bombe einschlagen, aber ich werde mir den großen Moment aufheben, bis wir in Ruhe miteinander reden können.

»Es gibt einen ziemlich wichtigen Grund, warum Juliette nach Killara gekommen ist«, sage ich zu Matt. »Ich würde dir gerne mehr davon erzählen, aber im Moment bin ich zu erschöpft. Da es sich um eine längere Geschichte handelt, muss ich im Kopf richtig fit sein, bevor ich überhaupt anfangen kann, dir alles zu erklären.«

»Ist es eine gute oder eine schlimme Geschichte?«, fragt er.

»Eine gute«, antworte ich lachend. »Na ja, sie ist traurig, aber gut. Und, hast du heute Abend noch was Nettes vor?«

»Ein Drink mit ein paar Kunden an der Hotelbar«, antwortet er. »Wohl kaum das Ritz, um deine Worte zu verwenden, aber Bert hat mich davor gewarnt, zu spät zu kommen. Ich sollte jetzt wohl besser unter die Dusche gehen, Baby. Ich bin unheimlich stolz auf dich und auf alles, was du gestern und heute geschafft hast, weißt du das?«

Ich umfasse zärtlich den Hörer an meinem Ohr. Eigentlich will ich das Gespräch nicht beenden. Ich möchte mit Matt weiterreden, seine beruhigende Stimme hören, ihn nah bei mir spüren. Der bloße Gedanke, dass ich so empfinde, lässt mich abrupt innehalten. Zum ersten Mal seit einer langen Zeit genieße ich es, mich mit ihm zu unterhalten. Tatsächlich empfinde ich gerade wieder etwas für ihn, und ich will nicht, dass er auflegt. Aber er muss natürlich los.

»Danke, Matt, ich bin heute auch irgendwie stolz auf

mich«, sage ich leise in den Hörer. »Ich wünsche dir einen schönen Abend mit deinen Kunden.«

Er lacht. »Du weißt, ich wäre jetzt viel lieber bei dir zu Hause«, sagt er. »Du fehlst mir.«

»Du mir auch«, sage ich. »Du fehlst mir auch.«

Mein Eingeständnis hängt für einen Moment im Schweigen. Wir atmen beide tief durch.

»Wir reden morgen weiter, Schatz«, sagt er dann. »Geh früh schlafen. Du bist großartig, das weißt du, nicht wahr?«

Nun muss ich lachen. »Übertreib mal nicht«, sage ich. »Ich bin auch nur ein Mensch, und es ist schön, genug zu fühlen, um mir das in Erinnerung zu rufen. Es ist schön, überhaupt wieder etwas zu fühlen! Ich glaube, ich bin langsam auf dem Weg der Besserung, was immer das bedeutet. Wir sprechen uns morgen, Schatz. Viel Spaß.«

Wir zögern beide das Ende hinaus, und ich muss lächelnd an unsere Anfangszeit denken, als wir wie die meisten Frischverliebten am Telefon diskutierten, wer zuerst auflegen sollte.

Dann fällt Matt wieder ein, dass er sich beeilen muss. »Shit, ich muss jetzt aufhören. Okay, ciao, Süße, ciao, ciao«, sagt er.

Ich drücke den Hörer an mein Ohr, um seiner Stimme näher zu sein. »Ciao, ciao, ciao ...«

Weg ist er. Und ich sitze da, den Hörer in der Hand, und genieße das Gefühl, ihn zu vermissen. Dieses Gefühl habe ich auch vermisst.


JULIETTE

»Hashtag bestertagallerzeiten«, sagt Rosie bei unserem abendlichen Videoanruf zu Helen. »Ich schwöre dir, Tante Helen, du wirst es nicht glauben. Stell dir vor, Mum auf einem Pferd, am Strand, und sie konnte gar nicht genug davon kriegen!«

»Nicht in einer Million Jahre«, sagt meine Schwester, die genauso strahlt wie wir.

»Ich kann diese Erfahrung nur als beglückend beschreiben«, sage ich zu meiner Schwester, und sie schüttelt ungläubig den Kopf. »Das ist mein Ernst! Rosies Gesicht, als ich sie überholt habe, war einfach unbezahlbar.«

»Nun, weiter so!«, sagt Helen. »Vielleicht sollten wir alle ein bisschen öfter unsere Komfortzone verlassen und Dinge ausprobieren, die wir uns bisher nie getraut haben. Ich zum Beispiel wollte immer schon mal in einem Heißluftballon mitfliegen. Denkt ihr, ich sollte es wagen?«

Sie macht ein Geräusch, das wohl einen aufsteigenden Ballon darstellen soll, während ihr Finger immer höher wandert, als würde er in den Himmel schweben.

»Wenn es gut genug für Phileas Fogg war, ist es auch gut genug für dich, oder?«, sage ich, und Rosie sieht mich an, als wäre mir gerade ein zweiter Kopf gewachsen. »Hat Fogg seine Reise um die Welt nicht in einem Heißluftballon zurückgelegt, oder vertue ich mich da?«

»Wer?«, fragt Rosie, und ich ziehe hinter ihr eine Grimasse, was sie natürlich in dem kleinen Fenster auf ihrem Smartphone sehen kann.

»Wie geht es Mum und Dad?«, frage ich Helen, wohl wissend, dass sie mir nicht viel erzählen wird, jedenfalls nicht vor Rosie.

»Mum kämpft immer noch mit ihren Migräneanfällen, und Dad besteht weiter darauf, dass sie einen Spezialisten aufsucht, aber sie weigert sich hartnäckig.«

»Das Übliche also«, sage ich, und Helen nickt zustimmend. »Irgendwas Neues bei euch? Wie geht's den Jungs? Und Brian?«

Helen überlegt kurz. »Super. Und nein, bei uns gibt es nichts Neues«, antwortet sie. »Die Jungs haben Ferien und ich auch, und ich muss zugeben, dass wir hier alle ein bisschen durchhängen. Keine Ausritte am Strand oder leckere Krebszangen im Sonnenschein oder Spaziergänge mit Golden Retrievern oder Besuche in todschicken Villen für uns. Ich wünschte, wir hätten einen Urlaub gebucht, aber dafür ist es nun zu spät, also leben wir einfach in den Tag hinein. Ziemlich unspannend, leider. Oder sollte ich sagen, glücklicherweise? Vielleicht ist es ja ganz gut so, ohne Drama.«

Ich weiß genau, was sie meint – aber so schön es auch ist, einfach vor sich hin zu trödeln, ich würde meine Schwester trotzdem am liebsten schütteln, damit sie endlich einmal aus ihrem Trott herauskommt. Ich möchte, dass sie in einem Heißluftballon fliegt, ich möchte, dass sie spontan in den Urlaub fährt, dass sie einfach etwas unternimmt, statt einen Tag nach dem anderen vorübergehen zu lassen. Sie ist jung, sie strotzt vor Energie und Gesundheit und Herzenswärme und Liebe, und es ist wirklich schade für sie, dass sie nur so vor sich hin lebt.

»Warum überraschst du deinen Mann nicht mal und gehst am Wochenende mit ihm aus?«, schlage ich vor, und sie bricht in schallendes Gelächter aus.

»Brian überraschen? Ich? Wir haben die Phase der Überraschungen schon lange hinter uns, Juliette. Ich glaube, Brian würde vor Schreck tot umfallen, und stell dir erst sein Entsetzen vor, wenn ich etwas für das Wochenende arrangiere, das nichts mit Fußball auf der Großleinwand oder mit Darts im Pub zu tun hat.«

»Trau dich einfach und überrasch ihn«, sage ich. »Organisier einen Tisch in einem netten Restaurant und einen Babysitter, zieh dir was Hübsches an, trag deine Haare offen, sorg für einen romantischen Abend zu zweit. Und danach buchst du verdammt noch mal einen Urlaub und lässt es dir gut gehen. Es macht keinen Sinn, einfach so vor sich hin zu leben, Helen. Entweder man lebt richtig, oder man stirbt richtig, das ist mein Motto, solange ich es noch beherzigen kann.«

Ich spüre, dass Rosie auf ihrem Stuhl herumrutscht. Vielleicht hätte ich das nicht sagen sollen – das mit dem Sterben.

»Mum hat recht«, sagt Rosie dann zu meiner großen Erleichterung. »Das Leben hat viel mehr zu bieten, als nur den Tag irgendwie rumzukriegen. Ich weiß, Tante Helen, dir ist es ganz recht, wenn alles läuft wie gewohnt und dir jede zusätzliche Aufregung erspart bleibt, was ja auch gut ist, aber trotzdem solltest du dir viel mehr Abwechslung gönnen. Du solltest öfter verreisen. Ich persönlich kann es gar nicht erwarten, mir die ganze Welt anzusehen!«

Helen lächelt uns an und stößt dann einen Seufzer aus. »Ich habe drei lebhafte Jungs, die mich auf Trab halten«, erinnert sie uns. »Aber gut, ich versteh schon, was ihr meint. Ich sollte tatsächlich ab und zu mal was riskieren, so wie du heute, Juliette, und ich sollte mich solche Sachen trauen wie zum Beispiel Krebszangen probieren, so wie du gestern, Rosie. Ich werde gleich nach unserem Gespräch tief in mich gehen und mir was Nettes für das Wochenende überlegen.«

»Es muss ja nichts Superteures sein«, sage ich, da ich weiß, dass es mit einer Hypothek und einer fünfköpfigen Familie und einer Million anderer finanzieller Verpflichtungen für Helen nicht so einfach ist, mal eben durchzustarten.

»Im Kino läuft momentan ein Film, den ich mir gerne anschauen würde«, sagt sie. »Brian würde sich wahrscheinlich lieber eigenhändig sämtliche Zähne ziehen, als in eine Liebeskomödie zu gehen, aber wir könnten hinterher einen Cocktail trinken, was ihn vielleicht überzeugen würde, auf die Darts-Liga zu verzichten.«

»Das ist genau die richtige Einstellung«, sage ich. »Und sorg dafür, dass ihr Händchen haltet und euch im Kino eine Kuschelbank teilt. Zieh dir was Hübsches an, du weißt schon, auch darunter.«

»Mum! Zu viel Info!«, sagt Rosie, und ich zucke mit den Achseln.

»Ein bisschen Nachhilfe in Sachen Romantik kann nicht schaden«, erwidere ich.

»Wisst ihr was, meine Lieben, ich werde Brian einfach *zwingen*, mitzukommen«, sagt Helen. »Ich freue mich schon richtig darauf, nachdem ihr mich dazu ermuntert habt. Es ist schon eine Weile her, dass wir ausgegangen sind, nur wir beide. Mein gesellschaftliches Leben hat zu lange darin bestanden, die Jungs am Sonntagmittag in ihr Stammlokal zu begleiten, und wenn immer irgendein Sport im Hintergrund läuft, bleibt nicht viel Raum für Romantik. Ich werde dafür sorgen, dass mein Mann am Wochenende mit mir ausgeht.«

»Das ist schon viel besser«, sage ich. »Gut, in diesem Sinne, überleg dir was Schönes, und wir gehen jetzt schlafen. Morgen haben wir nämlich wieder einen großen Tag vor uns, nicht wahr, Rosie?«

»Ach ja?«, erwidert Rosie. »Davon weiß ich ja noch gar nichts.«

Ich lächle süffisant und zucke mit den Schultern. »Tja, du wirst dich wohl bis morgen gedulden müssen, um zu erfahren, was dich erwartet, aber es wird bestimmt ähnlich gut wie heute, du wirst sehen.«

»Du kannst mich jetzt nicht so hängen lassen«, wirft Helen dazwischen. »Sag mir, was du geplant hast, damit ich morgen hier sitzen und vor Neid platzen kann, während die Jungs das Haus abreißen.«

»Ich schreibe es dir«, sage ich. »Und jetzt Babysitter, Brian, Kino und Cocktails. Kümmere dich darum!«

»Ich habe euch beide sehr lieb, wisst ihr das?«, sagt Helen, bevor wir die Verbindung unterbrechen. Ich sehe, dass ihre Unterlippe zittert. Prompt fängt meine auch damit an.

»Ich hab dich auch lieb, Tante Helen«, sagt Rosie, aber ich bringe kein Wort heraus. Stattdessen winke ich einfach in die Kamera und umarme Rosie ein wenig fester, als ich sollte.

»Morgen fahren wir zu den Steilklippen raus, stimmt's, Mum?«, sagt Rosie, nachdem sie aufgelegt hat. »Du wolltest diese Tour mit dem Boot doch von Anfang an unbedingt machen, nicht wahr?«

Ich atme den Geruch ihrer Haare ein und schließe meine Augen. Ich bin so müde, aber ich will nicht, dass sie es sieht.

»Ich bringe dich jetzt ins Bett, mein Schatz«, sage ich. Sie dreht sich auf ihrem Stuhl zur Seite, schlingt ihren Arm um meine Taille und lehnt ihren Kopf an meinen Oberkörper, und wir verharren eine gefühlte Ewigkeit so. Wie soll ich sie bloß alleine zurücklassen? Sie drückt mich, als könnte sie meine Gedanken lesen, und trotz meiner Angst weiß ich, dass sie stark und mutig ist wie ihre Mutter, was mir die Zuversicht gibt, dass sie eines Tages zurechtkommen wird.

# KAPITEL 17

**Dienstag**

SHELLEY

Ich wache mit einem Lächeln im Gesicht aus dem herrlichsten Traum auf, und als ich meine Augen öffne, sehe ich einen hellen Sonnenstrahl, der funkelnd durch einen Spalt zwischen den Vorhängen hereindringt und direkt auf mein Bett fällt. Ich habe keine Ahnung, wo mein Traum spielte, was ich darin tat oder wer dabei war, aber es muss etwas Wundervolles passiert sein, und nun liege ich hier mit einem warmen Gefühl in der Brust und kann nicht aufhören zu lächeln.

Und dann erinnere ich mich wieder. Ich sah Lily in meinem Traum, und sie lächelte mir vom Leuchtturm aus zu, auf dem Arm meiner Mutter. Sie trug ihre gelbe Lieblingsjacke und ihre pinkfarbenen Gummistiefel, und es regnete, weshalb ihre Kapuze hochgeklappt war, aber sie wirkte so glücklich und geborgen. Sie winkte mir zu und zeigte mir ihren erhobenen Daumen, während meine Mutter sie voller Zärtlichkeit anblickte.

Es war wunderschön.

Ich dehne gemächlich meine Glieder unter der Decke und greife dann nach meinem Handy auf dem Nachttisch. Es ist deutlich früher, als ich normalerweise wach werde. Wie üblich habe ich einen Morgengruß von Matt und einen weiteren von Eliza, der erst vor wenigen Minuten gesendet wurde. Sie schreibt, dass sie heute in die Stadt fährt, und will wissen, ob ich etwas brauche. Das ist nichts Neues – diese Frau hat die Geduld einer Heiligen, obwohl ich immer Nein sage, versäumt sie es nie, mich zu fragen.

»Stadt« bedeutet in diesem Fall Galway, das dreißig Minuten von uns entfernt ist. Ich habe schon vor langer Zeit das Interesse daran verloren, nach Galway zu fahren, obwohl ich früher mindestens einmal die Woche dort war, wenn nicht zum Einkaufen, dann einfach zur Abwechslung. Ich liebte es, über das Kopfsteinpflaster der Shop Street zu bummeln und den Straßenmusikanten zu lauschen; mich am Hafenbecken auf eine Bank zu setzen und Fish and Chips zu essen und die Schwäne zu beobachten, die an mir vorüberglitten; spontan eine Vorstellung im Town Hall Theatre zu besuchen oder ein Livekonzert im Monroe's oder im Roisin Dubh und über die Vielfalt der dargebotenen Musik zu staunen. Das war ein anderes Ich. Das war ich, als ich noch wusste, wie man Spaß hat.

Ich habe in meinem Leben wirklich auf die Pausetaste gedrückt. Ich habe aufgehört, ich zu sein, aber mit jedem Tag, der seit Lilys Geburtstag am Wochenende vergangen ist, fühle ich mich ein kleines bisschen stärker. Mit Lilys Hilfe werde ich von nun an versuchen, zu meiner alten Kraft zurückzufinden. Wie schwer es auch sein mag, ich muss beharrlich Schritt für Schritt vorwärtsgehen.

Ich lese Elizas Nachricht noch einmal.

*Brauchst du etwas aus der Stadt, Liebes? Es wäre für mich kein großer Umweg, dir etwas mitzubringen.*

Ich brauche nicht wirklich etwas aus der Stadt, so wie immer, und ich drücke auf *Antworten*, um ihr das zu schreiben. Was ich brauche, ist, aus dem Bett zu klettern und unter die Dusche zu gehen und … und dann werde ich wohl dasselbe frühstücken wie immer, ohne etwas zu schmecken, und mich von denselben Sendungen im Fernsehen berieseln lassen wie immer, und dann werde ich anfangen zu grübeln und mich zurückerinnern und alles noch einmal durchleben, so wie jeden Tag, während ich darauf warte, dass es Zeit wird, zur Arbeit zu fahren, wo der Klammergriff der Trauer langsam nachlässt, bis ich wieder nach Hause komme und mich durch den Abend kämpfe, bevor ich schließlich schlafen gehe.

Ich schließe meine Augen und sehe wieder Lilys Gesicht vor mir. Ihre kleine Hand winkt mir zu, so wie früher – diese süßen kleinen Patschhändchen, die mein Gesicht berührten und mein Herz zum Schmelzen brachten, wenn ich sie bloß betrachtete. Meine Mutter gibt ihr einen Kuss auf die Schläfe, und Lily zeigt mir ihren erhobenen Daumen, genau wie in meinem Traum. Das Lächeln meiner Mutter ist so strahlend, so sicher, so tröstend. Ich lächele unwillkürlich zurück und hoffe, die beiden können sehen, dass es mit mir ganz langsam wieder aufwärtsgeht.

Ich brauche heute nicht in meinen alten Trott zu fallen, oder, Lily? Sag mir, was ich tun soll, Mum.

Und dann spüre ich es.

Was ich tun muss, ist, an diesem zarten Gefühl der Zuversicht festzuhalten, das mich seit Samstag begleitet und das sich heute sogar noch stärker bemerkbar macht.

Ich muss diese Gelegenheit ergreifen, diesen Lebensfunken, der sich durch die Begegnung mit Juliette und Rosie in mir entzündet hat. Und so tue ich etwas, das ich schon vor einer Ewigkeit hätte tun sollen. Selbst diese kleine Geste kostet mich Überwindung, aber ich gebe mir einen Ruck und tippe meine Antwort.

*Hast du was dagegen, wenn ich mitkomme? Ich könnte ein paar Sachen brauchen.*

Dann drücke ich auf *Senden*, und ein Schreck fährt mir durch die Glieder, aber nun kann ich nicht mehr zurück.

Eliza ruft mich direkt an.

»Hallo?«

»Ich will mich nur vergewissern, dass ich mir das nicht eingebildet habe«, sagt sie ungläubig. »Ich meine, ich habe dir nur pro forma geschrieben und nicht erwartet, dass du überhaupt schon auf bist. Ich hoffe, ich habe richtig gelesen. Falls du es tatsächlich ernst meinst, mache ich mich direkt auf den Weg zu dir. Bitte, sag mir, dass ich nicht fantasiere.«

»Du fantasierst nicht«, sage ich und setze mich in meinem Bett auf. Der Sonnenstrahl endet nun direkt in meinem Schoß, und das neue Tageslicht verleiht mir eine seltsame Energie, als würde es mich antreiben, als würde es mich dazu ermuntern, aufzustehen und Nägel mit Köpfen zu machen.
»Ich kann in fünfzehn Minuten los. Allerdings muss ich um zwei im Laden sein. Falls dir das zu stressig ist, verzichte ich lieber.«

»Der Morgen ist noch jung, Darling«, erwidert sie. »Ich bin in fünfzehn Minuten bei dir, und ich werde dich um Punkt zwei vor dem Laden absetzen, gefüttert, getränkt und aufgetankt mit neuen Eindrücken. Also gib Gas und zieh dich an. Husch, husch!«

Ich lege lächelnd auf, dann schließe ich meine Augen und sage Danke, auch wenn ich nicht weiß, zu wem eigentlich. In mir hat sich etwas verschoben. Natürlich bin ich noch lange nicht über den Berg, die Spitze ist nicht einmal annähernd in Sicht, aber dafür habe ich nun etwas in mir, das dort zu lange nicht mehr zu finden war: Hoffnung. Ich glaube jetzt fest daran, dass ich langsam, Schritt für Schritt, vorankommen werde. Mit Lilys Liebe in meinem Herzen und der tröstenden Stimme meiner Mutter im Ohr fängt es an … es fängt an, sich gut anzufühlen.

Ich gehe unter die Dusche, und es ist, als würde eine dünne Schicht dunkle Trauer aus meinen Haaren gespült und meinen Rücken hinunterrinnen. Ich dränge Tränen zurück vor bloßer Erleichterung über diesen einen winzigen Hoffnungsschimmer.

Wie versprochen steht Eliza fünfzehn Minuten später in unserer Einfahrt und hupt zweimal kurz. Ich bin bereits startklar und lenke Merlin mit einem Quietschspielzeug ab, damit ich rasch zur Tür hinausschlüpfen kann. Nach einer schnellen Dusche, einem noch schnelleren Make-up (nicht zu vergleichen mit Rosies Meisterwerk von vorgestern, aber ausreichend, um die Blässe in meinem Gesicht zu kaschieren) und einem Spritzer Parfüm bin ich bereit, der Welt wieder gegenüberzutreten. Früher ging das nicht so schnell, früher brauchte ich mindestens eine Stunde, um Lilys Sachen einzupacken – Ersatzkleidung, ihre Schnabeltasse, ihren Teddy, ihr zweites »Plüschtier der Woche« –, sie anzuziehen und sie schließlich zu überzeugen, in den Wagen zu steigen. Aber heute werde ich mich nicht mit diesem Gedanken aufhalten. Ich muss mich nicht bestrafen. Ich bin schon gestraft genug.

»Guten Morgen, meine Liebe! Du strahlst ja richtig!«, sagt Eliza zur Begrüßung und hebt ihre Sonnenbrille von der Nase, um mich genauer zu betrachten. »Du siehst aus wie ein völlig anderer Mensch. Na ja, du siehst natürlich immer noch aus wie du selbst, aber auf die bestmögliche Art, und das ist ganz wunderbar! Was ist passiert?«

Eliza sitzt bei offenem Verdeck in ihrem hellblauen Käfer Cabriolet, das perfekt zu ihrer Persönlichkeit passt, und ihr dickes, gewelltes, kastanienbraun gefärbtes Haar ist wie immer tadellos frisiert. Matts Familie macht keine halben Sachen. Eliza ist fest davon überzeugt, dass man das Leben genießen muss, und sie hat ein Faible für die schönen Dinge im Leben – na ja, soweit sie es sich leisten kann –, und gleichzeitig ist sie unglaublich großzügig und hilfsbereit und eine Seele von Mensch, beliebt in Killara und darüber hinaus.

»Es geht mir tatsächlich ein bisschen besser«, gebe ich zu, während ich meine Handtasche auf den Rücksitz lege und dann vorne neben ihr einsteige. »Sogar ein gutes Stück besser. Ich habe mir vorhin gar nicht erst erlaubt, zweimal zu überlegen, als ich deine SMS gelesen habe. Es hat einfach Klick bei mir gemacht. Ich hatte einen ganz eigenartigen Traum, oder vielleicht war es gar kein Traum, sondern eher eine Art Gefühl, das mich vorwärtstrieb, ein Zeichen. Glaubst du, man kann im Schlaf Zeichen erhalten? Ich spüre nämlich plötzlich eine neue Zuversicht, dass alles wieder in Ordnung kommt. Dass es okay ist, ein bisschen öfter zu lächeln. Ich habe in meinem Traum Lily gesehen, und sie machte einen glücklichen Eindruck, und das hat wohl ein bisschen auf mich abgefärbt. Klingt das albern?«

Eliza lenkt den Wagen aus unserer Einfahrt und folgt dem kurvenreichen Weg nach Killara, hinter dem die Hauptstraße nach Galway liegt.

»Das ist kein bisschen albern, sondern sehr real, Shelley«, erwidert sie sanft. »Natürlich bekommen wir Zeichen im Schlaf, weil wir da am verwundbarsten sind. Körper und Geist sind entspannt und besonders empfänglich für Botschaften von geliebten Menschen oder sogar für spirituelle Führung, und wir werden mit einem Gefühl wach, das uns bestärkt weiterzumachen, so wie du heute. Es überrascht mich nicht, dass es dir besser geht, wenn du in der Nacht eine Art von spiritueller Kommunikation hattest.«

»Es hat mich richtig motiviert«, stimme ich ihr zu. »Aber es ist nicht nur das. Ich glaube, man kann sagen, dass ein paar ereignisreiche Tage hinter mir liegen.«

Eliza wirft mir einen kurzen Blick zu und schaut dann wieder auf die Straße.

»Ich habe mich schon gefragt, was bei dir los ist«, sagt sie. »Ich habe am Sonntag bei dir vorbeigeschaut, aber nicht einmal Merlin war zu Hause. Ich dachte schon, du wärst aus dem Land geflohen, wollte dich aber nicht mit Anrufen belästigen. Heute Morgen dachte ich mir, ich habe dich nun lange genug in Ruhe gelassen, also habe ich dir die SMS geschrieben.«

Ich weiß gar nicht, wo ich anfangen soll, um all die erstaunlichen Dinge zu erklären, die mir passiert sind, also beginne ich mit dem Samstagnachmittag, dem Tag, an dem Lily sechs geworden wäre und die Geschichte ihren Lauf nahm. Eliza hört mir ruhig zu, ohne einen Kommentar zu machen wie

»Ich habe es dir doch gesagt«, als ich das blaue Kleid erwähne. Sie lächelt nur und nickt, während ich ihr von Juliette und Rosie erzähle, von den Umständen ihrer Reise und von ihrer Verbindung mit Matts ehemaligem Kumpel Skipper.

»O Eliza, als die arme Frau mir den Namen des Mannes nannte, den sie zu finden hoffte, wusste ich nicht, wie ich es ihr beibringen sollte. Stell dir vor, wie man sich als Mutter fühlen muss, wenn man weiß, dass man sein einziges Kind als Vollwaise zurücklassen wird. Juliettes Hoffnung auf eine Art Happy End für ihre Tochter wurde endgültig zerstört. Und Rosie, o Gott, es bricht einem wirklich das Herz, weil sie nichts von dem großen Verlust ahnt, den sie bald erleiden wird. Ich spürte von unserer ersten Begegnung an eine Verbindung zu ihr, und als ich dann erfuhr, dass sie Skippers leibliche Tochter ist, ergab das alles auch einen Sinn.«

Eliza wirkt tief in Gedanken versunken, als würde sie meine Worte verarbeiten. Schließlich antwortet sie.

»Ich glaube nicht, dass du wegen eines Mannes, dem du nie begegnet bist, diese Verbindung zu Rosie spürst«, sagt sie. »Ich bezweifle das.«

»Du bezweifelst das?«, sage ich verwundert. Hoppla. Und ich dachte, Eliza wäre davon überzeugt, dass es vorherbestimmt war, dass ausgerechnet die Tochter von Matts ehemaligem Freund meinen Weg kreuzte.

»Ja«, sagt sie. »Ich glaube, da steckt mehr dahinter. Ich denke, dass es viel persönlichere Gründe hat, dass Juliette und Rosie dir geschickt wurden. Du hast den Eindruck, dass du ihnen eine Hilfe bist, richtig?«

»Nun, ich schätze schon«, sage ich. »Nach dem Gespräch mit Rosie am Strand habe ich zum ersten Mal eine Veränderung in mir gespürt. Tags darauf bei unserem gemeinsamen Lunch habe ich zum ersten Mal seit einer Ewigkeit mein Essen wieder richtig geschmeckt. Und gestern bei unserem Ausritt hat es meine Seele berührt, wie viel Freude die beiden hatten. Es war sehr bewegend, das zu sehen, mir ging richtig das Herz auf.«

»Genau«, sagt Eliza. »Wir ernten, was wir säen, Shelley. Manchmal, wenn wir unseren eigenen Kummer und unsere Sorgen in den Hintergrund drängen und uns auf andere Menschen konzentrieren, bekommen wir viel mehr zurück, als uns bewusst ist. Das ist dein persönlicher Lohn dafür, dass du diesen Menschen in ihrer Not geholfen hast. Ich glaube nicht, dass es etwas mit diesem Freund von Matt zu tun hat, wie war noch gleich sein Name?«

»Skipper«, sage ich. Meine Güte, ihr Namensgedächtnis ist genauso schlecht wie das ihres Sohnes.

»Skipper ... dann hatte er was mit Booten zu tun, nehme ich an?«

»Ja. Er ging früher regelmäßig in Killara vor Anker. Kannst du dich an ihn erinnern?«, frage ich.

»Nein, tut mir leid«, antwortet Eliza. »Der Name sagt mir überhaupt nichts. Was sagtest du, wo er herkam?«

»Dazu habe ich noch gar nichts gesagt«, erwidere ich. »Skipper stammte aus Waterford, meine ich jedenfalls. Matt war früher gut mit ihm befreundet – na ja, allerdings ist das schon über fünfzehn Jahre her.«

Eliza schüttelt den Kopf. »Hmm, Skipper, Skipper ... Nein, da klingelt bei mir überhaupt nichts.«

Wir fahren nun langsamer, während wir Killara durchqueren, und im Dorf herrscht wie immer um diese Jahreszeit geschäftiges Treiben durch die vielen Touristen. Ich sehe Betty in der Boutique eine Kundin bedienen, und gleich darauf entdecke ich Juliette und Rosie am Pier vor dem Eiswagen und winke ihnen, aber sie sehen nicht in meine Richtung.

»Und du bist dir wirklich sicher, dass du dich nicht an Skipper erinnern kannst?«, frage ich Eliza. »Sein richtiger Name war Pete. Matt hat mir eines Abends, als er in sentimentaler Stimmung war und an die Menschen dachte, die er in seinem

Leben verloren hat, ausführlich von ihm erzählt. Skipper fuhr zur See, und im Sommer legte er regelmäßig in Killara an und hing mit Matt und Tom und Sarah und allen anderen aus Matts Jahrgang herum. Klingelt da immer noch nichts bei dir?«

Eliza schüttelt den Kopf. »Definitiv nein, Darling«, erwidert sie. »Allerdings kann ich mich nicht an jeden erinnern, mit dem Matt im Laufe der Jahre befreundet war – all die Schulkameraden, Kommilitonen und Arbeitskollegen von seinen vielen verschiedenen Jobs. Wusstest du, dass er früher einmal Postbote werden wollte?«

»Nein«, sage ich lachend. »Ha, das hat er mir nie erzählt.«

»Nun, ich bin mir sicher, dass dieser Mann, von dem du sprichst, tatsächlich mit Matt befreundet war, aber ich kann mich nicht erinnern, ihm jemals begegnet zu sein«, sagt sie. »Und du sagst, diese Frau hat ein Kind von ihm und ist nach Killara gekommen, um ihn zu finden?«

Ich schaue hinaus auf die Bucht, während wir hinter einem Bus voller Touristen herzockeln, der absichtlich langsam fährt, damit die Fahrgäste die Aussicht bewundern können.

»Ja, hier hat sie ihn kennengelernt.« Ich seufze. »Arme Juliette. Sie tut mir leid, weil sie mit ihrer Tochter in einer so schrecklichen Situation ist.«

Aber Eliza ist gedanklich schon weiter. »Das ist in der Tat traurig«, sagt sie. »Entschuldige bitte, dass ich das Thema wechsle, aber lass uns über dich sprechen und deinen wunderbar mutigen Entschluss, dich heute einmal aus dem Dorf zu wagen. Was möchtest du machen, wenn wir in der Stadt sind? Wie wäre es, wenn wir mit einem netten Frühstück draußen in der Sonne beginnen und von da aus weiter planen? Wir werden uns ein paar schöne Stunden machen, versprochen.«

Mein Magen knurrt bei dem bloßen Gedanken an ein Frühstück im Sonnenschein, und Eliza dreht ihre Soundanlage auf, aus der gerade die Eagles schallen, sodass sich Köpfe nach uns umdrehen, bevor wir die Steinmauern des Dorfs verlassen und auf die Hauptstraße fahren.

»Ein Frühstück wäre einfach perfekt«, sage ich und lege meinen Kopf in den Nacken. Beim Anblick des blauen Himmels lächele ich, dankbar für diesen herrlichen Tag und die neue Kraft, die ich daraus schöpfe. Dieses Mal weiß ich genau, wem ich dafür danke. Ich sehe wieder ihre kleinen Hände, und der Ausdruck in ihren Augen berührt mein Herz und spendet ihm ein wenig Wärme. Danke, Lily. Ich spüre dich jeden Tag bei mir.

JULIETTE

Ich beobachte Rosie, die sich gerade das sündhafteste Softeis der Welt einverleibt, mit Zuckerstreuseln, Cadbury Flake und allem Drum und Dran. In diesem Moment entdeckt uns Sarah, Shelleys Freundin mit den Pferden, die mit ihrer Tochter gerade aus dem Brannigan's kommt und nun die Straßenseite wechselt, um uns zu begrüßen.

»Hey, ihr zwei! Wie geht es euch heute? Wow, das sieht wirklich sehr lecker aus«, sagt sie, und Rosie und ich nicken zustimmend.

»Das ist das beste Eis aller Zeiten«, sagt Rosie, die ihre Meinung über Killara komplett geändert hat, seit Shelley auf der Bildfläche erschienen ist. Nun findet sie alles »traumhaft«, »phänomenal« und »mega«, und ich habe nicht die Absicht, sie in ihrem Überschwang zu dämpfen, weil ich ihr vollkommen zustimme. Selbst das »ultralahme« WLAN scheint nun nicht mehr so wichtig zu sein.

»Hast du Shelley heute schon gesehen?«, fragt Rosie Sarah. »Beziehungsweise weißt du, was sie heute macht?«

Ich seufze und schüttele den Kopf. Sarah und Shelley hatten erst gestern, nach einer langen Zeit, zum ersten Mal wieder engeren Kontakt, obwohl sie im selben Ort wohnen, und ich möchte nicht, dass Rosie den Finger in die Wunde legt.

»Rosie, Liebling, ich habe dir gesagt, dass wir nicht von Shelley erwarten können, dass sie jeden Tag die Reiseleiterin für uns spielt. Tut mir leid, Sarah«, sage ich zu Shelleys Freundin. »Und du bist Teigan, habe ich recht? Was für ein hübsches Mädchen du bist!«

Sarah legt ihre Hand auf Teigans Schulter, und die Kleine schenkt mir ein breites Lächeln. Sie sieht wirklich unwiderstehlich süß aus mit ihren braunen Locken, den mandelförmigen grünen Augen, die sie von ihrer Mutter geerbt hat, und dem Grübchen in der Wange, wenn sie grinst. Ich kann verstehen, dass ihr Anblick für Shelley herzzerreißend sein muss.

»Morgen werd ich sechs!«, verkündet Teigan, und ich zeige mich beeindruckt. »Seit meinem letzten Geburtstag bin ich fünf Zentimeter gewachsen. Daddy hat mich gemessen.«

Sarah drückt sie mit einem stolzen Lächeln an sich.

»Ich wünschte, ich würde morgen meinen sechsten Geburtstag feiern und könnte fünf Zentimeter größer sein«, sage ich zu Teigan, die sich nun schüchtern an das Bein ihrer Mutter schmiegt. »Aber dieser Zug ist für mich längst abgefahren.«

Sarah mustert ihre Tochter zärtlich. »Für mich auch«, sagt sie. »Ach, wäre es nicht schön, wieder Kind zu sein und keine Sorgen zu haben?«

»Ich mache eine Party mit Prinzessinnen und Ponys«, murmelt Teigan zaghaft, was Rosie hellhörig macht.

»Prinzessinnen und Ponys finde ich super«, sagt sie. »Das ist das beste Partymotto, das ich je gehört habe. Mum, ich weiß, ich bin schon fünfzehn, aber meine nächste Party wird auch unter diesem Motto laufen. Das ist so was von cool, Teigan.«

Es fühlt sich an wie ein Schlag in den Magen, als ich an Rosies Geburtstag nächstes Jahr im Mai denke, zu dem ich nicht mehr da sein werde.

Sarah schreitet instinktiv ein. »Wir hatten neulich auch dieses köstliche Softeis, nicht wahr, Teigan, an dem Abend, als wir zufällig Shelley vor ihrem Laden getroffen haben. Oh, richtig«, sagt sie und sieht mich an, »du hast ja Shelley nach Hause begleitet. Mein Gedächtnis ist manchmal ... Das muss am Alter liegen, dieser schleichende Verfall!«

»Du denkst, dein Gedächtnis wäre schlecht, aber Mums Gedächtnis ist viel schlechter«, sagt Rosie. »Sie vergisst in letzter Zeit einfach alles, stimmt's, Mum? Das kann niemand toppen!«

Sarah schenkt mir ein mitfühlendes Lächeln und wechselt wieder rasch das Thema. »Und, Mädels, was steht heute auf eurem Programm?«, fragt sie. »Habt ihr was Schönes geplant?«

»Ja, haben wir«, antworte ich. »Wir machen heute Nachmittag einen wunderbaren Ausflug, zu dem du herzlich eingeladen bist, falls du mitkommen möchtest. Wir fahren mit dem Boot raus, zu den berühmten Cliffs of Moher. Rosie ist noch nie mit dem Boot gefahren. Na ja, sie war natürlich auf der Fähre, mit der wir nach Dublin gekommen sind, aber das ist nicht dasselbe, oder?«

Sarah lächelt. »Nein, das ist definitiv nicht dasselbe«, sagt sie. »Ich würde sehr gerne mitkommen, vielen Dank für die Einladung, aber ich muss mittags meinen Zwerg aus der Kita abholen, und für diesen Ausflug ist er noch zu klein. Teigan und ich kommen gerade von meiner Mutter. Ich habe Mum gefragt, ob sie den Kleinen wenigstens für eine Stunde nehmen kann, weil Teigan nachher einen Termin beim Zahnarzt hat, aber sie hat im Moment zu viel zu tun. Sie führt das Bed and Breakfast im Brannigan's.«

Ich schaue auf das berüchtigte hellblaue Gebäude hinter

Sarah, wo meine Reise in diesem Dorf begann, und mein Herz macht einen Satz.

»Ach, ich wusste gar nicht, dass du familiäre Verbindungen zum Brannigan's hast«, sage ich. Ich möchte nicht übermäßig neugierig oder überrascht klingen, aber ich hatte wirklich keine Ahnung. »Das Haus gehört deiner Mutter?«

»Ja, das heißt, unserer ganzen Familie«, sagt Sarah. »Wir sind die Brannigans, na ja, ich war eine, bevor ich geheiratet habe. Ich bin in diesem Haus aufgewachsen. Unsere Privaträume liegen auf der Rückseite, die Zimmer auf der Vorderseite sind für Übernachtungsgäste. Ich dachte, Shelley hätte es dir gegenüber vielleicht mal erwähnt, aber ihr hattet bestimmt wichtigere Dinge zu besprechen als meine Familiengeschichte.«

Ich schaue zu den Fenstern der Pension hoch und muss an das Zimmer denken, in dem ich damals übernachtete – und an die Hauswirtin, die missbilligend den Kopf schüttelte, weil ich zu einer solch unchristlichen Stunde meinen Zimmerschlüssel nicht finden konnte, und daran, dass Skipper nicht von ihr erkannt werden wollte und draußen wartete, bis die Luft rein war, bevor ich ihn heimlich hereinließ. Shit. Die Wirtin muss Sarahs Mutter gewesen sein.

»Ich hoffe, ich werde auf dem Boot nicht seekrank«, sagt Rosie und reißt mich willkommenerweise aus meinem Staunen. »Es wäre schön, wenn Shelley mitkommen könnte. Aber sie muss bestimmt arbeiten.«

Ich kann nicht anders, als wieder laut zu seufzen. »Shelley ist im Moment sehr beliebt«, erkläre ich Sarah. »Du übrigens auch, nach deiner großzügigen Aktion gestern.«

»Na, das hört man doch gern«, erwidert sie. »Freut mich, dass ich mich beliebt machen konnte. Würde mir das doch nur manchmal auch bei meinen eigenen Kindern gelingen!«

Teigan schaut zu ihr hoch, ohne zu verstehen, worauf ihre Mutter anspielt.

»Hör zu, ich weiß, du hast bestimmt jede Menge zu tun«, sage ich zu Sarah, »aber hättest du nicht kurz Zeit für einen Kaffee und einen kleinen Snack in dem Café dort drüben? Du bist eingeladen. Ich würde mich nämlich gerne bei dir bedanken für all die Mühe, die du dir gestern wegen uns gemacht hast. Wir hatten wirklich wahnsinnig viel Spaß, nicht wahr, Rosie?«

Rosie knabbert gerade an dem Rest ihrer Eiswaffel und antwortet mit kurzer Verzögerung. »Ja, es war einfach toll«, sagt sie. »Vielen Dank für alles. Dizzy ist das süßeste Pferd ...«

»... aller Zeiten!«, sage ich gleichzeitig mit ihr, und wir müssen alle kichern.

»Also gut, ich denke, für einen Kaffee und einen kleinen Snack haben wir noch Zeit«, sagt Sarah. »Teigan, du darfst deinem Bruder und deinem Daddy nichts davon erzählen, dass wir ohne sie leckere Sachen genascht haben, wenn wir nach Hause kommen, okay?«

Teigan klatscht freudig in die Hände, und wir gehen über die Straße in das kleine Café, wo wir ausgiebig die Auswahl an Köstlichkeiten in der Theke bewundern. Schokoladen-Eclairs mit üppig hervorquellender Sahnefüllung, verführerische Zitronentörtchen mit saftigem Erdbeerbelag, Aero Mint Cheesecake und ein bunter Regenbogen von Cupcakes tanzen vor unseren Augen, und obwohl ich ein bisschen von Rosies Softeis genascht habe, kann ich nicht widerstehen, einen dieser süßen Leckerbissen zu kosten.

»Man lebt nur einmal, also scheiß auf die Diät«, höre ich Sarah murmeln, die offensichtlich gegen ihr schlechtes Gewissen kämpft.

»Genauso ist es«, sage ich leise zu ihr, und sie muss lachen, weil ich sie beim Selbstgespräch erwischt habe.

»Wir Frauen sind wirklich sehr streng mit uns selbst, wenn es um kulinarische Sünden geht, nicht wahr?«, sagt sie.

»Alles ist erlaubt, solange man es nicht übertreibt«, erwidere ich, und ihr Gesicht hellt sich auf.»Na los, bestell dir, worauf du Lust hast, und wehe, du machst dir noch mal Gedanken darüber, außer, wie sehr du es genossen hast.«

Ich bestelle mir einen Latte Macchiato mit Haselnuss-Sirup und ein Zitronentörtchen, Sarah einen Caffè Americano und ein Eclair, und die Mädchen bekommen Milchshakes und Cupcakes. Wir nehmen alles mit hinaus auf die kleine Vorderterrasse und steuern einen der zierlichen Tische aus Metall an, der kaum genügend Platz bietet, um alle unsere Köstlichkeiten darauf abzustellen.

»Teigan, sollen wir beide uns an den nächsten Tisch setzen?«, fragt Rosie. »Dann kannst du mir alles über deine Party erzählen und darüber, wie es ist, mit einem Boot zu fahren, weil ich das noch nie gemacht habe. Und du musst mir auch mehr über Dizzy erzählen. Ich fand es gestern richtig toll mit ihm.«

»Oh, das ist eine wunderbare Idee«, sagt Sarah und hilft den beiden, mit ihren Getränken und Cupcakes an den Nachbartisch umzuziehen. »Teigan ist schon oft mit ihrem Vater segeln gegangen, sie kann dir also viele Tipps geben und weiß auch, wie man Seekrankheit vorbeugt. Teigan, vergiss nicht, Rosie zu sagen, wie wichtig es ist, eine Schwimmweste anzuziehen, ja, Schätzchen?«

Teigan scheint begeistert zu sein, eine solch verantwortungsvolle Aufgabe zu bekommen, und ich bin unheimlich stolz auf Rosie, weil sie sich der Kleinen annimmt und sie in die Unterhaltung einbezieht. Rosie konnte schon immer gut mit Kindern umgehen, und ich weiß, sie hätte sich eine kleine Schwester oder einen kleinen Bruder gewünscht, jemanden, mit dem sie ihr Leben hätte teilen können, auf den sie sich bedingungslos hätte verlassen können – so wie ich mich auf Helen. Ja, Rosie hat ihre drei Cousins, aber das ist nicht dasselbe. Helens Familie bildet eine enge Einheit, und ich weiß wirklich nicht, ob Rosie dort hineinpassen wird, wenn sie bei ihnen lebt. Vielleicht wäre sie bei meinen Eltern besser aufgehoben, aber Mum ist gesundheitlich angeschlagen, und sie und Dad werden auch nicht jünger ... Oh, ich kann diesen Gedanken jetzt nicht ertragen.

»Du hast eine ganz reizende Tochter, Juliette«, sagt Sarah, und ich straffe mich bei dem Kompliment. »Wie lieb und rücksichtsvoll von ihr, Teigan einzubeziehen und ihr das Gefühl zu geben, ein großes Mädchen zu sein. Rosie ist wirklich etwas Besonderes, so viel steht fest. Shelley hat das auch zu mir gesagt, und ich kann jetzt schon sehen, warum.«

»Rosie ist wirklich etwas Besonderes«, bekräftige ich. Ich kann nicht anders, als Sarah zuzustimmen. »Als ihre Mutter bin ich wahrscheinlich total voreingenommen, aber sie ist ein wahrer Sonnenschein. Ich kann mir gar nicht vorstellen, wie es wäre, wenn ich sie nicht bekommen hätte, und glaub mir, ich hatte jede Menge Pläne, die nichts mit Kinderkriegen zu tun hatten. Ist es nicht seltsam, dass uns das Leben manchmal in eine ganz andere Richtung führt, und trotzdem lehrt es uns etwas und macht uns besser und stärker.«

Sarah wirkt überrascht über meine Worte. Wir kosten von unseren Kuchen.

»Dann wolltest du gar keine Kinder?«, fragt sie. »Ich muss zugeben, als ich mit Toby, meinem Kleinen, schwanger wurde, war ich richtig entsetzt, und ich weiß bis heute nicht, wie es passieren konnte, aber natürlich würde ich es um nichts auf der Welt ändern wollen.«

»Ich wollte mein Kind nicht alleine großziehen«, erkläre ich ihr. »Es ist nicht so, dass ich eigene Kinder kategorisch ausgeschlossen hätte, ich habe nur einfach nicht so weit im Voraus geplant, schätze ich. Das Leben hat mich vor eine große Herausforderung gestellt, und es war das Beste, was mir jemals passiert ist – aber manchmal erkennt man das erst im Nachhinein.«

Ich hoffe, ich werde nicht zu tiefgründig, aber ich habe den

Eindruck, Sarah interessiert sich für das, was ich zu sagen habe.

»Ja, das Leben nimmt tatsächlich manchmal unerwartete Wege«, sagt sie zustimmend. »Selbst in der Liebe, nicht wahr? Wenn man jung ist und in das Verliebtsein verliebt, ist man fest davon überzeugt, dass die Liebe bis in alle Ewigkeit halten wird, genau wie Freundschaften. Natürlich funktioniert das nicht immer. Aber hätte man uns das damals gesagt, hätten wir es niemals geglaubt.«

»Genau.«

Wir nippen an unserem Kaffee, und es folgen ein paar Sekunden des Schweigens. Ich kann nicht anders, als Sarah zu beneiden, während ich beobachte, wie sie zu ihrer Tochter hinüberschaut, die völlig unbekümmert mit Rosie plaudert. Wie sehr ich mir wünsche, Rosie hätte dieselbe Sicherheit in ihrem Leben, mit einer gesunden Mutter, einem kleinen Bruder und einem liebevollen Vater, zu denen sie jeden Tag nach Hause zurückkehren kann. Ich wünschte, sie könnte mit ihrer Mutter am Strand ausreiten, einkaufen, Geburtstagspartys planen … Mich überkommt ein wenig Selbstmitleid, und ich versuche, mir vor Augen zu halten, dass Sarah nichts für meine Situation kann. Jeder hat sein eigenes Kreuz zu tragen, wie meine Großmutter früher immer sagte.

»Manchmal zucke ich zusammen, wenn ich an die Jungs zurückdenke, mit denen ich einmal den Rest meines Lebens verbringen wollte«, sagt Sarah mit einem Lächeln. »Und obwohl ich in ganz Irland und darüber hinaus einen Mann fürs Leben gesucht habe, heiratete ich schließlich den Nachbarsjungen, und ich könnte nicht glücklicher sein. Das habe ich so nicht kommen sehen!«

Sie könnte nicht glücklicher sein … Hör auf, Juliette. Vielleicht haben es manche Menschen eben einfacher im Leben. Vielleicht bin ich bloß verbittert und neidisch, weil es für mich nicht geklappt hat. Wir können nicht alle die große

Liebe finden und mit dem Nachbarsjungen glücklich bis in alle Zeiten leben, richtig?

Ich bin nicht in der Nachbarschaft fündig geworden, sondern in Cornwall, aber diesen Teil meines Lebens möchte ich im Moment nicht mit Sarah teilen. Der schmerzhafte Gedanke, dass alles furchtbar schiefgegangen ist, schnürt mir die Kehle zu.

O Dan. Mein einsamer, verlorener Dan, der zu Hause in Birmingham kämpft, um seine Trinksucht in den Griff zu bekommen, die das Fundament unserer Ehe ausgehöhlt hat und uns auseinanderreißt, wie wir beide uns eingestehen müssen. So kann es gehen im Leben, nicht wahr?

»Ich dachte einmal, ich würde um die ganze Welt reisen und mich schließlich an einem Ort wie Killara niederlassen«, erzähle ich Sarah, die sich gerade Sahne von ihrem Eclair aus dem Mundwinkel wischt. »Nach meinem ersten Besuch hier vor sechzehn Jahren hätte ich nicht erwartet, dass es so lange dauern würde, bis ich zurückkehre. Mein Plan war, genug Geld zu verdienen, um mir ein Häuschen am Meer leisten zu können, an einem Ort wie diesem hier, wo ich ein friedliches Leben führen wollte, ausgefüllt mit Spaziergängen, Schreiben, Malen und allen möglichen schönen Dingen.«

»Es ist toll, dass du nach all den Jahren zurückgekommen bist«, sagt Sarah. »Warst du damals auch im Sommer hier? Das Wort ›Sommer‹ darfst du in diesem Fall nicht zu wörtlich nehmen. Wir haben hier, unabhängig von der Jahreszeit, alle Arten von Wetter, darum hurra, dass heute die Sonne scheint.«

»Ich war im August da«, sage ich und schaue automatisch zu dem Fenster des Zimmers hoch, in dem ich damals untergebracht war, während die ganzen Erinnerungen zurückkehren. Dieses Fenster ist wie ein Magnet, jedes Mal, wenn ich daran vorbeikomme, muss ich unwillkürlich einen Blick hinaufwerfen und seinen Anteil an der ganzen Geschichte würdigen.

»Das muss der Sommer nach meinem ersten Jahr an der Uni gewesen sein. Die meisten aus unserer Clique waren damals schon fort aus Killara, wenn ich mich recht erinnere«, sagt Sarah. »Ein paar von uns flogen in den Semesterferien nach New Jersey und machten Urlaub in Wildwood, und ich glaube, Matt, Shelleys Mann, lebte damals noch mit seiner ehemaligen Freundin zusammen in Dublin. Aber kurz nach jenem Sommer trennten sie sich, dann kam Shelley nach Killara, und die beiden verliebten sich Hals über Kopf ineinander. Der Rest ist Geschichte.«

Ich lächele, als ich Shelleys Liebesgeschichte aus dem Mund ihrer Freundin höre, und ich bin froh, dass nicht wieder der Neid in mir hochkommt. Ich hoffe wirklich sehr, dass Shelley ihren Frieden und ihr Glück wiederfindet, auch in ihrer Ehe, in der es wohl momentan leicht kriselt. Es muss hart für sie sein, in einer so schweren Zeit auf ihren Mann zu verzichten.

»Dann hast du also nie einen Ort wie Killara gefunden, an dem du sesshaft werden wolltest?«, sagt Sarah. »Darf ich fragen, warum nicht? Du brauchst mir natürlich nicht zu antworten, wenn du nicht willst.«

Ich zögere. Ich bin mir nicht sicher, wie viel von meiner Geschichte ich ihr offenbaren möchte – und wie viel sie wirklich hören möchte.

»Na ja, so weit bin ich nie gekommen«, sage ich. »Das Schicksal hatte etwas anderes mit mir im Sinn.«

»Das tut mir leid«, sagt sie.

Meine Güte, ich sehe bestimmt gerade traurig aus, dabei möchte ich das gar nicht sein. »Oh, das braucht dir nicht leidzutun, denn weißt du, nach meiner Rückkehr aus Killara stellte ich fest, dass ich mit Rosie schwanger war«, erkläre ich ihr. »Mein Leben hat nur einfach eine völlig andere Richtung genommen. Als Alleinerziehende war ich darauf angewiesen, in der Nähe meiner Familie zu bleiben, aber trotzdem hatte ich immer diese Hoffnung, irgendwann am Meer zu leben, vielleicht, wenn Rosie alt genug sein würde, um zu studieren oder um die Welt zu reisen. Das war mein Plan, aber das Leben läuft eben nicht immer nach Plan, richtig?«

Sarah sieht mich bekümmert an. »Du bist krank, Juliette, nicht wahr? Ich wollte nicht neugierig sein, aber ...«

»Die Perücke hat mich verraten, stimmt's?«, sage ich ironisch, und Sarah sieht mich protestierend an, aber ich schüttele rasch den Kopf, um sie zu beruhigen.

»Nein, ich habe nur ...«, setzt sie an.

»Ich bin sehr krank, ja. Ich werde bald sterben.«

Ihre Hand wandert zu ihrem Mund. Vielleicht hätte ich es nicht so unverblümt sagen sollen, aber es ist schließlich die Wahrheit, nicht wahr? Und es direkt auszusprechen wirkt irgendwie befreiend. »Darum sollte ich wohl besser damit aufhören, Pläne zu machen, dann bleibt mir die Enttäuschung erspart«, fahre ich fort, während ich den Milchschaum in meinen Kaffee rühre. »Nicht dass ich auf Mitleid aus wäre, versteh mich bitte nicht falsch. Ich bin hier in Killara, um mit meiner Tochter Spaß zu haben, und genau das werde ich für mein restliches Leben tun, wie lange es auch dauern mag.«

Ich lächele Sarah achselzuckend an, und sie lässt ihre Hand langsam auf den Tisch zurücksinken. Ihr Gesicht ist ganz blass geworden. »Was denkst du, wie lange das noch sein wird?«

Mein Mund wird trocken, wenn ich daran denke. »Ich habe wenig Hoffnung, dass es mehr als ein paar Monate sein werden«, antworte ich. »Von nun an ist jeder Tag ein Bonus. Ich würde so gerne noch einmal Weihnachten feiern. Das wäre schön, nur ein Mal noch weiße Weihnachten, extra für mich.«

Sarahs Miene ist vor Schreck wie versteinert, und ich bereue es, dass ich ihr so einen Dämpfer versetzt habe. Sie sieht wieder zu Rosie und Teigan hinüber, die sich angeregt über Pferde und Boote und natürlich Geburtstage unterhalten. Ihr

Blick wandert zurück zu mir, dann sieht sie auf ihren Kaffee, dann wieder zu mir.

»Ich weiß ehrlich nicht, was ich sagen soll, Juliette.« Sie schließt nun ihre Augen. »Es tut mir so leid, das zu hören.«

»Du brauchst nichts zu sagen, wirklich nicht«, versichere ich ihr. »Du warst mehr als freundlich zu uns, und das werde ich dir nie vergessen. Du ahnst nicht, wie viel Rosie und mir diese kostbaren Momente gestern am Strand bedeutet haben. Ich werde bis zu meinem letzten Atemzug mit Freude daran zurückdenken. Und Rosies Gesicht wird mir für immer im Gedächtnis bleiben.«

Ich schlucke, während in meiner Erinnerung das strahlende Gesicht meiner Tochter aufblitzt. »Danke, Sarah«, füge ich leise hinzu.

»Hör zu«, sagt sie und beißt sich auf die Unterlippe. »Ich weiß, ihr seid nur noch ein paar Tage hier, aber wenn ich euch irgendwie helfen kann, um euren Aufenthalt so angenehm wie möglich zu gestalten, dann lass es mich bitte wissen. Das meine ich ernst.«

»Ehrlich gesagt hast du schon mehr als genug getan, mehr, als dir vielleicht jemals bewusst sein wird.«

»Und ich weiß«, fährt sie fort, »es war scherzhaft gemeint, als du sagtest, Shelley sei nicht eure Reiseleiterin, aber ich schwöre dir, ihr habt Shelley mindestens genauso geholfen wie sie euch. Ich glaube, eure Gesellschaft tut ihr unheimlich gut. Viel mehr, als *dir* jemals bewusst sein wird.« Sie wischt sich eine Träne aus dem Augenwinkel.

»Wirklich? Ist das wahr?«, frage ich.

Ich dachte eigentlich, es wäre eher andersherum, dass wir von Shelleys Bekanntschaft mehr profitiert haben.

Sarah nickt und pustet dann langsam die Luft aus, als wüsste sie nicht, wo sie anfangen soll. »Shelley ist ... Weißt du, Juliette, eigentlich möchte ich nicht hinter dem Rücken meiner besten Freundin reden, aber sie ist fast verschwunden, seit Lily tot ist«, erklärt sie mir. »Sie ist einfach ... verschwunden. Ich habe sie so sehr vermisst. Wir waren früher wie Schwestern. Unser gemeinsamer Ausritt gestern am Strand war für mich und Shelley als Freundinnen genauso wichtig wie für dich und Rosie als Mutter und Tochter. Es ist, als würde meine beste Freundin langsam wieder zum Leben erwachen, als hätte ihr die Begegnung mit dir und Rosie neues Leben eingehaucht. Shelley ist durch die tiefste Hölle gegangen, und erst jetzt, nach drei Jahren, erkennt sie allmählich, dass sie vielleicht wieder lernen kann, zu leben und sogar zu lieben. Frei von Schuldgefühlen.«

Sie nimmt rasch einen Schluck von ihrem Kaffee, als wolle sie sich daran hindern, mehr zu sagen, als sie schon gesagt hat.

»Vielleicht waren irgendwelche kosmischen Mächte am Werk«, sage ich. »Ich bin nämlich überzeugt, dass es immer irgendeinen Grund hat, wenn Menschen in unser Leben treten, und auch, wenn sie uns wieder verlassen.«

»Genau«, sagt Sarah zustimmend.

»Darum glaube ich fest daran, dass auch Rosie aus einem bestimmten Grund in mein Leben kam, obwohl ich es mir ganz anders vorgestellt hatte«, sage ich. »Ich wollte nie eine alleinerziehende Mutter sein oder ein Kind von einem Mann bekommen, den ich gar nicht richtig kannte, der mich wahrscheinlich längst vergessen hatte. Aber letzten Endes können wir nichts anderes tun, als das Leben so zu nehmen, wie es kommt, und darauf zu vertrauen, dass es jemanden dort oben gibt, der den Überblick hat und uns in die richtige Richtung lenkt.«

»O Gott, du musst eine schreckliche Angst haben«, sagt Sarah bestürzt. Sie hat den Rest ihres Eclairs zur Seite geschoben. »Hast du Rosies Vater jemals von ihr erzählt? Weiß er es? Du bist so unglaublich tapfer, Juliette.«

Ich schüttele den Kopf und schaue hinaus auf den Hafen. »Ich bin überhaupt nicht tapfer, Sarah, ich habe nur leider keine andere Wahl«, sage ich. »Und nein, Rosies Vater hat nie etwas von ihrer Existenz erfahren, was ich jetzt bereue. Er ist nämlich nicht mehr hier. Ich hätte viel früher nach ihm suchen sollen, aber nun ist es zu spät. Ich habe zu lange damit gewartet.«

»Er ist nicht mehr hier?«, fragt Sarah überrascht. »Meinst du hier in Killara oder hier auf dieser Erde?«

Ich sehe, dass sie im Kopf die Jahre und Daten und Rosies Alter zurückrechnet.

»Beides«, sage ich. »Er ist nicht mehr in Killara und auch nicht mehr auf dieser Erde.«

Sie setzt ihre Kaffeetasse ab. »Du meinst, er *stammte* aus Killara?«, sagt sie aufgeregt. »Nun, wenn das so ist, muss ich ihn gekannt haben. Wie hieß er?«

Ich sehe zu meiner Tochter hinüber, um mich zu vergewissern, dass sie gerade nicht zufällig mithört. Ich habe nichts zu verlieren, wenn ich Sarah offenbare, wer mein Liebhaber für eine Nacht war. Er ist schon lange tot, und er stammte nicht einmal von hier. Was macht es für einen Sinn, seinen Namen weiterhin geheim zu halten, abgesehen davon, dass Rosie ihn noch nicht erfahren soll?

»Er hieß Pete, aber alle nannten ihn Skipper. Ich glaube, er war gut mit Shelleys Mann befreundet.«

Sarah legt langsam ihre Hände an die Wangen, und ihre Augen werden groß, während es in ihr arbeitet. »Skipper«, murmelt sie, dann schüttelt sie sich zurück in die Realität. »Gott, ich kannte Skipper, richtig gut sogar. Das haut mich jetzt wirklich um.«

Sie sieht zu Rosie hinüber. Dann wieder zu mir.

»Wow«, sagt sie. »Skipper gehörte früher zu unserer Clique, vor vielen Jahren. Wir waren alle so schockiert und entsetzt, als er starb. Verdammt, Juliette. Wer weiß sonst noch davon?«

Ich hole tief Luft. »Niemand hier, außer dir und Shelley«,

sage ich. »Ich weiß nicht einmal, warum ich es dir erzählt habe, Sarah. Tut mir leid, falls es zu viel für dich ist. Ich hätte es dir nicht sagen sollen.«

Aber Sarah ist fasziniert. »Und hast du vor, Skippers Familie zu kontaktieren?«, fragt sie. »Weißt du, wo du sie finden kannst? Er kam doch aus Waterford.«

»Ja, offenbar kam er aus Waterford, und nein, ich habe keine Ahnung, wie ich seine Familie kontaktieren kann«, sage ich. »Ich weiß nicht, was ich tun soll, Sarah. Vielleicht lasse ich es erst einmal gut sein, bis wir wieder zu Hause in England sind, oder ich schnappe mir später meine Tochter für einen Spaziergang und erzähle ihr von ihrem Vater, obwohl es nicht viel ist, was ich über ihn weiß. Ich bin mir bloß nicht sicher, ob sie es gut verkraften würde, bei allem, was ihr noch bevorsteht. Oder vielleicht erkläre ich ihr alles in einem Brief, den sie lesen kann, wenn sie alt genug ist. Ich weiß es einfach nicht, Sarah. Ich suche noch nach der besten Lösung.«

Sie lehnt sich auf ihrem Stuhl zurück und verschränkt die Arme, immer noch mit einem staunenden Ausdruck im Gesicht. Dann beugt sie sich wieder vor. »Du weißt wirklich nichts über ihn, oder?«, fragt sie mich im Flüsterton.

»Gar nichts«, sage ich. »Nur seinen Namen, und ich kann mich verschwommen erinnern, wie er aussah und was in jener Nacht vor all den Jahren passiert ist. Allerdings bin ich mir nicht sicher, wie viel davon romantischer Verklärung entspringt und wie viel wirklich wahr ist. Immerhin ist es schon eine ganze Weile her.«

»Okay«, sagt sie und schürzt nachdenklich ihre Lippen.

»Ja, es ist okay, ich bin mir sicher, ich werde darüber hinwegkommen. Und Rosie wird sich schon irgendwie durchwursteln«, sage ich. »Du wirkst ziemlich nachdenklich, Sarah. Was geht dir gerade durch den Kopf?«

Sarah lächelt leicht, ein mitfühlendes Lächeln. »Hör zu, ich hoffe, ich rege dich damit nicht auf, aber du wirst es nicht glauben«, sagt sie. »Erinnerst du dich, dass ich vorhin über meine Ex-Lover gesprochen habe?«

»Ja«, sage ich, ohne zu wissen, worauf sie hinauswill.

»Nun, Skipper war einer davon«, sagt sie, und nun bin ich an der Reihe, ein staunendes Gesicht zu machen.

»O Gott, es tut mir so leid! Ich hatte ja keine Ahnung!«

»Nein, nein, sei nicht albern«, sagt sie rasch, und sie legt ihre Hand auf meinen Unterarm. »Es war nichts Ernstes, ich schwöre. Keine gebrochenen Herzen, echt nicht! Wir sind nie über das Anfangsstadium hinausgekommen – er lud mich nach Galway ins Kino ein, wir knutschten ein bisschen auf seinem Boot herum, und das war's auch schon, Ende der Geschichte. Wie eine Teenager-Romanze, nur dass wir beide schon ein bisschen älter waren. Aber der Grund, warum ich dir das erzähle, ist nicht der, dass ich dich piesacken will, sondern ...« Sie zögert.

»Sprich weiter«, sage ich.

»Ich habe dir das nur erzählt, weil ich mir ziemlich sicher bin, dass ich noch ein Foto von Skipper habe, irgendwo auf dem Dachboden meiner Eltern, und ich dachte, du hättest es vielleicht gerne, für Rosie.«

Ich schaue wieder hinüber. Das Fenster. Das Gekicher. Die späte Nacht. Die Dunkelheit.

»Das soll wohl ein Scherz sein«, sage ich. Wenn Sarah wüsste, dass ihr Elternhaus der Ort war, wo Skipper und ich unsere gemeinsame Nacht verbrachten, in der Pension ihrer Mutter, in deren Dachkammer wahrscheinlich ein Foto von ihm schlummert, verborgen in einer Kiste voller alter Erinnerungen.

»Das ist kein Scherz«, erwidert sie. »Hör zu, ich will dir nichts versprechen, aber ich werde nach dem Foto suchen, und wenn ich es finde, kannst du es haben. Ihr seid noch bis Samstag hier, richtig?«

»Ja, bis Samstag«, sage ich, und meine Augen werden bei

der Vorstellung feucht. »Sarah, ich kann dir nicht sagen, wie viel es mir bedeuten würde, wenn ich Rosie ein Foto von ihrem Vater geben könnte. Es ist so großzügig und so freundlich von dir, mir dieses Angebot zu machen. Ehrlich, tausend Dank dafür.«

Sarah beißt sich auf die Unterlippe. »Es tut mir unheimlich leid, dass deine Suche nach Skipper kein glückliches Ende genommen hat«, sagt sie. »Skipper war ein echtes Prachtstück, und ich werde den ganzen Dachboden auf den Kopf stellen, bis ich das Foto gefunden habe. Ich werde mein Bestes geben, damit du deiner Tochter ein Andenken hinterlassen kannst. Das verspreche ich dir.«

Nun bin ich an der Reihe, meine Hand auf ihren Unterarm zu legen. Wir schauen beide zu unseren Töchtern, die immer noch lebhaft miteinander schnattern. Teigan spricht ganz selbstbewusst, während sie auf ihrem Stuhl mit den Beinen baumelt. Ein Foto von Rosies Vater zu haben, wäre einfach unbezahlbar, wenn ich mir endlich ein Herz fasse und mit meiner Tochter rede. Ich möchte diesen Moment positiv gestalten, und mit dem Foto könnte Rosie den Mann sehen, dessen Gene sie geerbt hat und dessen Familie vielleicht sogar lernen wird, sie in ihr Herz zu schließen.

Heute und jeder weitere Tag, den wir noch hier sind, wird ein guter Tag sein. Das hoffe ich zumindest.

## KAPITEL 18

SHELLEY

Ich komme eine Viertelstunde zu spät in die Boutique, und Betty macht, gelinde ausgedrückt, ein Gesicht wie eine Bulldogge, die gerade eine Wespe kaut.

»Es tut mir furchtbar leid, Betty! Sie hätten einfach abschließen und ein Schild an die Tür hängen sollen«, sage ich. »Ich komme aus Galway, und der Verkehr war selbst für Montag der helle Wahnsinn. Ich weiß, ich hätte Sie anrufen sollen. Ich werde es wiedergutmachen, versprochen.«

Eliza betritt nun hinter mir den Laden und übernimmt automatisch das Kommando, bevor Betty den Mund aufmachen kann.

»Geben Sie mir die Schuld, Betty. Shelley kann nichts dafür«, sagt sie zu meiner Assistentin, die bereits ihre Jacke anhat und versucht, an Eliza vorbeizukommen. »Ich wollte unbedingt über die Promenade schlendern, und dabei haben wir ein wenig die Zeit vergessen, und dann noch dieser schreckliche Verkehr! Betty, ist alles in Ordnung? Sie sehen aus, als wären Sie einem Geist begegnet.«

Ich glaube nicht, dass Betty und ich jemals ein Gespräch hatten, das über berufliche Dinge hinausging, darum bin ich etwas verwundert, dass sie so aufgelöst wirkt, nur weil ich fünfzehn Minuten zu spät komme. Ich bin mehr als froh, Eliza, die Betty schon seit Jahren kennt, das Reden zu überlassen. Betty war als Gast von Eliza auf meiner Hochzeit, sie war sogar bei Lilys Taufe, und sie versäumte es nie, meiner Tochter etwas zum Geburtstag zu schenken. Und doch weiß ich, wie mir nun bewusst wird, so gut wie nichts über diese Frau.

»Ich muss selbst noch in die Stadt, ein paar Sachen besorgen für meine ...«, sagt sie, ohne den Satz zu beenden, dann strafft sie sich leicht, oder sollte ich sagen, sie reißt sich zusammen. »Heute Vormittag war hier reger Betrieb, Shelley. Ich habe wie immer aufgeschrieben, was ich verkauft habe und was generell los war.«

»Danke«, sage ich.

Eliza tritt schließlich zur Seite und lässt die arme Frau durch, aber kaum ist Betty zur Tür hinaus, kommt sie auch schon wieder herein.

»Shelley, bevor ich gehe«, sagt sie. »Kennen Sie ein junges Mädchen, ungefähr fünfzehn, lange dunkle Haare, hübsch, aber ziemlich stark geschminkt? Sie hat nach Ihnen gefragt.«

»Ach, das war bestimmt Rosie«, sage ich mit einem Lächeln. »War sie heute im Laden?«

Bettys Miene nimmt wieder diesen seltsamen Ausdruck an. »Ja«, sagt sie. »Ist sie mit Ihnen befreundet? Oder verwandt?«

»Nein, nein, sie macht hier gerade Urlaub«, antworte ich. »Hat sie eine Nachricht hinterlassen? Wenn es etwas Wichtiges gäbe, würde sie mir sicher eine SMS schicken. Da fällt mir ein, ich muss mein Handy laden, der Akku ist leer. Vielleicht hat sie schon versucht, mich zu erreichen.«

Ich gehe hinter die Verkaufstheke und stecke mein Handy ans Ladegerät. Zu hören, dass Rosie mich gesucht hat, gibt mir ein Gefühl der Dringlichkeit, das ich nicht erklären kann. Vielleicht ist es das Gefühl, von jemandem gebraucht zu werden? Das Gefühl, jemandem etwas geben zu können, dadurch, dass ich einfach ich bin?

»Urlaub? Ach, tatsächlich?«, sagt Betty und wirft Eliza einen kurzen Blick zu, als würde sie mir nicht glauben. »Nein, sie hat keine Nachricht hinterlassen. Sie hat mich nur gebeten, Ihnen auszurichten, dass sie hier war, mehr nicht. Dann verschwand sie wieder in einer Wolke aus Parfüm, das ich nicht erkannt habe.«

»Danke, Betty.« Ich schenke meiner immer diskreten Assistentin ein Lächeln, bevor sie wieder hinausgeht. Ehrlich gesagt habe ich sie noch nie so indiskret erlebt.

»Und noch einmal sorry für die Verspätung!«, ruft Eliza ihr hinterher, dann dämpft sie ihre Stimme. »Gott bewahre, dass sie auch nur eine Minute zu spät zu ihren verdammten Katzen kommt. War es wirklich nötig, so ein Gesicht zu machen? Ist sie immer so? Da denkt man, man würde jemanden kennen.«

»Nein«, sage ich, und es ist die Wahrheit. »Sonst ist sie nie so. Sie sah wirklich ein bisschen mitgenommen aus, nicht wahr? Ich hoffe, sie ist okay und fühlt sich nicht von mir veräppelt. Es wäre schlecht, wenn ich morgens selbst in den Laden müsste, nachdem ich nun auf den Geschmack gekommen bin, ausgiebig in der Stadt zu frühstücken und über die Promenade zu schlendern, während der Rest der Welt arbeitet.«

»Und wer zwingt dich, den Laden morgens zu öffnen?«, erwidert Eliza. »Lass es locker angehen, Liebes. Du bist noch nicht über den Berg.«

Sie legt ihren Kopf leicht schief und beobachtet mich, während ich die Kleider auf den Ständern ordne. Meine kleine Boutique ist der einzige Ort, an dem ich mich ablenken kann. Ich spüre ihren Blick und die Wärme ihres Lächelns.

Hinter der Theke überfliege ich Bettys Notizen. Betty hält immer schriftlich fest, wie viele Kunden im Laden waren und zu welcher Uhrzeit was verkauft wurde, obwohl ich das an den Kassenbons ablesen kann.

*Kundin 1, 9.35: nur gestöbert, nichts anprobiert, nichts gekauft.*

*Kundin 2, 10.05: Schal und grünes Wickelkleid gekauft, sagte, sie würde wiederkommen und uns auf Twitter empfehlen.*

*Kundin 3: kam herein, als Kundin 2 das Kleid anprobierte.*

*Kaufte Jeansjacke und sagte, der Geruch würde sie an ihren Vater erinnern. Seltsame Person. Fand sie unsympathisch.*
*Kundin 4: kurz vor Mittag, Teenager, englischer Akzent. Wollte nichts kaufen. Hat nach Ihnen gefragt.*

Und so weiter, aber dann erstarre ich plötzlich, als ich einen anderen Zettel bemerke, den Betty wahrscheinlich aus Versehen liegen gelassen hat, und mein Magen krampft sich zusammen.

»Was hast du?«, fragt Eliza, der mein plötzlicher Stimmungsumschwung nicht entgangen ist. Diese Frau hat einen Riecher für Energien über Kontinente hinweg, und das ist nicht übertrieben.

»Nichts«, sage ich und hole tief Luft. Ich beuge mich leicht über die Theke, um Bettys Zettel zu verdecken, und zwinge mich zu einem Lächeln, obwohl mein Magen gerade in Fetzen reißt. »Gar nichts. Vielen Dank für den tollen Vormittag, Eliza. Das war genau das, was ich gebraucht habe, und noch viel mehr. Ich fand es sehr schön mit dir, danke für alles. Du bist ein Engel.«

Eliza ist kein bisschen überzeugt. »Du weißt, du kannst mit mir über alles reden, Shelley«, sagt sie. »Gibt es etwas, das dir Sorgen macht? Vermisst du Matt? Hattet ihr einen Streit oder so?«

Ich richte mich auf und schüttele den Kopf. »Nein, nein, es ist alles gut, wirklich«, sage ich. »Und nun geh endlich, oder du kommst noch zu spät zu deiner Versammlung!«

Sie keucht erschrocken auf, als ihr die Jahresversammlung der Krebsforschungsgesellschaft wieder einfällt, die in zehn Minuten beginnt, und wendet sich rasch zum Ausgang.

»Und nochmals danke!«, rufe ich ihr nach. »Ich werde mich bald mit einem Essen revanchieren!«

Sie winkt, ohne zurückzuschauen, und murmelt etwas, das ich nicht verstehen kann. Dann verschwindet sie in einer Wolke aus blumigem Parfüm und Positivität, und ich schaue wieder auf Bettys Zettel und versuche, mir einen Reim darauf zu machen. Aber ich habe keine Ahnung, was er zu bedeuten hat. Oder doch? Nein. Ich will nicht rückwärtsgehen, ich kann nicht rückwärtsgehen. Ich spüre, wie mein Atem kürzer wird, also schnappe ich mir mein Handy und rufe die Person an, die mir als Erstes einfällt.

In dem Moment, als Juliette sich meldet, knülle ich Bettys Zettel zusammen und werfe ihn in den Papierkorb.

»Hi, Juliette, hier ist Shelley«, sage ich und schließe die Augen, als ich ihre inzwischen vertraute Stimme höre. »Was habt ihr zwei heute noch vor?«

## Juliette

Es ist so gut, Shelleys Stimme zu hören, und ich muss sagen, dass sie selbst am Telefon deutlich munterer klingt als das unglückliche Wrack von einer Frau, das mir erst vor drei Tagen begegnet ist.

»Shelley! Wie schön, dass du anrufst! Wir fahren gleich mit dem Boot zu den Steilklippen raus. Ich freue mich schon sehr darauf, und Rosie auch. Wie war dein Vormittag? Ich wette, du warst ganz schön platt von gestern.«

»Ehrlich gesagt, ja, aber gleichzeitig stand ich innerlich unter Strom und spürte diese positive Energie«, antwortet sie. »Und zwar so sehr, dass ich etwas getan habe, was du niemals glauben wirst. Ich brenne schon die ganze Zeit darauf, es dir zu erzählen.«

Meine Neugier ist geweckt. »Sprich weiter«, sage ich.

»Ich habe mir heute Morgen tatsächlich einen Ruck gegeben und bin mit meiner Schwiegermutter nach Galway gefahren«, erklärt sie. »Es war herrlich, wir haben gefrühstückt und einen Einkaufsbummel gemacht und die Leute beobachtet. Ich weiß, für die meisten Menschen ist das etwas Alltägliches, aber ich habe so sehr den Bezug zur echten Welt verloren, dass es für mich ein riesiger Schritt war.«

Ich hole tief Luft. »Du bist eine Heldin«, sage ich. »Ich bin so stolz auf dich, Shelley. Mach weiter so, einen Schritt nach dem nächsten. Ich kann sehen, dass dein Feuer langsam zurückkehrt, und wir müssen es weiter anfachen.«

Shelleys neu entdeckte Freude am Leben ist, so simpel diese auf Außenstehende auch wirken mag, Musik in meinen Ohren. Ich schaudere bei der Vorstellung, was sie jeden Morgen durchmachen muss, wenn sie aufwacht, besonders in dieser Woche, in der ihr Mann nicht da ist.

»Und, hast du dir was Hübsches gekauft?«, frage ich und betrachte meine Fingernägel, die mir in Erinnerung rufen, dass ich mich wirklich mehr um meine äußere Erscheinung kümmern sollte. »Ich will morgen mit Rosie zum Shoppen nach Galway fahren. Heute war in der Stadt bestimmt die Hölle los, oder?«

»Allerdings«, sagt Shelley. »Wie immer um diese Jahreszeit. Es war schön, mal wieder aus dem Dorf rauszukommen und andere Luft zu schnuppern, aber …«

Ich warte, dass sie weiterspricht. »Bist du noch da, Shelley?«

»Ja, ja, ich bin noch da«, sagt sie zu meiner großen Erleichterung. »Ach, Juliette, vergiss es, es gibt kein Aber. Es war einfach nur zauberhaft, und ich habe die Zeit mit Eliza sehr genossen. Sie ist ein unglaublicher Schatz und gibt mir immer ein gutes Gefühl. Sie ist ganz anders als meine Mutter, die mir natürlich niemand ersetzen kann, aber sie gibt mir sehr viel Rückhalt, und ich fühle mich sicher bei ihr. Ich sollte wirklich öfter etwas mit ihr machen. Das würde uns beiden guttun.«

Am liebsten würde ich Shelley umarmen und sie weiter anspornen. Sie hat noch so viel von ihrem Leben zu erwarten, und sie fängt endlich an, das auch zu erkennen.

»Das höre ich gern«, sage ich, und ich meine es wirklich

von Herzen. Ich sitze auf einer Picknickbank gegenüber von unserem Cottage und beobachte die Fischerboote, die im Hafen an- und ablegen, während ich auf Rosie warte, die noch ihre Sachen zusammenkramt, und hätte Shelley nicht angerufen, würde ich jetzt vielleicht Trübsal blasen oder Tränen vergießen oder mich selbst bemitleiden. Ich denke ständig an Dan, oder eigentlich sorge ich mich ständig um ihn. Ich frage mich, ob es eine gute Idee war, ihn von dieser Reise auszuschließen, wo ich doch weiß, dass es auch ihm unheimlich gutgetan hätte, mal rauszukommen. Wäre er doch nur einmal nüchtern genug gewesen, um diese Entscheidung einfacher zu machen.

»Es ist ein Jammer, dass du bei diesem herrlichen Wetter arbeiten musst. Wer weiß, wie lange es anhalten wird, darum will ich es unbedingt nutzen. Sag mal, ist viel los bei dir im Laden?«

Sie zögert kurz. »Relativ, warum?«

»Ich wollte dir vorschlagen, für heute Schluss zu machen und mit uns rauszufahren. Die Sonne scheint. Ich finde, du solltest uns begleiten und noch mehr Spaß haben, solange die Umstände günstig sind.«

»Du hast immer die besten Ideen, Juliette«, erwidert sie, nun noch ein wenig munterer. »Das Leben ist zu kurz für so einen Scheiß, ist das nicht dein Spruch?«

Ich zucke mit den Achseln und lache als Antwort. Ich kann mich nicht erinnern, dass ich das gesagt habe, aber ist das was Neues? Schließlich habe ich laut Rosie das schlechteste Gedächtnis aller Zeiten.

»Schon möglich, dass das von mir ist«, sage ich schmunzelnd. »Ich neige dazu, lauter kleine Mottosprüche rauszuhauen, seit ich an der Schwelle des Todes stehe. Du brauchst sie nicht alle ernst zu nehmen.«

»Also gut, ich mache jetzt hier Schluss«, verkündet sie. »Ich werde einen Zettel an die Tür hängen und rausgehen und mir die Sonne ins Gesicht scheinen lassen. Juliette, ich werde dich vermissen, wenn du nach England zurückfährst, weißt du das? Du bist für mich ein richtiger Ansporn, das Feuer unter meinem Hintern, das ich so dringend gebraucht habe. Das werde ich dir nie vergessen.«

Nun, ich fühle mich geehrt, das zu hören, und ich muss an Sarahs Worte vorhin denken, als sie sagte, dass wir Shelley eine große Hilfe waren. Aber gleichzeitig übermannt mich ein ungutes Gefühl bei der Vorstellung, wie es mit Shelley weitergehen wird, wenn wir abreisen. Sie wird mich nach diesem Urlaub nie wiedersehen, obwohl ich mir nicht sicher bin, ob sie überhaupt schon so weit denkt.

Ich bin müde, mehr, als ich jemals zugeben würde, und obwohl ich es vor mir selbst leugne, fühle ich mich in letzter Zeit viel öfter benommen als sonst.

Shelley fragt mich, wo ich gerade bin, und ich beschreibe ihr meinen Standort. »Ich sitze draußen auf einer Bank, gegenüber vom Cottage, und genieße den Wind in meinen Haaren, als hätte ich nicht die geringsten Sorgen«, erkläre ich im Bemühen, den Körper mit dem Geist zu bezwingen. »Alles, was mir noch fehlt, ist ein Glas Champagner, und ich bin rundum glücklich.«

»Dann rühr dich nicht vom Fleck, ich bin gleich bei dir«, sagt Shelley. »Ich fahre nur rasch nach Hause und ziehe mich um und ... oh, richtig, mein Wagen ist gar nicht hier. Na ja, ich war wohl zu spontan und zu unvernünftig. Ich werde einfach ...«

»Geh!«, unterbreche ich sie. »Du gehst jetzt sofort nach Hause, packst für den Nachmittag und kommst mit dem Auto wieder hierher. Unser Boot legt erst in fünfundzwanzig Minuten ab, das schaffst du locker. Und wehe, du überlegst es dir anders! Na los, geh endlich!«

»Perfekt«, sagt Shelley. »Genau das musste ich hören. Ich bin schon auf dem Weg.«

Als wir aufgelegt haben, drehe ich mein Gesicht in die Sonne und staune über die Wärme auf meiner Haut, über die Helligkeit, selbst wenn ich die Augen schließe. Ich fühle mich heute ziemlich schlapp, aber ich werde mich nicht unterkriegen lassen. Ich werde um meine letzten Sonnentage kämpfen.

Shelley kommt zusammen mit Leo, dem das Boot gehört, auf Rosie und mich zu. Wieder wird mir bewusst, dass hier jeder jeden kennt. Genau in diese Herzlichkeit des irischen Dorflebens habe ich mich vor all den Jahren verliebt. Der Gemeinschaftsgeist, die Gewissheit, dass Hilfe und Unterstützung gleich um die Ecke sind – von so einem Leben habe ich immer geträumt. Ja, es gibt die Klatschmäuler, die Flüsterer und die Gutmenschen, aber alles in allem hat mich diese Sicherheit und Einfachheit, wo jeder jeden beim Namen kennt, immer mehr gereizt als ein Leben in der anonymen Großstadt.

»Shelley hat mir gerade erzählt, dass sie mit uns kommt«, sagt Leo zu mir und schenkt mir ein herzliches Lächeln. »Sie müssen Juliette sein, richtig?«

Ich gebe ihm die Hand, und er schüttelt sie so kräftig, dass er mir fast den Arm ausrenkt, aber was will man von einem Seemann wie ihm anderes erwarten? Seine Arme sind muskulös und stark, und sein wettergegerbtes Gesicht ist offen und freundlich. Ich finde ihn sofort sympathisch.

»Shelley, ich bin voll aufgeregt!«, sagt Rosie, und zu meiner Freude und Überraschung legt Shelley den Arm um meine Tochter. Von den Menschen hier geht ein Licht aus. Natürlich haben auch sie Verluste und Tragödien erlitten wie jeder andere auf der Welt, aber ich finde es einfach fabelhaft, wie sie sich nicht nur gegenseitig die Hand reichen, sondern sogar Fremden und Besuchern. Wenn ich sehe, dass Menschen wie Shelley Rosie schon nach kurzer Zeit in ihr Herz schließen, bin ich zuversichtlich, dass meine Tochter auch ohne mich gut aufgehoben sein wird.

»Du wirst es toll finden«, sagt Shelley. »Leo, das ist Rosie. Sie hat sich in Killara verliebt, glaube ich.«

Sie hat sich in Shelley verliebt, würde ich am liebsten sagen. Es ist so schön, dass sie in ihr eine Vertraute gefunden hat.

»Nun, das können wir dir nicht verübeln, junges Fräulein«, sagt Leo und zwinkert mir lächelnd zu. »Wer einmal in Killara Urlaub macht, kehrt immer wieder zurück oder bleibt gleich ganz hier, nicht wahr, Shelley?«

Shelley nickt zustimmend, und ich spüre einen heftigen Stich des Bedauerns, der mich wie ein Pfeil durchbohrt. Ich wünschte, ich hätte dasselbe getan wie sie. Ich hätte ein schönes, friedliches Leben am Meer führen können, so wie ich es mir immer erträumt habe. Und wer weiß, wie die Dinge dann für mich gelaufen wären.

»Ich werde auch immer wieder zurückkommen«, sagt Rosie, während sie sich bei Shelley und mir einhakt. »Am liebsten würde ich gar nicht mehr weg von hier. Mum, können wir nicht einfach für immer hierbleiben?«

Ich drücke ihren Arm. Für immer ist eine lange Zeit, so oder so ähnlich lautet der Spruch, aber wie lange ist mein Für-immer? Tage? Wochen? Ein paar Monate? Wie gerne würde ich in diesem Moment auf die Pause-Taste drücken, um mehr Zeit mit Rosie zu haben, mit ihr zu reden und ihr all die Dinge zu sagen, die sie wissen muss, bevor ich gehe. Konzentriere dich, mahne ich mich selbst. Lebe in der Gegenwart, nicht in der Vergangenheit. Keine Reue. Allerdings ist das manchmal nicht so einfach.

»So, Ladies, wenn ihr mir nun bitte folgen würdet«, sagt Leo. »Ich werde heute euer Kapitän sein, oder euer Skipper, wenn euch das lieber ist. Unsere exklusive Exkursion ist hiermit eröffnet, und wenn alles gut geht, werden wir nicht nur eins der schönsten Naturdenkmäler des Atlantiks sehen, sondern auch einen Teil seiner spektakulären Tierwelt.«

Rosie drückt uns beiden den Arm. »Aufgeregt dot com!«, sagt sie laut. »Das wird bestimmt außerirdisch!«

»Du hast allen Grund, aufgeregt zu sein, junges Fräulein. Hoffen wir, dass die Papageitaucher zum Spielen herauskommen oder vielleicht sogar ein Wal«, sagt Leo, und ich glaube, mein Kind ist kurz davor, vom Boden abzuheben.

»Ich habe ein gutes Gefühl«, sagt Shelley. »Normalerweise sind die Papageitaucher neugierig und begrüßen gerne neue Gesichter. Ich denke, wir werden heute Glück haben.«

Ich bin innerlich immer noch am Flattern, weil Leo das Wort »Skipper« benutzt hat, aber Shelley scheint es nicht bemerkt zu haben. Vielleicht sind es die Nerven, oder vielleicht ist es einfach die Trauer um den Mann, der mein Kind gezeugt hat, aber im Moment ist mir leicht übel, ganz zu schweigen von diesen Schwindelanfällen. Wären da nicht Rosies Enthusiasmus und der Umstand, dass ich um diesen Ausflug so ein Riesenbohei gemacht habe, würde ich bereitwillig darauf verzichten.

»Juliette, ist alles in Ordnung?«, fragt Shelley. »Du wirkst plötzlich ein wenig blass um die Nase.«

»O Mum, sag bloß nicht, dass du jetzt schon seekrank bist«, sagt Rosie und lacht, aber ich sehe, dass sie beunruhigt ist. »Mum?«

»Ich bin okay. Schiff ahoi!«, sage ich und recke beide Daumen in die Höhe. Dann ergreifen wir nacheinander Leos Hand und steigen auf das Boot. Als wir die Leinen einholen, macht sich ein dumpfer Schmerz in meinem Hinterkopf bemerkbar, aber ich sage nichts, um den Moment nicht zu ruinieren.

Es geht mir gut. Wenn ich diesen Satz beständig in meinem Kopf wiederhole, wird er vielleicht Wirkung zeigen. Aber natürlich geht es mir nicht gut, und es wird auch nie wieder gut werden. Dieser heftige Schmerz in meinem Kopf und diese erschöpfende Müdigkeit setzen mir unheimlich zu. Ich habe Angst. Schreckliche Angst. Bitte, lass es nicht schon jetzt geschehen. Ich bin noch nicht so weit. Ich will noch nicht sterben, bitte, lass mich nicht sterben!

»Ich hoffe, du bist seetauglicher als dein Mann, Shelley«, sagt Leo, und sie rollt mit den Augen, als würde sie diesen Spruch nicht zum ersten Mal hören.

»Auf See fühle ich mich immer wie ein Kind im Süßwarenladen«, sagt sie. »Segeln gehört zu meinen absoluten Lieblingsbeschäftigungen. Aye, aye, Käpt'n, klar zum Ablegen!«

Und damit segeln wir los. Ich schaue zurück auf die Bucht und Killara in seiner ganzen bunten Pracht, darunter auch das Brannigan's mit seiner hellblauen Fassade und seinen vielen Erinnerungen.

Ehrlich gesagt fühle ich mich richtig mies, aber ich kann mich meiner Krankheit jetzt nicht beugen. Ich schließe meine Augen und lasse meine Sinne vom Wind und von der Gischt wachhalten, und ich danke Gott dafür, wie schön es ist, am Leben zu sein.

## Shelley

»Rosie! Juliette! Seht doch, die Papageitaucher!«

Wir kommen in raueres Gewässer, weitab von Killara und der ruhigen Bucht. Die Steilklippen kommen nun in Sicht, und Rosie steht vor lauter Begeisterung kurz vor dem Ausflippen. Ich drehe mich zu Juliette um, aber sie scheint den majestätischen Anblick nicht in dem Maße zu genießen wie ihre Tochter. Und vor allem nicht in dem Maße, wie sie selbst gedacht hatte.

»Juliette, du siehst nicht gut aus«, rufe ich über den Lärm des Schiffsmotors und die schäumende Gischt hinweg. »Ist dir kalt? Ich hätte dir sagen sollen, dass es draußen auf dem Atlantik ein wenig frisch werden kann.«

Ich setze mich neben sie und mustere ihr Gesicht, das eher grau aussieht als grün.

»Schsch«, sagt sie und deutet mit einem Nicken auf Rosie, die Leo ein Loch in den Bauch fragt über Papageitaucher und Wale und Delfine und dergleichen. »Ich möchte ihr nicht den Ausflug verderben. Die Klippen sind ein wahres Fest für die Augen. Einfach fantastisch.«

Ich folge ihrem Blick zu den berühmten Steilwänden, an denen Leo so nah vorbeisteuert, wie er kann. Der Anblick verschlägt mir immer noch den Atem, obwohl ich diese Tour schon so oft mitgemacht habe.

»Irland ist das schönste Land der Welt«, sagt Juliette und schaut ehrfürchtig an den senkrecht emporragenden Felswänden hoch. »Ich habe es immer geliebt. Ich fühle mich hier total heimisch, ist das nicht seltsam?«

Ich sehe sie an, und ich weiß genau, was sie meint. Ich höre das immer wieder von Touristen, die in meine Boutique kommen und die alles über unser Heimatland in sich aufsaugen, auf eine Weise, wie die Einheimischen es nie tun, da sie die Gegebenheiten als selbstverständlich betrachten.

»Ein Teil von dir wird immer hier sein, Juliette, das weißt du«, sage ich leise zu ihr, und als ich ihr in die Augen blicke, sehe ich, dass sie weint. Ich hake mich bei ihr ein, so wie Rosie es vorhin mit uns beiden gemacht hat, und sie lehnt ihren müden Kopf an meine Schulter.

»Ich muss Dan sehen«, sagt sie. »Ich vermisse ihn.«

»Natürlich vermisst du ihn«, sage ich zu meiner neuen, ach so tapferen Freundin. Sie hat nur noch ein paar Tage in Killara, dann wird sie fort sein, und schließlich fort für immer. Und obwohl ich diese Vorstellung fürchte, weiß ich einfach, dass Juliette nie weit von mir oder von hier entfernt sein wird. Sie hat etwas in mir bewegt. Ich fühle mich durch die Begegnung mit ihr gestärkt, und ich glaube nicht, dass der Teil von ihr, der nun in mir ist, jemals ganz verschwinden wird.

»Sieh dir deine Tochter an«, sage ich leise. »Sieh dir an, wie wohl sie sich hier fühlt. Ein Teil von diesem Ort ist in ihrem Blut, kannst du das sehen?«

Juliette nickt und lächelt unter Tränen, und wir beide beobachten Rosie, die sich nicht entscheiden kann, ob es wichtiger ist, mit eigenen Augen zu verfolgen, was sie gerade erlebt, oder durch ihre Handykamera, mit der sie alles fotografiert, was sie mit ihren Freunden teilen will.

»Sie genießt diesen Urlaub in vollen Zügen, und ich bin dir unendlich dankbar, weil du einen wesentlichen Anteil daran hast«, sagt Juliette. »Diese Tage hier werden ihr am besten in Erinnerung bleiben, hoffe ich.«

»Und es kommt noch mehr«, sage ich. »Was hältst du davon, wenn ich heute Abend für euch koche?«

Juliette reißt freudig ihre Augen auf. »Das wäre super! Bei dir oder bei uns?«

»Ich komme zu euch, wenn es dir nichts ausmacht«, antworte ich. »Es ist gemütlicher, und du kannst dich zwischendurch zurückziehen, wenn du dich ausruhen möchtest.«

»Einverstanden«, sagt Juliette und lehnt wieder ihren Kopf an meine Schulter. Ich sehe ihr an, dass sie an Kraft verliert. Etwas hat sich verändert, als hätte ihr Lebenslicht zu flackern begonnen. Sie sieht müde aus und noch blasser als sonst, und daran, wie sie den körperlichen Kontakt sucht, indem sie sich an mich lehnt oder einfach meine Hand hält, während wir über das Wasser gleiten, merke ich, dass sie Angst hat. Ich schaue hinaus auf das Meer und kämpfe mit den Tränen, als mich die Realität, dass ich Juliette verlieren werde, obwohl ich sie erst gefunden habe, zum ersten Mal mit voller Wucht trifft. Ich will ihre restlichen Tage in Killara so angenehm und außergewöhnlich gestalten wie möglich. Mein nächster Plan für sie und Rosie muss so schnell es geht umgesetzt werden. Ich bin aufgeregt und ergriffen, wenn ich nur daran denke.

Wie versprochen besuche ich sie abends im Cottage, bewaffnet mit einem Korb voller lokaler Produkte. Ich gehe schnurstracks in die Küche und befehle Juliette, sich auf dem Sofa auszuruhen, während Rosie und ich uns um das Essen kümmern.

»Magst du Spaghetti Bolognese?«, rufe ich zu Juliette hinüber. Sie hat es sich im Pyjama unter einer flauschigen Decke gemütlich gemacht, und Rosie, ebenfalls im Pyjama, schwebt im siebten Himmel, weil wir in der Küche nicht nur ein Menü zaubern, sondern auch einen geheimen Plan schmieden.

»Ja, das ist meine absolute Leibspeise!«, ruft Juliette zurück, und Rosie klatscht sich mit mir ab. Wir haben die Sache voll im Griff.

»Ich habe dir ja gesagt, sie liebt Spaghetti Bolognese«, bemerkt Rosie. »Sie liebt alles, was italienisch ist, besonders die Männer, ha!«

»Das beweist, dass sie einen guten Geschmack hat. Okay, hast du alles vorbereitet?«, frage ich, während sie neben mir Zwiebeln klein hackt.

»Ja, die Playlist steht«, antwortet sie im Flüsterton. »Es ist alles bereit. Ich habe Prince, INXS, ein paar Songs von Meat Loaf und … wie hieß dieses eine Lied, das du mir genannt hast?«

»*Wake me up before you go go?*«, sage ich.

»Genau das«, sagt sie. »Ich habe einfach *Hits* und *80er* gegoogelt. Jetzt brauche ich nur noch du weißt schon was, was ja dein Part ist.«

Ich lächele sie an und bedeute ihr, die Zwiebeln in die Pfanne zu geben.

»Voilà!«, sage ich wenig später zu Rosie und reiche ihr den ersten Teller Spaghetti. »Bring das deiner Mum.«

»Das war Französisch, nicht Italienisch«, erwidert sie, und ich zucke mit den Achseln. Was ist schon ein sprachlicher Ausrutscher unter Freunden?

Wir verzehren unser italienisches Mahl vor den Abendserien im Fernsehen. Als wir, ausgehungert nach unserer Bootstour, alles verputzt haben und die Teller praktisch sauber geleckt sind, entschuldigt Rosie sich und verschwindet ins Bad. Ich nehme das als mein Stichwort, so wie wir es vorhin abgesprochen haben, und als sie wieder hereinkommt, bin ich einsatzbereit.

»Was zum ...« Juliette wirkt zunächst verwirrt, aber sobald die ersten Takte von *Kiss* durch das Wohnzimmer schallen, ist sie begeistert. Rosie trägt eine wilde rote Stachelperücke im Toyah-Wilcox-Stil, ein Madonna-T-Shirt, das noch aus meiner Zeit in den nordirischen Rollerdiscos stammt, neonpinke Leggings und die obligatorischen Stulpen dazu, in Kanariengelb. Sie greift nach der Hand ihrer Mutter und zieht sie sanft vom Sofa hoch.

»Komm, Mum!«, ruft sie. »Du tanzt doch so gern!«

»O Mann, ich liebe Prince!«, ruft Juliette. »Mach lauter!«

Und genau das tue ich.

»*You don't have to be rich*«, singen die beiden mit hoher Stimme und tanzen ausgelassen. Mein Herz schmilzt bei ihrem Anblick förmlich dahin. Die Musik dröhnt in der Luft und lässt keinen Raum für andere Geräusche, und Juliette gibt, trotz der körperlichen Anstrengung nach so einem langen Tag, wirklich alles, als sie mit ihrem Mädchen zusammen abzappelt.

»*Kiss!*«, rufen sie am Schluss einstimmig und küssen beide in die Luft, als wäre es einstudiert, dann zieht Juliette Rosie in ihre Arme und drückt ihr einen dicken Schmatzer auf die Wange, den Rosie erwidert.

Wieder einmal spüre ich diesen altvertrauten Stich, während ich denke, dass ich das hätte sein können, vor ein paar Jahren mit meiner Mutter oder in ein paar Jahren mit meiner Lily, hätte mir das Leben nicht so grausam mitgespielt. Und das Leben ist auch in diesem Fall grausam, mache ich mir bewusst. So glücklich dieser Moment hier auch sein mag, jeder Tag, den die beiden noch zusammen erleben, ist von Traurigkeit überschattet.

Als Nächstes läuft *Papa Don't Preach* von Madonna, und Juliette jubelt begeistert auf, dann tauscht sie ihre Perücke mit Rosies ausgefallenerer Variante. Sie winken mich zu sich, und Juliette schnappt sich die Fernbedienung für den Fernseher als provisorisches Mikrofon.

»Ich habe nie auf den Text geachtet, als dieses Lied herauskam!«, brüllt sie über die Musik hinweg. »Ich habe es einfach so von Anfang an geliebt!«

»Gute Arbeit, DJane!«, forme ich mit den Lippen und zeige Rosie den erhobenen Daumen, und sie schaut zu ihrer Mutter, die sich ganz in der Musik verliert. Ich sehe Tränen in ihren Augen glitzern.

Sie tanzen zusammen in grenzenloser Freiheit, diese todkranke Frau im Pyjama mit der Stachelperücke und ihre Tochter, die alles tut, um ihre Mutter zum Lachen zu bringen, und lauthals mitsingt.

Rosie sieht Juliette nun mit anderen Augen, als eine eigenständige Person, nicht nur als ihre sterbende Mutter. Sie sieht einen Menschen mit einer Vergangenheit, mit alten Erinnerungen aus einer Zeit, in der sie noch gar nicht existierte, einen Menschen mit Hoffnungen und Träumen, die entstanden sind, lange bevor sie auf der Welt war. Ich wünschte, ich hätte mir die Zeit genommen, meine Mutter mit solchen Augen zu betrachten.

Aber am meisten wünsche ich mir, ich hätte mit ihr getanzt, so wie Rosie und Juliette es gerade hier vor mir tun. Und noch besser wäre gewesen, wenn es jemand mit der Kamera eingefangen hätte, so wie ich nun mit meiner Kamera diese zwei wunderbaren Menschen filme. Ich kann es nicht erwarten, ihre Gesichter zu sehen, wenn sie es sich hinterher anschauen. Eine perfekte Erinnerung an glückliche Zeiten, für Rosie als ein unvergängliches Andenken und für Juliette, um lächelnd darauf zurückzublicken, solange sie es noch kann.

## KAPITEL 19

Mittwoch

JULIETTE

»Es ist nur eine Migräne, Helen. Kein Grund zur Aufregung«, sage ich zu meiner Schwester.
»Von wegen!«, erwidert sie. »Sag mir die Wahrheit. Wann hat es angefangen? Gestern? Vorgestern? Wann?«
Ich wusste, dass sie in Panik geraten würde.
»Wir sind im Urlaub, und wahrscheinlich habe ich es gestern einfach ein bisschen übertrieben. Aber diese Bootstour sollte für Rosie etwas ganz Besonderes werden, und das war sie auch«, erkläre ich ihr. Ich liege bei geschlossenen Jalousien und Vorhängen in meinem Bett im Cottage. Rosie geht mit Merlin spazieren, wie wir es gestern Abend mit Shelley vereinbart haben. Obwohl ich es niemandem gegenüber zugeben möchte, ist der Schmerz in meinem Kopf, der gestern auf dem Boot angefangen hat, immer schlimmer geworden, und er macht mir eine Todesangst.
»Soll ich Michael anrufen?«, fragt meine Schwester, und ihre Stimme zittert vor Angst über die Irische See hinweg. »Er könnte vielleicht einen Arzt für dich organisieren. O Jules, das ist ein Albtraum, weil du so weit weg bist.«
»Sag nicht, dass du mich gewarnt hast«, drohe ich ihr freundschaftlich. »Ich kann jetzt keine Belehrungen gebrauchen.«
»Ich werde dich nicht belehren, aber ich drehe hier vor lauter Sorge noch durch. Wie schlimm sind die Schmerzen auf einer Skala von eins bis zehn?«
Ich kann die Dringlichkeit meiner Schwester spüren, aber ich möchte wirklich nicht unnötig Alarm schlagen. Es wird

vorübergehen. Es kann nicht so schnell passieren, nicht so, nicht hier, nicht jetzt, wenn ich mit Rosie allein im Urlaub bin. Ich muss Dan wiedersehen. Ich muss Helen wiedersehen und meine Mum und meinen Dad und meine Neffen. Ich kann nicht einfach hier sterben, allein mit meiner Tochter, nein, bitte lass es nicht so kommen. Ich habe eine schreckliche Angst. Vielleicht eine Überreaktion? Michael hat gesagt, dass es nicht über Nacht passieren würde, richtig? Sonst hätte er mir nicht empfohlen, für ein paar Tage wegzufahren. Ich kann nicht so plötzlich sterben, das geht nicht. Ich habe heute einfach nur einen schlechten Tag. Kein Wunder, nach der ganzen Aufregung, seit wir hier in Killara sind.

»Im Moment sieben, aber warten wir ab, wie ich mich in ein paar Stunden fühle, wenn ich mich ausgeruht habe«, sage ich. »Vielleicht bin ich einfach nur seekrank und erschöpft. Wir haben hier schon ziemlich viel unternommen, und heute wollte ich mit Rosie eigentlich nach Galway fahren. Sie hätte sicher große Freude daran, durch die Stadt zu bummeln und den Straßenmusikern zu lauschen. Ich kann ihr diesen Urlaub nicht verderben, Helen, nicht jetzt, wo sie so viel Spaß hat. Ich habe sie noch nie so lebhaft gesehen, sie blüht hier richtig auf, genau wie ich es mir erhofft habe. Sie liebt diesen Ort.«

Ich kann Helens Jungs im Hintergrund hören, und das Heimweh versetzt mir einen Stich, der fast schlimmer ist als der bohrende Schmerz in meinem Kopf. Ich habe Sehnsucht nach Dan, so wie er früher war. Stark, fürsorglich und liebevoll – und fähig, mit meinen schlechten Tagen umzugehen, wenn meine Krankheit mich niederzwang.

»Aber es ist nicht nur eine Migräne, die man mit ein paar Stunden Schlaf auskurieren kann, nicht wahr?«, flüstert Helen, und ihre Angst schwappt förmlich aus dem Hörer. »Es ist nicht so, als bräuchtest du nur eine Schmerztablette zu schlucken und alles wird wieder gut. Du hast einen Hirntumor. Du hast Krebs. Und nicht zu vergessen, du hast einen ziemlich großen Schock erlitten, nachdem dein Traum, Skipper wiederzusehen, ein für alle Mal zerstört wurde.«

Ich weiß, Helen würde mich am liebsten zwingen, nach Hause zu kommen, aus allen möglichen Gründen, aber ich bin zu erschöpft, um mit ihr zu diskutieren.

»Na schön«, fährt sie fort. »Ich werde noch heute den nächsten Flug buchen und zu dir kommen, Juliette. Brian kann sich ein paar Tage freinehmen und auf die Jungs aufpassen. Du wirst diese Rückreise unter keinen Umständen alleine machen. Nur über meine Leiche.«

Nur über *meine* Leiche, meint sie wohl.

Ich lasse mich in mein Kissen zurücksinken und schließe die Augen, kaum mehr fähig, das Handy an meinem Ohr zu halten. »Lass mich einfach ein wenig ausruhen, und ich melde mich später wieder«, sage ich mit schleppender Stimme. »Das ist mein Ernst. Ich werde mich bis Samstag zusammenreißen und wie geplant mit der Fähre nach Hause kommen. Gib mir einfach ein paar Stunden Zeit, bis ich wieder fit bin und dich mit weiteren Bildern von schönen Erlebnissen und magischen Erinnerungen für Rosie ärgern kann.«

Helen erwidert etwas, aber ich kann ihr nicht mehr zuhören. Ihre Stimme, die sonst immer so tröstend und beruhigend wirkt, bohrt sich nun schmerzhaft in mein Gehirn und jagt Schockwellen durch jeden Zentimeter meines Körpers.

Endlich legen wir auf, und ich kann die Dunkelheit und Stille willkommen heißen. Ich muss mich einfach gesundschlafen, dann werde ich ganz schnell wieder auf die Beine kommen. Ich muss. Für Rosie. Wir haben hier so eine schöne Zeit, ich kann sie noch nicht verlassen. Gestern Abend hatten wir einen Riesenspaß, dank Shelley, die durch ihre Unterstützung für uns wieder richtig zum Leben erwacht, und ich will nicht, dass das alles schon endet. Ich habe noch so viel, wofür es sich zu leben lohnt. Bitte, lieber Gott, schenk mir nur noch ein kleines bisschen mehr Zeit mit meinem Mädchen.

# Shelley

Betty verhielt sich heute wieder seltsam, als ich sie im Laden ablöste. Genau wie gestern konnte sie es nicht erwarten, von mir wegzukommen – aber ich werde sie nicht fragen, was ihr Problem ist. Eigentlich weiß ich ja bereits, was sie denkt. Vielleicht ist es ohnehin Zeit, sie gehen zu lassen. Ich sollte wie jeder Mensch in der Lage sein, normal zu arbeiten, von neun Uhr morgens bis zum Ladenschluss, mit einer Mittagspause dazwischen. So wie ich es früher getan habe, bevor die Trauer und ihr Gift meine Existenz übernommen haben. Ich wünschte, Matt würde jetzt schon nach Hause kommen, damit wir gemeinsam diese Schritte machen könnten, zu denen er mich schon so lange drängt. Ich möchte in der Lage sein, seine Liebe zuzulassen und zu erwidern.

Wir könnten einen neuen Anlauf nehmen, um unseren sehnlichen Wunsch nach einer eigenen Familie zu verwirklichen, aber der bloße Gedanke, wieder ein Kind durch eine Fehlgeburt zu verlieren, wie es vor Lily passiert ist, reißt an meinem Herz, und mein leerer Bauch sagt Nein, fleht mich geradezu an, diese Tortur nicht noch einmal durchzumachen.

Ich bediene meine Kunden den ganzen Nachmittag wie auf Autopilot, bis Rosie mit Merlin an der Leine in den Laden kommt. Heute regnet es wieder, was Rosie jedoch nicht im Geringsten zu stören scheint. Ihre Wangen glühen, nachdem sie mit ihrem Lieblingsvierbeiner ein paar Stunden draußen verbracht hat. Sie kommt zu mir hinter die Theke und lässt sich auf meinen Barhocker fallen. Ich verkneife es mir, sie zu bitten, den Hund draußen zu lassen, weil die Gefahr besteht, dass er sein nasses Fell schüttelt und die Ware mit seinem Geruch einsprüht.

»Hast du zwischendurch mal nach deiner Mutter gesehen?«, frage ich. Beinahe fürchte ich mich vor ihrer Antwort.

Nachdem Juliette gestern Abend schlafen gegangen war, saßen Rosie und ich noch eine Weile zusammen und plauderten über Jungs und Kosmetik und Musik. Ich versprach ihr, dass sie heute mit Merlin spazieren gehen kann, was sich als eine perfekte Ablenkung erwies, damit Juliette sich ein wenig ausruhen kann. Die ganze Aufregung in ihren ersten Urlaubstagen plus der Schock über Skippers Tod hat sie körperlich, geistig und seelisch geschlaucht. Ich bin heute auch nicht so gut drauf. Es nimmt mich mit, wie Juliette gegen das kämpft, was ihr unausweichlich bevorsteht.

»Ich habe vor ungefähr einer Stunde bei ihr reingeschaut, und sie hat fest geschlafen«, sagt Rosie. »Tante Helen hat angerufen und Dan auch, aber er klang wie immer angetrunken. Ich wünschte, er würde zur Vernunft kommen. Mum braucht ihn, und ich brauche ihn auch, aber offenbar zieht er die Flasche der Frau vor, die ihn über alles liebt. Ich werde nie heiraten. Nie im Leben.«

Ich würde ihr am liebsten Augen und Ohren zuhalten und sie vor den ganzen Erwachsenenproblemen und dem Druck schützen, damit sie das Kind sein kann, das ich nie sein durfte, nachdem meine Mutter gestorben war.

»Rosie«, sage ich sanft, »als Einzelkind wird es für dich besonders schwer sein, den Verlust zu tragen, der dir bevorsteht, aber ich hoffe wirklich sehr, dass du dich nicht vom Leben verbittern lässt. Dan tut, was er gerade tun muss, um klarzukommen, und wenn deine Mum ihn ausgewählt hat und ihn liebt, kann er nicht so verkehrt sein, selbst wenn er zu viel trinkt, oder?«

Sie zuckt mit den Achseln und lächelt dann leicht. »Mit Dan kann man richtig viel Spaß haben. Na ja, früher zumindest«, sagt sie. »Früher brachte er Mum ständig zum Lachen. Er brauchte nur den Raum zu betreten, und schon hellte sich ihr Gesicht auf, ich schwöre. Anfangs war ich richtig eifersüchtig auf ihn, aber dann fand ich es voll gut, wenn sich die beiden über den albernsten Scheiß vor Lachen kringelten. Sie vermisst ihn sehr.«

»Siehst du?«, sage ich. »Ich will nicht behaupten, dass die Ehe für jeden das Richtige ist, aber ich denke, es ist gut, immer für alles offen zu sein, was das Leben für uns parat hält, egal, wie schwer es uns erscheint. Durch deine Mutter und ihre Art, jeden und alles positiv anzunehmen, habe ich erkannt, dass das Leben viel einfacher ist, wenn man das Glas als halb voll betrachtet und nicht als halb leer. Obwohl es manchmal schwer ist, zu sehen, ob überhaupt etwas im Glas ist.«

Ich habe Rosie wohl irgendwo zwischen meinen Metaphern verloren, da sie nun ihr Handy checkt, aber selbst wenn nur ein Teil meiner Rede bei ihr ankommt, habe ich das Gefühl, dass ich Juliette mit diesem Gespräch unterstütze, und Rosie auch.

»Als meine Mum starb, hat es sich angefühlt, als müsse ich über Nacht erwachsen werden und würde ganz alleine dastehen in der großen bösen Welt«, sage ich. Rosie legt ihr Handy weg. Ich habe sie wieder.

»Hattest du auch Angst?«

»Eine höllische Angst«, sage ich. »Gut, ich hatte noch meinen Vater, aber der war in den ersten zwei Jahren kaum zu gebrauchen. Er hat genauso reagiert wie Dan, hat angefangen zu trinken, um die Realität auszublenden, um zu verdrängen, dass er mit einer minderjährigen Tochter voller Fragen und Verzweiflung zurückgeblieben war. Und so bin ich schließlich nach Killara gekommen, zu meiner Tante. Sie verstand besser, wie man mit mir umgehen musste.«

Rosies Gesicht nimmt einen panischen Ausdruck an. O nein.

»Ich will nicht zu Tante Helen, Shelley«, sagt sie und schüttelt den Kopf. »Es wird einfach nicht dasselbe sein. Tante Helen ist zwar wirklich sehr nett, aber bei ihr im Haus gelten andere Regeln.«

»Sie wird sich gut um dich kümmern, ganz bestimmt.«
»Und ich will nicht über Nacht erwachsen werden müssen, so wie du«, fährt sie fort. »Ich will meine Mum. Ich will sie wieder lachen hören, wenn ich in der Küche meine Hausaufgaben mache und sie nebenan im Wohnzimmer mit Dan auf dem Sofa kuschelt. Ich will mit ihr tanzen und albern sein, so wie gestern Abend im Cottage. Ich will nicht, dass sie stirbt.«
Ich atme tief durch. Was in aller Welt soll ich darauf antworten?
»Ich bin mir sicher, dass es für dich und Dan und deine Tante Helen und jeden, der deine Mum kennt, gut ausgehen wird. Du musst bestimmt nicht über Nacht erwachsen werden so wie ich, du wirst schon sehen«, sage ich. »Ich wette, deine Tante kennt dich in- und auswendig und ist total vernarrt in dich, oder?«
Sie nickt. »Ich denke schon. Sie sagt, ich sei die Tochter, die sie sich immer gewünscht hat, wenn ihre Jungs sie nerven. Ich habe ihr manchmal Dinge anvertraut, die ich Mum nicht erzählen konnte, um mir ihren Rat zu holen.«
Ich sehe einen winzigen Hoffnungsschimmer in ihren Augen.
»Na also«, sage ich. »Es ist gut, dass du deiner Tante vertraust. Und wie ist dein Verhältnis zu Dan? Kannst du mit ihm auch über persönliche Dinge reden?«
Sie zuckt mit den Achseln und überlegt.
»Manchmal schon«, sagt sie dann, »aber auf eine andere Art, denke ich. Dan setzt sich immer für mich ein, wenn ich in Schwierigkeiten bin.«
»Das ist gut!«
»Nicht dass ich oft in Schwierigkeiten wäre, aber du weißt, was ich meine. Wenn ich irgendwelche Probleme habe, kann ich auf seine Unterstützung zählen. Wie das eine Mal, als er in meine Schule kam und mit unserem Direktor gesprochen hat, weil ich von einem Mädchen aus der Klasse über mir

ständig schikaniert wurde. Er hat verlangt, dass das aufhört, und es hat aufgehört.«

Sie setzt sich gerade hin, während sie erzählt, und ich habe jetzt schon ein besseres Gefühl, was sie betrifft.

»O Rosie, Liebes, siehst du? Du hast so viele Menschen um dich herum, die dich lieben und beschützen«, sage ich. »Und dazu kommt, dass deine Mutter dir das Beste mitgegeben hat, was sie dir geben konnte, damit du zu einer starken unabhängigen Frau heranwächst, die du ohne Zweifel später sein wirst.«

»Aber sie wird nicht mehr lange da sein, um mich durchs Leben zu führen, nicht wahr?«, bemerkt sie.

Ich beiße mir auf die Unterlippe. Soll ich ehrlich zu ihr sein und bejahen, dass der Zustand ihrer Mutter alarmierend ist? Soll ich versuchen, sie auf das vorzubereiten, was sie erwartet? Aber wie soll das überhaupt gehen? Man kann sich nicht gegen die Trauer wappnen, wenn ein Mensch so früh von uns gehen muss. Ich denke automatisch an meine Mutter und an das tiefe Loch, das ihr Verlust in mir hinterlassen hat. Der Schock raubte mir damals jegliche Luft, obwohl ich gewusst hatte, dass es so kommen würde.

»Rosie, deine Mum wird dich immer durchs Leben führen«, sage ich. »Zwar nicht so wie bisher, wo du sie jeden Tag sehen und hören kannst, aber sie wird auf eine ganz spezielle Art immer in deiner Nähe sein. Ich weiß, das ist nicht dasselbe, aber warte es ab. Ich verspreche dir, wenn du sie brauchst, wirst du sie nah bei dir spüren. Auf diese Art überstehe ich Tag für Tag ohne meine Mum und ohne Lily. Wenn ich die Augen schließe, kann ich die beiden sehen, und das tröstet mich ein kleines bisschen.«

Man kann es ein Erwachen nennen oder einen Moment der Veränderung, oder vielleicht lag es auch daran, jemanden wie Juliette zu erleben, die dem Tod ins Gesicht starrt. Jedenfalls habe ich in den letzten Tagen meinen Geist und mein Herz geöffnet, und das hat bewirkt, dass ich mich meinen Liebsten deutlich näher fühle. Ich sehe, wie Juliette sich dagegen sträubt, ihr Kind zu verlassen, und ich weiß, dass meine Mutter mich auch nicht verlassen wollte. Wie könnte sie dann also weit von mir entfernt sein? Sie ist immer bei mir, sie führt mich und beobachtet mich in allem, was ich tue. Und ich weiß jetzt, dass sie auf Lily aufpasst und mich dazu antreibt, das Beste aus meinem irdischen Dasein herauszuholen, so wie Juliette es tut, bevor ihre Zeit um ist.

»Ich sollte wohl langsam mal ins Cottage rübergehen, um nach Mum zu schauen«, sagt Rosie, und ihre Hände spielen an Merlins Leine herum. »Sie ist heute richtig schlapp, und ich hasse es, sie so zu sehen. Ich habe eine solche Angst, dass ihr was passiert …«

Sie zieht ein Taschentuch aus ihrem Ärmel, wischt sich damit die Nase ab und gleitet dann von meinem Barhocker.

»Ja, ich denke, das ist eine gute Idee, Engelchen. Außerdem hast du inzwischen bestimmt genug von Merlin«, sage ich im Bemühen, die Stimmung ein wenig aufzuheitern. »Ich werde nach meiner Schicht bei euch vorbeischauen. Was hältst du davon, wenn ich uns wieder was Leckeres koche?«

»Das wäre cool, ja.«

»Und hinterher könnten wir uns zusammen einen Film anschauen, damit deine Mum sich ein bisschen erholen kann. Sie hat sich so viel Mühe gegeben, um diesen Urlaub ganz besonders zu machen, und das ist er auch, nicht wahr?«

Rosies Unterlippe beginnt zu zittern, und sie nimmt gar nicht wahr, dass Merlin, dem es in meiner kleinen Boutique allmählich zu eng wird, an seiner Leine zieht. Als er zu bellen anfängt, gibt Rosie ihren Gefühlen nach und lässt ihren Tränen freien Lauf.

»Der Urlaub ist richtig klasse, weil wir dich getroffen haben. Du hast mir so sehr geholfen und meiner Mum auch«, sagt sie weinend. »Ich will einfach nicht, dass er zu Ende geht. Noch nicht. Nicht jetzt schon, Shelley.«

Ich schaue in ihre schönen Augen, und die Angst darin lässt meinen Atem stocken. Ich weiß genau, was sie meint. Sie will nicht, dass dieser Urlaub endet, weil das bedeutet, dass sie anfangen muss, sich auf das Ende ihres bisherigen Lebens vorzubereiten.

»Ich habe eine furchtbare Angst, ich kann nichts dagegen machen«, schluchzt sie. »Ich habe Angst davor, niemanden mehr zu haben, zu dem ich immer gehen kann, egal, wie sehr sich alle bemühen. Meine Großeltern sind schon alt, und meine Oma ist selber krank. Ich liege nachts wach und mache mir Sorgen, dass sie dieselbe Krankheit hat wie Mum. Und Tante Helen hat mit ihrer eigenen Familie schon genug zu tun. Wer wird für mich da sein? Ich will nicht, dass meine Mum stirbt. Bitte, lieber Gott, lass sie nicht sterben!«

Ich lege meine Arme um sie und drücke sie eng an meine Brust, lasse sie weinen und weinen und weinen. Und ich weine auch, wegen Juliette und wegen dieses liebenswerten Mädchens, dem so viel Einsamkeit und Kummer bevorstehen.

»Ich weiß, Süße, du hast Angst«, flüstere ich. »Du willst deine Mum nicht verlieren, und deine Mum will dich nicht verlieren. Du wirst wütend sein, so unglaublich wütend, dass du am liebsten alles kurz und klein schlagen und schreiend davonlaufen und dich verstecken würdest. Und du wirst jedes Mal, wenn du andere Mädchen mit ihren Müttern siehst, denken: Warum ich? Warum *meine* Mum? Du wirst innerlich brodeln, und es wird sich wie ein Schlag in den Magen anfühlen, wie eine Tonne Ziegelsteine, die dich unter sich begräbt, und zwar immer genau dann, wenn du glaubst, den Schmerz überwunden zu haben. Ich weiß, es ist wirklich schwer, aber wenn du kannst, versuch bitte, dir diesen Schmerz wie einen schweren Sturm vorzustellen, der jedes Mal aufzieht, wenn du daran denkst, wie sehr du deine Mutter liebst.«

»Wie meinst du das?«

»Wenn deine Mum dir nicht so wichtig wäre, würdest du nicht diesen Schmerz spüren. Er ist also ein Zeichen dafür, wie sehr ihr euch liebt und immer lieben werdet. Wie ein Sturm, der alles überflutet, oder wie ein Hurrikan, der viele Schäden hinterlässt. Er steht für etwas, das so groß ist, dass nichts und niemand es kontrollieren kann. So groß ist deine Liebe für deine Mum, und du wirst sehen, wenn du sie brauchst, wird sie in deiner Nähe sein, weil sie da drin ist.« Ich lege meine Hand auf ihr Herz. »Niemand kann sie dir jemals nehmen, Rosie. Sie wird dein Herz niemals verlassen, und wenn du das einmal erkannt hast, wirst du spüren, dass es langsam wieder bergauf geht, Tag für Tag, Woche für Woche. Du hast eine starke Frau in deinem Herzen, und sie wird dort für immer bleiben.«

Ich muss meine Augen abwenden, als Rosie ihre eigene Hand auf ihr Herz legt.

»Ich spüre sie bereits hier drin«, sagt sie. »Das kann mir niemand jemals nehmen.«

»Ganz genau«, sage ich und schlucke meine Tränen hinunter. »Und du weißt, wenn du jemanden zum Reden brauchst, ein Anruf genügt.«

»Danke, Shelley. Du bist immer so nett zu uns, ich werde dich ganz bestimmt ziemlich oft anrufen«, sagt sie schniefend. »Ich fürchte mich davor, dass ich bald nicht mehr einfach hier reinkommen und spontan mit dir plaudern kann wie jetzt gerade. Du bist die Einzige, mit der ich so reden kann.«

Und nun vergieße ich doch eine Träne. Die Vorstellung, dass es Rosie hilft, wenn sie mit mir redet, rührt mich zutiefst.

»Nun, dann müssen wir dafür sorgen, dass jeder Moment zählt. Ich habe eine Idee. Warum gehst du nicht zu mir und bringst Merlin nach Hause, und anschließend holst du mich ab, und wir gehen zusammen zu deiner Mum. Wie wäre das?«, schlage ich vor, in der Überlegung, dass sie durch diese Aufgabe für eine kurze Zeit abgelenkt wäre. Außerdem wird

Merlin langsam nervös und unruhig, und ich spüre, dass er für heute genug davon hat, unterwegs zu sein.

Rosie nickt, und ihre Tränen versiegen, als sie den Hund tätschelt. Ich gebe ihr meinen Hausschlüssel und halte ihre Hand für einen Moment fest.

»Einmal ganz tief durchatmen, Rosie«, sage ich. »Du machst das richtig gut. Lass uns versuchen, aus den nächsten paar Tagen das Beste zu machen und weiter Spaß zu haben, okay?«

»Okay«, erwidert sie. »Ich bin so froh, dass wir hierhergekommen sind. Das ist der beste Urlaub aller Zeiten, hauptsächlich wegen dir.«

»Ihr habt mir auch geholfen, vergiss das nicht. Okay, wenn du oben angekommen bist, schließt du einfach nur die Tür auf und lässt Merlin ins Haus. Ich hoffe, er folgt dir nicht durch die Hundeklappe, wenn du wieder zurückgehst«, sage ich. »Besser wäre es, du bringst ihn in die Küche, wo sein Futter steht. Dann machst du dich rasch aus dem Staub, und bevor er merkt, dass du verschwunden bist, bist du schon längst über alle Berge.«

Rosie nimmt den Schlüssel an sich und bringt ein Lächeln zustande.

»Ach, ich muss dir noch den Code für die Alarmanlage geben«, sage ich. »Er ist leicht zu merken. Also, Alarmanlage aus, Tür auf, Hund in die Küche bringen, rausgehen, fertig. Okay?«

Ich nenne ihr den sechsstelligen Code, und sie spricht ihn mehrmals vor sich hin.

»Mit den ganzen Instruktionen komme ich mir vor wie in *Mission Impossible*«, sagt sie schließlich, und die Art, wie sich ihr Gesicht aufhellt, zupft an meinem Herz, bis es sich wund anfühlt. »Das ist einer unserer Lieblingsfilme. Mum fährt voll auf Tom Cruise ab.«

»Nun, dann sollten wir heute vielleicht einen guten alten

Tom-Cruise-Filmabend machen«, sage ich. »Ich finde, das klingt gut.«

Ich wische mit meinen Daumen ihre Tränen ab und hebe dann ihr Kinn empor, so wie Matt es immer mit mir macht, wenn es mir nicht gut geht. Die körperliche Berührung und der direkte Augenkontakt helfen mir meistens.

»Ich wünschte, wir könnten einfach hierbleiben, und es könnte immer so sein wie jetzt«, sagt sie, und ich schüttele langsam den Kopf.

»Ich werde immer für dich da sein, Rosie«, sage ich. »Du bist für mich etwas Besonderes, und ich denke, wir sind inzwischen Freundinnen geworden, oder was meinst du?«

»Ich habe Angst, dass ich dich nie wiedersehe«, erwidert sie, und es rührt mich, dass sie mit mir in Kontakt bleiben möchte. »Du weißt schon, nach allem.«

»Ich bin sicher, dass wir in Verbindung bleiben werden, mach dir darum mal keine Gedanken«, sage ich. »Du weißt, du kannst jederzeit mit mir reden, das ist ein Versprechen. Und jetzt geh los und bring unseren Freund hier nach Hause, damit er sich ausruhen kann.«

»Danke, Shelley«, sagt sie und wischt mit ihrem Handrücken die frischen Tränen ab.

»Nein, Rosie, ich danke *dir*«, flüstere ich und sehe ihr nach, während sie sich in Richtung Hügel wendet, dem höchsten Punkt von Killara, auf dem unser Haus steht.

Rosie ist das nicht bewusst, aber ich fürchte den Tag ihrer Abreise genauso sehr wie sie. Ich habe Angst, dass ich in dieses tiefe schwarze Loch der Trauer zurückfalle, wenn die beiden fort sind. Juliette hat mich mit liebevoller Strenge geführt, als ich es brauchte, um der Welt wieder gegenüberzutreten und das Gute in Menschen wie Sarah und Leo zu sehen. Sie hat mich gezwungen zu erkennen, dass ich mir keinen Gefallen tue, wenn ich Menschen ausschließe, denen ich wirklich etwas bedeute. Dass ich den Mann, den ich liebe, zurückstoße, obwohl ich mir in Wirklichkeit nichts mehr wünsche, als ihm nahe zu sein. Sie hat mir gezeigt, wie schön es ist, zu lachen und ein gutes Essen zu genießen und an der frischen Luft zu sein und sich spontan treiben zu lassen. Und ihre Tochter macht mein Herz froh, indem sie mir einfach erlaubt, für sie da zu sein, weil wir denselben Schmerz fühlen.

Ich fische Bettys zerknüllten Zettel aus dem Papierkorb und werfe ihn draußen in den Müllcontainer. Ich muss immer weiter vorangehen, wie mein Vater sagt, Schritt für Schritt.

### Juliette

»Du bist ein Engel, Shelley«, sage ich zu meiner Florence Nightingale, als sie mir eine dampfende Tasse mit Tomatensuppe gibt. Ich liege in meinem Lieblingspyjama gemütlich auf dem Sofa, eingehüllt in eine weiche Decke. »Ich könnte mich daran gewöhnen, dass du für uns kochst. Ich hoffe, ich sehe nicht zu unheimlich aus, oder doch?«

Ich habe mir erlaubt, heute Abend auf meine Perücke zu verzichten, weil ich das Jucken mit diesen Kopfschmerzen nicht ertragen kann.

Shelley schüttelt den Kopf. »Du siehst aus wie Marilyn Monroe, ob mit oder ohne Perücke«, erwidert sie scherzhaft. Offenbar habe ich ihr irgendwann den Spitznamen meiner Perücke genannt. Ich kann mich nicht daran erinnern. O Gott, inzwischen sind es so viele Dinge, die einfach aus meinem Gedächtnis gleiten, dass es mir den Atem verschlägt. Kleinigkeiten wie zum Beispiel, wo ich etwas abgelegt habe oder was ich gesagt oder nicht gesagt habe. Ich will nicht auch noch die großen Dinge vergessen. Ich brauche meine Erinnerungen, um durch schlechte Tage wie diesen hier zu kommen.

Ich weiß wirklich nicht, was ich ohne Shelley tun würde, die hier für uns sorgt und Rosie ein wenig ablenkt. Im Moment bereiten sie gerade das Wohnzimmer für einen Filmabend vor. Das Wetter draußen erinnert an einen Winterabend, im Kamin knistert bereits ein Feuer, und Shelley hat ein paar Tom-Cruise-Filme mitgebracht. Sie ist ein wahrer Schatz.

»Also, Madame, was möchtest du zuerst sehen?«, fragt sie mich. »Wir haben hier *Top Gun* für ein bisschen Erotik, *Cocktail* für ein bisschen Retro-Feeling oder *Mission Impossible*, der ja, wie ich höre, zu deinen Lieblingsfilmen zählt, für ein bisschen Action. Worauf hast du am meisten Lust?«

Rosie zieht die Vorhänge zu und zündet ein paar Duftkerzen an (die auch Shelley besorgt hat), und ich bade in dem warmen Gefühl, richtig gut umsorgt zu sein.

»Ich glaube, ein bisschen Erotik ist genau das, was ich jetzt brauche«, sage ich, und Rosie rollt mit den Augen.

»Ich wusste, dass du das sagen würdest«, stöhnt sie.

Natürlich wusste sie das, denke ich schmunzelnd. Teenager wissen schließlich alles, nicht wahr?

Shelley legt die DVD ein, und wir machen es uns alle vor dem Fernseher gemütlich, während ich meine Suppe trinke und Gott dafür danke, dass er unsere Wege auf diese Art zusammengeführt hat. Im Leben gibt es für alles einen Grund, davon bin ich nun mehr denn je überzeugt. Mag sein, dass ich mit meiner Suche nach Rosies leiblichem Vater gegen eine Wand gelaufen bin und sich mein letzter Wunsch, dass Rosie ihre irische Verwandtschaft kennenlernt, nicht erfüllen wird. Aber dafür habe ich in Shelley eine wahre Freundin gefunden, und ich habe das starke Gefühl, dass sie immer auf mein Mädchen achtgeben wird, selbst aus der Ferne.

Shelley ist unglaublich schnell mit uns warm geworden, obwohl wir uns erst seit wenigen Tagen kennen. Ich kann sehen, wie sie sich vor meinen Augen erholt, nicht, weil ich etwas Spezielles machen würde, sondern weil sie das Gefühl hat, dass sie uns eine Hilfe ist. Und das ist sie wirklich. Die selbst gekochten Mahlzeiten, der Ausritt am Strand, die

Home-Disco mit kitschigem 80er-Jahre-Pop und ihre Bereitschaft, meine Tochter in ihre Welt hineinzulassen, ihr den Hund anzuvertrauen, mit ihr Gespräche über Trauer zu führen – das alles ist mehr, als ich jemals von einer Fremden erwartet hätte. Und im Gegenzug füllen wir ein wenig die Leere in Shelleys Leben. Sie sieht in Rosie das Mädchen, das sie selbst einmal war, und zudem die Tochter, die sie in der Zukunft gehabt hätte. Ich hoffe, dass auch ich Shelley eine Hilfe bin, indem ich sie dazu gebracht habe, sich ihren Ängsten zu stellen und den Klatschmäulern zu trotzen, einfach wieder unter die Leute zu gehen. Aber ich baue körperlich gerade rapide ab, und ich weiß nicht, ob ich in diesem Leben, abgesehen von meiner sehr schwachen Anwesenheit, noch viel zu bieten habe. Meine Schmerzmittel zeigen immer weniger Wirkung, und ich weiß, es wird nicht mehr lange dauern, bis ich mich beugen und einen Arzt aufsuchen muss, um mit dieser Gewalt umzugehen, die mich innerlich auffrisst und mir mehr und mehr meine Lebensqualität raubt. Sie ist schnell, und sie ist viel stärker, als ich es mir jemals hätte vorstellen können. Wenn ich nur noch bis Samstag durchhalte, dann kann ich Dan und Helen und meine Eltern wiedersehen ...

Ich trinke meine Suppe aus und stelle die Tasse auf den Couchtisch, den Shelley in meine unmittelbare Reichweite geschoben hat. Dann kuschele ich mich unter meine Decke. Ich schaffe nicht einmal den Vorspann, bevor ich in einen tiefen und dringend benötigten Schlaf sinke.

SHELLEY

Matt ruft mitten im Film an, und da Juliette neben mir schläft, stehe ich leise auf und gehe in die Küche, um mit ihm zu plaudern. Rosie, die mehr mit ihrem Handy beschäftigt ist als mit dem Film, nimmt mich kaum wahr, als ich aus dem Zimmer gehe.

»Hallo, Liebling«, sagt Matt. »Sorry, hast du schon geschlafen?«

Ich schaue auf die Uhr. Es ist erst kurz nach neun. »Nein, nein, ganz sicher nicht«, sage ich. »Ich bin gerade bei Juliette und Rosie. O Matt, Juliette geht es heute überhaupt nicht gut. Ich glaube, der Ausflug gestern war ein bisschen zu viel für sie, oder vielleicht quält sie sich auch schon länger und hat nur nichts gesagt. Ich habe ihr vorhin eine Suppe gekocht, und jetzt schläft sie.«

Gestern Abend nach unserer Bootstour habe ich es endlich geschafft, Matt etwas mehr von Juliettes Vorgeschichte zu erzählen, auch von Skipper.

»Ihre Situation ist wirklich sehr traurig«, sagt Matt. »Stell dir vor, man ist gezwungen, auf diese Art sein Kind allein in der Welt zurückzulassen. Vielleicht wird Skippers Familie einspringen und Rosie kennenlernen wollen, wenn sie von ihr erfährt. Sobald ich wieder zu Hause bin, werde ich alle Hebel in Bewegung setzen, um sie ausfindig zu machen.«

»Das wäre wirklich gut«, sage ich. »Zu schade, dass die beiden schon wieder abreisen, bevor du zurückkommst. Es wäre bestimmt ein großer Trost für Juliette, mit dir zu sprechen.«

Ich spreche mit gedämpfter Stimme, damit Rosie mich nicht hören kann, aber eigentlich ist der Fernseher laut genug und sie sowieso in ihr Smartphone vertieft.

»Ich finde es toll, dass du dich um diese Leute kümmerst«, sagt Matt, »aber ich habe Angst, dass du einen Rückschlag erleidest, wenn sie nicht mehr da sind. Du musst dich auch um dich selbst kümmern, Shelley. Ich kann es jedenfalls kaum erwarten, nach Hause zu kommen und dich zu sehen.«

Ich schließe meine Augen und spüre unwillkürlich ein tiefes Verlangen nach ihm. »Ich könnte dich im Moment wirklich gebrauchen«, sage ich. Es ist sehr lange her, dass ich ihm gesagt habe, wie sehr ich ihn brauche. »Ich kann es auch kaum erwarten, dass du nach Hause kommst.«

»Wir werden die Kurve kriegen, Liebling, nicht wahr?«, erwidert er. »Du weißt, wie sehr ich dich liebe. Ich hoffe, ich sage dir das oft genug, und vor allem hoffe ich, dass ich es dir zeige.«

Ich beiße mir auf die Unterlippe und atme tief durch. »Ich liebe dich auch, Matt«, sage ich. Eine Träne rollt über meine Wange. Ich kann seine überwältigende Erleichterung durch die Leitung spüren, und ich sitze da und koste diesen Moment aus, die pure Freude, mein Herz endlich wieder zu fühlen. »Ich liebe dich so sehr.«

»Du hast nur Gutes verdient, Shelley«, flüstert er in den Hörer. »So, ich muss jetzt dringend etwas Schlaf nachholen, aber ich möchte, dass du weißt, dass ich unheimlich stolz auf dich bin. Du hast in den letzten paar Tagen einen weiten Weg zurückgelegt. Unsere wunderschöne Lily ist immer noch bei uns, Shelley. Sie wird immer unser kleines Mädchen sein, und du bist die beste Mami auf der Welt.«

»Danke, Matt«, sage ich unter Tränen, die nun richtig fließen. »Du kannst dir nicht vorstellen, wie viel es mir bedeutet, von dir zu hören, dass ich eine gute Mutter bin. Danke.«

»Du wirst immer Lilys Mutter sein«, erwidert er. »Sie ist vielleicht nicht mehr bei uns so wie früher, aber das heißt nicht, dass du nicht ihre Mum bist, und ich bin immer noch ihr Dad. Ich vermisse es, ihr Dad zu sein.«

»Ich weiß«, sage ich, und als ich die Augen schließe, sehe ich vor mir, wie Lily sich abends oder an faulen Sonntagen auf der Couch an ihn kuschelte.

»Du bist so weit gekommen, Shell«, sagt er, und seine Stimme bricht. »Ich finde es sehr schön, dass wir nun über Lily sprechen können. Vielleicht können wir eines Tages gemeinsam an Dinge zurückdenken, mit denen sie uns zum Lachen brachte, und daran, wie sie unser Leben für die kurze Zeit, die wir sie hatten, komplett gemacht hat. Es ist gut, über sie zu sprechen, sich an sie zu erinnern.«

»Ich kann es nicht erwarten, dich zu sehen«, flüstere ich und umklammere den Hörer enger, weil ich nicht will, dass Matt auflegt. Nun bin ich bereit, ihn wieder zu lieben und die Erinnerungen an unsere Tochter wachzuhalten, statt sie zu fürchten.

Wir lassen uns Zeit, um uns voneinander zu verabschieden, und anschließend kehre ich ins Wohnzimmer zurück, wo ich feststelle, dass Rosie neben ihrer Mutter eingeschlafen ist. Ich drehe den Fernseher leiser, dann mache ich es mir mit einer weichen Decke im Sessel bequem und schließe ebenfalls die Augen. Vielleicht sind wir alle bloß erschöpft von den letzten Tagen. Vielleicht wird es Juliette morgen nach einer erholsamen Nacht wieder besser gehen. Ich werde jedenfalls nicht von ihrer Seite weichen, bis ich weiß, dass sie stark genug ist, um sich einem weiteren Tag zu stellen.

## KAPITEL 20

**Donnerstag**

JULIETTE

Ich fühle mich wie verkatert, als ich am nächsten Morgen in die Küche schlurfe. Dort räumt Shelley gerade alles auf, was sich seit gestern so angesammelt hat. Meine Beine sind schwach, und mein Kopf hämmert gnadenlos, als würde jemand unablässig an eine Tür in meinem Schädel klopfen, aber ich muss aus dem Quark kommen und den neuen Tag in Angriff nehmen. Ich kann nicht ewig rumliegen, wir sind hier schließlich im Urlaub.

»O Süße, bist du über Nacht geblieben?«, sage ich. »Du bist wirklich einmalig, Shelley. Dabei hast du sicher Besseres zu tun, als dich die ganze Zeit um uns zu kümmern. Tut mir leid, dass ich gestern ein Totalausfall war.«

Shelley füllt den Wasserkocher. »Ich kann dir versichern, dass ich mich hier im Moment genau richtig fühle. Außerdem ist es das Mindeste, was ich tun kann«, erwidert sie. »So, setz dich hin, der Tee kommt gleich. Wie fühlst du dich? Du siehst heute schon ein bisschen besser aus. Hast du gut geschlafen?«

Ihre aufmunternden Worte sind ansteckend, und ich beschließe, ihrer Beobachtung zuzustimmen. »Ich fühle mich ein bisschen besser, ja«, sage ich, aber die Trauer in meiner Stimme straft meine Worte Lügen. Langsam lasse ich mich auf einen Stuhl sinken. »Ich werde mich nicht unterkriegen lassen, Shelley. Nicht so schnell. Ich habe Pläne für heute. Ich habe Pläne für unseren restlichen Urlaub.«

»Möchtest du zu einem Arzt?«, fragt sie. »Ich sehe doch, dass du noch Schmerzen hast, du brauchst es nicht zu verbergen. Bitte, du darfst nicht still leiden. Ich bin für dich da.«

Ich schüttele den Kopf. »Gestern war ein toller Tag«, sage ich. »Vorgestern auch. Jeder Tag, den Rosie und ich hier verbracht haben, war wundervoll, und ich will nicht, dass sie mich den restlichen Urlaub im Bett liegen sieht, während ein Arzt sich um mich kümmert. Das werde ich einfach nicht zulassen.«

Shelleys Hände zittern, während sie den Tee aufgießt. »Leider kannst du nicht Gott spielen, Juliette«, sagt sie. »Wenn du einen Arzt brauchst, besorge ich dir einen. Du kannst nicht so tun, als wäre nichts.«

»Doch, ich werde so lange wie möglich so tun«, erwidere ich, und sie hält inne und sieht mir direkt in die Augen.

»Du bist ein sturer alter Dickschädel, nicht wahr?«, sagt sie. »Warst du schon immer so eigensinnig?«

Ich bringe ein Lachen zustande. Dann zucke ich mit den Achseln und rolle mit den Augen. »Das hat man mir schon ein paar Mal gesagt, ja«, antworte ich. »Du hast mich ziemlich schnell durchschaut, liebe Freundin, aber trotzdem werde ich erst dann klein beigeben, wenn es nicht mehr anders geht. Ich werde so lange stehen bleiben, bis ich nicht mehr stehen kann. Ich muss für Rosie durchhalten, damit dieser Urlaub so wird, wie ich ihn haben wollte. Ein Riesenspaß.«

Shelley atmet tief durch. »Dann erzähl mir, was du für heute geplant hast, Superwoman«, sagt sie und kommt mit der Teekanne an den Tisch. »Aber mal im Ernst, Juliette, du solltest dich nicht unter Druck setzen, solange du körperlich nicht fit bist. Rosie wird sicher Verständnis haben, wenn du dich einen weiteren Tag ausruhen musst, und ich kann mich gerne um sie kümmern, wenn es dir hilft. Ich könnte mit ihr nach Galway fahren, zum Shoppen, so wie du es vorhattest?«

Ihr Angebot ist sehr freundlich, aber ich brauche Rosie in meiner Nähe, heute und morgen und von nun an jeden Tag. Wer weiß, wie viele Tage uns noch bleiben.

»Danke, Shelley, vielleicht ein andermal«, sage ich, während sie zwei Tassen auf den Tisch stellt und dann den Tee eingießt. Sie nimmt mir gegenüber Platz. »Ich habe hier ein paar wundervolle Tage verbracht. Ich habe den leckersten Fisch und den köstlichsten Kuchen gekostet, ganz zu schweigen von dem ganzen Schampus, ich bin tatsächlich auf einem Pferd geritten, und ich hatte den spektakulärsten Ausblick auf die Cliffs of Moher. Ich habe wirklich jeden einzelnen Moment genossen, besonders den, wenn ich morgens die Haustür öffne und das Meer auf meiner Türschwelle rieche.«

Shelleys Augen werden feucht, und sie lächelt mich an. »Du saugst wirklich alles in dich auf, nicht wahr?«, sagt sie. »Du hast auch meine Sinne wieder zum Leben erweckt. Ich war innerlich tot, bis du aufgetaucht bist, und ich kann dir nicht genug dafür danken.«

»Das zu hören, macht die Schmerzen gleich viel erträglicher, glaub mir«, sage ich. »Ich hatte von Anfang an das Gefühl, dass irgendetwas Entscheidendes passieren würde, wenn ich nach Killara komme, ich wusste nur nicht, was. Skipper habe ich nicht getroffen, aber dafür habe ich dich kennengelernt, und das hat diesen Urlaub noch außergewöhnlicher gemacht, als ich erwarten konnte. Shelley, du wirst ganz sicher wieder auf die Beine kommen, das weißt du, nicht wahr? Du hast einen tollen Mann, der dich liebt, du wohnst in einem herrlichen Haus, und du hast wunderbare Freunde. Du hast viel, wofür es sich zu leben lohnt.«

»Und du hast mir das wieder bewusst gemacht«, erwidert sie. »Rosie ist ein Glückskind, weil sie mit so einer starken Frau wie dir als Vorbild aufgewachsen ist. Ich weiß, es ist eine grausame Wendung des Schicksals, dass du ihr nun genommen wirst, aber sie hat unheimlich viel von dir gelernt. Sie ist dir sehr ähnlich, das weißt du, oder?«

Ich nicke und schenke Shelley ein Lächeln. Ich höre es immer gern, wenn andere Leute Gemeinsamkeiten zwischen mir und meiner Tochter entdecken.

»Du hast in ihr ein großes Vermächtnis hinterlassen, und auf eine gewisse Art auch in mir. Ich werde dir das niemals vergessen.«

Ich sehe, dass in Shelleys Augen Tränen schwimmen, während ihr die Angst, dass ich bald sterbe, wie ein Dämon im Nacken sitzt.

»Dann wirst du meine Mission bis zum Schluss mit mir durchziehen müssen«, sage ich. »Es gibt kein Zurück mehr, Shelley. Du hast gesagt, ich hätte deine Sinne wieder zum Leben erweckt. Nun, ich habe einen meiner fünf Sinne noch nicht richtig ausgeschöpft.«

Sie wirkt interessiert, und ich sehe, dass sie gedanklich alle fünf Sinne durchgeht, um herauszufinden, welcher davon noch Stimulanz benötigt.

»Hören?«, schlägt sie vor, und ich nicke.

»Richtig«, sage ich und nippe an meinem Tee. »Ich würde gerne ins Brannigan's gehen, ein Guinness trinken und Irish Folk hören, mich vom Klang der Geige und der Bodhrán und der Flöte beseelen lassen. Kannst du vielleicht ein paar Leute auftreiben, die heute Abend für mich spielen würden, oder ist das zu kurzfristig?«

Shelley ist bereits auf den Beinen, um ihr Handy von der Anrichte zu holen. Die Leidenschaft und Entschlossenheit, mit der sie meiner Bitte nachkommt, verursacht mir eine Gänsehaut. Sie glüht vor Aufregung, während sie in der Küche umhergeht und in den Hörer spricht.

Als sie auflegt, lächelt sie. »Erledigt. Die Sache geht klar. Okay, kann ich dir jetzt ein Frühstück machen?«

»Du kannst auch Superwoman sein, wenn du nur willst, richtig?«, sage ich mit einem Lächeln. »Ich hätte sehr gerne Rührei mit Speck, bitte.«

Und schon kramt sie im Kühlschrank herum. Shelley ist

eine Heldin, und ich bin froh, dass ich sie dazu bringe, das selbst zu erkennen. Sie hat keine Sekunde gezögert, um meinen Wunsch zu erfüllen, weil die Menschen hier sich gerne gegenseitig helfen, und ich freue mich, dass ihr das wieder bewusst geworden ist, nachdem sie sich so lange versteckt hat.

Währenddessen läuft meine Zeit ab, ich höre, wie mein pochendes Gehirn die Sekunden, Minuten, Stunden herunterzählt. Ich stütze meinen Kopf in die Hände, als ich sicher bin, dass Shelley gerade nicht hinsieht, und bete, dass ich durch die nächsten Tage kommen werde. Ich muss sehr bald zu einem Arzt, aber zuerst möchte ich die süßen Klänge irischer Weisen hören.

## Shelley

Ich bin fest entschlossen, Juliette den besten Abend aller Zeiten zu bereiten, und es sieht gut aus, denn ich habe meinen alten Freund Dermot damit beauftragt, möglichst viele Musiker für eine Live-Session im Brannigan's zusammenzutrommeln. In Killara ist es gang und gäbe, dass zusammen Musik gemacht wird, hier nutzt man jeden Anlass, um gemeinsam zu singen und zu spielen. Aber wer hätte gedacht, dass ich zu so etwas fähig sein würde? Dass ich den Stier bei den Hörnern packen und spontan jemanden anrufen würde, um Juliette eine Freude zu machen? Ich kann nicht glauben, dass ich heute Abend tatsächlich in einen Pub gehe und Irish Folk höre. Für diesen Moment ist meine Entschlossenheit stärker als die Angst um Juliettes Gesundheit, aber vielleicht liegt das auch daran, dass ich absolut nichts machen kann, außer für sie da zu sein. Dies ist die einzige Möglichkeit, wie ich ihr helfen kann.

Ich kann nicht anders, als in mich hineinzulächeln und mir selbst zu gratulieren. Mission erfüllt. Dermot hat sich gefreut, von mir zu hören, und er hat gesagt, im Pub würde man mein Gesicht vermissen. Ich hätte nie gedacht, dass jemand mich vermissen würde. Das aus dem Mund eines alten Freundes aus der Gemeinde zu hören, macht mich sehr froh.

»Es regnet schon wieder«, sagt Rosie, die noch im Pyjama in die Küche kommt. »Ach, hallo, hast du hier übernachtet?« Sie hat registriert, dass ich dieselben Sachen anhabe wie gestern.

»Ja, ich war zu faul, um nach Hause zu gehen, also habe ich im Sessel geschlafen«, sage ich, was nur teilweise wahr ist. In Wirklichkeit bin ich geblieben, weil ich Angst hatte, dass sich Juliettes Zustand in der Nacht verschlechtert.

»Wo ist Mum?«, fragt sie. »Sie ist nicht in ihrem Zimmer.«

»Sie ist im Bad. Möchtest du Rührei mit Speck?«, erwidere ich, und sie murmelt ein Ja und kratzt sich am Kopf, dann schlurft sie zum Kühlschrank, öffnet ihn, starrt kurz hinein und schließt ihn seufzend wieder.

Ich verfolge gebannt diesen Moment, und mein Herz zieht sich zusammen. So hätte meine Zukunft aussehen sollen. Ich würde meiner heranwachsenden Tochter Frühstück machen, während sie an einem verregneten Sommermorgen im Pyjama umherschlurft. Genau so hätte mein Leben sein sollen, und ich fühle mich so wohl in dieser Rolle. Warum konnte ich nicht länger eine Mutter sein?

Ich wende den Speck in der Pfanne und lausche dem aufbrausenden Zischen. Gerade als ich etwas sagen will, spüre ich zwei Arme, die sich von hinten um meine Taille schlingen, und bleibe ganz still stehen, weil ich nicht will, dass dieser Moment vorbeigeht. Als ich nach unten schaue, sehe ich zwei rosa-weiße Ärmel, aus denen zwei junge Hände ragen, die fest ineinander verschränkt sind. Rosie schmiegt sich von hinten fest an mich und legt ihre Wange an meinen Rücken. Ich betrachte ihre Hände.

O Lily, denke ich still. Wie sehr ich dich und das, was wir

zusammen hätten haben können, vermisse. Ich habe so viel Liebe zu geben. Und nun hast du mir dieses wunderbare Mädchen und seine Mutter geschickt. Ich weiß, dass du ganz in meiner Nähe bist. Ich kann wieder lieben, Lily, und ich danke dir.

»Danke, Shelley«, sagt Rosie, die mich immer noch umarmt. »Danke, dass du heute Nacht geblieben bist. Danke, dass du für mich und meine Mum da bist.«

Die Wärme ihrer Umarmung und die Nähe, die sie zu mir spürt, bewegen mich zutiefst.

»Ist das hier eine Privatveranstaltung, oder kann ich mitmachen?«

Ich drehe mich um und sehe Juliette in ihrem Bademantel. Zwischen ihren feinen feuchten Haaren schimmern kahle Stellen auf ihrem Kopf durch.

Rosie und ich breiten beide unsere Arme aus, und Juliette kommt zu uns. Dann halten wir uns zu dritt, mit geschlossenen Augen, und unsere Gedanken wandern an Orte, wo unsere Herzen hingehören.

Nach der Arbeit gehe ich die gewundene Straße hoch, die zu unserem Haus auf dem Hügel führt. Der vertraute Anblick des Leuchtturms in der Bucht bringt mich zum Lächeln. Heute Mittag war ich kurz zu Hause, um zu duschen und mich umzuziehen. Obwohl es nieselte, beschloss ich, zu Fuß zur Arbeit zu gehen, ohne Regenjacke und ohne Schirm, weil ich weiter Dinge spüren möchte, selbst so einfache Dinge wie den Regen in meinem Gesicht oder den Wind in meinen Haaren. Ich brauche eine Erinnerung, dass ich am Leben bin und dass es sich lohnt, am Leben zu sein. Ich freue mich schon auf den bevorstehenden Abend und auf das Wiedersehen mit Menschen, denen ich zu lange aus dem Weg gegangen bin. Sarah und Tom wollen kommen, genau wie einige vertraute Gesichter aus dem Dorf. Es hat sich herumgesprochen, dass ein ganz besonderes Zusammentreffen stattfindet, um Juliette einen Abend zu bescheren, den sie bis ans Ende ihrer Tage in ihrem Herzen bewahren kann.

Ich erreiche unsere Einfahrt, aber statt ins Haus zu gehen, nehme ich den Weg außen herum in den Garten, wo Lilys Apfelbaum steht. Ich starre eine Weile lang darauf und lasse den Regen mein Gesicht herunterlaufen.

»Du bist immer noch bei mir, nicht wahr?«, flüstere ich, und ich spüre sie ganz nah, spüre ihre kleinen Arme um meinen Hals und dieses warme Gefühl bedingungsloser Liebe, das einem nur Kinder geben können. Heute Morgen, als Rosie mich umarmte und sich bei mir bedankte, weil ich für sie da bin, war die Erinnerung an dieses Gefühl besonders stark. Ich habe Rosie an Lilys Geburtstag gefunden, und seitdem hat sich mein Leben zum Besseren gewendet, obwohl ich Angst davor habe, Juliette immer weiter an Kraft verlieren zu sehen, während das Unvermeidliche näher und näher rückt.

Ich glaube wirklich daran, dass manchmal Menschen in unser Leben kommen, mit denen es einfach auf Anhieb passt, obwohl es schwer zu erklären ist. Vielleicht ist es bloßer Zufall, vielleicht ist es Schicksal, ich weiß es nicht. Aber dafür weiß ich, dass es uns, wenn es passiert, wieder bewusst machen kann, dass die Welt sich weiterdreht. Es ist dieses Gefühl, das ich gerade habe, wie auch immer man es nennt. Das Gefühl, das ich bekomme, wenn ich Matts Stimme höre oder wenn ich mit Sarah lache. Es ist das Gefühl, das ich bekomme, wenn ich Elizas vertrautes Parfüm rieche oder wenn ich mit meinem Vater telefoniere. Es ist das Gefühl, das ich habe, wenn ich mit Juliette zusammen bin oder wenn Rosie mich umarmt. Es ist das Gefühl, das ich nun bekomme, wenn ich an meine süße Lily denke.

Dieses Gefühl ist groß, es ist mächtig, aber gleichzeitig ist es ganz simpel, denn damit erinnert das Universum mich daran, dass geliebte Menschen, die ich verloren habe, immer noch da sind und dass sie in mir weiterleben. Es ist eine Erinnerung an die Dinge, die ich von meiner Mutter und von Lily gelernt habe: von meiner Mutter, zu lieben und zu geben; von Lily, mich um Menschen in Not zu kümmern, so wie ich mich um Lily kümmerte. Manchmal laufen die Dinge nicht so, wie wir es uns wünschen, aber wir müssen trotzdem freundlich zueinander sein und weiter lieben und geben. Ich muss Liebe verteilen, und das Universum wird dafür sorgen, dass ich haufenweise Liebe zurückbekomme, so wie ich es in den letzten paar Tagen auf so viele verschiedene Arten erfahren habe.

Ich habe großen Kummer bei Juliette gesehen, aber ich sehe bei ihr auch eine so tiefe Liebe zum Leben wie noch bei keinem anderen Menschen zuvor. Ihre Art, jedes Detail zu würdigen, beeindruckt mich – der Duft einer Blume, die Biegung einer Straße, der Geruch des Meeres, der Geschmack von gutem Essen, der Klang von Musik und von lachenden Menschen. Ich muss achtsam sein und alle diese Dinge bewusst in mich aufnehmen, damit Lily und meine geliebte Mutter jeden Tag weiterleben können, durch mich.

Also atme ich tief durch und betrete mein schönes Haus durch den Seiteneingang, der mich in die Küche führt, und von dort aus gehe ich in die Diele, wo mein Hund mich mit seiner üblichen grenzenlosen Energie begrüßt.

»Komm, Merlin«, sage ich zu ihm, und er wedelt mit dem Schwanz und folgt mir. »Komm mit mir nach oben. Es gibt etwas, was ich tun muss, und ich könnte dich wirklich an meiner Seite gebrauchen.«

# KAPITEL 21

JULIETTE

»Heute Abend ist die Gelegenheit, dein neues blaues Kleid anzuziehen, Mum«, sagt Rosie, während sie mich im Schlafzimmer schminkt. »Du kannst bei diesem Wetter unmöglich in deinen dünnen Sommerklamotten ins Brannigan's gehen.« Sie klebt mir trotz meiner Proteste falsche Wimpern auf die Lider und besteht darauf, meine fast nicht mehr vorhandenen Augenbrauen nachzumalen. Und obwohl ich mit diesen ganzen Verschönerungsmaßnahmen nicht viel anfangen kann, muss ich zugeben, dass es wirklich reizend ist, mich von Rosie verwöhnen zu lassen, aus nächster Nähe, und ihr Gesicht zu beobachten, während sie sich auf ihre Arbeit konzentriert.

Wie immer staune ich über die Menge an Pinseln und Schminkutensilien, die sie für etwas verwendet, wofür ich normalerweise maximal drei Minuten brauche. Eine getönte Feuchtigkeitscreme und ein bisschen Mascara ist alles, was ich in letzter Zeit benutze, aber aus irgendeinem Grund besteht Rosie darauf, dass ich mir heute Abend mehr Mühe gebe.

»Du wirst fantastisch aussehen«, sagt sie. »Ich zeige dir gleich, dass das Warten sich gelohnt hat.«

Wir haben die letzten zwei Stunden mit unserem Schönheitsprogramm verbracht, und obwohl es höchst angenehm war, ein ausgiebiges Bad zu nehmen, meine Nägel in einem kräftigen Pflaumenblau lackiert zu bekommen, mit Selbstbräuner eingecremt zu werden und geschminkt zu werden, frage ich mich, warum wir uns so viel Mühe machen, wenn wir nur in den Pub auf der anderen Straßenseite gehen, um traditionelle irische Folk-Musik zu hören.

Rosie arbeitet konzentriert und mit höchster Präzision. Meine Kopfschmerzen haben zwar nachgelassen, jetzt, wo ich ausgeruht und mit Schmerzmitteln gedopt bin, aber sie sind trotzdem noch da, das Hämmern hat sich in ein dumpfes, anhaltendes Pochen verwandelt.

Rosie holt meine treue alte Freundin Marilyn von der Frisierkommode, und ich helfe ihr, die Perücke auf meinen Kopf zu setzen. Ich möchte Rosie nicht kränken, aber statt der Perücke würde ich viel lieber ein Kopftuch tragen, um jegliches Unwohlsein oder Jucken zu vermeiden.

»Gut so, Mum? Du siehst toll aus. Oder fühlt sich die Perücke unbequem an?«, fragt sie, als sie ihr Kunstwerk betrachtet und mir den Zweifel offenbar ansieht.

»Um ehrlich zu sein, würde ich eigentlich lieber mein Kopftuch tragen«, gestehe ich ihr. »Ich weiß, die Perücke sieht viel glamouröser aus, und du hast dir so viel Mühe gegeben, aber ich kann nichts auf meinem Kopf ertragen, solange diese Schmerzen nicht weggehen.«

Sie holt ohne jedes Aufhebens mein buntes Kopftuch und drückt mir dann einen Spiegel in die Hand, damit ich ihr zusehen kann. Ich muss zweimal hinschauen, als ich mich mit meinen neuen Wimpern und Augenbrauen und meinem vollen Make-up erblicke, das trotzdem geschmackvoll und dezent wirkt, und ich vergesse für ein oder zwei Sekunden diesen Dämon in meinem Kopf und die Schmerzen, die er verursacht.

»Tadaaa!«, sagt Rosie, als sie mit dem Kopftuch fertig ist. Sie nimmt mir den Spiegel aus der Hand und präsentiert mir das Ergebnis aus unterschiedlichen Winkeln. »Was denkst du?«

Was ich denke? Ich denke so viele Dinge, wenn ich mein Spiegelbild betrachte, aber ich kann sie nicht in Worte fassen. Es hat mir tatsächlich die Sprache verschlagen. Ich glaube, mir kommen die Tränen, wenn ich versuche, etwas zu sagen, aber ich habe mir vorgenommen, dass Rosie mich nicht weinen sieht, auf keinen Fall. Nicht heute Abend. Ich denke, was für ein tolles Mädchen ich habe. Wie kreativ sie ist. Dass sie erkannt hat, wie wichtig es ist, das Gute in den Menschen zum Vorschein zu bringen, einfach damit sie sich besser fühlen. Sie hat noch so viel vor sich, und sie hat verdammt viel Talent, das sie mit dieser Welt teilen kann. Könnte ich doch nur sehen, wie sie sich zu einer großartigen jungen Frau entwickelt.

»Es gefällt dir nicht, stimmt's?«, sagt sie. »Na ja, das ist nicht schlimm, ich werde es nicht persönlich nehmen. Du kannst es einfach ändern, wie es dir gefällt. Ich weiß, ich bin nicht so gut wie Melissa. Sie hat es einfach voll drauf mit den Konturen, und ich versuche immer noch, hinter ihre Technik zu kommen, aber ...«

»Sch!«, mache ich und klopfe einladend auf die Matratze. Als sie sich neben mich setzt, lege ich meinen Arm um sie, und sie lehnt ihren Kopf an meine Schulter, während wir beide in den Spiegel schauen.

»Jetzt kommt's«, sagt sie und zieht eine Grimasse. »Jetzt kommt der Part, in dem du mir erklärst, dass wir in voller Kriegsbemalung glatt als Zwillinge durchgehen könnten, und dann hältst du mir wieder deine Predigt, dass ich es manchmal übertreibe und so viel Schminke gar nicht nötig habe, weil ich schließlich mit einer perfekten Haut gesegnet bin, die ich nicht zuspachteln sollte, nicht wahr?«

Ich schüttele lächelnd den Kopf. »Nein, ich werde dir ganz bestimmt keine Predigt übers Schminken halten, weil ich sehe, wie viel Zeit und Mühe du darauf verwendest und wie gut du inzwischen mit diesen ganzen Pinseln und Bürstchen und Schwämmchen umgehen kannst. Ich halte dich für ein echtes Naturtalent«, sage ich. »Sogar noch besser als Melissa, und das sage ich nicht, weil ich voreingenommen bin. Es ist die Wahrheit.«

»O Mum, übertreib nicht«, erwidert Rosie und hebt für eine Sekunde ihren Kopf von meiner Schulter, bevor sie ihn wieder anlehnt. »Melissa ist viel besser als ich. Du brauchst mir nicht zu schmeicheln. Ich kann damit leben. Ich habe es inzwischen akzeptiert.«

Sie beugt sich nah an den Spiegel heran, um einen schwarzen Punkt zu entfernen, der es auf ihren Wangenknochen geschafft hat.

»Eigentlich wollte ich dir eine Geschichte erzählen aus der Zeit, als du noch klein warst«, sage ich, und ich sehe, dass sich ihre Grübchen zeigen, als sie lächelt, wie immer, wenn sie Geschichten aus ihrer Kindheit hört. »Du warst erst drei oder vier Jahre alt, als du meine neue Schminkkassette in die Finger bekommen hast. Du bist aus dem Bad zu mir gekommen, dein süßer kleiner Mund war über und über mit kirschrotem Lippenstift verschmiert, deine Wangen glänzten in einem rosigen Pink, und deine Lider leuchteten in einem zauberhaften Grün. Ich konnte es einfach nicht glauben. Du hattest dir sogar die Wimpern getuscht, aber du hast dabei ein bisschen herumgekleckst und hattest lauter schwarze Pünktchen um die Augen.«

»O nein, ich habe deine neuen Schminksachen ruiniert? Du warst bestimmt stinksauer.«

»Nein, nein. Na ja, du hast tatsächlich meine Schminksachen ruiniert, aber darum geht es nicht«, erwidere ich. »Ich will damit sagen, dass mein erster Gedanke nicht war, dass du meine Sachen zerstört hast oder im Bad ein Chaos angerichtet hast, das ich wieder aufräumen durfte. Vielmehr habe ich darüber gestaunt, dass du all die verschiedenen Produkte an den richtigen Stellen aufgetragen hattest, und weil du noch so jung warst, wusste ich, dass du dir das nur von mir abgeschaut haben konntest. Du hast mich immer sehr genau beobachtet, und mir ging total das Herz auf, weil du mir so offensichtlich nachgeeifert hast. Du warst wirklich wie mein kleiner Schatten.«

»Ah, das ist süß von dir. Ich war bestimmt ein richtig hinreißendes Kind«, sagt sie ironisch, und ich kann natürlich nicht anders, als ihr zuzustimmen.

»O ja. Du hattest richtig niedliche Locken und supersüße Grübchen und wunderschöne grüne Augen, für die du jede Menge Komplimente bekommen hast. Du warst immer meine kleine Prinzessin.«

»War?«, fragt sie, immer noch in ironischem Ton. »Vergangenheitsform?«

»Sorry, bist«, korrigiere ich mich. »Du *bist* meine kleine Prinzessin, obwohl du inzwischen ziemlich gewachsen bist. Ich glaube, ich habe sogar noch ein Foto von deiner Kriegsbemalung in einem der Alben, die oben auf dem Dachboden liegen. Wenn wir wieder zu Hause sind, werde ich es für dich heraussuchen, und ich möchte, dass du dir dieses kleine Mädchen auf dem Foto ansiehst und immer daran denkst, wie stolz du deine Mutter an jenem Tag gemacht hast. Du hast zwar ihr Schminkzeug ruiniert, aber du hast ihr dafür einen magischen Moment geschenkt, den sie immer in ihrem Herzen bewahrt hat.«

Rosie kuschelt sich wieder an mich, dann hebt sie ihr Handy in die Luft und macht ruck, zuck ein Selfie von uns, sodass ich keine Zeit habe, um richtig zu posieren.

»Du kleine Schlawinerin«, sage ich. »Wie sehe ich auf dem Foto aus? Wehe, du teilst es mit deinen Freunden, bevor ich nicht gesehen habe, ob es okay ist!«

Aber statt wegzulaufen und ihr Handy vor mir zu verstecken, wie sie es sonst tut, wenn ich das sage, zeigt sie mir das Bild. Wir sehen darauf beide fabelhaft und makellos aus – na ja, so fabelhaft und makellos man mit einem Kopftuch aussehen kann, wo eigentlich lange Locken wallen sollten. Ich muss zugeben, dass ich wirklich gut getroffen bin.

»Das werde ich ausdrucken, wenn wir wieder zu Hause sind«, sagt sie, und ich lehne mich ein Stück zurück und sehe sie an.

»Wirklich?«, sage ich. »Dieses Bild?«

»Ja, und ich werde es mir einrahmen, zusammen mit dem

Foto, von dem du mir gerade erzählt hast. Und jedes Mal, wenn ich es betrachte, werde ich an die Mutter denken, die ich hatte, die mich so sehr geliebt hat, dass sie immer nur das Gute in mir sah, selbst wenn ich Mist gebaut habe.«

»O Rosie.«

»Und in ihrem Lächeln werde ich die ganze Herzlichkeit und Liebe und Positivität sehen, die sie nicht nur mir entgegengebracht hat, sondern jedem, der ihr begegnete«, fährt sie fort. »Ich werde mich daran erinnern, wie sehr sie das Leben liebte, wie sehr sie Musik und Kunst schätzte, und Mode, und gutes Essen, und Blumen und alles, was jedem Tag auf dieser Erde ein kleines Funkeln verleiht. Ich werde immer daran denken, dass sie mich zu dem Menschen gemacht hat, der ich bin, und ich werde immer versuchen, sie auf den Menschen stolz zu machen, der ich sein werde, wenn ich ohne sie aufwachse.«

Ihre Unterlippe zittert, und ihre Stimme klingt zum Schluss ihrer Rede ganz erstickt, aber sie reckt trotzig ihr Kinn empor, und ich war noch nie so stolz auf sie wie in diesem Moment. Auch ich unterdrücke die aufsteigenden Tränen, um Rosies Kunstwerk in meinem Gesicht nicht zu ruinieren, doch ich ziehe sie eng an mich, und wir drücken uns ganz fest. Als ich sie wieder loslasse, sehe ich die Angst in ihren schönen Augen, die sie sonst immer vor mir zu verbergen versucht. Sie weiß bereits, was auf sie zukommen wird, aber ich muss sicherstellen, dass sie es auch richtig versteht.

»Es wird nicht mehr lange dauern, Rosie«, flüstere ich, und nun kann ich die Tränen nicht mehr aufhalten. »Aber das weißt du bereits, oder? Es geht mir heute nicht besonders gut, und gestern war einfach nur furchtbar. Ich tue mein Bestes, um tapfer zu sein, so wie du, aber es ist okay, zu weinen, wenn man weinen muss. Du brauchst deine Tränen niemals zurückzuhalten, hörst du?«

Sie schnieft und nickt, dann sieht sie mir direkt in die Augen. »Du darfst keine Angst davor haben, mich zu verlassen, Mum«, sagt sie. »Du wirst immer ein Teil von mir sein, egal, wohin du gehst, und ich werde immer ein Teil von dir sein. Wir brauchen beide keine Angst zu haben, weil ich dich immer in meiner Nähe spüren werde. Ich werde einfach meine Augen schließen und wissen, dass du direkt hier drin bist.«

Sie legt ihre Hand aufs Herz, und ich fühle mich, als würde ich innerlich zerbröckeln. Dieses fünfzehnjährige Mädchen, das als Vollwaise zurückbleiben wird, sagt mir gerade, dass ich keine Angst davor haben darf, sie zu verlassen. Sie ist diejenige, die vor einem Scherbenhaufen stehen wird, und sie will nicht, dass *ich* Angst habe.

»Ich bin hin und weg von dem, was du mir gerade gesagt hast, Engelchen, aber kann ich dich fragen, wo in aller Welt du diese Kraft hernimmst?«, sage ich zu meiner Tochter, die anscheinend eine Erleuchtung hatte. Mit dieser Reaktion habe ich überhaupt nicht gerechnet, und ich bin schockiert und froh zugleich, dass Rosie in der Lage ist, die Situation so zu betrachten, wenn auch nur für den Moment und nur, damit ich mich ein kleines bisschen besser fühle.

»Ich glaube, so hat Shelley gelernt, mit dem Verlust ihrer Tochter und ihrer Mutter fertigzuwerden«, erklärt sie mir, als wäre sie plötzlich eine Psychologin oder eine Expertin für Trauerbewältigung. »Ich weiß, es wird lange dauern, aber ich denke, dass ich eines Tages in der Lage sein werde, mich auf eine Art an dich zu erinnern, die mir hilft, ein besserer Mensch zu sein. Wenn Shelley ihre Trauer überwinden kann, dann kann ich es auch.«

Sie sieht auf ihr Handy, das in diesem Moment piept, und strafft sich beim Lesen der Nachricht. Es muss wohl etwas Wichtiges sein, sie wirkt ganz versunken.

»Zieh dein blaues Kleid an, Mum«, sagt sie zu mir. »Wir müssen spätestens um neun im Brannigan's sein, oder Shelley wird sich fragen, wo wir bleiben.«

Sie steht auf und steckt ihr Handy in ihre Hosentasche, und ich habe den Eindruck, dass sie die Nachricht nicht mit mir teilen möchte, obwohl sie nichts anderes zu beschäftigen scheint. Teenager, was?

»Ich bin mir sicher, dass Shelley nicht von uns erwartet, dass wir superpünktlich dort aufschlagen«, sage ich, weil ich das Bedürfnis spüre, mich noch einmal kurz hinzulegen. Ich glaube nicht, dass ich heute Abend lange durchhalten werde, aber ich habe große Sehnsucht nach irischer Musik, die mich immer bis tief in mein Herz rührt, wenn ich sie höre. Und nachdem Shelley alles auf meinen Wunsch hin organisiert hat, muss ich mich ja zumindest zeigen.

»Nun, ich denke, es wäre unhöflich, Shelley warten zu lassen, als würde es keine Rolle spielen«, erwidert sie beinahe tadelnd. »Ich finde das ihr gegenüber nicht fair.«

Shelley, Shelley, Shelley, denke ich, und ich muss lächeln. Ich werde immer wahnsinnig dankbar dafür sein, dass sie genau dann in unser Leben getreten ist, als wir sie brauchten, als Rosie jemanden zum Anlehnen und Reden brauchte – jemanden, der auf seine eigene Art verstand, was sie gerade durchmachte und was sie noch erwartete. Was in aller Welt hätten wir in diesem Urlaub nur ohne Shelley gemacht?

### Shelley

Ich gehe durch mein Haus und fühle mich, als würden die Wände mich umarmen, nachdem ich mir drei Stunden lang den Arsch aufgerissen habe, damit es hier wieder aussieht wie in einem richtigen Zuhause und sich auch so anfühlt.

Der Elefant, auf den Lily früher immer kletterte, steht wieder in der Diele, der Wandteppich von unserer Reise nach Indien hängt wieder im Esszimmer, im Wohnzimmer nimmt unser Hochzeitsporträt einen prominenten Platz ein, und

Andenken und Schnappschüsse aus unserem Leben, vor allem von unserer kleinen Lily, die uns in ihren kurzen drei Lebensjahren so viel Freude und Glück gebracht hat, sind in jedem Raum und an jedem Ort, wo sie sein sollte.

Ich habe Kerzen und alle möglichen Dekorationsgegenstände ausgepackt und wieder auf den Oberflächen und Fensterbänken verteilt; ich habe die nackten Glühbirnen, die so einsam in verschiedenen Zimmern hingen, durch die alten Deckenlampen ersetzt; ich habe Tisch- und Stehlampen hervorgeholt und wieder angeschlossen, und ihr Schein wärmt mich nun von innen.

Die Marmorfliesen und Parkettböden habe ich mit Teppichläufern ausgelegt, Überwürfe über die Polstermöbel gezogen und die Spiegel an ihrem alten Platz angebracht – nun fürchte ich mich nicht mehr, an ihnen vorbeizugehen und einen Blick auf mich zu erhaschen.

Merlin fühlt sich pudelwohl und probiert sämtliche Teppiche aus. Ich knie mich neben ihn auf den Boden und schmiege mich an sein Fell.

»Ich bin zu Hause, Merlin«, sage ich zu meinem treuen alten Freund. »Ich glaube, nun können wir ihr endlich richtig gedenken und sie als einen Teil von mir und ihrem Dad und sogar von dir bewahren. Sie ist ein Teil von uns allen, und ich werde das von nun an akzeptieren und ihre Liebe in jedem Zimmer spüren, statt sie zu fürchten. Jetzt wird alles wieder gut, Merlin. Wir sind wieder zu Hause.«

Ich nehme mir Zeit, um mich für den Abend herzurichten. Mein Handy liegt auf Lautsprecher gestellt auf der Frisierkommode, und Matt macht mir am Telefon Mut für die Begegnung mit den vielen Menschen, die ich von früher kenne. Da ich Matt nichts von meiner Wirbelwind-Aktion im Haus erzählt habe, um ihn bei seiner Rückkehr zu überraschen, bin ich froh, dass er nicht per Videocall angerufen hat, wie er das manchmal abends macht. Selbst unser Schlafzimmer ist wieder in seinem ursprünglichen Zustand, inklusive der gerahmten Bilder auf unseren Nachttischen – eins von uns dreien im Krankenhaus, frisch nach Lilys Geburt, und ein zweites von Matt und mir an unserem Verlobungstag in New York, wo er mir auf dem Broadway einen Antrag machte, der mir den Atem verschlug.

»Es ist nur das Brannigan's«, erinnert er mich. »Du gehst nur in dein altes Stammlokal, um ein bisschen zu quatschen und Musik zu hören, mehr nicht. Du wirst es genießen, warte es einfach ab.«

»Oh, ich wünschte wirklich, du wärst jetzt hier«, sage ich, während ich meine zierlichen Silberohrringe anstecke. Ich habe mich für eine silbergraue Seidenbluse aus meiner Boutique, eine schwarze Jeans, hochhackige Schuhe und eine Biker-Jacke entschieden, die ich vor Jahren auf dem Covent Garden Market in London gekauft habe und einfach für mich selbst behalten musste. »Ich hasse es, allein in einen Pub zu gehen, selbst wenn es nur das Brannigan's ist.«

»Kommt Sarah auch? Und Tom?«, fragt er, und ich höre seiner Stimme an, dass er selbst gerne dabei wäre. Es ist schon eine Ewigkeit her, seit wir unsere Freunde gesehen haben, und nachdem nun das Eis mit Sarah gebrochen ist, freue ich mich sehr darauf, zu hören, was sie in der ganzen Zeit so alles gemacht hat.

»Sie kommen beide, falls es so kurzfristig mit einem Babysitter klappt«, erkläre ich Matt. Ich erinnere mich, wie schwierig es ist, hier in der Gegend einen anständigen Babysitter zu finden, wenn man abends ausgehen möchte. »Falls nicht, wird sie wenigstens für eine Stunde vorbeischauen, um Juliette noch mal zu sehen. Ich kann nicht glauben, dass die beiden schon übermorgen abreisen. Ich hoffe nur, Juliettes Zustand verschlechtert sich nicht noch weiter. Sie sah heute Morgen gar nicht gut aus. Sie wirkt sehr erschöpft.«

Ich gehe einen Schritt zurück, um mich im Spiegel zu betrachten, und ich wünschte, ich hätte etwas von Rosies Schminktalent, vor allem heute, wo mich im Pub all die Blicke und das Getuschel erwarten.

»Vielleicht wird sie nicht lange bleiben«, sagt Matt, »aber darüber hast du keine Kontrolle, also bleib einfach locker und tu das, was du tun kannst, und sei für sie da. Alles, was sie möchte, ist, ein bisschen Livemusik zu hören, keine große Party, darum brauchst du dir keine Gedanken darüber zu machen, wer alles auftaucht und wer nicht. Dermot wird dafür sorgen, dass zwei oder drei Musiker da sind, und der Rest des Abends ergibt sich dann von selbst.«

Matt hat natürlich recht. Es sind nur ein paar Leute, die um einen Tisch herumsitzen und irische Lieder spielen und hin und wieder dazu singen. Es ist keine große Abschiedsparty. Ich habe nur einen Freund angerufen, der irische Musik macht, und ein Ehepaar eingeladen, mit dem ich seit Jahren befreundet bin. Jeder andere, der sonst noch da sein wird, wäre ohnehin gekommen, und man wird mich nicht den Krokodilen zum Fraß vorwerfen. Schließlich geht es nicht einmal um mich, und darüber bin ich sehr froh.

»Ich denke, ich bin jetzt startklar«, sage ich, und nun wünschte ich doch, es wäre ein Videoanruf, damit er mir sagen könnte, wie ich aussehe. »Ich rufe dich an, wenn ich nach Hause komme.«

»Mach dir auch deswegen keine Gedanken«, erwidert er. »Geh einfach los und amüsier dich und trink ein paar Gläser mit deinen Freundinnen. Ich habe gleich noch ein Geschäftsessen im Hotelrestaurant, und danach werde ich mich früh aufs Ohr hauen. Du kannst mich natürlich trotzdem anrufen, aber du musst nicht. Ich möchte, dass du Spaß hast, Shell. Es ist höchste Zeit, dass du wieder ausgehst, und ich bin unglaublich stolz auf dich.«

Ich spüre, dass mein Herz wieder anfängt zu glühen, weil

ich weiß, dass ich diesen Mann über alles liebe und er mich bei allem unterstützt, was ich tue.

»Wir sind einen weiten Weg gegangen«, sage ich. »Ich bin auch stolz auf dich, Matt, und ich ... na ja, ich möchte dir dafür danken, dass du mich nicht aufgegeben hast. Ich glaube, nach allem, was wir überstanden haben und womit wir weiterhin leben müssen, können wir nun einigermaßen gelassen allem anderen entgegensehen, was diese Welt noch für uns bereithält. Wir sind stärker, als wir denken. Danke, dass du zu mir gehalten hast und dass mir geholfen hast, so weit zu kommen.«

»Ich glaube, dass alles andere, was uns noch im Leben erwartet, ein gemütlicher Spaziergang durch den Park sein wird, verglichen damit, unsere Tochter zu verlieren«, sagt er, und ich weiß, es ist schwer für ihn, dieses Gespräch am Telefon zu führen, wenn wir uns nicht in den Arm nehmen oder die Liebe feiern können, die wir uns trotz allem bewahrt haben. »Wenn es doch nur schon Samstag wäre, dann könnte ich endlich nach Hause kommen und meine Frau sehen und ihr persönlich zeigen, wie sehr ich sie vermisst habe.«

Ich spüre ein Flattern in meinem Bauch bei der Vorstellung, neben ihm zu liegen, ihn zu halten und seinen Körper zu berühren so wie früher. Wir haben in diesem Bereich einen großen Nachholbedarf, und ich spüre, dass der Hunger in mir hochsteigt, dass ich die verlorene Zeit wieder wettmachen will.

»Vielleicht können wir bald mal wieder tanzen gehen«, sagt er mit sanfter Stimme. »Dinner, drinks und dancing, das wolltest du doch immer, weißt du noch?«

Ich kichere wie ein alberner Teenager, als ich daran denke, wie aufgeregt wir immer waren, wenn wir abends zusammen ausgingen, herausgeputzt und in Schale geworfen, bereit für Stunden voller Lachen und Liebe.

»Und den Nachtisch gab es dann hinterher, wenn wir nach Hause kamen«, sage ich und muss bei der Vorstellung automatisch zwinkern. Ich gehe mit dem Telefon nach unten und verfrachte Merlin für den Abend in die Küche. In der Diele komme ich an einem Foto von Lily vorbei und nehme mir einen Moment Zeit, um ihr lächelndes kleines Engelsgesicht zu betrachten.

»Ich bin gerade der glücklichste Mann der Welt«, sagt Matt. »Ich glaube, ich habe meine Frau wieder, und ich habe mich erneut Hals über Kopf in sie verliebt.«

»Ich bin auch bis über beide Ohren in dich verliebt, Matt«, sage ich, während ich aus unserem schönen Haus gehe, das sich allmählich wieder wie unser Zuhause anfühlt. »Ich habe dich immer geliebt. Es war nur ein bisschen Selbstliebe und Selbstlosigkeit erforderlich, um das zu erkennen.«

## KAPITEL 22

JULIETTE

Rosie und ich schlüpfen in eine freie Sitzkoje. Die Musiker, die sich im Brannigan's versammelt haben, nehmen keinerlei Notiz von uns, sie plaudern und trinken und stimmen ihre Instrumente. Das beruhigt mich, weil ich nicht den Eindruck erwecken wollte, als hätte ich eine große Abschiedsparty geplant. Planen ... Ich muss lachen, wenn ich daran denke, wie Helen und Rosie sich immer über meine unvollendeten Pläne lustig gemacht haben, aber dieses Mal habe ich meinen Plan umgesetzt, und ich bin stolz darauf.

»Was möchtest du trinken, Mum?«, fragt Rosie, und ein schneidender Schmerz trifft meinen Hinterkopf wie eine Hitzewelle und ein Stich mit dem Messer gleichzeitig. Ich versuche, mich zu konzentrieren.

»Mineralwasser«, krächze ich, und Rosies Miene ändert sich schlagartig.

»Mum, du musst das hier nicht machen, wenn du nicht willst. Wir können auch direkt wieder nach Hause gehen, und du legst dich ins Bett. Bitte denk nicht, dass du meinetwegen hierbleiben musst.«

»Da ist Shelley«, sage ich, als unsere Freundin genau im richtigen Moment hereinkommt, und Rosies Gesicht hellt sich wieder auf. »Eine Zitronenscheibe in meinem Wasser wäre schön, aber warte bitte noch kurz ab, was Shelley trinken möchte.«

»Ich nehme dasselbe«, sagt diese, womit sie sich mühelos in unser Gespräch einschaltet, und ich schwöre, ich habe das Gefühl, dass ich diese Frau schon mein ganzes Leben lang kenne. Während Rosie an die Bar geht, lässt Shelley sich neben mich auf die Bank gleiten, und augenblicklich entspanne ich mich ein wenig.

»Ist das hier nicht reizend?«, sage ich zu ihr. »Du hast ein Glück, dass du richtige Musiker kennst, die echte Instrumente spielen! Wir in England sind ja schon froh, wenn wir eine Jukebox in unserem Stammlokal haben, die auch noch funktioniert, und selbst dann trauen wir uns nicht, die Musik richtig laut aufzudrehen, weil man sonst die Übertragung der Pferderennen im Fernsehen nicht mehr hören kann.«

Shelley wirkt sehr zufrieden mit sich selbst, als sie den drei Musikern zuwinkt, die nun einen Tune anstimmen. »Der Mann am Akkordeon ist Dermot«, erklärt sie mir, »und die Frau an der Geige ist Mary, und ich glaube, der Typ an der anderen Geige heißt Brendan. Sind sie nicht fabelhaft?«

Ich lehne mich in das weiche Rückenpolster zurück und lasse mich von der fröhlichen Musik erwärmen, angefangen bei meinen wippenden Zehen bis hoch zu meinem schmerzenden Kopf, und ich nehme mir einen Moment Zeit, um das Ganze auf mich wirken zu lassen. Das muntere Gefiedel, der flotte Rhythmus und die Leichtigkeit von allem berauscht meine Sinne, so wie ich es mir gedacht habe, und ich schließe für ein paar Sekunden die Augen, um es richtig auszukosten.

»Ich kann mich noch genau daran erinnern, wie ich das letzte Mal hier war«, sage ich laut, ohne wirklich zu wissen, warum ich das Bedürfnis habe, meine Geschichte für Shelley wieder aufleben zu lassen, die ja bereits weiß, wie sie endet. »Diese Musik hier katapultiert mich direkt zurück in die Vergangenheit. Ich fühle mich wieder wie die unbekümmerte gutgläubige freigeistige Seele, die ich mit vierundzwanzig war, als meine einzige Sorge darin bestand, wie ich den nächsten Bus nach wohin auch immer kriegen konnte und ob mein Geld bis zum Schluss reichen würde.«

Ich öffne meine Augen und sehe, dass Rosie von der Bar zurückkehrt, mit selbstbewusster Haltung, in jeder Hand ein Glas, während sie halb geht und halb tänzelt im Rhythmus der Musik.

»Ich glaube, du hast deine freigeistige Art an deine schöne Tochter weitergegeben«, sagt Shelley, und die bloße Vorstellung bereitet mir Freude.

»Ich habe vergessen, Dean nach Snacks zu fragen«, bemerkt Rosie, als sie unsere Gläser abstellt, und ich sehe an ihr vorbei zu dem hübschen Barkeeper, der uns gleich nach unserer Ankunft in Killara willkommen hieß.

»Ach so, Snacks, natürlich«, sage ich ironisch, aber es scheint sie kein bisschen zu stören, dass ich sie durchschaue. Sie macht einfach auf dem Absatz kehrt und geht zurück an die Bar.

Shelley stupst mich neckisch an. »Dean ist Sarahs Neffe«, erklärt sie mir, »und der heißeste Fang hier im Dorf. Unsere Rosie beweist also guten Geschmack. Natürlich ist er viel zu alt für sie. Meine Güte, ich klinge, als wäre ich ihre Mutter.«

»Du hast recht, er ist viel zu alt!«, bekräftige ich. Shelley und ich sehen uns an, und jede weiß, was die andere gerade denkt, ohne dass wir es aussprechen müssen. Aber dann sage ich es doch.

»Ich weiß, wir kennen uns erst seit kurzer Zeit, aber würdest du, wenn ich nicht mehr da bin, Rosie vielleicht mal besuchen, oder einfach nur hören, wie es ihr geht? Ich sollte dich wahrscheinlich nicht darum bitten oder dich jedenfalls nicht so unter Druck setzen, aber sie sieht zu dir auf, weil du jemand bist, der sie besser versteht, als ich es jemals könnte. Und wenn ich weiß, dass du mit ihr in Kontakt bleibst, macht das diesen Urlaub noch wertvoller, selbst wenn meine Suche nach ihrem leiblichen Vater in einer Sackgasse endete.«

Shelley lehnt ihren Kopf an meine Schulter und hakt sich bei mir ein. »Rosie und ich haben uns bereits darüber unterhalten«, erwidert sie. »Glaub mir, was das betrifft, brauchst du dir keine Sorgen zu machen. Rosie kann gern schon in den nächsten Ferien wiederkommen.«

Ein Schauer durchrieselt mich, und ich nicke, während ich meine Tochter beim Flirten beobachte, an derselben Bar, wo ich den Mann kennenlernte, der mich im Sturm eroberte und der mir unerwartet zu meinem Kind verhalf. Sie plaudert mit Dean und streift ihre Haare zurück. Den Kopf hat sie leicht schief gelegt, dann wirft sie ihn lachend in den Nacken, als Dean wohl irgendetwas Komisches sagt. Ich werde unheimlich viel von ihrem kostbaren Leben verpassen. Sie erinnert mich manchmal so stark an mich selbst, dass ich mich erschrecke.

Ihre süße Unschuld, ihre lebhafte Art, ihre Entschlossenheit – ich denke, das alles hat sie von mir. Ich habe mich oft gefragt, welche Eigenschaften sie wohl von ihrem Vater geerbt hat. Vielleicht ihren Sinn für Humor oder ihre Liebe zur Natur und zu den Tieren? Es bringt mich um, dass sie nie wirklich erfahren wird, was sie mit ihm gemeinsam hat. Er hat alles verpasst, was ich gewonnen habe. Und jetzt werde ich auch so viel verpassen.

Ihren nächsten Geburtstag, ihr Gesicht an Weihnachten, wenn sie ihre Geschenke öffnet, ihre Abschlussprüfung, ihren beruflichen Werdegang, ihre Liebesbeziehungen, ihre Freunde, ihre Hochzeit, falls sie den Sprung wagt (ich denke schon, eines Tages), ihre Kinder, ihre Hoffnungen, ihre Träume, ihre Ziele, ihre Ängste. Das alles werde ich nicht miterleben.

»Sie gehört irgendwie hierher, nicht wahr, Juliette?«, sagt Shelley leise.

»Sie passt hierher, so viel ist sicher, aber das war mir schon immer klar«, erwidere ich. »Ich habe mich auch sofort heimisch gefühlt, als ich das erste Mal hier war. Ich bin froh, dass dieser Teil von mir in ihr weiterleben kann, wirklich. Das spendet mir großen Trost, ganz zu schweigen davon, dass ich weiß, dass sie dich hier hat – und Merlin natürlich. Sie hat sich richtig in deinen Hund verliebt.«

Ich spüre, dass Shelley meinen Arm ein wenig fester umfasst, dann beugt sie sich vor und nippt kurz an ihrem Wasser. »Das klingt jetzt vielleicht albern, und ich hoffe, ich bin nicht unsensibel«, sagt sie über die Musik hinweg, »aber ... würdest du für mich dasselbe tun? Du weißt schon, wenn du gehst?«

Wir sehen uns nicht an, aber wieder weiß ich, was sie gerade denkt. Und wieder durchrieselt mich ein Schauer.

»Falls es so etwas gibt wie den Himmel, und ich glaube fest daran«, antworte ich, »werde ich deine kleine Lily suchen und sie in meinen Armen halten und mich davon überzeugen, dass ihre Großmutter gut auf sie achtgibt. Und ich werde auf die beiden achtgeben, nur für dich. Abgemacht?«

»Abgemacht«, sagt sie, und eine Träne kullert über ihre Wange. »O mein Gott, ich kann dir nicht sagen, wie viel mir das bedeutet. Ich danke dir, Juliette. Aber woher weiß ich, ob du sie gefunden hast?«

»Oh, du wirst es wissen«, sage ich. »Wenn deine Mutter dir ein bisschen ähnlich ist, werde ich wohl keine Mühe haben, sie und Lily zu finden. Ich bin mir sicher, dass wir uns da oben treffen, und du wirst es wissen, keine Sorge.«

»Du bist eine ganz besondere Frau«, sagt sie, während ihr nun offen die Tränen übers Gesicht laufen. Sie tupft ihre Augen mit einer Serviette trocken und versucht, ihre Atmung unter Kontrolle zu bringen, und ich lege meinen Arm um ihre Schulter.

»Meine Zeit läuft ab«, erinnere ich sie. »Darum kann ich nur das Gute in jedem sehen und das Gute, das ich bewirken kann, solange mein Herz noch schlägt. Ich glaube, wenn jeder von uns wüsste, dass seine Tage bald gezählt sind, wäre die Welt ein viel friedlicherer Ort.«

Rosie kehrt mit selbstzufriedenem Gesicht an unseren Tisch zurück, genau rechtzeitig, um die Stimmung ein bisschen aufzuhellen. Aber ich bin froh über unseren Pakt, und es tröstet mich sehr, dass Shelley darüber sprechen kann, was sie empfindet.

»Und, wo sind die Snacks?«, frage ich Rosie, als ich sehe, dass ihre Hände leer sind.

»Die haben hier nur Cheese and Onion Chips, und die werde ich auf keinen Fall essen, sonst wird mein Atem den ganzen Abend danach riechen«, antwortet sie. »Und du lässt auch die Finger davon, Mum. Es ist doch Quatsch, wie ein Filmstar auszusehen, aber komisch aus dem Mund zu riechen.«

Shelley und ich rollen beide mit den Augen und lachen über Rosies sehr einfache Logik.

»Möchtest du selbst gar nichts trinken?«, fragt Shelley meine Tochter, und die Freude, die in Rosies Gesicht aufleuchtet, ist unbezahlbar.

»Oh, das habe ich ganz vergessen!«, antwortet sie. »Tja, dann muss ich wohl noch mal an die Theke gehen.«

»Sie wird bestimmt schon sehr bald nach Killara zurückkommen«, sagt Shelley, während wir beobachten, wie mein geliebtes Kind wieder seine Flirtpose an der Bar einnimmt. Der Apfel fällt nicht weit vom Stamm, so viel ist sicher.

»Du könntest Schwierigkeiten bekommen, sie wieder loszuwerden«, erwidere ich, und wir wissen beide, dass ich die Wahrheit sage. Rosie hat sich hier in gerade einmal fünf Tagen wunderbar eingelebt. »Ich kann mir vorstellen, dass am Samstag Tränen fließen werden, wenn wir von hier abreisen.«

Shelley gibt keine Antwort. Und wieder einmal ist das auch gar nicht nötig. Ich weiß nämlich genau, was sie gerade denkt.

## Shelley

»Du siehst toll aus, Shell«, sagt Sarah, als sie schließlich zu uns stößt. »Ihr seht beide toll aus. Das Blau steht dir ganz wunderbar, Juliette.«

»Das Kleid stammt aus einer richtig angesagten Boutique«, erwidert Juliette.
»In England?«
»Nein! Direkt hier! Ich spreche natürlich von Lily Loves«, erklärt sie. »Ich muss sagen, dieses Kleid wird für mich immer eine besondere Bedeutung haben, nach der Woche, die ich hier gemeinsam mit euch erlebt habe. Danke für alles, Mädels.«

Sarah legt ihren Schal und ihre Jacke ab und setzt sich zu uns.

»Ich schwöre euch, ich dachte schon, ich würde heute Abend niemals aus dem Haus kommen«, sagt sie. »Ich brauche jetzt einen Gin Tonic. Dringend. Kennt ihr das Gefühl, dass ihr mit einer Wand sprecht, wenn ihr mit eurem Mann redet? Ich habe Tom gesagt, dass ich spätestens um neun losmuss, und er kommt seelenruhig um halb zehn hereinspaziert. Wären die Rollen vertauscht gewesen, hätte ich mir ordentlich was anhören dürfen.«

»Ach, ich bin mir sicher, dass du deinen Mann für nichts auf der Welt hergeben würdest«, sage ich schmunzelnd zu ihr. »Männer – man kann nicht mit ihnen, und man kann nicht ohne sie. Ich muss gestehen, ich kann es kaum erwarten, dass Matt wieder nach Hause kommt. Ich hätte nie gedacht, dass ich das sagen würde, und ich bin wirklich froh, dass ich es endlich wieder sagen kann. Es waren drei lange, einsame Jahre. Grauenhaft, wirklich.«

Ich weiß nicht, warum ich plötzlich mein Herz öffne, aber es fühlt sich richtig gut an, und ich weiß, ich kann meinen Freundinnen uneingeschränkt vertrauen, egal, was ich ihnen sage.

»Ich vermisse Dan auch«, sagt Juliette. »Ich wünschte, er würde genau jetzt durch diese Tür kommen und … O Gott, was würde ich dafür geben, wenn ich mein altes Leben wiederhaben könnte.«

Zum ersten Mal, seit ich sie kenne, spüre ich eine Wut in Juliette, als ihr bewusst wird, wie sehr sich ihr Leben durch ihre Krankheit verändert hat.

»So darfst du nicht denken«, sage ich. »Dan führt gerade seinen eigenen Kampf, aber ich bin mir sicher, er wird für dich da sein, Juliette. Vielleicht nicht so wie früher, aber er ist immer noch dein Mann, und er weiß, dass du ihn brauchst.«

Rosie kehrt nun wieder an unseren Tisch zurück, mit einem vollen Glas Cola, und setzt sich neben Sarah, die sie herzlich begrüßt.

»Teigan kann nicht aufhören, von dir zu schwärmen, Rosie. Sie hält dich für das Beste seit der Erfindung der Bratkartoffel«, erzählt Sarah, und Rosie strahlt über das Kompliment. »Ständig heißt es Rosie dies und Rosie das. Sie sagt, sie will dich als Babysitter haben; falls du also jemals wieder nach Killara kommst und einen Job brauchst, habe ich schon einen für dich. Gott, ich hätte ein Vermögen dafür bezahlt, um heute Abend einen Babysitter zu haben. Ist es nicht schön, mal wieder auszugehen und andere Leute zu sehen, selbst wenn es nur das Brannigan's ist?«

»Ich habe ganz vergessen, wie es ist, unter Leute zu gehen«, sage ich. »Und ist es nicht schön, zu spüren, wie die eigenen Füße im Takt wippen, und zur Musik mitzuklatschen? Ich glaube, ich habe die letzten drei Jahre wie in einem Gefängnis gelebt, echt wahr, aber endlich fange ich an zu sehen, dass dort draußen eine große bunte Welt auf mich wartet.«

Sarah legt locker ihren Arm um mich und drückt mich kurz. »Es ist schön, dich wiederzuhaben, Shell«, sagt sie. »Du hast eine riesengroße Hürde genommen. Und ich glaube, das hat viel mit dir zu tun, Juliette. Du bist wirklich genau zur richtigen Zeit nach Killara gekommen.«

Juliette sieht aus, als wäre sie in Gedanken ganz woanders, und ich weiß, dass sie gerade große Sehnsucht nach ihrem Mann hat. Ich will mir nicht vorstellen, was ihr alles durch den Kopf geht, hier an diesem Ort, der so viele alte Geister und Erinnerungen birgt und der ihrer quicklebendigen Tochter auch in Zukunft offenstehen wird. Juliette macht einen verlorenen Eindruck. Sie wirkt richtig ängstlich und einsam.

»Ich gehe mir jetzt was zu trinken holen«, sagt Sarah. »Seid ihr noch alle versorgt, oder darf ich euch etwas Stärkeres mitbringen?«

»Ich kann gerne für dich an die Bar gehen«, erwidert Rosie. »Dean hat gesagt, er schenkt mir Alkohol aus, wenn er weiß, dass er für euch ist. Das habe ich schon abgecheckt.«

Ich sehe, dass Juliette über den Enthusiasmus ihrer Tochter, uns den ganzen Abend mit Getränken zu versorgen, schmunzeln muss.

»Gut, dann sag diesem Lümmel hinter der Theke, dass er seiner alten Tante einen anständigen Gin Tonic einschenken soll«, sagt Sarah und drückt Rosie einen Geldschein in die Hand. »Und sag ihm auch, er soll mit den Eiswürfeln nicht so knausern wie sonst.«

»Gerne«, erwidert Rosie und hüpft vergnügt an die Theke.

»Falls du zurück ins Cottage willst, brauchst du es nur zu sagen«, murmele ich Juliette zu, als Sarah gerade in ihrer Handtasche kramt. »Vielleicht hast du genug von der Musik?«

»Nein, nein, alles gut«, antwortet sie, aber ich sehe in ihren Augen, dass sie kämpft. »Sarah ist doch gerade erst gekommen, und Rosie hat hier ihren Spaß. Ich bleibe noch eine Weile.«

Ihr Gesicht sieht blass und wächsern aus, und mir fällt auf, dass ihr Kleid ein bisschen lockerer sitzt als bei der ersten Anprobe vor fünf Tagen. Ihre Hand zittert leicht, als sie nach ihrem Glas greift.

Sarah steht auf und geht zu ihr um den Tisch herum, um sich neben sie zu setzen. »Ich habe dir was mitgebracht, wie versprochen«, sagt sie und gibt Juliette einen weißen Briefumschlag, der aussieht, als hätte er schon bessere Tage gesehen. »Du brauchst ihn nicht hier zu öffnen, wenn du nicht willst, aber ich weiß ja, dass du es gerne haben wolltest.«

Ich schaue verwundert zu, wie Juliette mit großen Augen auf den Umschlag starrt. Sie sieht zu Rosie hinüber, die gerade wieder angeregt mit Dean plaudert und sich reichlich Zeit lässt, um Sarahs Drink zu besorgen, aber vielleicht ist das im Moment ganz gut so.

Juliette öffnet den Umschlag und nimmt ein Foto heraus, das einen jungen Mann mit dunkelblonden Haaren und blauen Augen zeigt, der mit nacktem Oberkörper am Strand steht und direkt in die Kamera lächelt. Es dürfte sich wohl um Skipper handeln, und mein Herz macht einen Satz. Ich kann mir nicht einmal ansatzweise vorstellen, wie Juliette sich gerade fühlen muss.

Sarah beobachtet Juliette, die ihre Augen nicht von dem Foto abwendet. »Er war ein hübscher Kerl«, sagt sie. »Ich weiß, das Foto ist nicht so besonders, aber es ist das einzige, das ich von ihm habe, und ich möchte, dass du es behältst und an Rosie weitergibst, wenn die Zeit dafür gekommen ist. Gott, ich weiß noch genau, wo ich war, als mich die Nachricht von seinem Tod erreicht hat. Skippers Begräbnis war eins der traurigsten, das ich jemals erlebt habe. Tut mir leid, das hätte ich nicht sagen sollen. Juliette, ist alles in Ordnung?«

Juliette fixiert immer noch das Bild, und ich bemerke, dass ihre Hände nun sogar noch stärker zittern. Sie dreht ihren Kopf zu Sarah, dann zu mir, und schließlich steckt sie das Foto zurück in den Umschlag und legt ihn auf den Tisch.

»Was hast du?«, frage ich sie. »Vielleicht ist das hier alles gerade zu viel für dich?«

»Mir ist ein bisschen schlecht«, erwidert sie und legt ihre Hand vor den Mund.

»Ich und meine große Klappe«, sagt Sarah. »Es tut mir

schrecklich leid, Juliette. Ich hätte sensibler sein sollen. Das ist allein meine Schuld. Bitte entschuldige.«

»Nein, nein, das ist es nicht«, sagt Juliette, deren Augen nun auf den Umschlag geheftet sind.

»Shelley, kannst du mal kurz zu uns rüberkommen?«, ruft Rosie von der Theke.

Sarah bedeutet mir mit einem Nicken, dass ich ruhig gehen kann, also mache ich das und verschwinde an die Bar. Ich habe ein verdammt ungutes Gefühl. Ich weiß nicht, was sich in Juliettes Kopf abspielt und wie schlecht es ihr im Moment tatsächlich geht, aber mir gefällt dieses Gefühl kein bisschen. Manchmal wünschte ich, ich wäre einfach für immer empfindungslos geblieben.

## Juliette

Ich beobachte, wie Shelley zu meiner Tochter geht, die ihr etwas auf dem Handy zeigt. Beide sehen erfreut aus und schauen zur Tür.

Plötzlich beginnt sich der Raum zu drehen, genau wie damals, an jenem alkoholgetränkten Abend vor sechzehn Jahren. Auch jetzt fühle ich mich betrunken, aber das kann natürlich nicht sein. Ich nehme das Foto noch einmal aus dem Umschlag, betrachte es und stecke es dann wieder zurück.

»Das ist bestimmt schmerzhaft für dich«, sagt Sarah leise. »Ich dachte, ich würde das Richtige tun, wenn ich dir das Foto heute Abend mitbringe, aber mein Timing war wie immer daneben. Ich trete gerne ins Fettnäpfchen, das sagt selbst mein Mann.«

»Nein«, erwidere ich, »damit hat es nichts zu tun. Du hast es gut gemeint. Es ist nicht deine Schuld, Sarah.«

Ich atme tief durch. Das Akkordeon und die beiden Geigen klingen auf einmal schrill und hoch und viel zu laut, und ich wünschte, sie würden einfach still sein. Die Töne kommen nur noch verzerrt bei mir an, mein Kopf ist überempfindlich. Ich muss hier ganz schnell raus. Ich kann in meinem Leben keine Überraschungen und Wendungen mehr ertragen. Ich kann diesen Pub nicht mehr ertragen und diesen Ort und diese Menschen.

Dann geht die Eingangstür auf, und herein kommen meine Schwester und mein Mann, und ich glaube, ich werde gleich ohnmächtig.

»Dan?«, flüstere ich.

»Was hast du, Juliette?«, fragt Sarah. »Du siehst gar nicht gut aus. Möchtest du gehen?«

»Dan! Tante Helen!«, ruft Rosie. »Endlich! Kommt schnell her, damit ich euch Shelley vorstellen kann!«

»Das ist er nicht«, sage ich zu Sarah und starre wieder auf den Umschlag.

»Was?«, sagt sie und nimmt sofort das Foto heraus, als müsste sie mir das Gegenteil beweisen. »Das hier, meine Liebe, ist Skipper. Das ist der Mann, der früher jeden Sommer mit dem Boot nach Killara kam.«

Mir ist schwindelig. Rosie winkt mir zu. Ich schaue wieder auf das Foto. Es ist verschwommen, und es ergibt keinen Sinn. Es muss sich hier um eine große Verwechslung handeln.

»Das ist er nicht«, sage ich wieder.

»Mum! Sieh doch mal, wer hier ist!«

»Bist du wirklich sicher, dass dieser Mann hier Skipper ist?«, frage ich.

»Absolut«, antwortet Sarah. »Das ist er, ohne jeden Zweifel.«

Der Raum beginnt sich wieder zu drehen. Ich weiß nicht, was ich jetzt denken soll. »Okay, mag sein, dass der Mann auf diesem Foto Skipper ist«, sage ich leise zu Sarah, »aber er ist nicht Rosies Vater. Entweder habe ich irgendwas gründlich falsch verstanden, oder mein irischer Flirt hat mich angelogen, was seinen Namen betrifft.«

»Warum hätte er das tun sollen?«, erwidert Sarah. »Juliette, ist alles okay? Du siehst aus, als …«

Sarahs Worte werden leise und undeutlich. Ich kann nicht mehr verstehen, was sie sagt, weil mein Kopf sich dreht und alles andere um mich herum auch. Dann ist Skipper, beziehungsweise der Mann, der sich als Skipper ausgab, doch nicht tot?

Ich höre eine vertraute Stimme nach mir rufen. Es ist Dan. Oh, Gott sei Dank, Dan ist hier!

»Ich bin da, Juliette«, sagt er zu mir. »Komm, ich bringe dich raus an die frische Luft.«

»Helen?«, murmele ich.

Ich sehe in das angstverzerrte Gesicht meiner Schwester. Und dann wird alles schwarz.

## KAPITEL 23

**Freitag**

SHELLEY

Betty ruft morgens um halb acht an, um mir mitzuteilen, dass sie heute nicht zur Arbeit kommen kann, und ich fühle mich, als würde ich innerhalb von zwölf Stunden zum zweiten Mal einen Schlag mitten ins Herz bekommen. Der Abend gestern endete furchtbar. Ich sehe wieder vor mir, wie Juliette von ihrer Schwester und ihrem Mann nach Hause gebracht werden musste, und das alles kommt mir vor wie ein einziger großer Albtraum.

Wie benommen tapse ich durchs Haus und telefoniere mit meiner besten Freundin. Merlin folgt mir auf Schritt und Tritt.

»Hast du was gehört?«, fragt Sarah.

»Nein, nichts«, sage ich, als ich an einem Foto von Lily vorbeikomme, und meine Nackenhaare stellen sich auf. »Ich habe Angst. Am liebsten würde ich auf der Stelle packen und zu meinem Vater fahren, um mich dort vor allem zu verstecken.«

»Dann tu das«, erwidert sie. »Sag Matt, dass er morgen nach Belfast fliegen soll statt nach Dublin, und nimm dir eine kleine Auszeit. Du bist fast so weit, Shell. Vielleicht wäre die Gesellschaft deines Vaters gerade genau das Richtige. Du hast dich so aufopferungsvoll um Juliette und Rosie gekümmert, aber du musst auch an dich denken, unabhängig davon, wie es mit den beiden weitergeht.«

Ich setze mich auf die Sofakante und schaue durch die Terrassentür hinaus aufs Meer. Merlin klettert hinter mich und rollt sich dann zusammen.

»Das habe ich auch schon gedacht«, sage ich. »Aber ich kann Juliette und Rosie einfach nicht im Stich lassen. Ich denke, gerade Rosie braucht mich nun mehr denn je.«

Ich lehne mich auf dem Sofa zurück, und Merlin rutscht umständlich zur Seite.

»Ich hasse die Vorstellung, was diesem armen Kind bevorsteht«, sagt Sarah. »Aber Juliette ist sehr krank, Shelley. Du kannst nichts dagegen tun. Du musst jetzt auf dich selbst achten.«

»Du klingst wie Matt«, sage ich, und ich schließe meine Augen, während ich einfach nur zurück in mein Bett möchte und alles vergessen, was den Abend gestern so jäh enden ließ. Rosie hatte mich kurz zuvor an die Theke gerufen, um mir zu sagen, dass sie eine große Überraschung für ihre Mutter hatte, und sie schwärmte noch davon, wie gut Juliette aussah mit ihrem Kopftuch und ihrem Make-up und ihrem zauberhaften blauen Kleid, aber als Helen und Dan eintrafen, verwandelte sich der Abend in einen lebendigen Albtraum für uns alle.

»Mum, ist alles okay?«, rief Rosie, als sie sah, dass Juliette leichenblass war, und bevor wir Zeit hatten, uns alle miteinander bekannt zu machen, rauschte Helen zu ihrer Schwester, übernahm das Kommando und bestand darauf, Juliette ins Cottage zu bringen und sofort ihren Arzt anzurufen. Ich bin mir in meinem ganzen Leben noch nie so nutzlos vorgekommen.

»Die Frau ist unheilbar krank«, betont Sarah noch einmal, und ich nicke bestätigend. Ich hätte mich von Anfang an nicht so nah auf die beiden einlassen sollen. Was habe ich erwartet, jährliche Besuche und dazwischen Kontakt über die sozialen Netzwerke? Juliette stirbt, und ich fühle mich, als würde ich auch sterben. Ich muss los zur Arbeit, aber ich weiß nicht, ob ich dazu in der Lage bin. Ich muss dringend mit Matt reden. Ich brauche ihn hier bei mir, weil ich jetzt unmöglich hinübergehen und Juliette mit ihrer Familie stören kann.

»Ich fühle mich schuldig«, sagt Sarah. »Ich wünschte, ich hätte ihr dieses Foto nie gezeigt. Aber woher sollte ich ahnen, dass es der falsche Mann war? Ich habe die ganze Nacht kein Auge zugetan und ständig gegrübelt, ob der Schock der Auslöser dafür war, dass es ihr plötzlich so schlecht ging.«

»Mit dem Foto hat das nichts zu tun«, sage ich. »Juliette hat sich schon länger nicht wohlgefühlt. Vielleicht war die Bootstour zu den Steilklippen der Auslöser. Vielleicht denken wir in zu vielen Vielleicht-Sätzen.«

»Vielleicht hat sie einfach eine falsche Erinnerung davon, wie er aussah«, sagt Sarah. »Aber wie kommt sie auf den Namen Skipper, und wie kann es sein, dass sie die ganze Zeit so im Irrglauben war?«

»Vielleicht hat ihr One-Night-Stand einen falschen Namen benutzt«, sage ich, und mein Magen krampft sich bei der Vorstellung zusammen. »Wäre doch möglich.«

»Schon«, sagt Sarah, »aber was für ein Mann würde so etwas tun?«

»Ein Mann, der etwas getan hat, was er nicht hätte tun sollen? Hör zu, ich muss jetzt wirklich los und den Laden aufmachen«, sage ich. »Ruf mich doch später wieder an oder komm vorbei, wenn du in der Nähe bist. Ich weiß wirklich nicht, wie ich den Tag überstehen soll. Ich bin froh, dass ich dich habe, Sarah.«

»Du kannst immer auf mich zählen«, erwidert sie, und ich weiß, dass sie die Wahrheit sagt. Und ich weiß auch, dass sie ihr Versprechen sehr bald einlösen muss.

Juliette

Dan sitzt auf meiner Bettkante, mit grauem Gesicht, in dem sich Angst und erzwungene Nüchternheit spiegeln.

»Ich habe euch allen gestern Abend einen Höllenschreck

eingejagt, nicht wahr?«, sage ich zu ihm, aber er gibt keine Antwort. Er hält einfach nur meine Hand. Ich kann Helen und Rosie in der Küche hören, wo sie gerade laut darüber diskutieren, wer die ganze Nacht das Licht angelassen hat, und ich würde am liebsten zu ihnen hinüberbrüllen, dass das in Anbetracht der Umstände doch scheißegal ist.

»Es gibt so vieles, was ich dir sagen möchte, aber wo fange ich an?«, sagt Dan, und ich bringe ein Lächeln und ein schwaches Kopfschütteln zustande. »Mir liegt gerade so viel auf dem Herzen, Juliette.«

»Du willst mir bestimmt sagen, dass ich die heißeste Braut bin, die du jemals auf diesem Planeten gesehen hast, stimmt's?«, erwidere ich, aber er ist nicht in der Stimmung für Scherze. Er drückt meine Hand, und seine Augen füllen sich mit Tränen.

»Erzähl mir von dem Abend, als wir uns kennenlernten«, sage ich, was zu helfen scheint.

»Du hast diese Geschichte immer geliebt«, sagt er, und es ist wahr. Ich liebe sie wirklich.

Es war kein feuchtfröhlicher Abend, es war kein Blind Date, das über eine Partnerbörse zustande gekommen war, oder irgendetwas in der Art, es war reiner Zufall, dass wir uns begegnet sind, und wir haben unsere Geschichte immer voller Stolz jedem erzählt, der sie hören wollte.

Dan atmet tief durch und drückt wieder meine Hand. Seine Augen sind nun dunkler, quellen über vor Verzweiflung und Sorge, aber seine Stimme beruhigt mich, so wie in den ganzen zehn Jahren, die ich ihn kenne und liebe.

»Es war ein Abend im August. Ich war auf dem Rückflug von Paris und bemitleidete mich selbst, weil ich es hasste zu fliegen, und ganz besonders hasste ich es, alleine zu fliegen«, beginnt er, und ich spreche lautlos mit, so vertraut bin ich mit seiner Erzählung. »Ich saß in der Mittelreihe, nervös und ängstlich, eingezwängt zwischen einem schreienden Baby und einem schnarchenden alten Mann.«

Ich schließe meine Augen und lächele beim Klang seiner Stimme, während ich der schönsten Geschichte lausche, die mir jemals erzählt wurde.

»Sprich weiter«, sage ich. »Und dann wurdest du …«

»Und dann wurde ich auf die Leute in der Reihe vor mir aufmerksam. Ich schielte zwischen den Sitzen durch und sah die wundervollste Frau, die ich in meinem ganzen Leben gesehen habe, und sie sprach gerade über die Angst vor dem Fliegen«, fährt er fort. »Ihre Worte richteten sich an ein kleines Mädchen, und es dauerte keine drei Sekunden, bis ich merkte, dass ich mich wie ein Riesenbaby verhielt und die Kleine viel tapferer war als ich.«

Ich lache an dieser Stelle wie jedes Mal.

»Die Kleine sagte nämlich ›Ich hab keine Angst, Mami. Solange du bei mir bist, ist alles gut‹, und ich dachte ›Warum zum Teufel mache ich mir vor Angst fast in die Hosen, wenn dieses Kind sich so tapfer verhält?‹ Ich, ein erwachsener Mann. Und direkt vor mir saß ein furchtloses Kind, das die Welt auf eine ganz andere Art betrachtete. Dieses Mädchen hatte keine Angst, sie hatte jemanden neben sich, den sie liebte, und ich begriff in diesem Moment, dass es genau darum geht im Leben. Dass das der Grund ist, warum wir hier sind. Um jemanden an unserer Seite zu haben, den wir lieben, wenn wir das Bedürfnis haben, uns sicher und beschützt zu fühlen.«

Ich zögere. Diesen letzten Teil höre ich zum ersten Mal.

»Juliette, du bist immer an Rosies Seite geflogen, jeden Tag ihres Lebens, nicht erst seit unserer ersten Begegnung auf diesem Flug von Paris«, sagt er. »Ich habe dir geholfen, deine Taschen aus dem Gepäckfach zu holen, und wir haben uns die ganze Zeit unterhalten, während wir auf unsere Koffer warteten. Als wir zum Schluss unsere Nummern austauschten, war klar, dass wir uns ziemlich schnell treffen würden. Aber Rosie kam für dich immer an erster Stelle, und darauf kannst du sehr stolz sein. Du bist die ganze Zeit mit ihr geflogen, und du wirst immer mit ihr fliegen.«

Ich schließe die Augen und inhaliere seine Vertrautheit, und als ich ihn ansehe, sind seine Worte alles, woran ich in diesem Moment glauben möchte. Ich und Rosie, wir sind immer zusammen geflogen.

»Ich weiß, ich habe Rosie nicht das Leben geschenkt«, sagt er, »aber du und Rosie habt *mir* ein neues Leben geschenkt. Ich werde ihr immer zur Seite stehen, so gut ich kann.«

Seine durchdringenden blauen Augen, zerrissen von Kummer und Verzweiflung, umklammern mein Herz, und ich weiß, dass es ihm absolut ernst damit ist, was auch passiert.

»Sei einfach da, wenn sie dich braucht«, flüstere ich. »Sie wird dich immer brauchen, Dan.«

Er lächelt ein wenig. »Ich kann dir nicht versprechen, dass ich mit ihr fliege so wie du, aber ich werde sie immer beschützen, und ich weiß, sie wird mich auf irgendeine Art brauchen, während sie zu einer Frau heranwächst, die genauso umwerfend sein wird wie ihre Mutter«, sagt er. »Ich werde immer an ihrer Seite sein, wenn sie mich dort haben möchte.«

Eine Träne rollt über seine Wange, und er beugt sich zu mir und küsst meine eigenen Tränen weg.

»Du hast die Geschichte noch nicht zu Ende erzählt«, sage ich, und meine Stimme klingt so schwach, wie ich mich körperlich fühle.

»Nun, diese Frau und ich, wir haben noch eine ganze Zeit miteinander geplaudert, bis wir schließlich draußen vor dem Terminal standen«, fährt er fort. »Bevor wir auseinandergingen, habe ich zu ihr gesagt, dass ich sie eines Tages heiraten würde, und das tat ich auch, und es war für mich und für dich der beste Tag unseres Lebens, nicht wahr, Juliette? Du hast mir an jenem Tag gesagt, dass du die glücklichste Frau der Welt bist. Und genauso hast du ausgesehen.«

»Ich war die glücklichste Frau der Welt«, sage ich. »Dieser Tag wird immer zu meinen schönsten Erinnerungen zählen. Danke, Dan, für alles. Du warst mein Beschützer, weißt du das? Ich habe mich immer stärker gefühlt, wenn du in meiner Nähe warst.«

»Ich habe dich enttäuscht, Juliette«, sagt er, und er bricht plötzlich zusammen und schluchzt los wie ein Baby. »Die letzten Wochen tun mir so leid. Das alles tut mir so unendlich leid.«

»Nein, Dan, es braucht dir nicht leidzutun«, flüstere ich. »Wir brauchten eine Auszeit voneinander. Ich weiß, ich werde nicht mehr lange hier sein, aber es war wichtig, dass du erkennst, dass die Zeit, die wir noch haben, unheimlich kostbar ist. Du musst jetzt für mich stark sein. Ich brauche dich, Dan.«

Sein Schluchzen verklingt, und er hält meine Hand an sein Gesicht. »Du hast mir zehn wundervolle Jahre geschenkt, die ich immer in Ehren halten werde«, sagt er. »Deine Liebe wird Rosie und mir die Kraft geben weiterzumachen, Juliette. Die Liebe, die du uns geschenkt hast, wird niemals sterben. Und genauso wird unsere Liebe zu dir bis in alle Ewigkeit überdauern. Wir werden jeden Tag über dich sprechen, und wir werden dich jeden einzelnen Tag lieben. Du wirst also nie alleine sein.«

Ich schließe wieder meine Augen und lächele in der Gewissheit, dass mein bester Freund auf der ganzen weiten Welt an meiner Seite ist – ich bin seine Frau, und er ist mein Mann und Beschützer.

SHELLEY

Rosie spricht nicht viel, als sie um die Mittagszeit in den Laden kommt. Ihre Augen sind rot und geschwollen, ihre Haare zerzaust, und ihr Gesicht ist im Gegensatz zu sonst völlig ungeschminkt. Ihre Haut ist blass und fleckig, und sie sieht aus, als könnte sie jemanden zum Reden gebrauchen.

»Hast du Lust auf einen Spaziergang?«, frage ich, während sie so tut, als würde sie die Kleider auf den Ständern durchsehen, die sie gar nicht interessieren. »Wir könnten zu mir gehen und uns Merlin schnappen und eine Runde am Strand drehen.«

»Aber du willst in deiner Mittagspause sicher was essen«, sagt sie, ohne mich anzusehen. »Du brauchst nicht mit mir durch die Gegend zu laufen, wenn du nicht willst. Ich musste einfach raus aus diesem Cottage, und ich wusste nicht, wo ich sonst hinsollte. Tante Helen geht mir jetzt schon auf die Nerven, Shelley. Sie dreht total am Rad, und ich kann damit im Moment nicht umgehen.«

Dieses Gefühl kenne ich nur allzu gut.

»Na komm«, sage ich. »Es ist jetzt kurz vor eins, und ich bin schon seit neun Uhr hier, was ich nicht mehr gewohnt bin. Ich könnte frische Luft vertragen, um einen klaren Kopf zu bekommen.«

»Ich kann Merlin holen, wenn du willst«, sagt sie. »Falls du nicht vor eins schließen willst.«

»Du bist ein Engel«, sage ich und gebe ihr meinen Hausschlüssel. Gott, ich werde sie furchtbar vermissen, wenn sie morgen abreist. »Du weißt noch den Code für die Alarmanlage?«

»Ja. Das ist praktisch, dann brauche ich mich nicht als Einbrecherin zu verkleiden«, scherzt sie und zieht los, um ihren Lieblingshund zu holen.

Zehn Minuten später ist Rosie zurück, mit Merlin im Schlepptau, und wir gehen schweigend hinunter zum Strand. Sie schnieft ein bisschen vor sich hin, was mir hilft, das Gespräch zu eröffnen, weil ich sonst wirklich nicht wüsste, was ich sagen soll.

»Hast du dich erkältet?«, frage ich, und sie schüttelt den Kopf.

»Pollenallergie«, sagt sie. »Normalerweise habe ich Nasenspray, aber Mum hat vergessen, es einzupacken.«

»Ich kann dir auf dem Rückweg eins besorgen«, sage ich. »Ich hatte früher selbst Heuschnupfen. Das ist echt ätzend.«

»Genau wie Krebs«, sagt sie, und wir bleiben beide abrupt stehen. Sie wirft sich an mich, umklammert mich mit ihren Armen und schluchzt los. Ich lasse sie einfach weinen, ohne eine Frage, ohne ein Wort.

Ich schaue zum Leuchtturm hinaus, während ich sanft über ihren müden Kopf streiche, und bitte meine Mutter, mir die Kraft zu geben, um das alles hier für Rosie durchzustehen. Die Vorstellung, Juliette so schnell wieder zu verlieren, bringt auch mich innerlich fast um, aber hier geht es nicht um mich. Es geht um dieses wunderbare Mädchen, das mich in sein Herz geschlossen hat und Trost bei mir sucht, darum darf ich mich nicht selbst bedauern. Ich muss stark bleiben, für Rosie.

»Ich habe es anfangs hier gehasst«, sagt Rosie. »Ich weiß nicht, warum, aber ich wollte Killara nicht gut finden. Ich glaube, ich war eifersüchtig, weil Mum so begeistert davon war. Ich wollte wohl ihre ganze Aufmerksamkeit für mich haben und nicht, dass sie in glücklichen Erinnerungen an einen Ort schwelgt, der in ihrem Leben existierte, bevor ich das tat.«

Wir setzen uns zwischen die Dünen und schauen hinaus auf die Bucht.

»Das ist absolut verständlich«, sage ich. »Ich kann auch nicht gerade behaupten, dass ich Killara bei meinem ersten Besuch super fand, denn es repräsentierte für mich eine Veränderung, der ich mich nicht stellen wollte. Ich wollte nicht hierherkommen und bei meiner Tante wohnen. Ich wollte zu Hause sein bei meiner Mum und meinem Dad und dass alles wieder so war wie früher. Aber die Realität sah anders aus. Es wird für dich nicht einfach werden, Rosie, und ich kann nur wiederholen, dass du mich wirklich jederzeit anrufen kannst, Tag und Nacht. Ich weiß, ich bin nicht deine Mutter, und niemand wird jemals ihren Platz einnehmen können, aber ich werde immer deine Freundin sein. Und du hast auch noch Dan. Ihr zwei scheint euch ziemlich nahezustehen. Du hast dich sehr gefreut, als er gestern Abend aufgetaucht ist, nicht wahr?«

Sie lächelt, als ich Dan erwähne. »Vielleicht wird er bald wieder der alte Dan sein, den ich total lieb hatte, und nicht der Dan, der in letzter Zeit kaum wiederzuerkennen war«, sagt sie. »Am Anfang haben wir uns wie Hund und Katze um Mums Aufmerksamkeit gestritten, aber als ich dann ein bisschen älter war, habe ich erkannt, wie sehr Mum ihn liebte und brauchte, und schließlich eingesehen, dass er ein ziemlich cooler Typ ist.«

»Das war sehr reif von dir«, sage ich. »Es war bestimmt nicht einfach für dich, nachdem du es so lange gewohnt warst, deine Mum ganz für dich alleine zu haben.«

»Ich hasse es, ein Einzelkind zu sein«, sagt sie und fängt an, mit dem Finger Kreise in den Sand zu malen. »Wie du schon gesagt hast, hätte ich eine Schwester oder einen Bruder, würde ich mich vielleicht nicht so alleine fühlen.«

Sie hebt den Kopf und sieht mich mit großen tränennassen Augen an, und ich lege meinen Arm um sie und drücke sie eng an mich.

»Ich habe mir auch immer eine große Schwester gewünscht«, sage ich. »Ich war immer neidisch, wenn ich gesehen habe, wie meine Cousins und Cousinen miteinander groß wurden und zusammen durch dick und dünn gingen. Es kam mir vor, als wären sie alle nach demselben Muster gestrickt. Und als ich dann selbst eine Tochter hatte, habe ich gemerkt, dass die Bindung zwischen echten Blutsverwandten wirklich so ist – sie sind miteinander verwoben. Es ist absolut bedingungslos. Es ist das beste Gefühl der Welt.«

Ich spüre, dass ich mich wieder diesem dunklen Loch nähere, wenn ich an die Bindung denke, die ich zu Lily hatte und die ich nie wieder haben werde, zu niemandem. Doch ich will es im Moment nicht zulassen. Ich muss positiv bleiben. Ich muss Rosie helfen. Ich darf nicht abstürzen. Ich darf einfach nicht.

»Denkst du eigentlich jemals an deinen Vater?«, frage ich, da ich das Gefühl habe, ich kann das Thema jetzt ansprechen.

Rosie sieht mich mit großen Augen an, als hätte ich ihr gerade die Eine-Million-Dollar-Frage gestellt, die sie immer beantworten wollte. »Die ganze Zeit«, sagt sie. »Ich habe Mum oder Dan nichts gesagt, aber ich dachte immer, dass wir eines Tages meinen richtigen Dad finden werden und er diese ganzen Lücken füllt, die ich in mir spüre. Jemanden, der nicht nur eine Tante oder ein Stiefvater oder ein Freund ist – jemanden, der richtig mit mir verbunden ist, weißt du?«

Ich muss an meinen Vater denken und daran, dass ich, obwohl er in den ersten Jahren nach Mums Tod zu kämpfen hatte und trotz der Meilen, die zwischen uns lagen, nicht weiß, wie ich ohne ihn so weit gekommen wäre.

»Dein Vater ist irgendwo dort draußen«, sage ich. »Und ich werde dir helfen, ihn zu suchen, Rosie.«

»Wie? Wo um alles in der Welt willst du anfangen?«

»Ich habe keine Ahnung, aber ich werde alles tun, was ich kann, um dir bei der Suche zu helfen, und sollte er tatsächlich von dir erfahren, hoffe ich wirklich, dass er dich sehr lieben wird«, sage ich. »Du bist nämlich ein unheimlich liebenswertes junges Mädchen, und du hast mir in nur wenigen Tagen so viel gegeben. Stell dir vor, was du ihm für den Rest seines Lebens geben könntest. Du bist eine absolute Freude, und du hast alle Liebe in der Welt verdient. Wirklich.«

»Ich schreibe ihm manchmal«, sagt sie und lässt den Sand durch ihre Finger rieseln. »Nichts Wichtiges, nur was ich so mache, für den Fall, dass er mich jemals näher kennenlernen möchte. Alltägliche Dinge, zum Beispiel, was ich zum

Abendessen hatte oder was ich in der Schule gemacht habe oder welche Songs ich mag. Solche Sachen.«

Ich schlucke, und ich spüre, dass mein Herz in zwei Teile bricht.

»Denkst du, du wirst weitere Kinder haben?«, fragt sie, und ich atme tief durch. Mein Unterleib schmerzt bei der Vorstellung.

»Ich glaube nicht, dass ich weitere Verluste ertragen kann, Rosie«, antworte ich, und es ist die Wahrheit. »Ich hatte vier Fehlgeburten, bevor ich Lily bekam. Vier Babys, die ich mir in meinem Kopf ausgemalt hatte und mit denen ich unser Zuhause füllen wollte. Lily war mein Wunderbaby, aber mein Herz darf nicht wieder gebrochen werden, und das von Matt auch nicht. Ich wollte ihm so gerne ein Kind schenken, aber mein Herz ist in Trümmern.«

»Boah, gleich vier«, sagt sie. »Wie kann das Leben so grausam sein? Das ist einfach schrecklich unfair, Shelley. Es macht mich wahnsinnig traurig.«

»Mich auch, und ja, es ist unfair«, erwidere ich. »Aber ich bemühe mich sehr, mich auf das zu konzentrieren, was ich habe, statt auf das, was ich nicht habe. Bei dir und deiner Mum habe ich so viel Güte und Freundlichkeit erlebt. Ich habe erkannt, dass ich meine Energie darauf konzentrieren muss. Und genau das werde ich von nun an tun.«

Rosie holt ihr Handy hervor und scrollt durch ihre Bilder. »Als ich vorhin in deinem Haus war, um Merlin zu holen, habe ich die Fotos von Lily gesehen«, sagt sie. »Ich hoffe, es macht dir nichts aus, dass ich das sage, aber dein Haus sieht jetzt viel hübscher aus, mit euren ganzen glücklichen Erinnerungen. Ich bin ganz begeistert von dem Elefanten in der Diele. Ich musste bei seinem Anblick sofort an Afrika denken. Stammt er von dort?«

Ich spüre, dass meine Hände feucht werden, obwohl es hier am Strand ziemlich kühl ist. Bei dem Gedanken an Lilys lächelndes Gesicht kann ich meine Stimme nicht finden. Rosie scrollt immer noch durch ihre Bilder und hält dann plötzlich inne. O mein Gott, hat sie etwa mit ihrem Handy meine Lily fotografiert? Bitte nicht, Rosie ...

»Lily hatte genau die gleichen Haare wie ich, als ich in ihrem Alter war«, fährt Rosie fort. »Dieselbe Farbe und alles. Ich weiß, es ist albern, aber im ersten Moment dachte ich, das wäre ich. Findest du, dass wir uns ähnlich sehen?«

Sie dreht das Display ihres Handys zu mir, und mein Herz beginnt wie verrückt zu rasen.

Ich muss wieder an Bettys Zettel denken. Es waren nur drei Worte, die mich kurz aus dem Gleichgewicht katapultiert haben, aber ich habe sie ignoriert, weil es einfach nicht sein kann. *Rosie? Lily? Matt?* Betty hatte diese drei Namen notiert und wieder durchgestrichen, aber ich konnte sie trotzdem noch lesen.

»Was macht Lily auf deinem Handy?«, sage ich grimmig zu Rosie. Ich spüre Wut in mir hochsteigen, weil sie meine Tochter fotografiert hat, als sie in meinem Haus war. Der Gedanke an eine derartige Verletzung meiner Privatsphäre lässt heißen Zorn durch meine Adern strömen. »Rosie, du hättest kein Foto von Lily machen dürfen, als du ...«

»Nein, nein!«, unterbricht sie mich lachend. »Ich habe kein Foto von Lily gemacht, Shelley. Das will ich dir ja die ganze Zeit sagen. Das hier ist nicht Lily. Das bin ich, als ich drei Jahre alt war. Man könnte wirklich meinen, es wäre Lily, aber sie ist es nicht. Das bin ich!«

Juliette

»Rosie? Rosie, bist du das?«

Dan ruft nach ihr, als wir hören, dass die Haustür ins Schloss fällt, und ich warte darauf, dass Rosie in mein Zimmer gestürmt kommt, mit Geschichten von Merlin und Shelley und all den wunderbaren Dingen, die sie in der letzten Stunde erlebt hat – aber sie kommt nicht herein, und sie gibt keine Antwort, und ich bin zu schwach und zu angeschlagen, um überhaupt nach ihr zu rufen.

»Die Ärztin wird gleich wieder hier sein, Liebling«, sagt Dan und tupft meine Stirn mit einem feuchten Tuch ab. »Sie wird uns sagen, ob du nach Hause kannst, in dein eigenes Bett, wo du dich sicher wohler fühlen wirst, nicht wahr? Ich gehe mal kurz nach Rosie schauen.«

Ich finde die Vorstellung verlockend, in meinem eigenen Bett zu liegen, in meinem eigenen Zimmer mit all den Erinnerungen an Dans und meine gemeinsame Zeit, aber trotzdem sträubt sich ein Teil von mir, diesen Ort hier zu verlassen. Es ist so friedlich. Ich würde sehr gerne einfach hierbleiben, in diesem Zimmer mit seinen zitronengelben Wänden und dem Schiebefenster, durch das eine sanfte Brise hereinweht, die die Blümchengardine in Bewegung versetzt, sodass es aussieht, als würde sie tanzen. Es ist wie ein Sonnenstrahl, dieses kleine Zimmer, und die Atmosphäre hat etwas Verträumtes, was vielleicht an dem Morphium liegt, das die Ärztin mir heute Morgen gespritzt hat.

»Sie behauptet, es ginge ihr gut«, berichtet Dan, als er wieder in mein Zimmer kommt. »Aber da sie mir das durch die geschlossene Tür gesagt hat, weiß ich nicht, ob es ihr wirklich gut geht oder ob sie vielleicht gerade aus dem Fenster klettert, um jemanden zu treffen, den sie nicht treffen sollte, oder heimlich Alkohol trinkt oder einen Joint dreht. Soll ich sie holen?«

Ich schüttele schwach den Kopf. Meine Lider hängen auf Halbmast, und es kommt mir vor, als wären Dan in der Zwischenzeit Bartstoppeln gewachsen, obwohl er nur kurz draußen war. Ich weiß, das ist nicht möglich, aber mein Zeitempfinden hat sich verschoben, und ich habe den Eindruck, ich könnte sogar das Gras wachsen sehen, wenn ich genau hinschauen würde. So ist das mit einer unheilbaren Krankheit im Endstadium – die eigenen Beobachtungen werden viel schärfer, als wolle man bloß nichts mehr verpassen, als dürfe einem kein Detail entgehen. Dinge, an denen ich früher achtlos vorbeiging, bekommen nun meine volle Aufmerksamkeit. Jetzt bleibe ich stehen, um eine kleine Spinne zu beobachten, die an einer Wand hochkrabbelt, und bin beeindruckt von ihrer Fähigkeit, der Schwerkraft zu trotzen, wie wir Menschen es nicht können. Jetzt nehme ich das gelbe Leuchten einer Löwenzahnblüte wahr und lächele bei den Kindheitserinnerungen, die so ein einfaches Kraut zurückbringt. Erinnerungen an eine Zeit, in der ich mit meinen Freunden durch die Felder streifte, in der wir alle uns scheinbar ständig draußen aufhielten und das Leben ein einziges großes Wunderland war. Jetzt halte ich inne, um einem kleinen Kind zuzuhören, das mit seiner Mutter oder seinem Vater über dieses und jenes plaudert, und staune ehrfürchtig darüber, wie ein so kleiner Mensch in nur zwei Jahren eine Sprache erlernen und Unterhaltungen führen kann und trotzdem die Welt mit ganz unschuldigen Augen betrachtet, unbefleckt, sauber und rein.

Alles ist verstärkt, alles ist wundervoll, alles fühlt sich beinahe neu an. Ich beobachte das Gesicht meiner Schwester, wenn sie meine Füße mit Teebaumöl einreibt und ihr eine Million Dinge durch den Kopf gehen. Ich denke daran, dass sie ihren Mann und ihre drei Jungs zu Hause zurückgelassen hat, um hierherzukommen und bei mir zu sein, und dass sie ihre Angst verdrängt, um mir ein besseres Gefühl zu verschaffen. Sie sagt mir immer, ich sei der stärkste Mensch, den sie kennt, obwohl ich mich manchmal alles andere als stark fühle. Das ist Liebe.

Ich bin fast kahl, aufgedunsen, und mein Körper ist nicht viel mehr als eine Hülle, und trotzdem sieht Dan mich an, als wäre ich eine Prinzessin. Obwohl ich ihn zurückgewiesen habe und verlangte, dass er sich von mir fernhält, solange er seinen Kummer mit Alkohol betäubt, ist er zu mir zurückgekommen und hat sich genug ausgenüchtert, um mir in dieser letzten Phase eine Stütze zu sein. Er ist mein Seelenverwandter. Er war bei mir, als ich zum ersten Mal meine Diagnose erhielt, als ich angesichts dieses Horrors schrie, und wenn ich nachts schweißgebadet und in Panik aus dem Schlaf hochschreckte, hielt er mich in seinen Armen, während ich Rotz und Wasser heulte, und schaukelte mich langsam wieder in den Schlaf. Das ist Liebe.

Der Krebs hat mich zu den Tiefen meines Seins geführt und mir bewusst gemacht, worauf es wirklich ankommt in dieser verschmutzten, giftigen Welt, in der wir leben. Alles, woran ich nun glaube, ist die Liebe. Nach meiner Diagnose kam mir alles, worüber wir uns früher Sorgen gemacht haben, wie materialistischer Blödsinn vor, und das ständige Hetzen von A nach B wie ein emsiger Idiot hörte einfach auf. Prioritäten bildeten sich heraus. Das, was wirklich wichtig war, wurde nun tatsächlich am wichtigsten, und erst der Krebs hat uns allen bewusst gemacht, dass es absolut nichts auf dieser Welt gibt, das die erste Stelle in unserem Leben einnehmen sollte, außer die Menschen, die uns am meisten bedeuten. Ja, wir müssen arbeiten, um unsere Rechnungen zu bezahlen, und manchmal stellt uns das Leben Hürden in den Weg wie eine Autopanne oder dass man zu spät zu einem Termin kommt oder dass man etwas verpasst, was man unbedingt machen oder sehen wollte, aber ernsthaft: Das Leben ist zu kurz für so einen Scheiß. Lebt es, fühlt es, liebt es, und tut es sofort. Wartet nicht auf euren Tag in der Sonne. Macht heute zu diesem Tag. Macht das Beste aus jeder Veränderung, die auf euch zukommt, und nehmt es ernst. Die meisten von uns wandeln wie auf Autopilot umher, ohne richtig zu leben, sie existieren bloß. Sie zählen die Stunden, bis sie den Tag überstanden haben, und stehen dann am nächsten Tag auf, um genau wieder dasselbe zu tun, ohne es jemals zu hinterfragen. Ich möchte diese Welt in einem besseren Zustand zurücklassen, als ich sie vorgefunden habe, selbst wenn es nur für einen einzigen Menschen ist. Ich will nicht umsonst sterben. Ich habe keine Ahnung, wie ich das erreichen kann, aber ich denke, jeder von uns sollte sich zum Ziel setzen, die Welt ein winziges bisschen besser zu machen.

»Juliette? Juliette, Schatz, die Ärztin ist hier.«

Die Stimme meiner Schwester unterbricht meinen Gedankengang, und mir wird bewusst, dass ich gedöst habe. Ich öffne langsam meine Augen.

Ich glaube nicht, dass ich es nach Hause schaffen werde.

## KAPITEL 24

SHELLEY

Ich kann das Zittern meiner Hände nicht unter Kontrolle bringen, also lege ich mein Handy auf den Küchentisch, und das Foto von Rosie, auf dem sie drei Jahre alt ist, starrt zu mir zurück. Ich habe sie vorhin gebeten, es mir zu schicken, während ich mein Bestes versucht habe, um meinen Schock und mein Staunen zu verbergen, aber ich weiß, dass ich das arme Kind mit meiner Reaktion verstört habe.

»Du solltest jetzt nach Hause gehen«, sagte ich zu ihr. »Ich meine, du solltest zurück ins Cottage gehen, zu deiner Mum. Tut mir leid, Rosie, aber ich kann nicht mehr. Ich fühle mich nicht so gut.«

Sie sah mich an mit einem Ausdruck, als hätte ich ihr einen Dolch mitten ins Herz gestoßen. Als würde ich eine Liebesbeziehung mit ihr beenden, ohne ihr die volle Wahrheit zu sagen.

Ich wollte sie nicht verjagen, aber ich musste unbedingt alleine sein, um diesen Schock zu verdauen, also schreibe ich ihr zur Erklärung eine SMS, ohne etwas von meinem wahren Verdacht zu erwähnen.

*Rosie, es tut mir so leid, ich bin vorhin ein bisschen ausgeflippt, weil du Lily so ähnlich siehst*, tippe ich. *Das ist mir schon öfter passiert, selbst wenn gar keine große Ähnlichkeit bestand. Ich wollte dich nicht erschrecken, und es tut mir wirklich leid. Ich werde heute Abend bei euch vorbeischauen. Bitte hab keine Angst. Ich bin immer für dich da. LG*

Ich drücke auf *Senden*, und gleich darauf erscheint auf dem Display wieder das Foto von der kleinen Rosie. Ich halte es neben das gerahmte Bild von Lily, das auf dem Tisch in der Diele steht. Ihre Haare sind identisch, das lässt sich nicht leugnen – weiche dunkelbraune Korkenzieherlocken. Das Lächeln ist ein und dasselbe, die Milchzähne, die Wangen, die Grübchen und die Augen ... o mein Gott, die Augen. Dieselbe Mandelform, dasselbe Grün. Mir stockt der Atem.

Ich wähle die Nummer meiner Schwiegermutter. Ich muss ihr das hier zeigen, um zu sehen, ob ich nun doch meinen Verstand verliere.

»Eliza? Eliza, kannst du bitte kommen?«, stammele ich.

»Shelley, ist alles in Ordnung?«, fragt sie erschrocken. »Was in aller Welt ist passiert, Darling? Ist etwas mit Matt? Bist du okay?«

Normalerweise rufe ich nie bei Eliza an. Ich rufe nie bei irgendjemandem an, wenn ich genauer darüber nachdenke, aber ich brauche Eliza jetzt hier, damit sie mir sagt, dass es wieder nur ein Hirngespinst meiner trauernden Fantasie ist.

Mir ist übel. Am liebsten würde ich Matt das Foto schicken, damit er mir sagt, dass ich mich irre, dass überhaupt keine Ähnlichkeit vorhanden ist und dass ich nicht albern sein soll, aber ich kann mich ihm nicht wieder in so einem Zustand präsentieren. Er wird so enttäuscht sein, und er wird mich definitiv für verrückt halten, wenn ich mit meinem Verdacht danebenliege.

»Ich bin gerade mit Betty beim Lunch«, sagt Eliza. »Wir sind im Dorf, ich kann also in wenigen Minuten bei dir sein. Rühr dich nicht vom Fleck, Shelley. Ich komme.«

Sie legt auf, und mir wird bewusst, dass Betty doch eigentlich krank ist, oder? Warum kann sie mit Eliza essen gehen, aber nicht zur Arbeit kommen? Was zum Teufel ist hier los?

Mein Handy klingelt, und sein Singsang-Klingelton weckt in mir das Bedürfnis, es vom Balkon zu schleudern, so weit weg von mir wie möglich. Matts Name leuchtet auf dem Display auf, aber ich kann jetzt nicht mit ihm reden. Ich hätte auch Eliza nicht anrufen sollen. Sie wird den Arzt benachrichtigen, und sie werden mich wieder ins Krankenhaus bringen und mich mit Beruhigungsmitteln vollpumpen, bis ich noch betäubter bin, als ich es drei Jahre lang war.

Matt klingelt ein zweites Mal durch. Ich reagiere wieder nicht.

»Shelley? Shelley, Schätzchen, ich bin es!«

Elizas Absätze klappern auf dem Marmorboden in der Diele, und als sie in die Küche kommt, sehe ich an ihrem Gesicht, dass sie es bereits weiß.

»Du weißt es, nicht wahr?«, sage ich. »Darum warst du mit Betty essen. Sie ist gar nicht krank. In Wahrheit kann sie mir nicht mehr unter die Augen treten, weil sie Angst davor hat, alles zu verraten. Sie hat den Zettel liegen lassen, auf den sie es geschrieben hatte.«

»Shelley, Shelley, ganz ruhig, Darling«, sagt Eliza. »Du musst dich erst einmal setzen. Kann ich dir etwas bringen? Tee? Einen Brandy?«

»Ich will keinen verschissenen Brandy!«, schreie ich. »Sieh dir das an! Schau!«

Ich halte ihr mein Handy vor die Nase, und sie weicht einen Schritt zurück.

»Sag mir, dass ich verrückt bin, sag mir, dass ich damit aufhören soll!«, schreie ich weiter, kaum fähig, meine Worte miteinander zu verknüpfen. »Wer ist das? Weißt du, wer dieses Kind ist?«

»Shelley, du machst mir Angst«, sagt Eliza. »Warum fragst du mich das? Das ist meine Enkeltochter, um Gottes willen. Diese Augen würde ich überall erkennen.«

Ihre Enkeltochter! O mein Gott. Mir gefriert das Blut in den Adern.

Ich lasse mich auf den nächsten Stuhl fallen und starre auf den Boden. Ich atme ein und aus, ein und aus, ein und aus. Ich finde meinen Ehering. Etwas Vertrautes. Ich berühre ihn. Ich drehe ihn. Kann das wahr sein? Sieht Eliza tatsächlich das, was ich endlich sehe?

Sie zieht einen Stuhl heran, setzt sich neben mich und legt ihre Hand auf meinen Oberschenkel. Sie deutet auf mein Handy.

»Das ist nicht unsere Lily, oder?«, sagt sie mit sorgenvoller Miene.

Ich schüttele als Antwort den Kopf. »Nein, ist sie nicht«, murmele ich.

»Das ist dieses englische Mädchen, richtig?«, sagt sie im Flüsterton. »Das Mädchen, mit dem du so viel Zeit verbracht hast. Das Mädchen, dessen Mutter bald sterben wird. Wie war noch gleich ihr Name?«

»Rosie«, antworte ich. »Sie heißt Rosie, genau wie meine Mutter. Wie konntest du das vergessen? Ich habe dir ihren Namen gesagt.«

»Rosie, natürlich«, sagt Eliza.

»Das auf dem Bild ist Rosie«, sage ich, »nicht unsere Lily, und ich glaube, Matt könnte Rosies leiblicher Vater sein.«

Wir sitzen für ein paar Sekunden schweigend da. Eliza versucht zu sprechen, bricht aber ab. Dann nimmt sie einen zweiten Anlauf. »Weißt du das sicher?«

Ich zucke mit den Achseln und schüttele den Kopf. »Ich weiß überhaupt nichts mehr«, sage ich. »Ich musste einfach sehen, ob du die Ähnlichkeit auch sofort wahrnimmst, aber es ergibt trotzdem keinen Sinn. Wie kann Matt Rosies Vater sein? Das passt nicht zusammen.« Ich schniefe leise und wische mit dem Ärmel über meine Augen und meine Nase. Ich bin völlig fertig. Ich sehe bestimmt auch so aus. »Juliette hat gesagt, sein Name war Skipper. Er war ein Seemann. Matt hat keine Ahnung von Booten. Er hat in jenem Sommer nicht einmal mehr in Killara gewohnt, wie kann er also Rosies leiblicher Vater sein?«

»Er …«

»Er wohnte zu dem Zeitpunkt in Dublin, mit Alicia, seiner Ex. Ich kenne seine Lebensgeschichte, Eliza. Er hat mir erzählt, dass er und Alicia praktisch schon verlobt waren, aber dann traten Probleme auf, und es gab ständig Streit, und schließlich sagte sie alles ab und setzte ihn vor die Tür, und er sah sie nie wieder. Nach seinem Studium kehrte er nach Killara zurück, und dann lernte er mich kennen, richtig? War es nicht so?«

Eliza zappelt nervös auf ihrem Stuhl herum. Sie zappelt sonst nie herum. »Ich habe Betty über Alicia kennengelernt«, sagt sie.

»Betty?«, sage ich. »Was zum Teufel hat Betty mit der ganzen Sache zu tun? Alicia und Betty sind mir scheißegal, ich rede hier von meinem Mann ...«

Eliza legt ihre Hand auf mein Knie und macht beschwichtigende Laute. Es funktioniert. »Alicia brachte Betty einmal mit aus Limerick, und Betty gefiel es hier so gut, dass sie wiederkam und blieb«, erklärt Eliza. »Es muss irgendwie am Wasser liegen, dass die Menschen hier wieder Kraft tanken und glücklicher sind und dann einfach bleiben. Betty ist es jedenfalls so ergangen. Alicia, Matts Exfreundin, ist Bettys Nichte.«

Ich sehe Eliza verdattert an. »Was? Ihre Nichte? Aber warum hat mir das nie jemand gesagt?«

Eliza zuckt mit den Achseln. »Na ja, es hat sich nie wirklich ergeben, und offen gesagt schien es auch nicht besonders wichtig zu sein«, antwortet sie. »Betty ist für mich einfach nur Betty, und das schon seit vielen Jahren. Ich bin mit ihr befreundet, und als du nach Lilys Unfall eine Hilfe im Laden gebraucht hast, wusste ich, dass Betty die Richtige für diesen Job sein würde. Es war nie von Bedeutung, dass sie mit Alicia verwandt war, bis jetzt natürlich.«

»Bis jetzt? Warum? Wegen dieser Sache hier?«, frage ich, während ich die Antwort fürchte.

»Weil Alicia Betty damals anvertraut hat, warum sie Matt gebeten hatte, auszuziehen, und warum ihre Beziehung endete«, erklärt Eliza. »Es heißt nicht umsonst, dass jede Geschichte zwei Seiten hat. Wie sich herausstellt, ist Matts Version der Ereignisse nämlich ein wenig, sagen wir, schlanker als die von Alicia.«

Mein Magen zieht sich schmerzhaft zusammen. Ich weiß nicht, ob ich mehr hören will, aber ich muss.

»Ich weiß es auch erst seit heute, und Betty hat es mir nur erzählt, weil sie es sich von der Seele reden wollte«, fährt sie fort. »Alicia hat mit Matt Schluss gemacht, als er ihr beichtete, dass er in betrunkenem Zustand einen One-Night-Stand mit einer Engländerin hatte, den er sehr bereute. In Killara. Alicia dachte, ihr Name wäre Julie. Aber nun sieht es so aus, als wäre es deine Freundin Juliette gewesen.«

Ich erstarre. Dann ist es also wahr. Es muss wahr sein. Ich lasse mein Handy in den Schoß fallen. Ich habe das Gefühl, als würde ich mein Leben durch eine verschwommene Linse betrachten. Es sieht so aus, als hätte Matt eine Tochter. Eine Tochter, die nicht Lily ist und nicht von mir.

»Und Skipper?«, frage ich, und mein Hals wird mit jedem Atemzug trockener.

»Ich schätze, Matt hat den Namen als Tarnung benutzt«, sagt Eliza. »Ich denke, er hat deine Freundin belogen, damit ihm niemand auf die Schliche kommen konnte. Alicia und er waren als Paar hier ziemlich bekannt, darum wundert es mich nicht, dass er versucht hat, inkognito zu bleiben.«

Mein Blick schnellt durch die Küche, dann zu Eliza, dann auf den Boden und schließlich auf das Foto in meinem Schoß. Ich nehme das Handy in die Hand und betrachte das Bild genauer. »O mein Gott«, flüstere ich, als sich langsam alles zusammenfügt.

»Darling, ich bin mir sicher, in deinem Kopf jagt gerade ein Gedanke den nächsten«, sagt Eliza. »Aber du darfst nicht vergessen, dass diese Geschichte passiert ist, bevor du und Matt euch kennengelernt habt, es hat also nichts mit seinen Gefühlen für dich zu tun. Für ihn wird es ein genauso großer Schock sein wie für dich. Bitte handele nicht unvernünftig. Du hast dich so gut gemacht, und du darfst dich davon nicht zurückwerfen lassen. Vielleicht ist es ja gar keine so schlechte Sache, wenn du das alles einigermaßen verdaut hast. Im Moment stehst du noch unter Schock. Ich übrigens auch.«

Ich würde am liebsten jemanden schlagen. Ich würde am liebsten schreien und brüllen und um mich treten und mir die Haare ausraufen und das alles einfach wegzaubern. Ich will meine Lily zurück. Ich will mich an sie schmiegen und sie in meinen Armen halten und ihren unschuldigen Babygeruch riechen. Ich will Matt an der Haustür empfangen, wenn er von seiner Geschäftsreise zurückkehrt, und den Nachmittag in purer Glückseligkeit verbringen, während wir beobachten, wie unser Sonnenschein wackelnd durch das Haus läuft. Wir würden uns anlächeln, und für den Bruchteil dieser Sekunde wäre es, als würde die Welt stehen bleiben, weil Lily unser ist und wir sie gemacht haben und weil niemand jemals über die Dinge, die sie tut, so staunen wird wie wir. Sie ist ein Teil von mir und Matt. Ich will sie wiederhaben. Ich brauche sie. Ich brauche meine Mutter. O Gott, ich brauche so dringend meine Mutter.

Eliza steht auf, um mir einen Brandy einzugießen, und ich trinke das Glas in einem Zug leer. Die Ironie, die schiere Grausamkeit des Ganzen. Vier Mal verloren wir unser Baby, dann bekamen wir Lily, und wir hatten sie nur für drei Jahre, bevor auch sie uns genommen wurde. Und nun finde ich heraus, dass Matt bereits hat, was ich ihm während unserer gesamten Ehe zu geben versuchte, und er ahnt nicht einmal etwas davon. Das Schmerzvollste, aber vielleicht auch das Schönste an der ganzen Sache ist, dass ich seine Tochter bereits lieb gewonnen habe. Obwohl ich noch unter Schock stehe, weiß ich, dass dieses Mädchen bereits einen festen Platz in meinem Herzen hat.

Über eine Stunde später, nachdem wir alles gründlich durchgekaut haben, erklärt Eliza sich schließlich bereit, mich alleine zu lassen, wenn ich ihr verspreche, diese Bombe, dass Rosie Matts Tochter ist, erst einmal in Ruhe sacken zu lassen. Meine Emotionen fahren Achterbahn, als ich sie zur Tür hinausbegleite.

»Tut mir leid, falls ich dich vorhin mit meinem Anruf erschreckt habe«, sage ich, bevor sie in ihren Wagen steigt. »Ich wusste nicht, was ich tun sollte. Ich musste einfach mit jemandem darüber reden, und ich war mir sicher, du würdest mir sagen, dass ich mir alles nur einbilde, wie schon so oft zuvor, wenn ich glaubte, in jedem Mädchen meine Lily wiederzuerkennen.«

Eliza kommt zu mir. »Shelley, ich habe Matt versprochen, auf dich aufzupassen, während er weg ist, aber selbst wenn ich nicht diesen Pakt mit ihm geschlossen hätte, du weißt, wir sind eine Familie, und du kannst dich jederzeit auf meine Hilfe verlassen.«

Das stimmt. Eliza ist nicht nur meine Schwiegermutter, sie ist auch eine wunderbare Freundin, und mir ist bewusst, dass viele andere Frauen nicht so ein Glück haben mit der sogenannten anderen Frau im Leben ihrer Männer.

»Dann hat Betty also sofort gesehen, dass Rosie mit Lily verwandt sein musste?«, sage ich. »Das ist verrückt. Ich selbst habe das nicht gesehen. Na ja, ich dachte, ich hätte es gesehen, für einen flüchtigen Moment, aber …«

»Ja, Betty hat eins und eins zusammengezählt«, sagt Eliza. »Zuerst hat sie das arme Mädchen ausgefragt, warum sie hier ist, wie alt sie ist, mit wem sie hier ist und so weiter, dann machte es Klick bei ihr. Sie hatte nichts Böses im Sinn, Liebes. Diese Sache könnte für dich und Matt etwas sehr Positives sein, obwohl es im Moment noch nicht den Anschein hat. Du musst doch ein wenig Hoffnung daraus schöpfen, oder?«

»Ich weiß nicht, vielleicht kommt das noch«, erwidere ich. »Wenn ich diesen Schock überwunden habe, und Matt auch, könnte es vielleicht das Beste sein, was uns jemals passiert ist. Und Rosie auch. O mein Gott, ich habe noch gar nicht darüber nachgedacht, wie Rosie diese Neuigkeit aufnehmen wird. Oder Juliette. Ich war heute noch nicht bei ihr. Ich muss sie unbedingt sehen.«

Ich kann mir nicht vorstellen, wie ich die richtigen Worte finden soll, um Juliette zu sagen, was ich nun weiß. Wird sie sich freuen? Wird sie erleichtert sein? Wird sie wütend sein, weil Matt sie vor all den Jahren angelogen hat? Und Rosie? Nun, Rosie wird ab jetzt immer ein Teil unseres Lebens sein, was natürlich ein Segen ist, aber wie wird sie darauf reagieren, dass mein Ehemann ihr leiblicher Vater ist?

»Denkst du, ich sollte es Juliette sagen, Eliza? Sie liegt im Sterben, und ich will sie nicht aufregen oder belasten. Oh, ich wünschte, ich wüsste, was ich tun soll!«

Eliza überlegt kurz. »Das kannst du besser beurteilen als ich«, antwortet sie dann. »Aber hast du nicht gesagt, dass sie in der Hoffnung nach Killara kam, den Vater ihrer Tochter zu finden?«

Ich nicke. »Sie hat Angst davor, Rosie ganz alleine zurückzulassen«, erkläre ich. »Wir haben eine Abmachung getroffen: Ich passe auf ihre Rosie auf und sie auf meine Lily im Himmel. Gott, Eliza, Rosie ist Lilys Halbschwester. Sie ist außerdem deine Enkelin. Wie geht es eigentlich dir damit? An dieser Geschichte hängt so viel dran, dass ich noch gar nicht alles richtig überblicken kann.«

Eliza legt überrascht ihre Hände an die Wangen. »Tatsächlich habe ich mir darüber noch gar keine Gedanken gemacht«, antwortet sie. »Ich war bis jetzt ausschließlich darauf fixiert, wie es dir geht, aber wow, ich habe eine weitere Enkeltochter. O Shelley, ich vermisse Lily so sehr! Jeden einzelnen Tag in meinem Leben!«

Und zum ersten Mal seit einer sehr langen Zeit sehe ich diese Frau, die immer mein Fels in der Brandung war, die mich aufrichtete, wenn ich fiel, die meine Tränen trocknete, wenn ich schrie und um Gnade flehte, plötzlich an meiner Schulter weinen, über den Verlust, den wir beide erlitten haben, und über diese sehr eigenartige zweite Chance, wieder zu leben.

Ich werde mit Juliette reden. Ich muss sofort zu ihr gehen und mich vergewissern, ob unsere Vermutung richtig ist. Mein Herz klopft laut, und mein Schädel brummt, aber ich kann nicht aufhören, mir den Kopf darüber zu zerbrechen. Ich zittere vor Nervosität, ich habe Angst, und vielleicht stehe ich nach wie vor unter Schock, aber trotzdem ist es das Mindeste, was ich tun kann. Ich muss gleich zu ihr und es ihr sagen, bevor es zu spät ist.

# KAPITEL 25

Juliette

Die Uhr tickt, aber statt mich von dem Geräusch gestört zu fühlen, finde ich es eher beruhigend, während die Stunden verstreichen, Minute um Minute, Sekunde um Sekunde.
Tick, tack, tick, tack, tick, tack.
»Michael hat gerade angerufen«, flüstert meine Schwester. Es macht mich wahnsinnig, dass sie um mich herumschleicht, als wäre ich bereits tot.
»Hat er gerufen, oder hat er geflüstert, als wäre er schon auf meinem Leichenschmaus?«, erwidere ich, und Helen zeigt ein halbes Lächeln, bevor sie in normalem Ton weiterspricht.
»Er hat mit Dr. McNeill gesprochen, die gerade hier war und dir die Spritzen gegeben hat«, erklärt sie. »Sie sind sich einig, dass … dass es unklug wäre, in diesem Zustand zu fliegen. Es tut mir wirklich leid.«
Ich muss an die Zeit zurückdenken, als Helen und ich im Teenageralter waren und unsere Mutter zur Verzweiflung brachten, weil wir uns um alles Mögliche stritten, sei es eine Strumpfhose oder ein Parfüm oder ein Lippenstift oder sogar ein Junge. Sie prophezeite uns, dass wir eines Tages aufhören würden zu streiten und die besten Freundinnen sein würden. Und sie hatte wie immer absolut recht.
»Mum und Dad sind auf dem Weg hierher«, sagt sie. »Dan organisiert gerade einen Mietwagen, damit er sie am Flughafen abholen kann. Wir werden uns alle um dich kümmern und dafür sorgen, dass du es so angenehm wie möglich hast.«
»Wo ist Rosie?«, krächze ich leise. Obwohl ich meiner Schwester das Flüstern verboten habe, bringe ich selbst nicht viel mehr zustande.

»Sie ist in der Küche«, antwortet Helen. »Deine Freundin Shelley ist gerade gekommen. Ich war mir nicht sicher, ob du Besucher empfangen möchtest, darum habe ich Rosie gebeten, sich um sie zu kümmern. Sie macht einen netten Eindruck.«

»Shelley ist klasse«, sage ich. »Rosie betet sie an. Ich bin schon fast eifersüchtig geworden, weil sie so von Shelley geschwärmt hat und ich einfach nicht mithalten konnte mit ihrer Boutique und ihrem Hund und ihrer großen schicken Villa.«

Helen nickt verständnisvoll. »Rosie weiß, auf welche Seite sie gehört«, erinnert sie mich. »Möchtest du, dass ich mir für Shelley eine Ausrede einfallen lasse? Sie hat selbst gesagt, dass wir dich nicht ihretwegen stören sollen.«

»Schwesterherz, würdest du bitte die Formalitäten vergessen und meine Freundin einfach zu mir lassen?«, sage ich. »Ich weiß, du meinst es gut, aber hör auf, so ein Gedöns zu machen. Ich komme schon klar.«

Ich schließe kurz meine Augen, und als ich sie wieder öffne, sehe ich, dass Helen mich staunend anstarrt. »Allerdings, du kommst klar, nicht wahr?«, sagt sie, und ich bringe ein Nicken zustande. »Okay, ich gehe Shelley holen. Gib mir Bescheid, falls es dir zu viel wird.«

»Wie denn?«, sage ich. »Es ist ja nicht so, als könnte ich auf eine Klingel drücken oder so, richtig, Frau Oberschwester?«

»Nein, aber du könntest ein Codewort benutzen, so wie wir es früher immer getan haben, wenn ich zwischendurch mal ganz beiläufig reinschaue, um das Fenster zu schließen oder die Vorhänge zuzuziehen.«

Ich schließe wieder meine Augen und lächele. »Gott, wir standen uns immer so nah, Helen, obwohl es uns in jungen Jahren nicht bewusst war«, sage ich. »Schon lustig, aber ich sehe zwischen Rosie und Shelley eine ganz ähnliche Verbundenheit wie zwischen uns. Hierherzukommen war das Beste, was ich jemals getan habe, selbst wenn ich nicht den Mann gefunden habe, den ich für Skipper hielt. Ich bin froh, dass wir hier sind, wegen Rosie. Und ich bin auch froh wegen mir selbst.«

»Das ist das Beste, was ich den ganzen Tag gehört habe«, erwidert Helen. »Ich gehe jetzt Shelley holen.«

Shelley

Ich habe bis zu diesem Moment wie Espenlaub gezittert, aber nun, als ich an Juliettes Bett sitze, in diesem kleinen Cottage am Meer mit seinen zitronengelben und weißen Wänden, und eine kühle Brise von der Bucht hereinweht, könnte ich nicht gelassener sein.

All meine Ängste, all meine Befürchtungen, mit denen ich hierhergekommen bin, sind verschwunden, und alles, was ich sehen kann, ist Juliettes Lächeln, das mir sagt, dass sie sehr froh ist, mich zu sehen.

»Weißt du eigentlich, dass ich dich bei unserer ersten Begegnung für eine kaltherzige, arrogante kleine Schnepfe hielt?«, sagt sie mit ihrem frechsten Grinsen.

Ich zucke mit den Achseln, diesen Schlag kann ich wegstecken. Ich bin mir sicher, sie ist nicht die Einzige, die in letzter Zeit diesen Eindruck von mir hatte. »Beurteile ein Buch nie nach seinem Einband«, erwidere ich. »Willst du mir das damit sagen?«

»Ich habe versucht, einen passenden, ähnlich abgedroschenen Spruch aus dem Sport zu finden, aber ich kann nicht schnell genug denken«, sagt sie. »Mein Verstand ist leider nicht mehr das, was er mal war.«

Sie streckt mir ihre Hand entgegen, und ich ergreife sie, als wäre es das Natürlichste der Welt. Zwei Freundinnen, eine, die stirbt und sich wünscht weiterzuleben, und eine, die lebt und sich wünscht zu sterben. Zumindest war das so, bevor ich dieser wunderbaren, inspirierenden Frau begegnet bin, die noch nichts von dem starken Band ahnt, das uns für immer miteinander verbinden wird, selbst über den Tod hinaus.

Ich habe mir auf dem Weg hierher überlegt, was ich sagen soll, aber nun erscheint mir keine meiner Ansprachen angemessen.

»Sie wollten mich eigentlich zurück nach England bringen, aber es sieht nicht so aus, als wäre ich schon bereit, mein geliebtes Killara zu verlassen«, sagt Juliette. Sie hält immer noch meine Hand. »Anscheinend bin ich noch nicht bereit loszulassen. Ich bin davon überzeugt, dass es für alles im Leben einen Grund gibt und für alles eine richtige Zeit. Selbst fürs Sterben.«

»Ich will nicht, dass du gehst«, sage ich, ohne zu wissen, woher meine Worte kommen. »Ich weiß nicht, was ich tun werde, wenn du fort bist, Juliette. Ich werde dich wahnsinnig vermissen.«

Sie bettet ihren Hinterkopf in das Kissen und schaut an die Decke. »Vierzig, was?«, flüstert sie und schüttelt den Kopf. »Ich habe es gerade noch so bis vierzig geschafft, und ich bin für jeden einzelnen Tag meines Lebens dankbar und für alles, was ich erlebt habe.«

Aber mit vierzig soll das Leben nicht zu Ende sein, würde ich am liebsten laut schreien. Mit vierzig fängt das Leben doch erst richtig an.

»Versprich mir, Shelley, dass du was total Verrücktes und zugleich Wunderbares machst, wenn du vierzig wirst, und dass du dabei an mich denkst«, sagt Juliette. »Würdest du das tun? Mach irgendwas total Abgefahrenes. Hau einfach auf die Kacke, selbst wenn es nur für einen Tag ist.«

»Hast du ein Beispiel?«, frage ich. Ihre Idee gefällt mir jetzt schon, obwohl ich bei der Vorstellung, dass sie das nicht mehr erleben wird, kleine Nadelstiche in meinem Herzen spüre.

»Ich weiß nicht«, sagt sie. »Spring aus einem verdammten Flugzeug, oder so was in der Art – natürlich nicht ohne Fallschirm. Oder geh nackt baden im Mondschein. Wandere durch einen Dschungel oder eine Wüste oder einen Regenwald. Mach einfach etwas, von dem du dir einen Push-Effekt versprichst, nicht nur einen kleinen, sondern einen richtig großen. Mach etwas, das dich eine Scheißüberwindung kostet. Erinnere dich, wie gut es sich anfühlt, jung und lebendig zu sein, und kneif dich, wenn es sein muss, um dir bewusst zu machen, dass du verdammt viel Glück hast, am Leben zu sein.«

Ich habe noch fünf Jahre, bis ich vierzig werde, und ich bin mir sicher, dass mir in der Zwischenzeit etwas einfallen wird. »Gut, ich verspreche, dass ich etwas machen werde, das mich eine Scheißüberwindung kostet, nur zu deinen Ehren, Euer Ehren«, witzele ich.

Sie sieht mir direkt in die Augen. »Das will ich dir auch raten!«

»Ich gelobe es dir«, sage ich. Und dann sitzen wir für einen Moment schweigend da.

»Du liebst das Tanzen«, flüstert Juliette dann. »Das habe ich gesehen. Tu das öfter, Shelley, okay? Du brauchst nicht zu warten, bis du vierzig bist, um zu tanzen. Du brauchst nicht einen Tag länger zu warten, um deine Schuhe durchzutanzen.«

»Jeder Tag ist eine Party, hast du das nicht gesagt?«

»Genau«, erwidert sie mit einem Lächeln. »Tanz mit deinem Mann in der Küche, wenn er morgen nach Hause kommt, so wie früher, und erinnere dich an dieses verliebte Gefühl, das dabei immer zwischen euch entstanden ist. Hör nie auf, in deiner Küche zu tanzen.«

Die Haare an meinen Unterarmen stellen sich auf, und meine Augen füllen sich mit Tränen. Ich habe Juliette nie erzählt, dass meine Eltern immer in der Küche getanzt haben, genau wie Matt und ich später.

»Und sei weiter für andere da«, fährt sie fort. »Tu jeden Tag jemandem etwas Gutes, nur eine Kleinigkeit, und du wirst schneller heilen, als du denkst. Dadurch, dass du Rosie geholfen hast, hast du dir selbst geholfen, davon bin ich fest überzeugt.«

Ich nicke, und in meinen Augen brennen Tränen. Niemand kann jemals ahnen, wie sehr es mir innerlich geholfen hat, nett zu Rosie zu sein.

»Und wenn die Dinge hin und wieder nicht so laufen, wie du willst, oder wenn dir das Leben Steine in den Weg wirft, schließ einfach deine Augen und atme tief durch und sage dir, dass es wieder vorbeigehen wird und dass du zwei, bald schon drei sehr starke Schutzengel hast, die dir den nötigen Rückenwind geben und die dich dazu antreiben, mit Leichtigkeit durch das Leben zu segeln«, sagt Juliette. »Geh wieder in deinen Bücherklub, den du so geliebt hast, schwing wieder öfter den Kochlöffel, betrachte die Dinge nach Möglichkeit von der lustigen Seite und sag nie Nein zu etwas, weil du Angst hast. Liebe ist immer größer als Angst, Shelley. Du brauchst keine Angst mehr zu haben.«

Eine Träne kullert über meine Wange bei der Vorstellung, diese wunderbare Frau zu verlieren. Sie hat mir in den letzten sechs Tagen so viel gegeben. Und nun kann ich ihr etwas zurückgeben. Einen inneren Seelenfrieden, wie sie ihn nie zuvor gekannt hat. Nun bin ich an der Reihe. Ich bin bereit, es ihr zu sagen.

»Ich muss dir etwas zeigen«, flüstere ich und werfe einen raschen Blick zur Tür aus Angst, dass jemand diesen Moment stören könnte. Dann nehme ich ein Foto aus meiner Handtasche und gebe es ihr. Ich warte, während sie es betrachtet. Und warte …

Sie sieht mich an, dann wieder das Foto, und schließlich lässt sie es auf ihre Bettdecke fallen und legt ihre Hände vors Gesicht, und sie weint und weint und weint, während ihr ganzer Körper von großen Wellen der Erleichterung übermannt wird.

Sie nickt mir zu und lächelt, dann nimmt sie meine Hand und küsst sie. »Du hast ihn gefunden«, sagt sie. »Ja, meine liebe Freundin, das ist er, und du hast ihn gefunden. Das ist der Mann, der sich Skipper nannte. Wie hast du das gemacht, Shelley? O Gott, du hast ihn wirklich gefunden! Hast du es ihm schon gesagt? Wie hat er reagiert?«

»Ich habe es ihm noch nicht gesagt, Juliette, aber das werde ich tun, wenn ich ihn morgen sehe.«

»Morgen?«, flüstert sie, und ihre müden Augen werden groß.

Ich schließe meine Augen und atme tief durch. »Weißt du noch …«, flüstere ich. »Weißt du noch, dass du vorhin gesagt hast, dass du mich zuerst für eine kaltherzige Schnepfe gehalten hast?«

Juliette wischt sich über die Augen. »Ja«, sagt sie. »Das tut mir leid, weil ich mich total geirrt habe.«

»Es braucht dir nicht leidzutun«, sage ich. »Du sagst, du hast dich geirrt, aber in welcher Hinsicht denkst du, hast du dich geirrt? Ich muss wissen, was du von mir hältst, denn du musst wissen, dass mein Herz wieder von Wärme erfüllt ist und dass ich unheimlich viel Raum für Liebe habe. Ich kann Rosie lieben.«

Sie wirkt ziemlich verwirrt, aber ich muss das hier richtig machen. »Sag einfach irgendwas«, füge ich hinzu. »Was dir gerade in den Sinn kommt.«

Sie überlegt kurz und sieht mich dann sehr aufrichtig an. »Du warst für mich und auch für meine Tochter ein Licht in der Dunkelheit, Shelley«, sagt sie. »Du bringst Rosie zum Strahlen, und du gibst ihr Sicherheit, dass sie das alles hier überstehen wird, weil du selbst einmal in dieser Situation warst und weil es dir trotz allem gelungen ist, dich durchzukämpfen. Du hast ihr gezeigt, wie tapfer der Mensch sein kann, und ich finde das sehr bewundernswert. Du bist wie ein wandelnder Engel, und durch dich hat sich unser Leben zum Besseren gewendet. Du hast mein Leben zum Besseren gewendet, während ich meinen letzten Tagen entgegensehe.«

Wow. Nun, mit so einer Antwort habe ich wirklich nicht gerechnet, und ich bin überwältigt, aber ich muss konzentriert bleiben. Ich muss weitermachen.

»Juliette, ich habe dir versprochen, dass ich auf Rosie aufpassen werde, richtig? Also vertraust du mir in dieser Hinsicht?«

»Ja, das hast du versprochen«, flüstert sie. Ihre Augen werden dunkler und schwerer, fällt mir auf. »Und natürlich vertraue ich dir. Im Gegenzug werde ich meine schützende Hand über dein kleines Mädchen und deine geliebte Mutter halten, wenn ich sie oben im Himmel treffe. So lautet unsere Abmachung.«

»Ja«, sage ich. »Aber mein Teil der Abmachung wird viel größer sein, als ich ursprünglich dachte, Juliette. Als wir beide ursprünglich dachten.«

»Wie meinst du das?« Sie sieht mich zögernd an, als wüsste sie bereits, was ich gleich sagen werde.

Ich nehme das Foto vom Bett und betrachte es für einen Moment, dann sehe ich Juliette an. »Das ist Matt«, flüstere ich.

Sie keucht laut auf. »O Shelley, nein! Wirklich?«

»Ja, wirklich«, sage ich, und ein Schauer durchrieselt mich, während Juliette die Information verarbeitet. »Rosie ist Matts Tochter.«

Juliette schluckt hart, während ihr erschöpfter Verstand nun kämpft, um aus dem allen einen Sinn zu machen.

»Bitte, du darfst ihn nicht verurteilen, aber er hätte diese Nacht damals eigentlich nicht mit dir verbringen dürfen«, erkläre ich ihr. »Er hatte eine Beziehung, die kurz vor dem Aus stand, und er hat dir einen falschen Namen genannt, damit ihm niemand auf die Schliche kam. Aber ich weiß, er wird Rosie genauso rasch in sein Herz schließen wie ich. Und ich habe sie richtig lieb gewonnen, Juliette. Juliette, bist du okay?«

Sie holt tief Luft, dann richtet sie ihre müden Augen auf meine. »Ich wusste, dass wir uns aus einem ganz bestimmten Grund begegnet sind«, flüstert sie und nimmt meine Hand in ihre. »Ich glaube wirklich an das Schicksal. Es war vorherbestimmt, dass ich nach Killara komme und dich finde. Ich wusste es einfach.«

Ich lege ihre Hand an meine Wange, und ich schließe für ein paar Sekunden die Augen, um diesen Moment auf mich wirken zu lassen.

»Ich wusste es auch, als ich Rosie sah, wie mir nun bewusst wird«, sage ich. »Seit Lilys Tod war ich nicht mehr fähig, jemanden in mein Leben zu lassen, und dann war da plötzlich dieses fremde, traurige Mädchen, mit dem ich auf Anhieb warm wurde. Ich wusste gleich, dass sie etwas Besonderes ist, und nun weiß ich auch, warum. Wir sind jetzt eine Familie. Ich habe gehofft, dass Rosie mir von meiner Mutter und von Lily geschickt worden ist, um mir zu helfen, die Liebe wieder zu sehen, und jetzt bin ich fest davon überzeugt.«

Juliette starrt mich ungläubig an, aber mit einem Lächeln im Gesicht. »Du hast immer gesagt, dass du auf sie achtgeben wirst, nicht wahr?«, flüstert sie.

»Ja, das habe ich. Aber nun werde ich auf deine kostbare Rosie nicht nur achtgeben, Juliette«, erwidere ich, »sondern Matt und ich werden auf jede mögliche Art für sie *sorgen*. Vorausgesetzt, sie will das überhaupt. Wir werden für sie da sein, wann immer sie uns braucht.«

Juliette scheint noch ein bisschen blasser zu werden, und sie lehnt sich wieder zurück, lässt sich tief in ihr Kissen sinken. Ihre Augen weiten sich, dann werden ihre Lider schwer, und sie schließt sie ganz. Eine einzelne Träne rinnt über ihre Wange und tropft auf ihr Kissen.

»Ich habe ihn gefunden«, flüstert sie. »Ich habe ihn endlich gefunden. O Shelley, ich weiß nicht, was ich sagen soll. Ich … ich hatte ehrlich keine Ahnung, und ich hoffe, du denkst nicht das Gegenteil von mir. Ich bin richtig überwältigt. Das ist mehr, als ich mir jemals hätte träumen lassen. Unendlich viel mehr. Aber was ist mit dir, ist es für dich okay?«

Ich nicke und lege meine Hand auf ihren Arm. Ihre Haut fühlt sich ein wenig kalt an. »Du brauchst dir um mich keine Sorgen zu machen«, versichere ich ihr. »Rosie ist Lilys Halbschwester, stell dir das mal vor, Juliette! Ich habe in meinem Leben so viel Tod und Verlust gesehen, dass es mich beinahe selbst umgebracht hätte. Und zuerst hielt ich das Ganze auch für eine grausame Ironie des Lebens, aber jemand, den ich erst seit Kurzem kenne, hat mir gezeigt, wie man die Dinge positiv angeht, und darum habe ich mich dafür entschieden, es als das großartigste Geschenk aller Zeiten zu betrachten. Für mich und Matt ist das keine schlechte Neuigkeit, Juliette. Es ist das Beste, was uns überhaupt passieren konnte, und das meine ich aus tiefstem Herzen.«

»Danke«, formt sie mit den Lippen, und ich weiß, dass es Zeit ist, zu gehen, damit sie sich ausruhen kann. »Kann ich dich noch um einen großen Gefallen bitten, Shelley?«

Ich zögere. »Sicher«, sage ich dann mit Nachdruck. »Um jeden.«

»Kannst du Rosie sagen, wer ihr Vater ist, wenn der richtige Moment kommt?«, fragt sie. »Ich glaube nicht, dass ich es ihr jetzt noch beibringen kann.«

»Gott, ja, natürlich. Aber bist du sicher, dass sie es von mir erfahren soll?«

Sie nickt ganz langsam und fährt mit der Zunge über ihre trockenen Lippen. »Ich fühle mich so schwach und so elend«, sagt sie. »Und dir vertraue ich mehr als jedem anderen, was diese Aufgabe betrifft. Vergiss bitte nicht, ihr zu sagen, dass ich unendlich glücklich darüber gewesen bin. Du hast in diesem Urlaub so viel für uns getan, und nun hast du mir dazu noch durch eine unglaubliche Wendung des Schicksals meinen letzten Wunsch erfüllt. Du hast den Vater meiner Tochter gefunden, und ich weiß, dass sie sehr viel Liebe erfahren wird. Mehr kann ich nicht verlangen. Ich bin heilfroh. Ich werde sehr zufrieden und glücklich aus diesem Leben scheiden.«

Juliette schließt ihre Augen und schluchzt leise. Sie drückt meine Hand, und mir wird bewusst, dass auch ich gerade weine, Tränen der Trauer, des Glücks und der Freude, alles auf einmal.

»Ich werde dich so sehr vermissen, Juliette«, sage ich, und ich muss nach Luft schnappen zwischen all den Tränen, die ungehindert fließen. »Du bist eine großartige Frau, Freundin und Mutter, und ich werde dein Mädchen wie meinen Augapfel hüten und wissen, dass du immer an unserer Seite bist. Schlaf jetzt, Juliette. Schlaf in der sicheren Gewissheit, dass Rosie versorgt ist. Sie wird in unserem Haus immer willkommen sein, in ihrer neuen Familie, an diesem Ort, den du so sehr geliebt hast.«

Juliette gibt keine Antwort mehr. Sie ruht ihren müden Geist aus, in der Stille dieses Raums, wenn man von der tickenden Uhr und dem Rauschen der Wellen draußen absieht, und ich schlüpfe mit gesenktem Kopf hinaus und hoffe, dass ich meine Freundin wiedersehen werde.

Nun muss ich die Neuigkeit nur noch meinem Mann beibringen. Der morgige Tag kann nicht schnell genug kommen.

Juliette

Ich treibe.

Ich gleite dahin auf etwas, das sich wie eine große flauschige Wolke anfühlt, und sie bringt mich irgendwohin, aber ich kenne das Ziel nicht. Ich sehe in der Ferne Gesichter, vertraute Gesichter, die mir winken, die mich anlächeln und mich drängen, zu ihnen zu kommen, immer weiter zu gleiten. Sie sind wie eine magnetische Kraft und ziehen mich auf unsichtbaren Schienen, die nur in eine Richtung führen, und ich spüre, dass es kein Zurück gibt. Dort ist eine Frau, die ein kleines Mädchen auf dem Arm hält, und das Lächeln der beiden erwärmt mein Herz und lässt mich schneller treiben.

»Mum!«

Ich höre Rosie hinter mir, die mich zurückruft. Ich versuche, mich umzudrehen, aber ich kann nicht.

»Mum!«, ruft sie wieder, dieses Mal lauter, und die Gesichter vor mir verblassen. Als ich langsam meine schweren, müden Lider hebe, ist es im Zimmer, das vorhin, bei Shelleys Besuch, so hell und luftig war, dunkel und behaglich, und ich sehe Rosies Gesicht im Schein meiner Nachttischlampe.

»Rosie, mein Schatz«, sage ich leise. »Du bist da. Wo ist Dan?«

»Es geht ihm gut, er schläft«, antwortet sie. »Tante Helen ist im Sessel eingeschlafen. Sie war bis vor ein paar Minuten noch bei dir, zusammen mit Grandma und Grandpa, aber ich wollte nicht, dass du hier alleine bleibst.«

Die Furcht in ihrem Gesicht zerreißt mir das Herz.

»Ihr müsst nicht Wache bei mir halten«, sage ich. »Waren Grandma und Grandpa lange hier im Zimmer? Mir war nicht einmal bewusst, dass sie schon da sind.«

»Sie saßen für ein, zwei Stunden bei dir. Sie haben mit dir gesprochen, aber du konntest sie nicht hören.«

»Ich muss tief und fest geschlafen haben«, flüstere ich. »Ich bin sehr müde, Rosie. Du solltest dich auch hinlegen.«

»Ich habe es versucht, Mami, aber ich kann nicht schlafen«, sagt sie. »Ich kann nicht schlafen, weil ich Angst habe. Ich will dich nicht alleine lassen. Ich will selbst nicht alleine sein.«

*Mami.*

Sie hat mich »Mami« genannt. Das hat sie nicht mehr gemacht, seit sie vier war, und sie hat mich nicht mehr geweckt, wenn sie nachts Angst hatte, seit sie zehn war. Es bricht mir das Herz.

Ich klopfe auf die Matratze, so wie ich es früher tat, als sie noch so klein war und abhängig, und sie klettert zu mir unter die Decke. Sie legt ihre warmen Arme um mich, und ich atme ihre Vertrautheit ein, meinen sicheren Hafen, meine erste wahre Liebe. Meine Tochter.

Ich muss an Shelley denken und an das, was sie mir vorhin über Matt erzählt hat, und ich frage mich, ob ich das alles nur geträumt habe.

»Erzähl mir, was du geträumt hast«, sagt sie zu meiner Überraschung. »Du hast im Schlaf fast gesummt, als hättest du gerade richtig viel Spaß. Ich hätte dich nicht wecken sollen, tut mir leid.«

Ich schließe meine Augen und versuche, im Geiste zu dem hellen gelben Schein und der Geborgenheit der driftenden Wolke zurückzugehen, aber es klappt nicht. Ich kann die Gesichter, die ich vorhin gesehen habe, nicht mehr einordnen. Die Bilder sind verblasst, und obwohl ich noch weiß, wie gut es sich anfühlte, kommt nichts an das Gefühl heran, hier zu liegen mit meinem Mädchen im Arm.

»Ich weiß nicht, wo ich in meinem Traum war, Liebling«, sage ich. »Aber ich möchte, dass du mir was versprichst, falls du dich jemals wieder nachts fürchtest und ich vielleicht nicht mehr da bin, um dich zu trösten.«

»Nein, Mum«, sagt sie, aber für mich ist es wichtig, dass sie das weiß. »Ich will mir nicht vorstellen, dass du nicht mehr da bist.«

»Ich möchte, dass du etwas nie vergisst, mein Schatz«, sage ich. »Ich möchte, dass du immer an unseren Ausritt am Strand zurückdenkst. Ich möchte, dass du dir mein Gesicht vorstellst, und wie ich am Anfang so viel Schiss hatte und es trotzdem getan habe. Denn dadurch ist mir bewusst geworden, dass es nichts gibt, wovor ich mich fürchten muss.«

»Ich habe dir gesagt, dass ich dich super finde, und ich werde dich immer super finden«, flüstert sie. »Du wirst immer mein Superstar sein, meine Heldin, meine tapfere, schöne Mutter, wenn ich an dich zurückdenke.«

»Und diese Songs, zu denen wir neulich Abend getanzt haben, ich möchte, dass du sie in deinem Kopf hörst, wenn du Angst hast. Sing sie einfach laut mit und denk daran, wie wir zusammen gelacht und getanzt und gesungen haben«, sage ich. »Ich werde neben dir tanzen. Tanzen und singen. Du wirst mich nicht sehen, aber du wirst wissen, dass ich da bin.«

Sie kuschelt sich enger an mich, und ich höre an ihrem Atem, dass sie sich allmählich beruhigt.

»Weißt du, als du geboren wurdest, hatte ich keine Ahnung, was ich machen sollte«, flüstere ich in ihre Haare. »Du warst ein feuriges kleines Energiebündel, und ich war sehr allein und sehr ängstlich, und ich habe dir zwar fünfzehn wundervolle Jahre lang gezeigt, wie es auf der Welt zugeht, aber tatsächlich hast du mich mehr gelehrt als ich dich, Rosie. Von dir habe ich gelernt, wie mächtig bedingungslose Liebe sein kann, welche Extreme wir auf uns nehmen für Menschen, die wir wirklich lieben. Lass nie etwas zwischen dich und die Liebe kommen, mein Engel. Sei immer freundlich, sei immer positiv, und sei immer für die Liebe.«

Meine Stimme versagt langsam, und ich spüre, dass ich wieder in den Schlaf drifte. Rosie liegt friedlich und entspannt neben mir, und ich koste diesen Moment der Stille und der Glückseligkeit aus, nur mit dem Ticken der Uhr, die meine Zeit herunterzählt, und mit Rosies Atem.

»Ich werde dich niemals loslassen, Rosie«, flüstere ich. »Du wirst niemals alleine sein. Ich werde immer über dich wachen.«

Ich sehe wieder die Gesichter, die mich rufen, die mich drängen, zu ihnen zu kommen, an einen Ort, frei von Kummer und Leid, wo keine Seelenqualen und keine Angst existieren, und ich glaube nicht, dass ich dieses Mal in der Lage sein werde, umzukehren. Die Frau und das kleine Mädchen winken mich näher und näher, und ein anderes, deutlich älteres Paar, das sich eng umschlungen hält, ermutigt mich auch, zu kommen. Vor mir versammelt sich eine kleine Schar, und sie tun alle dasselbe, Gesichter aus meiner Vergangenheit, Gesichter, die ich so gut kenne.

Meine Augen öffnen sich, und das zarte Gelb der Wände in diesem süßen kleinen Cottage-Zimmer verschwimmt mit dem dunklen Gelb des Lichts, das mich aus der Ferne ruft. Ich bin sicher, ich bin glücklich, ich habe meinen Seelenfrieden.

»Ich werde nun schlafen, Rosie«, flüstere ich. »Ich muss jetzt wirklich schlafen.«

Meine schweren Lider schließen sich wieder, die Uhr tickt nun lauter und beruhigt mich, während die Stunden verstreichen, Minute um Minute, Sekunde um Sekunde.

Tick, tack, tick, tack, tick, tack ...

Aus.

## KAPITEL 26

**Samstag**

SHELLEY

Ich habe die ganze Nacht kein Auge zugetan, und nun warte ich darauf, dass sich endlich der Schlüssel in der Haustür dreht und Matts Ankunft verkündet. Matt sagte, er würde um neun Uhr da sein, aber jetzt ist es fast zehn, und von ihm ist immer noch nichts zu sehen. Ich weiß, dass ich nicht in Panik verfallen darf. Er wird bald hier sein.

Ich liege auf der Couch, in meine Bettdecke gehüllt wie in einen Kokon, und blende die Außenwelt aus, während mein Verstand versucht, alles zu verarbeiten.

Seit dem Anruf halte ich mein Handy an der Brust. Die Tränen fließen, und Merlin, der vor mir steht, winselt leise, da er meine Verzweiflung spürt.

Endlich höre ich Matts Wagen in der Einfahrt und vergrabe meinen Kopf tiefer unter der Decke. Ich kann Matt jetzt nicht ansehen, obwohl ich die ganze Nacht auf ihn gewartet habe. Es gibt so viel zu erklären, und ich weiß nicht, womit ich überhaupt anfangen soll.

Merlin hat die Ohren gespitzt, und als die Haustür geöffnet wird, stürmt er los in Richtung Diele, wo er vor Freude hüpft und bellt. Ich bin froh, dass wenigstens einer von uns in der Lage ist, meinen Mann so zu begrüßen, wie er es verdient.

»Shell?«, höre ich ihn rufen. »Shelley, ich bin wieder da! Wo bist du, Liebling?«

Am liebsten würde ich zu ihm laufen, mich in seine Arme stürzen und ihm sagen, wie froh ich bin, ihn zu sehen, aber ich habe nicht die Energie, um mich zu bewegen, und ich hasse es, dass er nach Hause kommt und mich in diesem Zustand sehen muss. Ich habe mir diesen Moment seit Tagen ausgemalt, habe mir vorgestellt, wie ich ihn mit einem großen Frühstück erwarten würde, in der Küche, mit schöner Musik, in legerer Freizeitkleidung, aber dennoch sexy. Wie er seine Arme um mich legen würde, und dann würden wir tanzen und uns lieben und endlich die verlorene Zeit nachholen.

Er kommt ins Wohnzimmer, und als er mich mit meinem verheulten Gesicht entdeckt, weichen das Strahlen und die Erwartungsfreude in seinem Gesicht einem Ausdruck der Verzweiflung und Enttäuschung. Damit hat er absolut nicht gerechnet.

»Du hast das Haus wieder hergerichtet«, sagt er, dann geht er vor mir in die Hocke. »Ist etwas passiert, dass du so aufgelöst bist? Was ist los, Schatz?«

»Sie ist tot«, flüstere ich. »Meine Freundin Juliette ist heute Morgen gestorben, Matt. In den Armen ihrer Tochter.«

»O Baby«, sagt er, und er zieht mich an seine Brust, und ich weine um Juliette. Sie hat die Kluft in meinem Herzen mit ihrer Gegenwart gefüllt, und ihr brutal früher Tod hat eine neue Kluft hinterlassen.

»Ich muss zu Rosie«, sage ich schniefend. Ich weiß, dass mein geliebter Mann gerade ziemlich verwirrt sein muss. Als er ging, war ich ein Häufchen Elend, als er weg war, machte ich tolle Fortschritte, und nun, wo er endlich wieder zu Hause ist, bin ich wieder ein Häufchen Elend. Aber das hat nichts und gleichzeitig alles mit ihm zu tun.

»Kann ich dir etwas bringen?«, fragt er. »Einen Tee vielleicht? Hast du schon was gegessen?«

»Nein, danke, ich kann jetzt nichts essen«, murmele ich. »Es tut mir so leid, dass du mich in diesem Zustand vorfindest, aber Juliette hat so viel bei mir bewirkt, Matt. Sie hat mir gezeigt, wie wichtig es ist, weiterzuleben und weiterzulieben, und obwohl ich gewusst habe, dass sie nicht für immer da sein wird, vermisse ich sie jetzt schon wahnsinnig.«

»Das klingt, als wäre sie eine außergewöhnliche Frau gewesen«, erwidert er. »Sie muss aus einem ganz bestimmten Grund in dein Leben gekommen sein. Ich weiß, ich höre mich an wie meine Mutter, aber vielleicht liegt sie mit ihren Orakelsprüchen ja doch nicht so daneben.«

»Juliette war außergewöhnlich, und sie ist aus vielen verschiedenen Gründen in mein Leben gekommen«, sage ich und setze mich auf. Ich schließe meine Augen und sehe Juliettes Gesicht vor mir. Sie sieht nun glücklich aus. Sie ist nicht mehr schwächlich, und ihre Haut schimmert rosig. Ich atme tief durch. Ich spüre ihre Stärke, und als ich die Augen wieder öffne, höre ich ihre weisen Worte in meinem Ohr, die mir sagen, dass ich meinen Mann nicht zurückstoßen darf, wenn ich mir doch nichts mehr wünsche, als ihm nahe zu sein.

»Ich liebe dich, Matt«, sage ich, und er schluckt hart, dann nimmt er meine Hand und küsst sie zärtlich. »Ich liebe dich, und ich liebe, was wir haben, und alles, wofür wir gearbeitet haben. Wir können immer noch weiterleben, selbst wenn wir Lily vermissen, und wir können immer noch lachen und wir können immer noch lächeln. Lily würde sich wünschen, ihren Dad und ihre Mum lächeln zu sehen. Und vor allem können wir immer noch tanzen.«

Matt fehlen die Worte. Er küsst einfach weiter meine Hand und lächelt, und dann zieht er mich an sich, und dieses Mal schiebe ich ihn nicht weg.

»Matt, ich muss dir etwas sagen«, beginne ich, und er sieht mir direkt in die Augen. »Es ist ein ziemlicher Hammer, aber ich muss es dir sofort sagen. Keine Angst, es ist keine schlechte Neuigkeit, sondern vielmehr eine Überraschung, eine riesengroße Überraschung, aber sie ist nicht schlecht, auf keinen Fall.«

Er runzelt die Stirn, aber mein Lächeln scheint ihn zu beruhigen, und er wischt mit den Daumen meine Tränen ab, wie er das schon so lange macht.

»Du hast ...«, sage ich. O Gott, wie drücke ich das aus? »Du hast eine bildhübsche Tochter, Matt, von deren Existenz du bisher nichts geahnt hast«, erkläre ich, und sein Stirnrunzeln kehrt zurück.

»Was?«

Ich nicke, um zu bekräftigen, dass es wirklich wahr ist. »Du hast eine großartige Tochter namens Rosie«, fahre ich fort. »Sie ist fünfzehn, und sie sieht dir ziemlich ähnlich, und sie ist ein absolut wunderbares Geschöpf, so wie unsere Lily eins war, und ich kann es nicht erwarten, dass du sie kennenlernst. Du konntest nicht wissen, dass sie existiert, aber sie ist sehr real, und sie ist dein Kind, und sie ist wirklich wundervoll.«

Matt setzt sich auf die Couch und starrt auf den Boden, während er meine Worte verarbeitet. »Ich habe wirklich keine Ahnung, wovon du sprichst, Shelley«, sagt er dann. »Wo kommt das alles her? Was ist hier los? Bist du okay?«

Bin ich okay? Diese Frage wurde mir so oft gestellt, aber nun weiß ich definitiv die Antwort darauf.

»Ja, ich bin okay, und wir werden alle okay sein, versprochen«, sage ich. »Manche Menschen sind mit einem Schutzengel gesegnet, aber ich glaube, ich habe gleich drei davon, und ich werde ganz sicher wieder auf die Beine kommen.«

»Sprichst du von dieser Frau? Beziehungsweise von ihrer Tochter? Ich komme da nicht mit, Shelley. Ich habe keine Ahnung, wie ich dir folgen soll.«

»Ein Spätsommer im August, hier in Killara, eine Engländerin namens Julie, das dachtest du jedenfalls? Du hast ihr erzählt, dein Name wäre Skipper?«

Seine Augen werden groß, und die Farbe weicht aus seinem Gesicht. »Der Sommer, in dem Alicia sich von mir trennte?«

»Kannst du mir nun folgen?«, sage ich. »Sie hat ein Kind bekommen, Matt, ganz allein, drüben in England, und dieses Kind ist Rosie. Du wirst sie lieben. Ich tue es bereits. Ich kann es nicht erwarten, dass du sie kennenlernst. Sie wird ihren

Daddy sehr brauchen, und ich werde mein Bestes geben, um ihr eine gute Freundin zu sein, so wie ich es ihrer Mutter versprochen habe.«

Matt stützt fassungslos den Kopf in seine Hände, und ich lege meinen Arm um ihn und lehne meinen Kopf an seine Schulter.

Ich muss meinem verwirrten Mann viel erklären, aber ich danke Gott dafür, dass wir, anders als Juliette, reichlich Zeit dafür haben und zusammen wachsen werden, während wir weiterhin Schritt für Schritt machen.

Ich habe die Absicht, meine Zeit auf dieser Erde von nun an sehr klug zu nutzen, weil ich nicht auf morgen warten werde. Ich werde jeden Tag, wenn ich morgens aufstehe und mich gesund und fit genug fühle, daran glauben, dass das Leben in diesem Moment beginnt.

Direkt hier, bei mir, direkt jetzt.

# EPILOG

## Weihnachten, fünf Monate später

Shelley

Es ist spät am Abend. Matt ist beschwipst und schläft halb, Dan ist beschwipst und schläft halb, Eliza und mein Vater führen am Tisch eine Diskussion bei einer Partie Scrabble, und die armen Eltern von Juliette sehen zu, ohne zu wissen, was sie sagen sollen, während sie verzweifelt versuchen, den Mix aus irischen Akzenten zu interpretieren, die den Raum füllen.

Helen, Brian und die Jungs sind in der Küche und bedienen sich an den Resten, immer noch mit ihren Papierhütchen von unserem Tischfeuerwerk auf dem Kopf.

Rosie und ich sitzen draußen auf dem Balkon und teilen uns eine Decke. Wir schauen auf das dunkle Meer hinaus und in den launischen Dezemberhimmel, und das einzige Licht, das wir sehen können, ist das Funkeln des Leuchtturms in der Ferne.

»Hattest du einen schönen Tag?«, frage ich Rosie. Egal, wie ihre Antwort ausfallen wird, ich hätte nicht mehr tun können, um diesen Weihnachtstag so beschaulich und perfekt wie möglich zu gestalten.

»Ja, es war sehr schön, danke«, antwortet sie, und sie sieht mich direkt an, und aus ihren grünen Augen sprechen Glück und Kummer gleichzeitig. »Denkst du, dass sie uns gerade zusieht, Shelley? Ich hoffe wirklich, dass sie auf irgendeine Weise hier ist und dass sie den Tag genauso sehr genossen hat wie wir alle. Sie hat Weihnachten immer geliebt, besonders wenn es schneite.«

Ich schließe meine Augen und versuche, sie in meiner Nähe

zu spüren. Auch ich habe meine Hoffnungen. Ich hoffe, Juliette hat mein Mädchen gefunden. Ich hoffe, sie hat auch meine Mutter gefunden, und dass sie es mich wissen lassen wird, so wie sie gesagt hat.

»Ich habe keinen Zweifel, dass sie uns bei jedem Schritt beobachtet und von da oben versucht, uns zu lenken«, sage ich. »Dass sie uns herumkommandiert, dass sie uns zum Lachen bringt und dass sie uns zu Bestleistungen antreibt.«

Rosie kichert. »Ich glaube, du hast recht, das würde ihr ähnlich sehen«, sagt sie. »Weihnachten ist die Zeit im Jahr, die mich immer an sie erinnern wird, egal, wie alt ich bin. Das war ihr Highlight. Ich denke, sie würde sich sehr darüber freuen, dass wir heute so viel Spaß hatten. Danke, dass du uns alle nach Irland eingeladen hast, und danke für das Essen und die Geschenke und das ganze Programm. Es bedeutet mir viel, und es war eine tolle Abwechslung, anderenfalls hätten wir nämlich an Helens Tisch gesessen und auf einen leeren Stuhl gestarrt.«

»Und uns bedeutet es viel, euch alle hier zu haben, Rosie«, erwidere ich. »Wir sind nun eine Familie, darum ist es das Mindeste, was wir tun können. Du und Matt, ihr habt viel aufzuholen. Deine Mum hielt nicht viel von Zeitverschwendung, und wir sollten das auch nicht tun.«

»Wir haben in der Tat einiges aufzuholen«, sagt sie mit einem Lächeln. »Der Tag, an dem du mich zwischen den Dünen gefunden hast … Es kommt mir nun vor, als wäre unsere Begegnung vorherbestimmt gewesen, nicht wahr?«

»Vielleicht war sie das auch. Glaubst du an Engel, Rosie?«, frage ich, und sie zuckt mit den Achseln.

»Weiß nicht. Ich würde gerne glauben, dass es etwas gibt, das Dinge bewirkt, die einem höheren Zweck dienen«, antwortet sie. »Manchmal stelle ich mir Mum als einen Engel vor, der auf mich aufpasst und sicherstellt, dass ich nicht zu traurig oder zu einsam werde. Immerhin hat sie mich zu dir geführt.«

»Das hat sie«, flüstere ich. *Halte nach der Farbe Blau Ausschau*, lautete Elizas Empfehlung, und ich lächele bei der Erinnerung und angesichts dessen, wie weit wir gekommen sind.

»Wenigstens weiß ich nun, von wem ich mein Streberverhalten habe«, sagt Rosie. »Ups, das war nicht böse gemeint! Matt ist natürlich kein Streber, aber du weißt, was ich meine.«

»Das ist schon okay«, sage ich und muss unwillkürlich grinsen. »Ich weiß genau, was du meinst. Als Architekt ist Matt nun mal sehr auf Details bedacht. Ihr habt so viel voneinander zu lernen, Rosie, und es wird wahnsinnig viel Spaß machen. Ich weiß, du und Matt, ihr werdet euch sehr gut verstehen.«

Sie lehnt ihren Kopf an meine Schulter. »Ich habe ihm heute die Briefe gegeben«, sagt sie, während wir beide auf den Himmel hinausstarren, der nun grau und flauschig aussieht, als würde er gleich platzen. »Ich habe ihm über die Jahre hinweg immer wieder geschrieben, und ich hoffe, die Briefe helfen ihm zu verstehen, wo ich herkomme und was ich mag. Man kann nie wissen, vielleicht steht er ja auf dieselben Dinge.«

Ich lächele über ihre süße Art. »Er wird jeden Moment genießen, während er dich näher kennenlernt, Rosie«, sage ich. »Und ich habe dir noch so viel von Lily zu erzählen, deiner kleinen Schwester. Außerdem können wir immer über deine Mutter sprechen, das weißt du. Sie ist ein Teil unserer Familie. Sie ist ein großer Teil von dir und mir.«

»Das ist sie«, sagt Rosie und nickt. »Ich wünschte nur, ich würde wissen, ob es ihr gut geht, wo auch immer sie jetzt ist, und ob sie glücklich ist und bei den Menschen, die sie geliebt hat. Ich wünschte, ich könnte einfach nur ein Zeichen bekommen. Irgendwas. Ich wünschte, ich wüsste einfach …«

»Es wird gleich schneien«, sagt eine Stimme hinter uns, und wir drehen uns um und sehen Eliza, die über unsere

Köpfe hinweg in den Himmel blickt. Sie gibt mir ein Glas Champagner und Rosie eine Limonade. »Endlich weiße Weihnachten. Der Wettermann lag schon wieder falsch.«

»Weiße Weihnachten«, flüstert Rosie, und wir sitzen zusammen da, zu dritt, und beobachten, wie um uns herum Schneeflocken herunterrieseln.

»Shelley, ich glaube, meiner Mum geht es gut«, sagt Rosie zu mir. »Sie hat sich so sehr weiße Weihnachten gewünscht, und ich glaube, das ist das Zeichen, auf das ich gewartet habe.«

»Glaubst du wirklich?«, erwidere ich, und Eliza schenkt mir ein zufriedenes Zwinkern. »Nun, das sollten wir feiern, Engelchen. Komm, lass uns in der Küche tanzen, als würde uns niemand zusehen, obwohl wir wissen, dass Juliette hier ist und uns auf Schritt und Tritt begleitet und immer begleiten wird!«

»Ich finde, es ist höchste Zeit, dass wir alle in der Küche tanzen«, sagt Eliza. »Ich werde die Männer wecken, und dann kann die Party losgehen.«

»Ja, lasst uns dieses wunderschöne weiße Weihnachten an diesem herrlichen Ort feiern«, sage ich zu den beiden. »Lasst uns feiern, dass wir am Leben sind. Nicht mehr und nicht weniger. Jemand hat mir mal gesagt, dass das ein guter Grund zum Feiern ist, findet ihr nicht auch?«

»Auf diesen Tag und auf die Freude, am Leben zu sein und ihn genießen zu können«, sagt Rosie. »Jeder Tag ist eine Party. Jeder Tag ist ein Abenteuer, und wehe, meine Lieben, ihr vergesst das jemals.«

Wir stoßen klirrend mit unseren Gläsern an und wischen uns die Tränen ab, während wir uns zuprosten.

Mein Herz füllt sich mit einem Schwall von Liebe, und ich genieße diesen kostbaren Moment in vollen Zügen. Das ist eine Erinnerung, die ich mit ins Grab nehmen möchte. Und uns erwarten noch so viele neue gemeinsame Erinnerungen.

**Emma Heatherington**
**Zehn Wünsche bis zum Horizont**
€ 14,00, Klappenbroschur
ISBN 978-3-95967-151-4

Zur größten Brücke der Welt reisen, Gitarre spielen lernen, die Flügel ausbreiten und losfliegen ... So viele Dinge wollte Lucy tun, wenn sie erwachsen ist. Doch dazu kommt es nicht. Sie stirbt mit vierzehn Jahren bei einem Autounfall.
Siebzehn Jahre später hält Maggie die Liste mit Lucys Träumen in den Händen. Sie hat es Lucy zu verdanken, dass sie lebt, denn Lucys Herz schlägt in Maggies Brust. Als Trägerin eines Spenderherzen weiß Maggie, dass Zeit ein kostbares Gut ist. Sie macht sich auf die Reise, um die Wünsche des Mädchens zu erfüllen — und erfährt, dass man reich beschenkt wird, wenn man gibt.

www.harpercollins.de